Querverlag

Helmi Schausberger

Mord auf Irisch

Kriminalroman

Die Handlung, die Figuren und manche Schauplätze dieses Romans sind fiktiv. Ähnlichkeiten mit lebenden und toten Personen sind unbeabsichtigt.

Erste Auflage September 2017

Umschlag und grafische Realisierung von Sergio Vitale unter Verwendung eines Fotos von fotolia (© kevers).
Gesamtherstellung: Finidr
ISBN 978-3-89656-256-2
Printed in the Czech Republic

Bitte fordern Sie unser Gesamtverzeichnis an:
Querverlag GmbH
Akazienstraße 25, D-10823 Berlin
www.querverlag.de

Für Marietta Sams zum 40. Geburtstag
und für Klaudia Novak zum 50. Geburtstag

1

Alexandra Conners war noch immer aufgewühlt, obwohl sie mit ihrem silberfarbenen Suzuki Jimny nun schon fast zwanzig Minuten auf der einsamen Straße unterwegs war. Den Pflichtbesuch in Killadoon hatte sie überstanden. Sie war nach dem Mittagessen wegen des Pokerspiels sogar vier Stunden geblieben, länger als jemals zuvor. Und doch hatten die anderen sich das Recht herausgenommen, weitere Erwartungen an sie zu stellen: „Bleib doch endlich mal über Nacht", baten sie. „Es ist doch Weihnachten. Was ist denn schon dabei? Es würde uns so viel bedeuten! Darf ich dir noch eine letzte Tasse Tee einschenken? Vielleicht noch eine?" Georges alte Mutter hatte sie zum Abschied sogar herzlich an sich gedrückt. Ihre eigene Mutter war im Vergleich dazu zurückhaltender gewesen.

Im Gegensatz zu sonst hatte Alex beim Pokern keine Schwierigkeiten, deren Gedanken zu lesen, so hatte sie auch die allerletzte Hand gegen ihre Mutter gewinnen können. Als die ihr zum Abschied liebevoll über die Wange gestrichen und sich bedankt hatte, dass sie vorbeigekommen war, schien das ehrlich gemeint gewesen zu sein. Als sie sie dann zaghaft umarmte, hatte Alex das Kokosshampoo riechen können, das sie von früher kannte. Schnell hatte sie sich aus ihrer Umarmung gelöst und war aus dem Haus geeilt. Das mochte die Familie ihrer Mutter sein, das bedeutete aber nicht, dass es auch ihre war. Und Erinnerungen an schöne Zeiten waren vor allem zu Weihnachten nicht hilfreich.

Nun freute sich Alex auf ihr leeres Haus, auf ein gemütliches Torffeuer im Kamin, auf die Gitarre, ein Bier und vielleicht noch eine Pizza. Früher hatte sie es gehasst, alleine zu sein, aber diese Zeiten waren vorbei. Sie hatte gelernt, die Stille zu genießen.

Wegen des dichten Nebels und des nun aufkommenden Regens war kaum etwas zu sehen; außerdem würde es bald dunkel werden. Alex passte ihr Tempo den Wetterverhältnissen an. Als sie vor sich plötzlich ein rotes Auto sah, das mitten auf der Fahrbahn stand, wäre sie trotzdem beinahe hineingefahren. Gerade noch rechtzeitig riss sie das Lenkrad herum und zwang ihren Wagen von der Straße, wo er einen kleinen Abhang hinunterschlitterte und in einer größeren zugefrorenen Pfütze zum Stehen kam. Nach der ersten Schrecksekunde, als Alex wieder zurück auf die Straße wollte, drehten die Räder durch und sie kam nicht mehr vom Fleck. Den Jimny hatte sie damals unter anderem deshalb so günstig bekommen, weil der Allradantrieb nicht mehr funktionierte, den sie jetzt gebraucht hätte.

Alex zog den Reißverschluss ihrer alten braunen Winterjacke hoch und legte sich den handgestrickten grünen Schal um den Hals, den sie heute von Georges Mutter bekommen hatte. Dann stieg sie aus und marschierte dem starken Wind trotzend auf den roten Wagen zu, der nun wegen des Nebels kaum zu sehen war. Wer auch immer sein Auto mitten auf der Fahrbahn angehalten hatte, würde ihr helfen müssen.

Der Motor lief und Alex sah jemanden über das Steuer gebeugt. Die Arme befanden sich auf dem Lenkrad, der Kopf auf den Armen.

Sie rannte um den Wagen herum zur Fahrerseite. Wie ging das noch mal? Schauen, ob die Person atmet, sonst abwechselnd dreißig Mal massieren und zweimal beatmen?

Sie riss die Fahrertür auf und der Kopf schnellte vom Lenkrad hoch, der dazugehörige Körper wich zurück und die weit aufgerissenen schwarzen Augen starrten sie entsetzt an. Die Fahrerin war jung, vielleicht in ihrem Alter, ihr halblanges Haar so dunkel wir ihre Augen.

„O Gott, entschuldige!", begann Alex. „Ich dachte, du bräuchtest Hilfe. Entschuldige bitte!" Die Frau zitterte, ihre Wangen waren feucht, die Augen standen unter Tränen. „Ist alles in Ordnung?", wollte Alex wissen. „Hast du dich verfahren?"

Die Frau brauchte einen Moment, dann wischte sie sich die Tränen aus dem Gesicht und atmete tief durch. „Das war zu schnell, das habe ich nicht verstanden", sagte sie. „Was wollen Sie?"

Freundlich klang das nicht. Aber vielleicht hätte sie sie nicht erschrecken dürfen, dachte Alex. „Ich wollte nur sehen, ob ich helfen kann", erklärte sie bemüht langsam und fragte sich, welchen Akzent die Fremde hatte. „Ich bin froh, dass ich dich nicht aus deinem Auto zerren musste, um etwas zu tun, wovon ich keine Ahnung habe." Alex versuchte ein Lächeln, aber die Frau sah sie nur irritiert an. Noch etwas langsamer fuhr sie fort: „Bist du okay? Kann ich etwas für dich tun?"

Jetzt verstand die andere. Ihr Blick wurde milder. „Nein. Danke. Alles gut." Sie griff zur Tür. „Danke. Auf Wiedersehen. Frohe Weihnachten."

„Warte!" Alex ließ die Tür nicht los. „Ich musste deinem Wagen ausweichen und bin deswegen von der Straße abgekommen. Du wirst mich nicht rausziehen können, wenn niemand anschiebt. Es wäre deshalb nett, wenn du mich ein Stück mitnehmen könntest."

Die Fremde folgte ihrem Blick und sah den Jimny in der Wiese stehen; zumindest den Teil davon, der gerade nicht in Nebel gehüllt war. Trotzdem schüttelte sie den Kopf: „Tut mir leid, aber das geht nicht."

„Ich komme hier ohne deine Hilfe nicht weg. Wenn du dein Auto nicht mitten auf der Fahrbahn angehalten hättest, wäre ich schon daheim." Sie versuchte der Frau in die Augen zu sehen, die sich wieder mit Tränen füllten. Aber sie wich ihrem Blick aus und fuhr sich stattdessen verzagt mit den Händen über das Gesicht. Das Zittern wurde heftiger, sie hatte nur eine Bluse an. Seufzend nahm Alex die Hand von der Tür und steckte beide Hände in ihre Jackentaschen; es war nicht ihre Entscheidung. „Ich bin am Rande von Westport zu Hause“, fuhr sie langsam und deutlich sprechend fort. „Das ist nur die Straße entlang. Die Fahrt dauert keine Viertelstunde. Ich wäre dir wirklich dankbar.“ Keine Reaktion. „Ich bin nicht gefährlich, ich will nur heim. Ich weiß nicht, wie ich sonst nach Hause kommen soll.“

Nach einer Minute sah die Frau hoch. Ihr Blick war aufgewühlt und traurig zugleich, aber sie nickte schließlich und bedeutete ihr einzusteigen.

Erleichtert lief Alex um den Wagen herum und setzte sich neben sie. „Alexandra Conners“, stellte sie sich vor und hielt ihr die Hand hin. „Du kannst mich Alex nennen.“

„Noppinger. Gerda.“ Die Frau schüttelte ihre Hand. Ihre Finger waren eiskalt, ihr Versuch zu lächeln gelang nicht.

Alex drehte ungefragt die Heizung hoch. Dann blickte sie sich um und entdeckte eine Jacke auf dem Rücksitz, die sie einfach ergriff und der Fremden reichte. „Bist du Deutsche?“, wollte sie wissen.

„Österreicherin.“ Die Frau bedankte sich und zog sich die Jacke über.

„Und was machst du zu Weihnachten hier? Wohin bist du unterwegs?“

Sie zuckte mit den Schultern. „Mayo vielleicht“, sagte sie und fuhr los.

Alex wollte nicht unhöflich sein oder sie noch mehr verunsichern, aber sie hatte keine Wahl: „Ich schwöre, ich versuche nicht, mir dein Fahrzeug anzueignen, aber was hältst du davon, wenn ich fahre? Du zitterst fürchterlich, siehst hundemüde aus, und es ist in Irland außerdem weniger gefährlich, wenn man links fährt." Sie warf ihr einen freundlichen, aber bestimmten Blick zu. „Ich würde gerne heil heimkommen, und ich bräuchte dir dann auch den Weg zu mir nach Hause nicht lange zu erklären."

Die Frau entschuldigte sich peinlich berührt und fuhr augenblicklich rechts ran. Sie bedankte sich, als sie die Plätze getauscht hatten und Alex den Wagen auf die richtige Seite zurücklenkte. „Und ich habe keine Angst vor dir, ich habe nur nicht damit gerechnet, heute jemandem zu begegnen. Das mit deinem Auto tut mir leid."

„Schon gut", antwortete Alex. „Das hole ich mir morgen wieder. Du befindest dich übrigens bereits in Mayo. Du bist doch hoffentlich irgendwo einquartiert?" Aber sie schüttelte den Kopf. „Du hast nirgends ein Zimmer reserviert?", fragte Alex überrascht nach. „Es ist Weihnachten! Wenn es irgendwo noch ein Zimmer gibt, dann nur in einem der sauteuren Hotels."

„Ich komme schon klar."

„Das Zimmer, das ich vermiete, ist heute frei geworden", erklärte Alex. „Du könntest die Nacht bei mir verbringen. Ich würde bei diesen Straßen- und Sichtverhältnissen nicht mehr lange herumfahren, wenn ich die Gegend nicht kennen würde, auf der falschen Seite fahren müsste und nur einen Scheinwerfer zur Verfügung hätte. In was bist du hineingekracht?"

„Ich möchte dir keine weiteren Unannehmlichkeiten machen."

„Du wirst mir die Nacht natürlich bezahlen. Wenn du kein Geld hast, zahlst du nichts, weil Weihnachten ist, dafür schickst du mir aber mal Freunde vorbei. Einverstanden?"

Die Frau drehte sich ihr zu und schenkte ihr doch tatsächlich ein Lächeln. „Ich zwinge deinen Wagen von der Straße, zögere sogar, dich mitzunehmen, aber du bietest mir ein Zimmer an? Noch dazu gratis?"

„Ja, so sind wir hier: Willkommen in Irland! Also, was sagst du?"

Sie nickte müde. „Okay. Danke. Danke sehr, Alex."

„Gut, dann wäre das geklärt. Also, in was bist du hineingekracht? Heute ist das sicher einigen passiert. Seit dem Schneefall gestern sind die Straßen streckenweise eisglatt."

„Parkschaden." Mehr sagte sie nicht. Sie lehnte sich einfach zurück und blickte auf die Nebelwand vor ihnen und das bisschen Straße, das noch zu sehen war. Sie wirkte erschöpft, traurig und ziemlich planlos.

Da ertönte aus Alex' Handy ein lautes *Highway to Hell*. Alex fischte es aus der Innenseite ihrer Jacke und lächelte breit, als sie den Anrufer erkannte. Jetzt war Weihnachten auch bei ihr angekommen.

„Frohe Weihnachten, Schatz", sagte der wohl wichtigste Mensch in ihrem Leben. „Bist du noch bei deiner Mutter?"

„Ich bin bereits unterwegs nach Hause. Ich hätte mich morgen früh gemeldet, Declan, ich wollte euch heute nicht stören."

„Du hättest nicht gestört. Die Kleine und ich haben den ganzen Tag Tischfußball gespielt. Den Chemiebaukasten schaut sie sich gerade mit Amanda näher an. Noch ist er ihr suspekt. Sie will immer wissen, woraus die Sachen in unserem Kühlschrank bestehen, und ist ganz fasziniert von Schimmel. Wie wir das herausgefunden haben, willst du nicht hören. Wie war es bei deiner Mutter?"

„War schon okay. Bist du vorbereitet?"

„Natürlich! Und Caitlin hat ihren Auftritt täglich mindestens eine Stunde vor dem Spiegel geübt", sagte Declan gut gelaunt. „Sie wollte sogar Make-up! Wird sie aber nicht kriegen."

„Dann ist es ja gut, dass ich ihr keinen Make-up-Koffer, sondern einen Agentinnenkoffer gekauft habe", sagte

Alex. „Glaubst du, sie freut sich darüber? Ist schon eine Weile her, dass sie den haben wollte."

„Der war doch sicher sehr teuer!"

„Ich hatte fast eine ganze Woche lang zwei Übernachtungen, Dec. Und unsere Gigs morgen und zu Silvester bringen ja auch was ein."

„Alles, was von dir kommt, freut sie, Alexandra. Ein Make-up-Koffer hätte uns allerdings überrascht."

Alex lachte. Dann gingen sie noch einmal die Songs durch, für die sie sich entschieden hatten, und verabschiedeten sich anschließend mit einem „Ich lieb dich", „Ich lieb dich auch" voneinander, und Alex wandte sich wieder ihrer Beifahrerin zu.

„Das war mein bester Freund", erklärte sie ihr. „Wir machen morgen Abend ein bisschen Musik im *Mustang Sally's*, einem der wenigen Pubs, das über die Feiertage offen hat."

Die Österreicherin drehte sich ihr zu. Sie wirkte nicht sonderlich interessiert. „Singst du?", fragte sie aber. Sie wollte wohl höflich sein.

Alex nickte. „Und Dec sitzt am Keyboard. Singen kann er leider nicht, aber er ist ein ausgezeichneter Musiker. Ich spiele selbst ein paar Instrumente, aber er könnte für ein ganzes Orchester einspringen."

„Und morgen habt ihr einen Auftritt?"

Alex lächelte und nickte. „Das *Sally's* ist gleich bei mir um die Ecke. Wir sollen für Weihnachtsstimmung sorgen, bleibt uns leider nicht erspart. Vielleicht möchtest du vorbeischauen, wenn du noch in der Gegend bist. Touristen gefällt so etwas üblicherweise. Sehr viel Irisches werden wir an diesem Abend aber nicht bieten. Der fromme Declan Donnellan weigert sich nach wie vor, den einzigen Weihnachtssong zu spielen, den ich ausstehen kann: *Fairytale of New York*. Kennst du den?"

„Ich werde nicht mehr in der Gegend sein", entgegnete ihre Beifahrerin, die wirkte, als würde sie gleich einschlafen.

„Wieso bist du eigentlich nicht zu Hause bei deiner Familie?", wollte Alex wissen. „Es ist Weihnachten."

„Nur, wenn man mitmacht."

Gerne hätte Alex sich mit der Fremden eingehend unterhalten, aber sie bohrte lieber nicht weiter.

Kurz vor Westport wählte Alex die idyllische Küstenstraße nach Hause und ihre Beifahrerin schien plötzlich aufzuwachen. Fast hypnotisiert blickte sie auf die Bucht. Gewöhnlich war das ein netter Anblick, aber erstens war Ebbe und zweitens war auch wegen des Nebels und der hereinbrechenden Dunkelheit nicht viel zu sehen. Nachdem sie schließlich durch Westport gefahren waren, war auch schon Alex' graues Haus mit den breiten weißen Fensterrahmen und der knallroten Tür in Sicht – und in der Einfahrt der blaue Ford, der da eigentlich nicht mehr stehen sollte.

Alex fluchte. Was machten diese nervigen Engländer noch hier? Sie waren einige Tage ihre Gäste gewesen und hatten von hier aus ihre Ausflüge gemacht. Heute Morgen hatten sie sich von ihr verabschiedet, um den Rest der Feiertage mit einer Verwandten zu verbringen. Was war ihnen dazwischengekommen?

„Ich kann dir leider nur das Sofa im Wohnzimmer anbieten, so wie es aussieht. Ist das okay? Das ist natürlich gratis."

Die Österreicherin nickte nur müde. „Kein Problem."

Im Haus war es dunkel. Die Engländer hatten sich schon in das Zimmer im ersten Stock zurückgezogen. Die Zeit mit ihnen am Frühstückstisch war anstrengend gewesen, denn die Durhams hatten sich in ihrem B&B schnell zu Hause gefühlt und auch bald so getan, als wären sie beste Freunde. Mit ihrem Aufenthalt hatten sie ihr in dieser Woche verhältnismäßig viel Geld eingebracht, weshalb Alex sich auch gezwungen hatte, sie auszuhalten.

Alex machte Licht in Vorraum und Küche, zog die Schuhe aus und öffnete die Tür zum Wohnzimmer, das sich gleich rechts neben der Eingangstür befand, der Küche schräg gegenüber. Als sie dort das Licht einschaltete, entdeckte sie eine schlafende Figur auf ihrem Sofa, eingerollt in die Überdecke, die eigentlich ins Gästezimmer gehörte. Und das war weder Brian Durham noch seine Frau Joanne. Ein großer, blauer Rucksack lag halb geöffnet vor dem kalten Kamin. Ein beeindruckend großes, rotes Fahrrad lehnte am Fernseher und eine braune Lederjacke hing über dem Computerbildschirm – nicht etwa über der Lehne des Schreibtischsessels davor. Alex fand keine Antworten auf die Fragen, die sich ihr aufdrängten, also ging sie vor dem Bündel auf dem Sofa in die Hocke und tippte ihm vorsichtig auf die Schulter.

Eine Frau Anfang fünfzig, das Haar in drei verschiedenen Rottönen gefärbt, je drei Ohrstecker in den Läppchen, tauchte unter der Decke hervor und blickte sie weggetreten an. „Kennen wir uns?"

„Ich bin Alex. Mir gehört das Sofa, auf dem du liegst. Und das Haus drumherum."

„Oh!" Die Frau setzte sich auf, lächelte ein breites Lächeln mit einem breiten Mund und streckte ihr die Hand entgegen. Die kurzen Fingernägel waren in grellem Orange lackiert, die beiden Daumen jeweils pink. „Nuala Brent", stellte sie sich vor. Sie roch nach Bier. „Die Brits meinten, du hättest nichts dagegen, wenn ich heute bei dir übernachte."

„Wieso sind die beiden noch hier?"

„Ihre Cousine Rosie hat angerufen und gesagt, dass sie in Paris wegen starken Schneefalls auf dem Flughafen festsitzt und noch nicht weiß, wann das nächste Flugzeug starten kann, geschweige denn, ob sie es überhaupt noch rechtzeitig schafft. Morgen ist der 26., ich gehe nicht davon aus, dass die noch gemeinsam Weihnachten feiern werden."

Alex stand seufzend auf. Sie hatte sich so nach Ruhe gesehnt und jetzt hatte sie das Haus voll.

„Ich kann wieder gehen, ist kein Problem", sagte die Frau. „Dann müsste ich allerdings das Sparschwein killen, das du in der Küche stehen hast. Da habe ich 40 Euro reingesteckt."

„Das ist ein bisschen viel für eine Nacht auf dem Sofa, aber darüber reden wir morgen früh. Frühstück gibt es ab sieben Uhr dreißig. Hast du alles, was du brauchst? Möchtest du Bettwäsche oder einen Schlafsack?" Sie schüttelte verschlafen den Kopf. „Ist dir warm genug?" Sie nickte gähnend. „Okay, dann gute Nacht."

Alex schaltete das Licht aus und machte die Tür zum Wohnzimmer wieder zu. „Ich möchte sie nicht fortschicken", wandte sie sich an die Österreicherin, die im Vorraum stand und ziemlich deplatziert wirkte. „Dich aber auch nicht." Sie traf eine Entscheidung. „Tee oder Dusche?"

„Entschuldigung?"

„Was hättest du gerne zuerst?", fragte sie langsamer. „Eine Tasse Tee oder eine heiße Dusche? Dir scheint noch immer eiskalt zu sein."

„Ich möchte eigentlich nur schlafen, aber es gibt wohl kein Bett mehr."

„Natürlich gibt es noch eines, du wirst es dir nur mit mir teilen müssen, Ge… wie heißt du noch mal? Gerda? Wie Garda? Tatsächlich?"

„Du kannst mich auch Gin nennen, wenn das einfacher für dich ist."

„Wie Gin Tonic?"

Gin nickte müde. „Setzt sich aus den Anfangsbuchstaben meiner Namen zusammen. Wenn du ein Kissen und eine Decke für mich hättest, Alex, dann wäre mir schon geholfen. Ich schlafe einfach im Auto."

Alex schüttelte den Kopf: „Dafür ist es zu kalt. Die B&B's nehmen über die Feiertage keine Gäste auf. Wir brauchen gar nicht erst durchzurufen. Und sollte es irgendwo ein freies Hotelzimmer geben, wäre es viel zu teuer. Außerdem kannst du dich ja kaum mehr auf den Beinen halten." Sie blickte ihren Gast freundlich an. „Mein Bett ist groß, keine Angst. Und ich schnarche nicht." Alex ging hinüber in die Küche. „Ich würde uns ja gerne Hot Whiskeys machen, aber die Flasche hat Brian gestern leergetrunken. Der würde dir jetzt gut tun. Der Whiskey, nicht Brian. Definitiv nicht Brian. Möchtest du Rum oder Brandy in deinen Tee?"

Gin schüttelte den Kopf. Verloren stand sie im Türrahmen und schaute ihr dabei zu, wie sie Wasser aufsetzte.

Alex drückte ihr eine Minute später eine Tasse in die Hand, hängte einen Teebeutel in das heiße Wasser und lehnte sich an die Wand neben der Tür. Sie blickte Gin neugierig an. „Bist du in Ordnung?", wollte sie von ihr wissen. Gin nickte. „Sicher?" Gin nickte erneut und spielte gedankenverloren mit dem Teebeutel. „Was hast du da draußen nur gemacht, Gin? Mitten im Nirgendwo."

„Pause. Vom Fahren." Gin blickte sie dabei jedoch nicht an.

Alex musterte sie nachdenklich und suchte vergeblich ihren Blick in den dunklen Augen. Unschlüssig, was sie davon halten sollte, ging sie schließlich die Treppe hoch, um Gins Bettseite vorzubereiten. Der Fernseher im Zimmer der Durhams war an, die beiden unterhielten sich, schienen nicht mitbekommen zu haben, dass sie zu Hause war. Alex kramte ein großes, blaues Badetuch aus dem Schrank im oberen Vorraum und drückte es Gin unten an der Treppe in die Hand. „Im Zimmer links sind die Durhams. Das Bad ist rechts hinten. Mein Schlafzimmer befindet sich daneben, die Tür ist angelehnt. Lass mir im Bett bitte die rechte Seite, die linke habe ich dir frisch bezogen, du hast natürlich eine eigene Decke. Es tut mir leid, dass ich dir nicht mehr Privatsphäre bieten kann, Gin. Du brauchst dich aber nicht unwohl zu fühlen, es sind nur ein paar Stunden. Und ich komme erst später hoch."

Gin blickte Alex unentschlossen an. „Wieso macht dir das nichts aus, wenn eine fremde Person bei dir im Bett schläft?"

„Es sind ja nur ein paar Stunden", wiederholte Alex.

Gin nickte nachdenklich und schenkte ihr wieder ein zaghaftes Lächeln. „Vielen Dank, Alex. Das ist wirklich sehr freundlich von dir. Ich weiß deine Großzügigkeit zu schätzen." Damit ging sie die Treppe hoch.

Alex fragte sich, was ihr Problem war. Gin wirkte so verloren. Von den Durhams erfuhr sie alles, was sie nicht wissen wollte, von Gin würde sie wohl nichts erfahren. Ihr Englisch war sehr gut, aber sie war so verschlossen wie jemand, der die Sprache nicht sprach und sich auch nicht die Mühe machen wollte, verstanden zu werden. Das machte Alex aber neugierig.

* * *

An beiden Seiten der Treppe entdeckte Gerda gerahmte Bleistiftzeichnungen mit Menschen in Alltagssituationen: lachende Kinder beim Spielen in einem Auto, ältere Männer beim nachbarschaftlichen Tratschen, ein verliebtes Pärchen bei einem Picknick, alte, aufgeregte Frauen bei einem Hunderennen, eine fünfköpfige Familie in einem Boot, das aussah wie ein riesiger Schwan. Die Zeichnungen wirkten lebendig. Alles schien in Bewegung zu sein, als hätte jemand beim Abspielen eines Videoclips auf Pause gedrückt. Das war durchaus beeindruckende Kunst.

Fotografien hingen dann oben im Vorraum verteilt. Die meisten zeigten Alex als Kind gemeinsam mit einer blonden Frau, die wohl ihre Mutter war oder eine ähnlich wichtige Bezugsperson. Kaum eines der Fotos war eine perfekte Momentaufnahme wie die Zeichnungen an der Treppe. Vermutlich würde man keines davon in ein Album kleben, weil sie nichtssagend wirkten, es waren nur Schnappschüsse. Aber ihrer irischen Gastgeberin schienen sie wichtig genug zu sein, um sie stilvoll zu rahmen und neben dem Gästezimmer an die Wand zu hängen.

Mit Unbehagen öffnete Gerda schließlich die Tür zu Alex' kleinem Schlafzimmer, das erfreulich einladend wirkte. Das große Bett sah sauber und gemütlich aus. Die Nachttischlampe links davon war eingeschaltet und warf ein warmes Licht auf die in Apricot gestrichenen Wände. Hinter dem Bett hingen zwei U2-T-Shirts, ein verstaubter kleiner Dudelsack und ein Banjo. Mehrere Gitarren lehnten links vom Fenster, zwei Verstärker standen rechts davon, daneben ein kleines Keyboard und eine dieser irischen Bodhrán-Trommeln. Eine Blechflöte und zwei Mundharmonikas befanden sich in dem Glaskrug neben den Notenbüchern.

An der Innenseite der Tür entdeckte Gerda ein Poster, das eine Nahaufnahme nackter, ineinander verschlungener Körper zeigte: haarlose, geölte Haut, sanft geformte Muskeln. Wenn Alex einen Partner hatte, schien der jedenfalls nicht hier zu wohnen, war sich Gerda sicher: Auf dem linken Nachtkästchen befanden sich keinerlei Utensilien, die darauf schließen ließen, dass diese Seite jemandem gehörte. Auch im kleinen, sauberen Badezimmer konnte sie keine Anzeichen eines Partners feststellen. Die Einwegrasierer waren die gleichen, die auch sie verwendete, und es war kein zweiter Aufsatz für die elektrische Zahnbürste zu sehen.

Die heiße Dusche tat gut, aber Gerda beeilte sich, ins Bett zu kommen. Um nicht reden zu müssen, wollte sie schon schlafen, wenn ihre Gastgeberin hochkam. Es war unangenehm, dass sie sich nicht zurückziehen konnte und kein eigenes Bett hatte. Wäre noch alles wie früher, sie hätte Alex' Angebot nie angenommen.

In Shorts und Leibchen legte Gerda sich auf die linke Seite des Doppelbettes und machte die Nachttischlampe aus. Die Straßenlaterne warf einen orangefarbenen Lichtstrahl ins Zimmer. Der Fernseher nebenan war leiser gedreht worden. Es war viel zu ruhig.

Gerda machte den Fehler, sich zu entspannen. Schon kam alles zurück: das viele Blut und die toten Augen, die ihr von Galway bis hierher nachgestarrt hatten. Die fürchterliche Erkenntnis, dass sie erneut einen großen Fehler begangen hatte. Der Vorwurf in dem anderen toten Blick, der ihr schon viel länger den Schlaf raubte. Der letzte Morgen mit Daniel, seine letzte Umarmung, das allerletzte Mal seine Hand an ihrem Gesicht. Und Carey, immer wieder Carey. Enttäuscht und verletzt. So viele Tränen, aber keine Worte, die erklären würden, die alles wiedergutmachen könnten. So unglaublich viele Fehler. Und kein Ausweg, keine Lösung.

Gerda war fast dankbar, als sie leise Schritte hochkommen hörte und danach Duschgeräusche vernahm. Kurz darauf wurde die Tür vorsichtig geöffnet. Vor dem Zimmer war Licht, so sah sie Alex in ein Badetuch gewickelt hereinkommen. Sie war sehr leise, als sie zum Schrank ging und etwas herausnahm. Umrisse eines Tattoos waren auf dem rechten Schulterblatt zu erkennen, und als sie schließlich ihr Badetuch ablegte, auch ein schlanker Rücken und ein straffer Po. Gerda blickte zur Decke. Zumindest dieses bisschen Privatsphäre sollte sie ihrer Gastgeberin lassen.

Alex schien sich etwas überzuziehen, schaltete das Licht im Flur aus und schon war es bis auf den Schein der Straßenlaterne dunkel. Fast geräuschlos legte sie sich neben Gerda ins Bett.

Ein paar Augenblicke lang war es still im Zimmer. Doch dann durchbrach Alex die Stille. „Du kannst nicht schlafen, oder?“

„Ich werde dich nicht stören“, erwiderte Gerda. Ihre eigene Stimme hörte sich zu laut an. Es war ihr unangenehm, dass Alex mit ihr sprach, das war viel zu intim, schließlich lagen sie im selben Bett. Außerdem wollte sie ihre Ruhe, sie wollte nicht reden und höflich bleiben müssen.

„Es haben schon mehrere mit mir das Bett geteilt, die später von schlaflosen Nächten berichtet haben, weißt du“, sagte Alex. Sie schien zu ihr herüberzusehen. Als sie auf ihren Scherz nicht reagierte, fuhr Alex einfach fort. „Du musst außerdem wissen, dass ich das nur für unseren guten Ruf tue. Wir vertrauen darauf, dass ihr später zu Hause erzählt, wie unglaublich gastfreundlich wir in Irland sind und dass wir bereit sind, zu drastischen Mitteln zu greifen, um unsere Wirtschaft anzukurbeln.“

„Was so weit geht, dass ihr sogar mit den Gästen ins Bett steigt?“

Alex lachte zufrieden. „Oder sie mit uns, genau. Also, was machst du hier in Irland, Gin?“ Sie ließ nicht locker. „Und wo willst du hin?“

Gerda seufzte lautlos. „Das ist nicht so einfach zu sagen.“

„Wann soll es wieder zurückgehen?“

„Keine Ahnung. Entschuldige, ich möchte nicht unhöflich sein, wirklich nicht, aber ich kann dir keine Antworten geben, Alex.“

„Schon gut, es geht mich ja auch nichts an.“

„Danke. Gute Nacht.“

* * *

„O mein Gott! Lesben!"

Gerda schlug die Augen auf. Um sie herum war es hell: Es musste Morgen sein. Sie lag in einem warmen, gemütlichen Bett, das Herz schlug ihr bis zum Hals. Sie hatte entfernt ein leises Klopfen gehört. Niemand hatte geantwortet, trotzdem stand ein kleiner Mann mit einem unverschämten Grinsen in der Tür und blickte sie lüstern an. Sie wusste nicht, wo sie sich befand oder wer dieser Kerl war.

„Und dann auch noch ein Busen! Ich muss im Himmel sein!"

Mit offenem Mund starrte er sie an. Gerda bemerkte, dass unter ihrem weit ausgeschnittenen ärmellosen Shirt der Ansatz ihrer blassen Brust hervorlugte. Aber bevor sie reagieren konnte, zog ihr schon jemand die Decke bis zum Hals. Sie nahm die junge Frau neben sich im Bett wahr, die sie betreten ansah: Alex, ihre Gastgeberin.

Der Kerl verlagerte seinen Blick sofort auf Gerdas nacktes Bein. Bedrängt schlüpfte sie vollständig zurück unter ihre Decke.

„Hinaus, Brian!", sagte Alex verärgert.

„Ich wollte dir nur sagen, dass wir noch hier sind und dass wir bereits das Frühstück hergerichtet haben. Joanne meinte, wir hätten zuerst fragen sollen, aber ich dachte, du würdest dich freuen. Das ist ja doch immer viel Arbeit für dich." Eindringlich blickte er von einer zur anderen. „Ihr müsst euch aber nicht beeilen, lasst euch ruhig Zeit", sagte er mit einem dreckigen Zwinkern, legte den Kopf zur Seite und sah Gerda prüfend an.

„Brian ..."

„Kompliment, Alex! Die ist hübsch."

„Raus mit dir, verdammt!"

Flink schloss er die Tür hinter sich. Gerda hörte ihn von der Treppe aus zu jemandem hinunterrufen: „Das wirst du nicht glauben, Jo: Sie hat eine Frau im Bett!“

Es war wieder ruhig im Zimmer. Gerda hielt die Decke eng an sich gepresst.

„Das tut mir wirklich leid, Gin“, sagte Alex und drehte sich seufzend zu ihr. Die rechts etwas längeren braunen Haare fielen ihr wie ein Vorhang vors Gesicht und sie strich sie sich hinters Ohr. „Das war der Engländer, der ist unmöglich. Alles okay?“

Gerda nickte und versuchte ruhig zu werden. „Guten Morgen.“

„Guten Morgen.“ Alex lächelte sie an. Ihr winziges Nasenpiercing glitzerte. „Du kannst gerne weiterschlafen. Unten gibt es aber offenbar auch schon Frühstück.“

„Danke, dass du mich zugedeckt hast. Das war sehr aufmerksam.“

„Kein Problem. Hast du gut geschlafen? War es warm genug?“

Sie nickte. „Alles gut. Ist Kaffee im Übernachtungspreis inbegriffen?“ Eigentlich hatte sie sofort nach dem Wachwerden aufbrechen wollen, um Straßen entlangzufahren, die hoffentlich nie endeten. Es machte keinen Sinn, aber es gab auch keine Alternative. Außer vielleicht die Fahrt zurück zum Flughafen, wo man sie wohl verhaften würde. Aber ein derart schneller Aufbruch kam ihr jetzt Alex gegenüber nicht fair vor.

„Klar. Aber bezahlen wirst du unter diesen Umständen nichts.“

Das Pärchen aus Leicester war Mitte fünfzig. Er hatte wenige, dafür graue Haare auf Kopf und Kinn, sie blond gefärbte Locken und nette Lachfältchen um die Augen. Alex stellte sie einander vor. Und während Joanne damit begann, von Österreich zu schwärmen, wollte Brian mehr über die Fernbeziehung wissen, die es nicht gab, und ob es gleich mal zwischen ihr und Alex gefunkt hätte. Es war zu früh für diesen Mann und auch für sein schnelles, schlampiges Englisch, fand Gerda.

Alex hatte aber eigene Fragen an die Engländer, auch zu der Frau auf dem Sofa. Das Pärchen erzählte von der Cousine, die in Paris festsaß, und erklärte, dass sie im Pub diese Nuala kennengelernt hätten. Die würde mit ihrem Rad durchs Land fahren, um Weihnachten und ihrer Internetsucht zu entfliehen, käme jetzt aufgrund des Wetters aber nicht weiter und hätte keine günstige Unterkunft in der Gegend gefunden.

„Wir haben uns gedacht, dass sich das für dich finanziell auszahlen würde und du deshalb nichts dagegen hättest", meinte Brian. „Nur warst du nicht da, als wir zurückkamen, um zu fragen." Er blickte Alex entschuldigend an. „Und da wir wussten, dass du deine Hintertür nicht absperren kannst, das hast du ja mal erwähnt, haben wir uns erlaubt, einfach einzutreten – in der Hoffnung, dass du uns dafür nicht einsperren lässt."

„Alex, wir wollten dich fragen, ob wir bei dir Cousine Rosies Ankunft abwarten dürfen", meinte seine Frau hoffnungsvoll. „Und Nuala ist wirklich eine sehr interessante Person", fuhr Joanne fort, ohne Alex Gelegenheit zu geben, ihre Frage zu beantworten. „Sie ist aus Dublin. Hast du das Fahrrad gesehen, Alex? Das kostet mehr als unser Auto! Sie hat es bei einem Preisausschreiben gewonnen. Dabei mag sie es gar nicht, sie wollte nur die Reise in die Südsee gewinnen. Sie ist ein bisschen merkwürdig, nicht wahr, Brian?"

„Durchgeknallt trifft es eher."

„Wie charmant!", sagte plötzlich eine Stimme im Flur. Herein trat eine Frau in einem flauschigen rosa Jogginganzug, der vermutlich aus den achtziger Jahren stammte und sich farblich absolut nicht mit ihren nach allen Seiten abstehenden rötlichen Haaren vertrug. Sie setzte sich neben Brian. „Guten Morgen allerseits.“ Sie nickte Alex und Gerda freundlich zu. „Danke für das Sofa, ich habe ausgezeichnet geschlafen. Kann ich mir ein Glas Wasser nehmen?“

„Du kannst auch ordentlich frühstücken.“

„Wunderbar! Das wollte ich nur hören.“

Gerda hätte nicht genau sagen können, inwieweit sich Nualas Englisch von Alex’ unterschied, aber sie war definitiv schwieriger zu verstehen. Wenn Alex sprach, wirkte das entspannter, weniger hektisch. Aber beide betonten das Th wie ein T und das R wie ein deutsches R. Das hörte sich unerwartet vertraut an. Es war vielleicht deshalb ein sympathischer Akzent, stellte Gerda fest.

Sie blickte auf die Uhr, es war kurz nach acht. Alex bemerkte das, bot ihr an, auch etwas zu essen, doch Gerda schüttelte den Kopf. Nuala erzählte dann unaufgefordert, dass sie alte Damen im Umgang mit dem Internet unterrichtete. Und die Engländer prahlten mit ihrer Gärtnerei.

„Und was machst du so, Gin?“, wollte Brian dann wissen. Auf einmal blickten sie alle an.

„Wie bitte?“

„Was machst du beruflich?“

Gerda atmete tief durch. „Nichts. Ich wurde entlassen.“

„Weshalb?“, fragte Alex.

„Zu langer Klinikaufenthalt.“ Es war doch egal, wenn sie es wussten. Das alles hier würde ohnehin gleich keine Bedeutung mehr haben.

„Wie lange warst du krank?“, fragte Nuala.

„Eine Weile“, sagte Gerda ausweichend und trank einen letzten Schluck vom Kaffee. Das würde reichen müssen, sie musste hier weg.

„Hattest du einen anstrengenden Job?“, wollte Alex wissen und blickte Gerda aufmerksam an.

Gerda beschloss, die Meute zum Schweigen zu bringen. „Allerdings! Deshalb ging im vergangenen Jahr die Beziehung in die Brüche, die dazu gedacht war, ewig zu halten. Damit verlor ich auch mein Kind. Und die anschließende Affäre mit einem verheirateten Mann kostete mich das letzte bisschen Selbstachtung. Vor allem aber kostete sie mich meine Oma. Und dreißig wurde ich auch."

Wie erwartet, machte ihre Erklärung sie alle sprachlos. Gerda stand auf, leerte den restlichen Kaffee in den Ausguss, stellte die Tasse in die Spülmaschine und ging schließlich ohne ein weiteres Wort nach oben.

Als sie eiligst ihre Toilettenartikel einsammelte, tauchte Alex auf. „Das klingt nach einer harten Zeit, Gin."

„Ausgerechnet an dem Tag, als mich zwei Teenager mit ihrem Vater im Bett erwischten und mich Schlampe Nummer vier nannten, stellte meine Oma fest, dass ihr Pillendöschen leer war. Oma starb, weil ich versprochen, aber wegen Richard vergessen hatte, ihr die Pillen aus der Apotheke zu besorgen, die sie für den Notfall gebraucht hätte. Der Notfall trat ein und es waren keine Pillen da. Und das nur, weil ich geglaubt habe, etwas suchen zu müssen, was ich längst verloren hatte."

„Gott!"

„Oh, der war auch nicht da! Der ist nie da, wenn man ihn braucht. Ich war dann vorübergehend in einer Klinik. Ich hätte mir nichts angetan, aber man hatte Angst, ich könnte es, also haben sie mich sicherheitshalber weggesperrt. Und so habe ich schließlich auch noch den Job verloren, wegen dem die Tragödien dieses Jahres erst begonnen hatten."

Alex lehnte sich gegen den Türrahmen, blickte sie nachdenklich an. „Und da hast du dir gedacht, Weihnachten halte ich zu Hause nicht aus, ich fliege ins Ausland und versuche, auf andere Gedanken zu kommen?"

Gerda spürte, wie ihr Tränen in die Augen stiegen. „So ungefähr, ja. Ich dachte, ich könnte vorübergehend so tun, als lebte ich ein anderes Leben. Als wäre ich frei von diesem Jahr. Als wäre alles nicht so schlimm."

„Dann fahr doch nicht achtlos durch die Gegend, Gin! Genieße Irland! Es kann Wunden heilen, du wirst sehen."

„So einfach ist es nicht, Alex. Dieses fürchterliche Jahr war nach meiner Ankunft hier noch nicht zu Ende."

„Ich habe den kaputten Scheinwerfer gesehen. Hattest du einen Unfall? Wurde jemand verletzt? Hast du vielleicht nicht angehalten?"

Gerda schüttelte heftig den Kopf. Den Kampf mit den Tränen würde sie gleich verlieren. Sie schnappte sich ihr Gepäck und lief an Alex vorbei die Treppe hinunter.

Alex eilte ihr nach. „Warte, Gin! Vielleicht kann ich dir ja helfen."

Gerda kümmerte sich nicht um die anderen Gäste, die neugierig aus der Küche traten, und nahm ihre Jacke an sich.

„Hat sie noch nicht bezahlt?", wollte Nuala wissen.

„Muss sie denn etwas zahlen?", fragte Brian verwundert.

Gerda riss die Tür auf und stürmte hinaus. Sie hüpfte in das Auto, brach in Tränen aus und fuhr davon.

2

Bei der Hungersnot-Gedenkstätte in Murrisk, am Fuße von Westports berühmtem Berg Croagh Patrick, hielt Gerda am Straßenrand hinter Touristenbussen an, die asiatische Urlauber absetzten. Sie musste zurück, wusste sie. Sie musste sich für ihr undankbares Verhalten entschuldigen. Es war falsch gewesen wegzufahren. Sie würde bei

Alex anklopfen, sorry sagen, für die Übernachtung bezahlen … und dann was?

Gerda stieg seufzend aus dem Wagen, zwängte sich an aufgeregten Touristinnen vorbei und machte sich auf den Weg in Richtung Bucht. Weg von den Menschen, weg von verdammten Entscheidungen. Es war schön hier. Sie würde sich auf die Landschaft konzentrieren. Sie könnte sich auch die Gedenkstätte näher ansehen, und die Ruine des mittelalterlichen Klosters hinter ihr. Hätte sie die richtigen Schuhe mit, wäre sie den Croagh Patrick hochgegangen, um von oben die Clew Bay zu bewundern.

Sie blieb tatsächlich den ganzen Vormittag in Murrisk. Erst gegen Mittag ging Gerda dann wieder zu ihrem Wagen. Allerdings nicht, um endlich wieder nach Westport zurückzufahren, sondern um sich auf den Rücksitz zu setzen, vom Mozartlikör zu trinken, den sie für Karen gekauft hatte, und um so lange zu weinen, bis sie eingeschlafen war.

Als sie Stunden später aufwachte, war es schon dunkel. Heftiger Wind peitschte Regen gegen den Wagen, die Busse waren weg, die Straße leer. Gerda fror, aber dafür schien ihr Kopf endlich zu funktionieren. Das Weglaufen hatte hiermit ein Ende, entschied sie. Sie musste endlich wieder damit anfangen, das Richtige zu tun. Manchmal reicht eine erste richtige Entscheidung, pflegte ihre Oma zu sagen. Dann ergäben sich automatisch auch die nächsten richtigen Entscheidungen.

Sie fuhr zurück nach Westport.

Alex' Haus fand Gerda zwar nicht mehr, aber nachdem sie im Ort geparkt hatte, zeigten ihr Einheimische den Weg zum *Mustang Sally's*.

Als sie schließlich ankam, war sie nicht nur durchgefroren und nass bis auf die Haut, auch ihre Arme schmerzten, weil sie ihren Koffer hinter sich hergezogen hatte, den sie nicht im Auto lassen wollte. Gerda zögerte. Das Pub würde voller Menschen sein, sie würde sich nicht zurückziehen können. Ein Blick durch das mit allerlei Informationen voll geklebte Fenster bestätigte ihre Befürchtungen. Als die Tür aufging, neben der ein Plakat mit Alex' Namen darauf die Silvester-Party ankündigte, war zu hören, dass die Stimmung im Pub ausgelassen war. Man hielt ihr freundlich lächelnd die Tür auf und tief durchatmend trat Gerda schließlich ein.

Das kitschig weihnachtlich dekorierte Lokal war voller gut gelaunter Gäste, aber die Stimmung war bemerkenswert unaufdringlich. An den Tischen saßen Familien mit Kindern und Großeltern, und Gruppen junger Leute. Pärchen und Einzelpersonen hatten es sich an der Bar gemütlich gemacht. Man lachte, erzählte sich Geschichten, flirtete oder genoss die Musik. Die war laut und kam von rechts hinten.

In einer Ecke, kaum getrennt von den Tischen, neben Verstärkern und zwei großen Lautsprechern, entdeckte Gerda tatsächlich eine singende Alex. Sie saß entspannt auf einem Hocker, eine Akustikgitarre in den Händen, ein Mikro vor sich, und wurde von einem breitschultrigen, großen blonden Mann Mitte dreißig am Keyboard begleitet. Er hatte ein rundes Gesicht und trug eine Brille. Zwischen den beiden stand ein kleines Mädchen mit einem großen Mikro in der Hand, das mit Alex einen Weihnachtssong von John Lennon sang, den Gerda nicht leiden konnte. Mit dem Selbstbewusstsein eines Profis saß Alex ihrem Publikum gegenüber, und ihre klare, natürlich wirkende Stimme passte sich der verhaltenen Lautstärke des Mädchens an, mit dem sie unterstützend Blickkontakt hielt. Gerda war beeindruckt: Alex konnte tatsächlich singen.

Mit dem Koffer im Schlepptau ging sie zur Toilette, um sich frisch zu machen. Danach würde sie sich bei Alex entschuldigen und sie für die Übernachtung und die Bergung des Autos bezahlen. Dann würde sie eine Kleinigkeit essen, denn auch damit musste sie endlich wieder anfangen, und schließlich würde sie sich ein Hotel suchen. Und morgen in der Früh würde sie all ihren Mut zusammennehmen, um die nächste richtige Entscheidung zu treffen. Was immer das auch für eine sein mochte.

Als sie die Tür zu den Toiletten öffnete, kam ihr Nuala entgegen. Den rosaroten Jogginganzug hatte sie gegen ein weiteres Relikt aus den Achtzigern getauscht, einen orange-grünen Overall. Die Haare mit den unterschiedlichen Rottönen wirkten wie frisch vom Friseur; die vielen Ohrstecker glitzerten weihnachtlich. Sie war attraktiv geschminkt.

Nuala war überrascht: „Ich dachte, du bist schon über alle Berge."

„Da wollte ich auch hin."

„Und wieso bist du zurückgekommen?"

„Weil es zum richtigen Zeitpunkt der richtige Schritt in die richtige Richtung ist."

* * *

Mit *Last Christmas* wollten sie offiziell aufhören, aber Sallys Publikum ließ das natürlich nicht zu. Alex beobachtete ihren Freund dabei, wie er sein Keyboard für *Mustang Sally* einstellte, während er noch so tat, als wäre er überrascht, dass man zu Weihnachten diesen Song erwartete. Sie wusste genau, wie gerne Declan ihn spielte – und das Publikum wusste es auch. Es war quasi sein Song und einer der wenigen, den er auch alleine singen durfte, ohne dass die Leute ihn gut gelaunt, aber auch gnadenlos, auspfiffen. Natürlich würden sie *Mustang Sally* spielen, das war keine Frage, und das hatten sie auch von Anfang an gewusst. Alex bedeutete also der kleinen Caitlin, erneut zu ihr und ihrem Vater nach vorne zu kommen. Die hatte wieder ganz hinten neben ihrer Mutter und bei den Durhams und Nuala Platz genommen, und eben dort entdeckte Alex jetzt auch Gin, was sie überraschte. Alex nickte ihr zu, verhalten winkte Gin zurück. Unter dem Applaus des Publikums eilte Caitlin sofort aufgeregt zu Alex und nahm sich ganz professionell wieder ihr Mikro. Alex konzentrierte sich, lächelte Caitlin zu, tauschte die Akustik- mit der E-Gitarre, schob den Hocker zur Seite – diesen Song spielte man nicht im Sitzen – und drehte sich zu Sally um, die hinter dem Tresen ein Bier ausschenkte.

Sally, die über zweihundert Pfund schwere Inhaberin des Pubs, wischte sich mit dem Arm den Schweiß von der Stirn und überließ Cheryl die Bar. Sie hängte sich ihr Saxofon um und stellte sich hinter Caitlin. Dann zog sie Alex' Hocker heran und setzte sich erschöpft darauf.

„Bereit, wenn ihr es seid", sagte Sally. „Aber danach will ich Ruhe, es ist immerhin Weihnachten! Cheryl, wo ist mein Mikro? Ich habe kein Mikro, bring mir ein verdammtes Mikro!"

Die neue Frau hinter der Bar – jung, wunderschön und meistens stumm wie ein Fisch, wenn sie nicht gerade einen Gast anschrie – zapfte in aller Ruhe ein Guinness zu Ende, als hätte sie Sally gar nicht gehört. Eine weitere Minute später, wenn nicht sogar zwei, brachte sie Sally das Mikro und ignorierte die vier Jungs aus Spanien, die in begeistertes Gejohle ausbrachen, wann immer Cheryl hinter der Bar hervorkam und deutlich zu sehen war, dass sie nicht nur ein hübsches Gesicht, sondern auch einen attraktiven Körper hatte. Als die Jungs zur Ruhe gekommen waren, blickte Alex in die Runde. Es war Zeit für den allerletzten Song des Abends, für viele das Highlight. Sie sah zu Declan und genoss das Strahlen in seinem Gesicht, das er immer hatte, wenn er *Mustang Sally* singen durfte.

„Bereit für deinen Song, Sally?"

„Mein Gott, fang endlich an, Alex!", schimpfte die dicke Wirtin mit dem Saxofon, aber dann lächelte sie. Es war immerhin eine Ode an ihr Pub. Und es war eine Ode an sie, die dieses Pub seit fast dreißig Jahren führte und zu einem beliebten Treffpunkt für ganz Westport gemacht hatte. Die wirklich glorreichen Zeiten des *Sally's* waren allerdings längst vorbei. Sally war älter geworden in den letzten Monaten, sie wirkte müde. Umso mehr wussten die Leute zu schätzen, dass sie jedes Mal, wenn Alex und Declan auftraten, ihr Saxofon auspackte und damit vor sie trat.

Alex blickte zu Caitlin, die nur darauf gewartet hatte, dass sie ihr endlich zunickte. Augenblicklich zählte Caitlin sie wie üblich mit einem „Eins, zwei, drei, vier" ein und Alex griff in die Saiten.

Während sonst Alex es war, die die Aufmerksamkeit des Publikums genoss, waren alle Augen nun automatisch bei Declan. Aus dem schüchtern wirkenden Hünen wurde von einer Minute auf die andere der leidenschaftliche Soulsänger, den sie so liebten und der sich zur Freude des Publikums und zur Belustigung seiner Tochter und Alex' bald kaum mehr im Zaum halten konnte. Sowohl Caitlin und Alex als auch das Publikum unterstützten Declan mit dem Refrain „Ride, Sally, ride!". Und je länger der Song dauerte, desto mehr schwitzte Declan, und Schweißtropfen stoben quer über den ersten Tisch im Publikum hinweg, als er schließlich aufstand, um im Stehen weiterzuspielen und dabei vor lauter Körpereinsatz fast das Keyboard umwarf. Das führte dazu, dass Publikum, Caitlin und Alex einen Lachanfall bekamen, was dieses *Sally* zum lustigsten ihrer Karriere machte.

Als der Song zu Ende war, brüllten und klatschten Sallys Gäste dankbar, wie sie es immer nach diesem Lied taten, zumal das auch stets Alex' und Declans letzter Song war und der Applaus so auch ihrem ganzen Auftritt galt. Sally umarmte alle drei und bedankte sich, was sie vor Publikum noch nie gemacht hatte. Dann ging sie hinter ihren Tresen zurück, während Alex und Declan mit Caitlins Hilfe ihre Instrumente zusammenpackten und Cheryl die Anlage einschaltete, aus der wieder Weihnachtsmusik erklang.

„Tolle Slapstick-Einlage, Schatz", sagte Mandy schließlich zu ihrem Ehemann und drückte Declan stolz einen Kuss auf den Mund. „Und du wirst immer besser, meine Kleine", wandte sie sich an ihre Tochter und ließ Caitlin neben sich auf die Bank. „Bin gespannt, ob wir das Adrenalin heute noch aus dir herauskriegen oder ob du tatsächlich durchmachen musst. Großartiger Auftritt, Alex, wie üblich."

„Danke, Mandy. Und danke auch dir, Caitlin. Du bist eine wichtige Unterstützung für deinen Vater und mich. Ohne dich würde der Song gar nicht mehr funktionieren, fürchte ich."

Caitlin nickte eifrig. „Ich weiß das, das Publikum weiß das, du weißt das offenbar, Dad weiß es sicher auch, aber Gage kriege ich trotzdem keine. Gerecht ist das nicht."

Der ganze Tisch lachte. Alex fischte einen Zwanzigeuroschein aus ihrer Hosentasche und reichte ihn der jungen Freundin. „Ist das angemessen, was denkst du? Oder wie viel verlangst du?"

Caitlin griff sofort zu. Sie wirkte mehr als zufrieden.

„Wahnsinn!", sagte der Engländer begeistert. „Ich bin beeindruckt, Alex, wirklich. Übrigens: Schon gesehen, wer wieder da ist?"

Alex nickte und drehte sich Gin zu. „Hey", grüßte sie und sah ihr erwartungsvoll in die dunklen Augen.

„Ich möchte mich entschuldigen, Alex", erklärte Gin und hielt ihrem Blick stand. „Außerdem habe ich mich nicht bei dir bedankt. Und ich habe dir auch die Unkosten noch nicht erstattet."

„Außerdem muss sie wohl wieder irgendwo schlafen", ergänzte Brian grinsend, woraufhin Joanne ihm den Ellbogen in die Rippen stieß.

„Gin, das sind Mandy und Declan Donnellan und ihre Tochter Caitlin, die sehr wahrscheinlich mal den Eurovision Song Contest für Irland gewinnen wird. Das ist Gin, sie kommt aus Österreich. Sie verbringt die Feiertage in Irland und hat letzte Nacht bei mir übernachtet."

Mandy meinte, sie hätten sich bereits kennengelernt, und Declan reichte Gin die Hand. „Freut mich. Den Song Contest werde allerdings ich bestreiten, nicht mein Kind." Alle lachten, auch Gin zwang sich dazu, aber Alex wusste, dass Declan das ernst meinte.

„Hat dir unser Auftritt gefallen?", fragte er Gin.

„Ich bin gerade erst gekommen", erwiderte die. „Aber was ich gesehen und gehört habe, war toll, ja. Ihr seid ein gutes Team."

„Die haben noch immer keinen Bandnamen", erklärte ihr Caitlin.

„Dann denk dir doch mal einen für uns aus", sagte Alex zu ihr und bemerkte, dass Gin kein Getränk vor sich hatte.

„Wie gefällt es dir bei uns in Irland?", fragte Declan Gin gut gelaunt, als Caitlin sich an ihn kuschelte und er seiner Tochter liebevoll den Arm um die Schultern legte und sie auf den Scheitel küsste.

„So viel habe ich noch nicht gesehen."

„Hast du Familie hier besucht?"

„Ich habe hier keine Familie."

„Ich habe Durst und du scheinst auch was zu brauchen", sagte Alex zu Gin. „Begleitest du mich an die Bar?"

Sie stellten sich an das linke Ende des Tresens, hier hatten sie ausreichend Platz, und bestellten einen Hot Whiskey für Gin und ein Stella für Alex. Alex hatte schon viele Leute hinter Bars erlebt, aber nur wenige waren so flink und effizient wie Cheryl, die zwei Minuten später wieder bei ihnen war. „Zahlst du beides?", wollte sie von ihr wissen. Alex nickte. Gin wollte mit dem Portemonnaie in der Hand protestieren, aber Cheryl meinte seufzend: „Gut, dann geht beides aufs Haus" und war auch schon wieder weg.

„Solltest du noch keine Unterkunft gefunden haben", begann Alex und schob sich ihr Bier zurecht, „kannst du selbstverständlich wieder bei mir übernachten. Nur kann ich dir dieses Mal lediglich den Fußboden anbieten. Brian und Joanne warten bei mir auf den Anruf ihrer Cousine, und mein Schlafzimmer kriegt Declan mit seiner Familie. Sie sind aus Galway und werden erst morgen zurückfahren. Nuala wagt sich mit dem Rad noch nicht auf die Straße, sie schläft wieder auf dem Sofa. Also werde ich am Boden vor dem Fernseher schlafen. Ich habe Decken und Kissen und hätte auch einen Schlafsack für dich. Wenn der Boden im Wohnzimmer in Ordnung ist, bist du willkommen."

Gin wagte kaum sie anzusehen. „Du musst mich für ziemlich merkwürdig halten", sagte sie leise.

„Ich halte dich für verzweifelt."

Jetzt blickte sie ihr kurz in die Augen, konzentrierte sich aber gleich wieder auf ihren Whiskey, der ihr, dem Gesichtsausdruck nach zu urteilen, nicht besonders zu schmecken schien.

Auf einmal hatte Gin wieder Tränen in den Augen. Mit einem Lächeln entschuldigte sie sich dafür: „Das passiert mir immer, wenn ich den Song höre, der gerade gespielt wird. *When a Child Is Born* ist bei uns kein Weihnachtslied, sondern eine uralte Liebesschnulze mit dem Titel *Tränen lügen nicht*. Aus mir unerfindlichen Gründen muss ich immer heulen, wenn ich den höre. Das ist mir eigentlich ziemlich peinlich, entschuldige."

„Na ja, Tränen lügen nun einmal nicht. Kein Grund, sich zu entschuldigen, Gin. Mir geht es mit den meisten Weihnachtsliedern so. Aber nur, weil ich sie nicht leiden kann."

Gin lächelte ein trauriges Lächeln, fuhr sich mit ihren schlanken Fingern und den kurz gefeilten, pflaumenfarben lackierten Nägeln gedankenverloren durch ihr schulterlanges Haar und spielte dann mit dem Anhänger ihrer Halskette, einem silbernen Schwan. Um sie nicht ansehen zu müssen, richtete Gin ihren Blick auf den Whiskey vor sich. Sie hatte ein nettes Gesicht, stellte Alex fest und fragte sich, wie sie wohl aussehen mochte, wenn sie fröhlich war.

„Du musst den Hot Whiskey nicht trinken."

„Er wärmt und entspannt, ist schon okay."

„Hast du vor, dich zu betrinken?"

Gin schüttelte den Kopf. „Ich will nur genießen. Ich weiß gar nicht mehr, wie das geht. Vielleicht sollte ich auch euer Guinness probieren."

„Doch, du willst dich betrinken."

„Okay, ich will mich betrinken. Ich habe mir das ein ganzes Jahr lang nicht erlaubt, ich will es mir jetzt gestatten. Ich habe heute beschlossen, mich wieder in den Griff zu bekommen. Ich möchte jetzt nur genießen. Einen Abend lang. Ich sterbe mir sonst innerlich weg, wenn ich das nicht mehr schaffe." Gin wartete, bis Cheryl in der Nähe war, dann bestellte sie ein Pint Guinness für sich und ein zweites Bier für Alex, obwohl die erste Flasche noch halbvoll war.

„Na dann, *sláinte*, Gin."

„Prost, Alex. Und entschuldige. Dass ich einfach so weggefahren bin, dass ich weder für die Übernachtung noch für das Auto etwas bezahlt habe, das war unhöflich. Ich bin sonst nicht so."

„Dann entschuldige ich mich dafür, dass ich so neugierig war. Ich bin sonst aber auch so. Sind wir jetzt quitt?"

„Okay", sagte Gin lächelnd und trank einen Schluck von ihrem Guiness. Angeekelt verzog sie das Gesicht. „Habt ihr auch richtiges Bier?"

Alex schob ihr schmunzelnd das frische Lager zu, mit dem Gin schließlich zufrieden war, und erbarmte sich des Guinness. „Du sprichst übrigens gut Englisch."

„Danke. Mit Menschen kann ich offenbar nicht mehr so richtig, aber ich bin noch ganz gut mit Sprachen. Eure Aussprache macht es mir allerdings nicht leicht, um ehrlich zu sein. Es wird ein bisschen dauern, bis ich mich daran gewöhnt habe."

„Noch ein, zwei Stellas und du wirst keine Probleme mehr haben. Weder mit unserem Englisch noch mit den Menschen."

Alex hätte noch einiges von Gin wissen wollen, aber erstens wollte sie sie nicht wieder bedrängen, zweitens wollte sie den Abend auch mit Declan und seiner Familie verbringen. Außerdem sollte sie auch ihre anderen Gäste nicht vernachlässigen. Als sie zurück an den Tisch kamen, zogen sich Declan und Mandy aber überraschenderweise die Mäntel über.

„Ich habe gerade einen Anruf gekriegt, Alexandra", erklärte Declan. „Ich muss schleunigst zurück."

„Ach, Dec!"

„Leichenfund", sagte er leise, „tut mir leid."

„Dass du so einen Job machen kannst, werde ich nie verstehen. Du hast all meinen Respekt dafür, aber mir ist das unbegreiflich." Alex blickte zu Mandy, die der Kleinen die Jacke reichte und versprach, den Abend nachzuholen. Sie verabschiedeten sich von Alex' überraschten Gästen und waren schon draußen, bevor jemand Fragen stellen konnte.

Brian leerte sein Bier und lächelte in die Menge. „Dann sind wir also wieder ganz unter uns, so wie ich das sehe." Mit einem Grinsen wandte er sich an Alex und Gin. „Und ihr beide müsst nicht auf dem Boden schlafen. Ist das nicht schön?"

Alex lag bereits im Bett, als ihr Gast in Shorts und Shirt aus dem Badezimmer kam, ein großes Glas Wasser in der Hand. Gin hatte ziemlich lange Beine. „Magst du noch etwas essen, Gin?“ Sie schüttelte den Kopf. „Du hattest lediglich ein Sandwich, aber einen Hot Whiskey, zwei Stella und Mandys Strongbow. Du könntest was Festes im Magen vertragen.“

„Ich würde mich nur übergeben.“ Gin schwankte leicht, als sie um das Bett herumging. Am Fußende blieb sie kurz stehen und blickte Alex gedankenvoll an. „Ist es wirklich in Ordnung, wenn ich wieder hier übernachte? Ich könnte doch tatsächlich im Wohnzimmer auf dem Boden schlafen. Eigentlich wollte ich ja in ein Hotel.“

Alex schlug einladend Gins Bettdecke zurück und schmunzelte. „Leg dich einfach hin!“

Gin nickte zufrieden, setzte sich dann auf das Bett und trank mit einem großen Schluck das Glas leer. Vorsichtig legte sie sich dann nieder. „Als ich das letzte Mal so betrunken war, ging ich noch zur Schule.“ Unvermittelt zeigte sie dann auf das Poster an der Tür. „Sag mal, das ist doch ein Pärchen, oder? Diese ineinander verschlungenen, eingeölten, wunderschönen Nackten. Oder sind das gar mehr als zwei Personen?“

„Gefällt es dir?“

„Sind das ein Mann und eine Frau?“

„Schwer zu sagen.“

Eine Minute lang sagte Gin gar nichts. „Hast du eigentlich einen Freund, Alex?“, wollte sie dann aber wissen.

Alex drehte sich ihr zu. „Single und glücklich.“

„Lief da mal was zwischen Declan und dir?“

„Gott, nein!“ Alex musste lachen.

„Ist das so abwegig?“ Gin sah sie neugierig an.

„Natürlich! Er ist mein bester Freund – und glücklich verheiratet. Declan hat aber eine große Schulter zum Ausweinen. Ich musste sie nur bis jetzt nicht in Anspruch nehmen. Wie lange warst du eigentlich mit deinem Partner zusammen? Also, nicht mit dem mit den drei anderen Schlampen vor dir, sondern der davor." Das ließ Gin auflachen. Es war das erste Mal, dass Alex sie lachen sah. Und da merkte sie, was sie gesagt hatte. „Verdammt, so habe ich das nicht sagen wollen, entschuldige bitte! Ich halte dich natürlich nicht für eine Schlampe, ich meine ... gottverdammter Alkohol!"

„Schon gut, Alex." Von einer Sekunde auf die andere wurde Gin ernst. „Wir waren sechs Jahre zusammen. Die Liebe meines Lebens. Ein Verlust, der so wehtut, dass es eigentlich fast nicht zu fassen ist."

„Das tut mir so leid, Gin. Möchtest du es mir erzählen?"

„Nein."

„Natürlich nicht, entschuldige."

Minutenlang schwiegen sie, dann stand Alex auf, schloss ab, schaltete das Licht aus und kletterte wieder ins Bett. „Ich bin froh, dass du zurückgekommen bist", sagte sie.

Gin grunzte zustimmend. Eine Minute später bestätigte ein tiefes Ein- und Ausatmen, dass sie eingeschlafen war.

* * *

Um Mitternacht traf Declan in Knocknaccara ein. Die kleine mollige Frau mit den kurzen Beinen und dem mächtigen Hintern trat aus dem Haus und kam ihm entgegen. Moira hatte ihre langen, stark ergrauten Haare wie üblich zu einem strengen Pferdeschwanz zusammengebunden. So ungeschminkt sah sie heute Abend älter aus als dreiundfünfzig. Sie begrüßten sich und sie teilte ihm gleich mit, dass Gerichtsmedizin und Spurensicherung noch da waren und auf ihn gewartet hatten. Es fühlte sich trotzdem schon wieder so an, als wäre er zu ihrem Fall dazu gebeten worden, obwohl es seiner war.

Moira Gallagher und Declan waren Kollegin und Kollege gewesen, bis Declan vor fast zwei Jahren zum Superintendent aufgestiegen war. Alle waren davon ausgegangen, dass Moira dem gemeinsamen Vorgesetzten, der in das Hauptquartier der Garda Síochána nach Dublin berufen wurde, nachfolgen würde. Sie hatte schon damit begonnen, ihren Schreibtisch auszuräumen. Überraschenderweise wurde aber Declan befördert, der damals gerade erst zweiunddreißig gewesen und bis heute davon überzeugt war, die Beförderung im Gegensatz zu Moira nicht verdient gehabt zu haben. Es war nicht das erste Mal, dass sie übergangen worden war. Und obwohl er nichts dafür konnte und sie ihn dafür auch nicht verantwortlich zu machen schien, hatte er ein schlechtes Gewissen, denn Moira war eine Freundin.

Als sie gemeinsam zum Tatort marschierten, begann sie ihn in den Fall einzuweihen. „Der Tote heißt Jonathan Rhodes, ist siebenundfünfzig Jahre alt und arbeitete als Bauarbeiter, wenn er Jobs bekommen hat. Zurzeit war er arbeitslos. Seine Frau – sie sitzt in der Küche – hatte Weihnachten bei ihren Eltern in Clare verbracht. Als sie heute zurückkam, fand sie ihren Mann im ersten Stock im Treppenhaus am Boden liegen, mit einer blutigen Wunde am Kopf."

„Lebte er noch?"

Moira schüttelte den Kopf. „Vor vier Tagen, als Mrs Rhodes zu ihren Eltern fuhr, sei noch alles in Ordnung gewesen, sagt sie. Der Gerichtsmediziner meint, er sei seit ungefähr achtundvierzig Stunden tot. Näheres kann er uns aber erst nach der Obduktion sagen."

Also gestorben am Heiligen Abend, Declan seufzte. Er folgte Moira ins Haus, die ihn, ohne ihn einen Abstecher zu der Hinterbliebenen in die Küche machen zu lassen, die Treppe in den ersten Stock hinaufführte. Im Haus brannten sämtliche Lichter und fast ein halbes Dutzend Personen von der Spurensicherung waren damit beschäftigt, Beweise zu sichern. Am Treppenende angekommen, begrüßte ihn ein junger Mann, der nicht so aussah, als wäre er schon lange aus der Schule. Hinter ihm lag die Leiche.

Moira stellte die Männer einander vor.

„Was können Sie schon sagen, Dr. Grain?"

„Der Tote ist vermutlich seit vorgestern tot. Er weist eine Kopfwunde auf. Ob ihm die zugefügt wurde oder ob er gestürzt ist, worauf die Blutspuren auf der Kante des Kastens hier im Treppenhaus hindeuten, kann ich erst nach der Obduktion sagen. Es scheint durchaus möglich, Superintendent, dass wir es hier mit einem Unfall zu tun haben."

Declan nickte und nahm seinen Blick nicht von der Leiche. Der Verstorbene lag auf dem Boden, neben ihm befanden sich Scherben eines Bilderrahmens, der an der Wand daneben gehangen haben dürfte. Das Foto darunter zeigte das Opernhaus von Sydney mit zwei Personen davor. Der von Grain erwähnte Kasten mit den Blutspuren an der Kante stand unverrückt an der Wand daneben, der Teppich, auf dem der Tote lag, war stark verrutscht. Möglicherweise hatte hier ein Kampf stattgefunden. Vielleicht war er aber auch nur zur Toilette gelaufen und dabei ausgerutscht. Spuren von Kot oder Urin an der Hose gab es nicht.

Declan ging neben dem Toten in die Hocke. Die Leiche war festlich gekleidet: dunkler Anzug, helles Hemd, saubere schwarze Halbschuhe. Sein stark ergrautes Haar war kurz und modisch geschnitten. Der letzte Besuch beim Friseur dürfte nicht lange her gewesen sein. Rhodes schien zu der Sorte Personen gehört zu haben, die es sich zu Weihnachten nicht im Schlafanzug vor dem Fernseher gemütlich machen, sondern die am Heiligen Abend beeindrucken wollen. Zumindest hatte es den Anschein, und das war ungewöhnlich für einen arbeitslosen Bauarbeiter. Und was machte seine Ehefrau allein bei ihren Eltern? Hatten sie sich gestritten? Declan verlagerte sein Gewicht, sah sich das Gesicht des Mannes aus der Nähe an. Die Augen tot, der Mund halb geöffnet, das Gesicht grünlich. Er blickte auf Rhodes' Hände, die nicht etwa manikürt waren, was dem ganzen Aufzug etwas an Seriosität nahm. Es waren die schwieligen Hände eines Arbeiters, die Fingernägel eines Mannes, der nach fast sechzig Jahren noch Schwierigkeiten hatte, mit einer Nagelfeile umzugehen.

Declan richtete sich auf und gab sein Okay für den Abtransport.

Der Tote lag im Flur und vor einem kleinen Zimmer, in dem zwei Personen damit befasst waren, Fingerabdrücke zu sichern und Fotos zu machen. Declan trat ein. Den rechten hinteren Teil des Zimmers dominierte ein gemütlicher Fernsehsessel, allerdings gab es keinen Fernseher im Raum. An den Wänden standen zu einem überwiegenden Teil Regale mit Büchern, Ordnern und Schallplatten. Gegenüber vom Fernsehsessel befand sich ein kleiner Schreibtisch mit einem dunklen schweren Bildschirm darauf. Darunter stand ein Rechner, der vertraut surrte.

„Darf ich hier schon was anfassen?", wollte Declan von der Frau der Spurensicherung wissen, die gerade ihren Arbeitskoffer zuklappte.

Sie nickte. „Kein Problem, bin fertig. Der Computer war übrigens an."

Declan bewegte die Maus. Sofort erwachte der Bildschirm zum Leben und Declan erkannte, dass der Computer mit dem Internet verbunden war. Die Seite mit den Ankunftszeiten der Flüge am Dubliner Flughafen war geöffnet, ebenso eine Onlinezeitung mit dem Wetterbericht. Chat-Fenster waren auf dem Desktop verteilt. Declan rief einen Computerexperten an. Er wollte rasch einen detaillierten Bericht über die letzten Aktivitäten auf diesem Computer. Da alles nach einem Unfall aussah, versprach Declan sich davon aber nicht allzu viel.

„Was denkst du?“, wollte er von Moira wissen, die im Flur stand und gerade etwas in ihr Handy tippte. Wem schickte sie denn um diese Zeit noch Nachrichten?

Moira tippte flink fertig, dann steckte sie das Handy in ihre Tasche und blickte gähnend zu ihm hoch. „Eiskalter Mord war das keiner.“

Declan nickte. „Das sehe ich auch so. Lass uns zu seiner Frau hinuntergehen. Mrs Rhodes?“

„Linda Rhodes, ja. Und keine Sorge, Declan, sie hat sich im Griff.“

Die Frau des Toten saß in der Küche bei einer Tasse Tee. Eine junge Streifenbeamtin saß neben ihr und wirkte betroffener als Rhodes selbst. Declan merkte schnell, dass er es bei Rhodes mit einer gefassten Frau zu tun hatte, nicht etwa mit einem Häufchen Elend, was ihn positiv überraschte. Linda Rhodes war eine kleine, zierliche Frau im Alter des Verstorbenen. Ihr Haar war unaufdringlich blond gefärbt. Sie wirkte gepflegt und ihre kerzengerade Haltung hatte etwas Aristokratisches. Sie sah nicht aus wie die Frau eines Bauarbeiters, bei Weitem nicht. Der Tote sah allerdings auch nicht wie ein Bauarbeiter aus.

Declan stellte sich vor und sprach ihr sein Beileid aus. Sie blickte aus ruhigen, grau-blauen Augen zu ihm hoch und nickte nur. Sie setzten sich ihr gegenüber an den Küchentisch. Die Streifenbeamtin legte ihr aufmunternd eine Hand auf die Schulter und verließ dann die Küche. Als ein Kollege von der Spurensicherung etwas wissen wollte, stand Moira auf und kümmerte sich darum. Declan blieb mit der Hinterbliebenen alleine.

„Ich habe Ihrer Kollegin Inspector Gallagher schon alles gesagt, aber ich fasse gerne für Sie zusammen, Superintendent“, sagte Linda Rhodes.

„Das wäre nett, Madam.“

„Ich bin am zweiundzwanzigsten zu meinen Eltern aufgebrochen, Ihre Kollegin hat die Adresse des Altenheims, in dem sie wohnen. Wie immer, wenn ich sie besuche, schlafe ich im B&B daneben. Mein Vater ist nicht transportfähig, meine Mutter nur sehr schwer, sie braucht meistens einen Rollstuhl. Zu Weihnachten bin ich immer ein paar Tage bei meinen Eltern, das ist mir wichtig, so lange werde ich sie nicht mehr haben. Jon kam immer nur zu Geburtstagen mit."

Declan hörte aufmerksam zu, nickte und hielt einfühlsam Augenkontakt, wann immer sie ihn ansah. Und das tat sie fast die ganze Zeit über; sie wirkte selbstbewusst. Er war froh, dass sie so gefasst war.

„Ich kam heute spät nach Hause", fuhr Mrs Rhodes fort. „Als ich aufsperren wollte, merkte ich, dass nicht verschlossen war – was ungewöhnlich ist, denn wir schließen ausnahmslos immer die Haustür ab, auch wenn wir zu Hause sind. Es war ruhig im Haus. Hier unten war alles dunkel, aber im Flur oben brannte Licht. Ich nahm an, dass er wieder vor dem Computer saß, er chattet manchmal. Ich rief hoch, sagte, dass ich da sei, aber er reagierte nicht. Ich dachte, er habe die Tür geschlossen und könne mich deshalb nicht hören. Das Internet ist sein Spielzeug geworden. Dabei will er gewöhnlich seine Ruhe haben. Ich habe mir eine Tasse Tee gemacht, erst dann bin ich hochgegangen. Und da lag er."

„Das muss furchtbar für Sie gewesen sein."

„Wir waren seit siebenundzwanzig Jahren verheiratet, kinderlos, wir haben gut funktioniert. Wir liebten uns vielleicht nicht mehr ganz so leidenschaftlich und oft wie in den frühen Jahren unserer Ehe – nicht, dass Sie das etwas anginge –, aber wir waren ein Team, es ging uns gut. Wir hatten keine Schulden und keinerlei Verpflichtungen." Linda Rhodes atmete tief durch, blickte ihm müde in die Augen. „Jetzt ist er tot. Und ich weiß noch nicht, was das bedeutet."

Declan nickte mitfühlend. Die Ruhe, die sie ausstrahlte, war bewundernswert. Vermutlich brach sie in dem Moment zusammen, in dem sie alleine war und niemandem mehr etwas vormachen musste. Er war dankbar, dass sie damit noch wartete. „Haben Sie eine Ahnung, was passiert sein könnte?"

„Ganz ehrlich? Zuerst dachte ich an einen Unfall. Ganz offensichtlich ist er hingefallen und hat sich den Kopf gestoßen. So etwas passiert. Aber die Haustür war nicht verschlossen, so etwas passiert nicht. Wir haben einen Reserveschlüssel, von dem niemand weiß, und der liegt auf der Ablage links vom Eingang. Ich frage mich, wie der dorthin kommt."

„Wo müsste er denn sein?"

„Draußen unter dem Briefkasten befindet sich ein Magnet, den man nicht sehen, nur ertasten kann, wenn man weiß, wonach man sucht. Da müsste sich der Schlüssel befinden. Aber er befindet sich im Haus. Ich habe ihn nicht angefasst, überprüfen Sie ihn auf Fingerabdrücke! Jons Schlüsselbund mit Haustür- und Autoschlüssel hängt, wo er hängen muss, hier über der Kaffeemaschine, sehen Sie? Der mit dem blauen Anhänger ist es. Und da Jon nirgendwohin zu Fuß gehen würde, hat er sich auch nicht versehentlich ausgesperrt."

„Fehlt denn etwas im Haus?"

Linda Rhodes seufzte traurig. „Superintendent, ganz ehrlich, ich habe mir noch nicht die Mühe gemacht, das zu überprüfen. Mein Mann liegt tot da oben. Fehlen tut für mich im Augenblick eigentlich nur er."

„Natürlich. Entschuldigen Sie bitte, Madam."

„Ich werde mich morgen darum kümmern. Wenn Sie mich nicht mehr brauchen, werde ich jetzt zu meiner

Nachbarin gehen, um bei ihr zu übernachten; hier bleibe ich nicht. Ihre Kollegin hat meine Nummer."

„Das ist eine gute Idee, Mrs Rhodes. Hatte Ihr Mann Eltern oder Kinder, die benachrichtigt werden müssten? Geschwister? Brauchen Sie dabei unsere Unterstützung?"

„Nein, Jon hatte nur mich. Danke sehr."

„Wir werden Ihr Haus nicht länger als nötig beanspruchen, Madam."

Die Kollegin von der Streife kam zurück und verließ eine Minute später mit Linda Rhodes das Haus. Dann kam Moira herein. „Sie hat sich bewundernswert gut unter Kontrolle, nicht wahr?", sagte sie.

„Allerdings. Sie steht unter Schock, keine Frage. Aber es fasziniert mich immer wieder, wie unterschiedlich Menschen mit Verlust umgehen. Sie tut mir leid. Sie tun mir immer leid. Was ist dein erster Eindruck von der ganzen Geschichte, Moira? Was denkst du?"

„Sieht nach einem Unfall aus. Der Fall wird wohl schnell gelöst sein. Die Spurensicherung sieht das im Moment ähnlich."

„Hat sie dir gegenüber den Schlüssel nicht erwähnt?"

„Oh, ja doch, hat sie. Aber dann hat ihre Nachbarin angerufen und dann bist du gekommen."

„Die Haustür war nicht verschlossen und der Reserveschlüssel, von dem niemand wusste, befindet sich im Haus und nicht davor."

Moira setzte sich ihm gegenüber und gähnte müde. „Dann dauert es vielleicht doch ein bisschen länger."

„Wetten wir wieder, Moira? Erster-Eindruck-Wette?" Er grinste sie herausfordernd an.

Sie lächelte. „Von mir aus. Ich bleibe bei dem Unfall. Und sollte es Mord gewesen sein, dann sage ich, es war seine Frau. Nur aufgrund des ersten Eindrucks, nicht weil ich tatsächlich einen Grund hätte, sie zu verdächtigen. Hätte sie verzweifelt geheult, würde ich auf den Gärtner tippen, obwohl die Rhodes keinen Rasen haben. Und wenn ich mit einem davon Recht habe, schuldest du mir an einem Samstagabend in einem vollen Pub einen Song, von dem deine Bandkollegin weiß, dass du ihn nicht singen kannst – und du wirst ihn mir widmen."

Declan überlegte kurz, dann nickte er. „Einverstanden. Und wenn beides falsch ist, dann singst du mit mir ein Duett."

„Ich kann nicht singen."

„Ich deiner Meinung nach ja auch nicht."

„Also gut, die Wette gilt." Sie schüttelten sich die Hände.

„Bitte kümmere dich darum, dass wir diesen Haustürschlüssel, der irgendwo links vom Eingang auf einer Ablage liegen muss, untersuchen, und ich schaue mir das Haus an."

3

Am nächsten Morgen halfen die Durhams und Gin Alex dabei, ihren Wagen zurück auf die Straße zu bringen. Danach machte Alex sich mit Gin auf die Suche nach deren Auto, von dem sie nicht mehr wusste, wo sie es abgestellt hatte.

Sie saßen in Alex' Jimny, als Declan anrief. „Alexandra, ich muss dich etwas Wichtiges fragen: Die Österreicherin, die vorgestern bei dir übernachtet hat: Weißt du, wann sie wieder weitergefahren ist? Und wohin?"

„Noch gar nicht. Wieso fragst du?"

„Sie ist noch in Westport? Bei dir etwa? Kann sie mich hören?"

„Ist sie, aber kann sie nicht. Was ist denn los, Declan?"

„Bitte beantworte mir folgende Fragen mit Ja oder Nein, wenn sie in der Nähe ist, Alexandra! Weißt du, ob sie in Galway war, bevor sie nach Westport kam?"

„Gut möglich, wieso?"

„Ihr kennt euch erst zwei Tage, nicht wahr?"

„Ja. Wieso, Declan?"

„In deiner Auffahrt sah ich nur den Wagen der Engländer. Kam sie mit einem roten Nissan? Und erschien er dir in Ordnung oder war irgendetwas beschädigt? Zum Beispiel der Scheinwerfer vorne rechts?"

Alex entgegnete nichts. Damit hatte sie nicht gerechnet. Sie blickte zu Gin, die sie neugierig musterte.

„Kommt sie aus Salzburg?", fuhr Declan fort, ohne auf ihre Antwort zu warten. „Kennst du ihren richtigen Namen? Heißt sie vielleicht Gerda Isabella Noppinger? G,I,N?"

Alex fuhr an den Fahrbahnrand und hielt an. „Klär mich auf!"

„Ich frage dich im Moment nicht als Freund, Schatz, ich frage dich beruflich. Entschuldige. Ich habe also mit allem recht, nicht wahr?"

„Wenn das beruflich ist, muss ich dir nicht antworten."

„Es geht um den Leichenfund von gestern", entgegnete Declan. „Wir haben einen Mann tot in seinem Haus gefunden und heute Morgen sind wir auf die Spur einer Frau gestoßen, die in diesem Fall zumindest eine wichtige Zeugin sein könnte. Wenn du meine Fragen mit Ja beantworten konntest, dann muss ich mit deinem Gast sprechen."

Damit hatte sie noch viel weniger gerechnet. Alex atmete tief durch. „Ich kenne ihren vollen Namen nicht, aber sie ist aus Wien, nicht aus Salzburg." Sie ließ Gin nicht aus den Augen, als sie ihren besten Freund anlog. „Das Auto ist blau, nichts ist beschädigt." Gin zeigte keine Regung, begegnete ihrem Blick, erkannte, was sie tat.

Declan glaubte ihr kein Wort. „Alexandra, damit hilfst du ihr nicht", sagte er nur. „Dir übrigens auch nicht. Gib ihr bitte das Handy, ich würde gerne mit ihr sprechen."

„Sorry, Declan, der Akku. Ich melde mich." Alex unterbrach die Verbindung. Gin blickte sie aufmerksam an. „Declan ist bei den Gardaí, Gin. So heißt hier die Polizei. Er brach gestern deshalb so übereilt nach Galway auf, weil sie eine Leiche gefunden haben."

Gin schloss die Augen und schluckte hart.

Das Handy läutete, Alex drückte Declan aus der Leitung. „Er hält dich für eine Zeugin in seinem Fall." Gin reagierte nicht. „Würdest du mich bitte ansehen? Er kennt deinen Namen, Gin. Er weiß, dass du aus Salzburg bist. Er weiß, welchen Wagen du hier fährst, und er weiß von dem Scheinwerfer. Wieso weiß er das alles über dich?"

Gin blickte ihr in die Augen. „Weil er offenbar ein guter Polizist ist. Könnten wir bitte schnell mein Auto finden?"

„Hattest du nicht vor, endlich wieder richtige Entscheidungen zu treffen? Declan ist kein kleiner Garda, Gin, er leitet Morduntersuchungen. Er glaubt, dass du mit seinem aktuellen Fall etwas zu tun hast. Irgendwann kann man nicht mehr weglaufen. Außerdem habe ich mich möglicherweise gerade strafbar gemacht, du schuldest mir also deine Geschichte."

„Sie hat mich angelogen", sagte Declan verdutzt, als Moira zu ihm ins Büro kam. „Und dann hat sie aufgelegt."

„Wer? Deine Freundin?"

„Ja. Und sie hebt nicht mehr ab. Ich verstehe das nicht, Moira. Diese Gin ist eindeutig unsere Gerda Noppinger, aber Alexandra lügt mich an und nimmt meine Anrufe nicht entgegen. Wieso?"

„Gute Frage. Der Teilfingerabdruck auf dem Schlüssel ist jedenfalls in keiner Datenbank", klärte Moira ihn auf. „Und in Österreich liegt nichts gegen Noppinger vor."

Declan nickte. Mit seinen Gedanken war er aber bei Alexandra. Nicht nur, dass er ihr Handeln nicht verstand, er war verletzt. Dann fiel ihm ein, dass Amanda während seines Auftritts im *Sally's* neben Noppinger gesessen hatte. Er rief zu Hause an, aber Amanda erklärte ihm, dass sie wegen der Lautstärke Schwierigkeiten gehabt hätten, einander zu verstehen. Daher hätten sie kaum miteinander gesprochen. Moira teilte ihm mit, dass sie nochmals mit Mrs Rhodes und dem Gerichtsmediziner sprechen wollte. Declan ging währenddessen die bisherigen Ermittlungsergebnisse durch.

Am Morgen hatten sie entscheidende Informationen zusammentragen können. Einerseits hatte die Nachbarin der Rhodes zum Tatzeitpunkt einen Auffahrunfall in unmittelbarer Nähe des Tatorts gemeldet, und ihre Nachforschungen führten schnell zu dieser Gerda Isabella Noppinger aus Österreich. Andererseits war dem IT-Spezialisten aufgefallen, dass am Computer des Opfers eine gewisse LadyGloomy in einem Messenger eingeloggt und online war. Am Morgen hatten sie sich vom Büro aus Zugang zum Account von LadyGloomy verschafft und konnten somit sämtliche Chat-Aufzeichnungen durchsehen. Dabei waren sie auf eine gewisse gin_fem30 gestoßen. Und plötzlich ergab alles ein bisschen Sinn.

„Kennst du das Gefühl, den Boden unter den Füßen zu verlieren, Alex?“ Gins dunkle Augen blickten sie traurig an. „Das Gefühl habe ich jetzt schon ein ganzes Jahr lang. Irgendwann willst du nachgeben, weil sich unter dir vielleicht der Ort befindet, der dich weit genug von allem wegbringt. Von dir selbst. Von den Geschehnissen, die nie hätten geschehen dürfen. Von den Menschen, denen gegenüber du ein schlechtes Gewissen hast, weil du nicht mehr funktionierst und sie dadurch hilflos machst. Irgendwann fühlst du dich dann so entgleist, dass du nicht mehr bereit bist, für dich oder andere Verantwortung zu übernehmen. Du willst vielleicht noch mit der Welt verbunden bleiben, aber du willst von ihr nur mehr Belangloses, weil du auch nur mehr Belangloses zu geben hast. Ein Chatroom bietet sich also an. Du brauchst nicht du selbst zu sein, du musst niemanden ernst nehmen und du bist trotzdem nicht alleine. Das Reale war mir viel zu anstrengend geworden, viel zu schmerzhaft. Der Schein war mir dann zwar auch bald zu banal, aber plötzlich treffe ich Karen in einem Chatroom. Diese supernette Krankenschwester aus Galway, die kurz vor ihrer Pensionierung steht und mich so sehr an meine Oma erinnert. Sie durchschaut mich sofort, weiß, dass ich eine Maske trage, weiß, wie schlecht es mir geht. Wie Oma weiß sie genau das Richtige zu sagen. Wie Oma schafft sie es in kürzester Zeit, dass ich mich geborgen fühle, verstanden, dass ich wieder ich sein kann, aber ohne dass ich für sie Verantwortung übernehmen müsste. Wie Oma ist sie für mich da, wenn ich nicht mehr reden kann, weil ich keine Worte mehr habe." Gin zwang sich zu einem Lächeln. „Sie wurde eine richtig gute Freundin, Alex. Irgendwann ging ich nur mehr wegen ihr online. Ich weiß nicht, wie ich die letzten Monate ohne sie überstanden hätte, um ehrlich zu sein. Jedenfalls, da sie seit dem Tod ihres Mannes selbst sehr einsam war, wollten wir online Weihnachten miteinander verbringen und so tun, als wäre es keine besondere Zeit. Ich hätte ein Feiern mit meiner Familie oder meinen Freunden nicht ausgehalten. Was wäre das für ein Fest geworden? Meine eigene Familie für immer weg, meine Oma für immer weg. Da meint Karen plötzlich, ich solle doch zu ihr nach Irland kommen. Dann müsse sie nicht trinken und ich müsse nicht unter einer Decke verkrochen auf das Ende des Weihnachtswahnsinns warten."

„Deshalb bist du hier."

Gin nickte. „Ich bin einfach hergeflogen; ich hatte ja nichts mehr zu verlieren. Wir wollten uns endlich kennenlernen, Fotos von unseren Kindern ansehen und ohne Computer über das Leben, die Liebe und den Tod plaudern. Die nächsten Tage wollten wir dann ein wenig die Küste entlangfahren, weil sie wusste, wie sehr ich das Meer liebe. Nach dem Jahreswechsel wäre ich wieder nach Hause geflogen. So sah der Plan aus, das wäre genau das gewesen, was ich gebraucht hätte. Ein paar Tage abseits des Alltags mit einem fremden Menschen, dem ich nichts vormachen musste, weil er mich so sah, wie ich in dem Moment war, ohne darüber geschockt zu sein, dass ich nicht mehr stark sein konnte. Ich hätte Kraft tanken und vielleicht sogar zu mir zurückfinden können. Ich hatte wieder Hoffnung, Alex."

„Nur kam wohl alles anders."

„Allerdings", antwortete Gin bitter. „Als ich Karens Haus endlich gefunden hatte, lag dort ein toter Mann. Ich bin in Panik aus dem Haus gelaufen und beim Rausfahren dann auch noch mit einem anderen Wagen zusammengestoßen. Nur Blechschaden, aber der Kerl hat wütend herumgebrüllt und das wurde mir zu viel. Ich bin einfach davongefahren." Gin atmete tief durch. „Der Regen war heftig geworden, ich konnte nicht mehr viel sehen. Aus frischem Schnee war Matsch geworden, es wurde immer gefährlicher. Irgendwo in Connemara hielt ich den Wagen dann abseits der Straße an, legte mich auf die Rückbank und heulte mich in den Schlaf.

„Als ich am nächsten Tag zu Mittag frierend aufwache, ist der Himmel blau und die Sonne strahlt herab. Ich sehe nur grün-braunes, hügeliges Land, kleine Seen und Tümpel – das Irland aus dem Bilderbuch. Connemara offenbart sich mir unbarmherzig mit seiner Schönheit und ich fühle mich fast betrunken davon, und so unglaublich weit weg von der Welt, vor allem aber von meinen Erlebnissen. Endlich. Der einzige Zustand, der sich jetzt noch gut anfühlt. Ich fahre die eisig gewordene Straße entlang durch eine surreal schöne Landschaft, steige immer wieder aus, genieße diese Märchenwelt, verdränge alles andere. Aber der Wind wird stärker, Nebel kommt auf, draußen zu sein wird ungemütlich. Mir fällt ein, dass ich erneut mitten in einer Tragödie stecke. Diese unerträglichen Gefühle kommen beim Weiterfahren zurück. Und zwar so plötzlich und geballt, dass ich wieder Panik bekomme. Viel Wasser erdet mich gewöhnlich, aber das Meer ist jetzt auch weg. Ich merke, dass ich immer schneller werde und es gleich vorbei sein könnte, wenn ich wollte. Ich höre mich selbst schreien, weil ich das Gaspedal durchtrete, aber noch rechtzeitig schaffe ich es anzuhalten." Gin drehte sich ihr wieder zu. „Und plötzlich bist du da."

Offenbar noch rechtzeitig, sagte sich Alex und beschloss, sich ihre Betroffenheit nicht anmerken zu lassen. „Ich glaube, du hast eigentlich nur zwei Möglichkeiten, Gin", sagte sie schließlich. Gin blickte sie aufmerksam an. „Möglichkeit Nummer eins: Du läufst weiterhin davon. Das birgt allerdings ein großes Risiko für andere Verkehrsteilnehmer und ein noch viel größeres für dich. Möglichkeit Nummer zwei ist Declan. Du hörst mit dem Davonlaufen sofort auf und fängst aus Sicht der Gardaí gar nicht erst damit an. Bis jetzt hast du dir hier nichts zuschulden kommen lassen, außer der Sache mit der Fahrerflucht, der wirst du dich natürlich stellen müssen."

„Ich habe auch den Toten nicht gemeldet, ich bin weggelaufen."

„Kurzschlusshandlung. Du bist sicher nicht die Erste, die beim Anblick eines Toten so reagiert. Zumal das ja auch ein Thema ist, das dich nicht erst seit Irland beschäftigt." Alex lächelte sie vorsichtig an. „Schau, das ist alles erklärbar, Gin. Und Declan ist nicht ausschließlich Polizist, er wird dir zuhören. Ich glaube nicht, dass du etwas zu befürchten hättest."

„Vorausgesetzt natürlich, ich kann beweisen, dass ich den Mann nicht auf dem Gewissen habe. Aber das kann ich nicht."

„Selbst, wenn du es nicht beweisen kannst, Gin, was ist die Alternative? Du bist doch nach Irland gekommen, um dein Leben wieder in den Griff zu bekommen. Wieso fängst du nicht damit an? Declan hat übrigens nicht gesagt, dass sie dich für eine Mörderin halten. Sie wissen aber, dass du dort warst, also brauchen sie deine Aussage."

Declan fuhr an den Fahrbahnrand. Moira hatte ihm eine Nachricht mit der Bitte um Rückruf geschickt. Sie befand sich mit Linda Rhodes bei deren Nachbarin, bei der Rhodes die Nacht verbracht hatte und die es auch gewesen war, die den Auffahrunfall von Noppinger beobachtet hatte. Moira hatte sich vor das Haus begeben, um ihm ungestört von den Ermittlungsergebnissen berichten zu können.

„Der nicht registrierte Teilfingerabdruck auf dem Reserveschlüssel findet sich auch auf dem Geländer, neben dem der Tote gelegen hat", sagte Moira. „Also wer auch immer diesen Schlüssel in der Hand hatte, war auch oben. Und der vorläufige Bericht der Spurensicherung und der endgültige Bericht der Gerichtsmedizin liegen vor. Die Kollegin hat die Berichte kurz überflogen, ich selbst hatte noch keine Gelegenheit dazu. Um es auf den Punkt zu bringen: Fremdverschulden wird nicht ausgeschlossen. Ein Unfallhergang ist möglich, aber es ist auch möglich, dass es kein Unfall war. Konkreter geht es noch nicht. Die Spurensicherung braucht mehr Zeit und der Bericht des Gerichtsmediziners hat nichts Außergewöhnliches zu bieten. Den sollten wir uns zuerst in Ruhe durchlesen, bevor wir weitere Überlegungen anstellen."

„Wir haben es also nicht mehr nur mit einer Zeugin zu tun."

„So sieht es aus. Jonathan Rhodes' altes Handy gibt übrigens nichts her. Sprachbox ist leer, Textnachrichten wurden weder je verschickt noch jemals empfangen, das bestätigt auch die Telefongesellschaft."

Declan bedankte sich, nahm die Brille ab und massierte sich den Nasenrücken. Er bat Moira zu veranlassen, dass ihm augenblicklich sämtliche Berichte per Mail zugeschickt würden. Außerdem sollte sie herausfinden, was Mrs Rhodes über die Internetaktivitäten ihres Mannes wusste und ob sie Zugang zum Computer hatte. Und sollte sich die Spurensicherung noch nicht darum gekümmert haben, sollte Moira Rhodes die Fingerabdrücke abnehmen, damit sie sie ausschließen könnten. Und irgendwer musste ihr Alibi überprüfen.

Als Declan aufgelegt hatte, atmete er tief durch und wählte Alexandras Nummer. Wenn sie seinen Anruf wieder nicht entgegennahm, würde er eben unangemeldet bei ihr auftauchen.

Diesmal aber ging sie ran. „Ich rufe dich zurück."

„Nein, wirst du nicht! Ich muss mit ihr sprechen, Alexandra. Wenn du sie mir jetzt nicht ans Telefon holst, behinderst du meine Ermittlungen und damit machst du dich strafbar." Alexandra antwortete nicht. „Hast du gehört, was ich gesagt habe?"

Als sie nichts erwiderte, blickte Declan auf sein Display und erkannte, dass die Verbindung unterbrochen war. Fassungslos starrte er sein Telefon an. Sie hatte es schon wieder getan!

Doch da klingelte es. „Declan, ich rufe dich an, weil Gin gerne mit dir sprechen möchte", sagte Alexandra. „Sie hat in Galway etwas gesehen, von dem sie den Gardaí berichten möchte. Und da du ein Freund von mir bist, dachte sie, das wäre eine gute Gelegenheit. Das war für das offizielle Protokoll. Für das inoffizielle möchte ich mich bei dir dafür entschuldigen, dass ich dich angelogen habe. Das war gemein, ich weiß."

Er seufzte. „Du hast vielleicht Nerven! Gib sie mir, bitte!"

Dann hatte er die Österreicherin am Ohr. Sie stellte sich tatsächlich mit dem Namen vor, den er durch seine Ermittlungen bereits kannte.

„Hallo, Gerda. Danke für deinen Anruf", spielte er mit. „Wir müssen uns unterhalten."

„Ich weiß. Wo soll ich hinkommen?"

„Ich bin in ein paar Minuten bei Alexandra." Damit schien er sie zu überraschen, denn sie sagte nichts. „Ich ermittle in einem verdächtigen Todesfall, Gerda. Aufgrund unseres derzeitigen Ermittlungsstandes bist du mittlerweile nicht mehr nur Zeugin, sondern auch der Tat verdächtig. Ich brauche deshalb deine Aussage. Sollte ich dich nicht antreffen, müsste ich eine Fahndung nach dir einleiten."

„Entschuldige, das habe ich nicht ganz verstanden."

„Ich sagte, du stehst unter Verdacht, etwas mit dem Todesfall in Galway zu tun zu haben", wiederholte Declan langsamer. „Du bist verpflichtet auszusagen. Wir müssten nach dir fahnden, wenn du nicht auftauchst."

Leise erwiderte sie: „Ich verstehe. Ich werde da sein."

Declan war erleichtert. In Kürze würde die Sache aufgeklärt sein. Einerseits war es eine glückliche Fügung, dass Noppinger bei Alexandra untergebracht war und er sie deshalb so schnell hatte aufspüren können. Andererseits behagte es ihm gar nicht, dass seine Freundin eine Tatverdächtige bei sich zu Hause beherbergte.

„Bitte halt an!", sagte Gerda.

Als sie den leeren Parkplatz eines Kaufhauses erreichten, riss Gerda die Tür auf und stürmte aus dem Wagen. Sie wollte nicht weglaufen, sie wollte nur schreien, sich übergeben, irgendetwas kaputtmachen. Stattdessen blieb sie nach einigen Metern stehen, schlug die Arme über dem Kopf zusammen und konzentrierte sich aufs Atmen. Doch Tränen schossen bereits aus ihr heraus und ein Aufschluchzen konnte sie auch nicht verhindern. Sie hatte geglaubt, den Tragödien zu Hause vorübergehend entfliehen zu können, aber kaum im Ausland angekommen, hielt man sie für eine Mörderin. Was für ein Gott war denn so grausam?

Plötzlich legten sich zwei tröstende Arme um sie, und als wäre sie eine Freundin, zog Alex sie vorsichtig an sich. Gerda war so unglaublich dankbar dafür, dass sie nachgab und sich kurz von Alex halten ließ. Aber dann löste sie sich flink von ihr und wischte sich peinlich berührt die Tränen aus dem Gesicht.

„Declan wartet bei dir zu Hause auf mich. Ich bin nun eine Tatverdächtige", erklärte sie ihr.

„Verstehe. Wirst du das durchziehen, Gin? Auch, wenn ich dir sage, dass ich da vorne dein Auto entdeckt habe und du jetzt eigentlich damit abhauen könntest?"

Ein fremder Wagen stand neben dem der Engländer, als sie dann bei Alex zu Hause ankamen. Gerda sank der Mut. Sie parkte ihr Auto hinter Alex' und gemeinsam gingen sie ins Haus. Der Fernseher im Wohnzimmer zeigte Sport, Brian lag schnarchend auf dem Sofa davor. Joanne und Nuala saßen in der Küche bei einer Tasse Tee. Wäre nicht der Mann in Uniform neben ihnen gesessen, hätte der Anblick gemütlich gewirkt.

Declan drehte sich zu ihnen. Er sah nicht mehr wie der leidenschaftliche Musiker aus, der lustige Freund ihrer Gastgeberin. Er wirkte ernst, professionell. Er umarmte Alex kurz und war dann ganz bei Gerda. Er reichte ihr die Hand. „Danke für deine Kooperation, Gerda. – Alexandra, dürfte ich mir deine Küche ausleihen?"

Nuala und Joanne standen sofort auf und gingen mit ihren Tassen ins Wohnzimmer. Alex hingegen setzte sich an den Tisch. „Wieso hast du deine Uniform an, Dec? Wie offiziell ist das jetzt? Kann alles, was Gin sagt, vor Gericht gegen sie verwendet werden?"

„Gerda ist nicht verhaftet, ich möchte nur mit ihr reden. Alleine."

„Und deshalb ziehst du die Uniform an?"

„Natürlich, Alexandra, das ist ein dienstlicher Besuch."

Alex blickte leicht verunsichert von Declan zu Gerda, stand schließlich aber auf und ging zur Tür. „Wenn du etwas brauchst, ich bin in der Nähe, Gin." Alex verließ die Küche und machte die Tür hinter sich zu.

„Willst du eine Tasse Tee?", fragte Declan, als sie sich an den Küchentisch setzten. Declan nahm Gerda gegenüber Platz.

„Nein, bitte reden wir."

Er nickte und Gerda beobachtete ihn dabei, wie er einen Schreibblock aus einer Aktentasche nahm. Er beschriftete ihn sorgfältig, dann wandte er sich ihr wieder zu und blickte sie aufmerksam an. „Ich möchte dich als Zeugin zum Tod von Jonathan Rhodes vernehmen, Gerda. Du hast die Pflicht auszusagen, es sei denn, du würdest damit dich selbst, Familienmitglieder oder Partner belasten. Du hast außerdem die Pflicht, die Wahrheit zu sagen. Solltest du die Aussage verweigern oder lügen, droht dir eine Anzeige wegen Strafvereitelung. Hast du das verstanden?"

Gerda nickte. Das war ernst. Was für ein Albtraum!

„Dein Name ist Gerda Isabella Noppinger, du wurdest am 9. August vor dreißig Jahren in Salzburg geboren, hast dort deinen Hauptwohnsitz und bist österreichische Staatsbürgerin. Ist das korrekt?" Gerda nickte erneut. „Wo warst du am Heiligen Abend, Gerda?"

„Die meiste Zeit im Auto. Aber leider auch da, wo ihr die Leiche gefunden habt."

„Wo ist das?"

„Galway. Knocknaccara. Die genaue Adresse hab ich nicht im Kopf."

„Was hast du da gemacht?"

„Ich habe ihn nicht getötet, Declan. Er war schon tot."

„Was hast du also dort gemacht? Wieso bist du überhaupt dorthin gefahren?" Declan blickte sie abwartend an, aber Gerda wusste nicht, wo sie beginnen sollte. Es Alex zu erzählen war etwas anderes gewesen, als es nun jemandem in Uniform sagen zu müssen, der jedes Wort hinterfragen würde und die Macht hatte, ihr Leben endgültig kaputtzumachen. Gerda schossen Tränen in die Augen und am liebsten wäre sie hinausgegangen, ins Auto gestiegen und weggefahren.

„Also gut", meinte Declan nach einer Weile seufzend. „Dann sage ich dir mal, was ich weiß, okay? Am 23.12. chattet eine gewisse gin_fem30 ein letztes Mal mit einer gewissen LadyGloomy in einem privaten Chatroom des Talk2me Messengers. LadyGloomy ist in einem Computer eingeloggt, der sich in dem Haus befindet, in dem am 24.12. der Bauarbeiter Jonathan Rhodes mit der Schläfe gegen die Kante eines Kastens kracht, was Gerichtsmedizin und Spurensicherung mittlerweile als mögliches Tötungsdelikt beurteilen; der Tote könnte gestoßen worden sein. Das klingt nicht so spektakulär und kaltblütig wie der Einsatz einer Schusswaffe, eines Messers oder eines Giftcocktails, nichtsdestotrotz geht es aber auch hierbei um den Vorsatz. Also fragen wir uns, wer ein Motiv gehabt hätte – und eine Gelegenheit. Wir finden im Nachrichten-Archiv von LadyGloomy schließlich etliche Chats mit gin_fem30. Es stellt sich heraus, dass die beiden sich seit drei Monaten kennen, allerdings nur online, weil die eine in Irland wohnt und die andere in Österreich. Dennoch lädt die Irin die Österreicherin zu Weihnachten in ihr Haus nach Knocknaccara ein. Sie vereinbaren, sich am 24.12. irgendwann nach zweiundzwanzig Uhr in LadyGloomys

Haus zu treffen. Zur selben Zeit, als ebendort Jonathan Rhodes sterben wird." Declan hielt kurz inne, aber als Gerda nicht reagierte, fuhr er fort: „Da LadyGloomy wegen der angeblichen Spätschicht im Krankenhaus erst gegen zweiundzwanzig Uhr nach Hause kommen kann, verrät sie gin_fem30, wo sie den Haustürschlüssel findet. Mit diesem Schlüssel wird in der Nacht von Mr Rhodes' Tod auch tatsächlich das Haus aufgesperrt. Wir können einen Fingerabdruck darauf sicherstellen, den wir auch in unmittelbarer Nähe des Toten finden. Gerda, du verstehst doch alles, was ich sage, oder? Ich meine, du sprichst sehr gutes Englisch, aber verstehst du mich auch?"

„Ja, ich kann dir folgen, du sprichst sehr deutlich."

„Möchtest du dich dazu vielleicht schon äußern?" Sie schüttelte den Kopf. „Gut, dann fahre ich fort: Gegen einundzwanzig Uhr vierzig kracht ein Geschäftsmann auf dem Weg nach Hause mit seinem teuren silbermetallicfarbenen Mercedes in einen kleinen roten Nissan, der rücksichtslos aus Rhodes' Ausfahrt rast. Die Fahrerin des Wagens begeht Fahrerflucht. Der Mann notiert sich die Autonummer und erstattet Anzeige. Es stellt sich heraus, dass es sich bei dem Fahrzeug um einen Mietwagen handelt, der am selben Tag von einer Gerda Isabella Noppinger am Flughafen in Dublin gemietet worden war. Der Geschäftsmann schwört zudem, dass er die Fahrerin sofort wiedererkennen würde."

Gerda atmete tief durch. „Ich leugne doch nicht, dass ich da war. Ich war in dem Haus. Ich habe mit diesem Schlüssel aufgesperrt. Aber ich habe niemanden getötet. Ich war keine zwei Minuten da drinnen, Declan. Ich habe gesehen, dass oben Licht brannte. Ich war davon ausgegangen, dass niemand zu Hause war, also bin ich hinaufgegangen. Und dort lag der Mann. Und er blutete. Seine Augen waren tot, ich wusste sofort, dass er nicht mehr lebt. Da habe ich Panik bekommen. Ich wollte nur noch weg von dort. Und beim Hinausfahren habe ich zuerst in die falsche Richtung geschaut. Es tut mir leid, dass ich die Leiche nicht gemeldet habe. Und es tut mir leid, dass ich nach dem Zusammenstoß mit dem anderen Wagen einfach davongefahren bin, aber ich war in Panik."

Declan hatte ihr aufmerksam zugehört, mitgeschrieben hatte er nicht. „Gerda, mit welchen Erwartungen bist du nach Irland gekommen?"

Gerda lachte bitter auf. „Wenn ihr die Protokolle über die Sitzungen von Karen und mir gelesen habt, dann müsstest du mich, meine Geschichte und meine Hoffnungen doch kennen. Es ist ein sehr unangenehmes Gefühl zu wissen, dass jemand quasi im Nachhinein mithört. Die Gespräche waren eigentlich alle privat."

„Im Internet ist nichts privat."

„Ich hatte keinen Grund, diesen Mann zu töten. Ich kannte ihn doch überhaupt nicht."

„LadyGloomy kanntest du auch nicht, Gerda. Nicht wahr? Ja, sie hat dir ein bisschen aus ihrem Leben erzählt, aber eigentlich weißt du überhaupt nicht, wer sie ist. Meistens hast doch du erzählt. Sie weiß von dir viel mehr, als du über sie weißt. Du hast sogar deine Webcam kurz für sie angemacht, um sie davon zu überzeugen, dass sie keinem geilen alten Bock den Schlüssel zu ihrem Haus anvertraut. Sie hat das für dich nicht getan; sie hat dich auch nicht ihre Stimme hören lassen, oder?"

„Sie sagte, sie hätte weder Kamera noch Mikro und sie hätte auch kein Handy mehr. Sie wage es nicht, das Krankenhaustelefon zu benützen, sie könne es sich nicht leisten, ihren Job zu verlieren, da sie keine Hinterbliebenenrente bekäme. Ich hatte keinen Grund, an ihr zu zweifeln."

„Nach Durchsicht dieser Chatlogs weiß ich tatsächlich einiges über dich, Gerda – was auch immer davon der Wahrheit entsprechen mag und was nicht. Über Lady-

Gloomy weiß ich aber wenig. Ich frage mich, wer sie ist. Du magst es jetzt leugnen, aber du hast dich das auch gefragt. Du hast befürchtet, LadyGloomy könnte tatsächlich jemand anderes sein, als sie von sich behauptete; du hast sie des Öfteren darauf angesprochen. In eurem letzten Chat hast du sogar gesagt, wenn sich herausstellte, dass sie ein Mann sei, würdest du ihn töten."

Gerda hielt entsetzt den Atem an. „Das ist vollkommen aus dem Zusammenhang gerissen! Ich mag gesagt haben, ‚Ich bring dich um, wenn du keine Frau bist', aber das war doch im Scherz! Ja, vielleicht war ich nervös, aber wirklich gezweifelt habe ich an ihr nicht. So was sagt man doch schnell, ohne dass man es meint. Ich würde nie mit Absicht jemanden töten! Und ich habe ihn auch nicht unabsichtlich getötet, er war schon tot, als ich ankam. Und immerhin war das nicht Karen, sondern irgendein Kerl."

Declan beugte sich über den Tisch und blickte ihr unbarmherzig in die Augen. „Das war nicht irgendein Kerl, sondern der Eigentümer des Hauses, von dem du angenommen hast, dass es Karens sei. Gerda, nach Stand der Dinge ist davon auszugehen, dass Jonathan Rhodes LadyGloomy war."

„So ein Blödsinn!"

„Das Foto auf LadyGloomys Profil ist ein Foto von Linda Rhodes, Jonathans Witwe. Meiner Meinung nach gibt es keine Karen, Gerda. Meiner Meinung nach wollte Jonathan Rhodes Weihnachten mit einer hübschen jungen Frau verbringen, die verzweifelt genug ist, ihm alles zu glauben. Seine Frau würde wieder bei ihren Eltern sein, genügend Spielraum also für ein gut vorbereitetes erotisches Abenteuer."

Gerda bekam keine Luft. Sie stand auf, ging zum Fenster und riss es auf. Eiskalter Wind wehte ihr entgegen. „Welcher Mann ist denn so blöd, davon auszugehen, dass ich bleibe, wenn ich herausfinde, dass er gar keine Frau ist?“, schimpfte sie.

„Welche Frau ist denn so blöd, in ein Flugzeug zu steigen, um dann alleine im Haus einer fremden Person auf eben diese fremde Person zu warten, ohne sie jemals gesehen oder gehört zu haben?“, konterte Declan. Er war laut geworden. „Gerda, entschuldige, aber kannst du dir nicht einmal vorstellen, dass es Männer gibt, die so etwas gezielt planen? Was glaubst du denn, wieso die vermeintliche Karen bei deiner Ankunft nicht zu Hause sein konnte? Nachtdienst im Krankenhaus klingt zwar sehr engagiert, aber vielleicht wollte Mr Rhodes einfach nur dafür sorgen, dass du dich bereits im Haus aufhältst, wenn du herausfindest, dass er nicht die liebe, nette Karen ist. Sämtliche Vorhänge waren zugezogen, Gerda, die Jalousien waren alle heruntergelassen. Kam dir das nicht verdächtig vor?“ Sie wusste nicht, was sie sagen sollte. Es war ihr gar nicht aufgefallen. Declan fuhr fort. „Sein Kleiderschrank ist voll mit einfacher Kleidung, aber er hatte seinen Sonntagsanzug an. Der Geruch des Aftershave war dominanter als der Verwesungsgestank. Er war frisch rasiert – sogar unten rum! Und er trug nicht etwa gemütliche Boxershorts oder zweckmäßige Baumwollunterwäsche, er trug einen knallroten Lack-String. Der Mann war siebenundfünfzig, Herrgott! Für mich ist eindeutig, worauf der Abend mit dir hinauslaufen sollte, Gerda.“ Declan stand auf und machte das Fenster wieder zu. Augenblicklich war es ruhig in der Küche, aber die Kälte, die sich über sie gelegt hatte, ließ Gerda nicht mehr los. „Das Internet ist verdammt gefährlich“, fuhr Declan fort. „Menschen denken sich aus, wer sie sein möchten, sie machen sich und anderen etwas vor – und manche davon mit einer ganz bestimmten und nicht immer ungefährlichen Absicht.“ Sie blieb neben dem Fenster stehen, aber Declan setzte sich wieder hin. „Wenn ich eine Frau wäre“, begann er auf einmal und nahm seinen Blick nicht von ihr, „und ich hätte feststellen müssen, dass die Freundin, die mir über drei Monate hinweg eine so wichtige Unterstützung gewesen war, gar nicht existiert, sondern dass sie ein Mann ist, der es geschafft hat, mich so zu täuschen, dass ich von Österreich angereist komme, nur weil er glaubt, sich auf meine Kosten schöne Weihnachten machen zu können, der mich dafür in eine derartige Falle lockt ..." Declan machte eine Pause. „Ich hätte eine unbändige Wut auf ihn, um ehrlich zu sein."

Gerda reagierte nicht, starrte nur hinaus auf ihren Wagen und sah zu, wie der Wind fast die Mülltonne umwehte.

„Vielleicht hätte ich ihn gar nicht angegriffen", fuhr Declan fort. „Weil ich niemandem wehtun wollte. Vielleicht musste ich mich nur gegen ihn zur Wehr setzen. Und wäre er im Zuge dessen unglücklich gestürzt, es wäre weder Mord noch Totschlag gewesen, sondern Notwehr oder ein Unfall. Keine Haftstrafe, keine Vorstrafe." Gerda spürte seinen Blick. „Ich hätte nichts zu befürchten", ergänzte Declan.

Nach einer Minute öffnete Gerda ihre Tasche und legte Declan ihren Pass hin. „Ich nehme an, den muss ich dir aushändigen."

Er nahm den Pass entgegen, überprüfte ihn, dann schob er ihn ihr wieder zu. „Darf ich nicht entgegennehmen, aber ich möchte dich bitten, das Land nicht zu verlassen. Vielleicht könnte ich deine Fingerabdrücke haben? Du bist nicht verpflichtet, sie mir zu geben, aber wenn du Rhodes nicht getötet hast, spricht eigentlich nichts dagegen."

Sie nickte und Declan fischte ein Stempelkissen aus seiner Tasche. Bevor er ihr die Abdrücke abnahm, schrieb er aber noch ihre Aussage nieder, die sie sich im Anschluss durchlas und unterschrieb. Danach notierte er sich ihre Telefonnummer und ersuchte sie, erreichbar zu bleiben.

„Ich möchte dich bitten, morgen im Laufe des Tages zu mir auf die Dienststelle nach Galway zu kommen und deine Aussage auf Band zu wiederholen. Bis dahin werden wir möglicherweise weitere Fragen an dich haben." Declan reichte ihr seine Visitenkarte, dann riss er ein leeres Blatt von seinem Block und zeichnete Felder für jeden Fingerabdruck ein. Während er damit beschäftigt war, ging sie auf die Toilette. Als sie wieder zurückkam, wartete Alex vor der Küchentür auf sie.

„Alles okay?", wollte sie wissen.

Gerda nickte. „Er will nur noch meine Fingerabdrücke."

Alex folgte ihr in die Küche. „Wieso willst du ihre Abdrücke?"

„Wir sind noch nicht fertig, Alexandra."

„Sie muss ihre Fingerabdrücke nicht wirklich abgeben, oder?"

„Wenn sie nichts getan hat, dann hat sie auch nichts zu befürchten."

„Sie gibt doch zu, dass sie in diesem Haus war, oder nicht? Also werden da auch ihre Fingerabdrücke sein."

Declan stieß einen lauten Seufzer aus. „Alexandra, du störst! Wir sind noch nicht fertig. Bitte gib uns noch ein paar Minuten."

„Muss sie ihre Fingerabdrücke nun abgeben oder muss sie nicht?"

„Sie muss nicht, und das habe ich ihr auch gesagt, aber da sie mit uns zusammenarbeiten will, hat sie nichts dagegen."

„Solltest du aber, Gin", wandte Alex sich an sie. „Du kannst das später immer noch tun, wenn dir nichts anderes übrig bleibt. Aber da deine Fingerabdrücke dich offensichtlich nicht entlasten würden, macht es auch keinen Sinn, sie ihm jetzt zu geben. Oder wie siehst du das?"

Declan blickte seine Freundin verärgert an, dann packte er wortlos das Stempelkissen zurück in seine Tasche.

„Ich würde mir noch gerne deine Hände und Arme ansehen, wenn du nichts dagegen hast, Gerda", meinte er. „Du musst sie mir nicht zeigen, aber wenn ich keine Abwehrverletzungen entdecken kann, ist das unter Umständen sehr wohl als entlastend für dich zu werten."

Gerda nickte. Alex sagte nichts, blieb aber demonstrativ im Raum stehen – wie eine Anwältin. Gerda schob die Ärmel ihrer Bluse hoch. Declan sah sich ihre Arme genau an, ohne sie zu berühren. Als sein Blick zu ihrem Hals wanderte, öffnete sie einen Blusenknopf, schob den Kragen nach unten und hielt sich die Haare zurück.

„Danke, nicht das Geringste zu sehen", stellte Declan fest. „Wir sind so weit fertig, Gerda. Bis morgen in Galway. Komm bitte einfach im Laufe des Tages vorbei."

Gerda nickte nur und ging dann wortlos aus dem Raum und die Treppe hoch. Es war noch lange nicht dunkel, aber sie brauchte jetzt ein Bett, in das sie sich verkriechen konnte. Sie wollte nicht mehr reden müssen. Und sie wollte auch nichts mehr hören müssen.

Das war das erste Mal, dass Declan ihr gegenüber Ärger zeigte, stellte Alex fest. Und es war das erste Mal, dass er ihr nicht als Freund gegenüberstand sondern als Vertreter der Staatsmacht. Beides gefiel ihr nicht.

„Wie hast du sie kennengelernt?", wollte er wissen, als er seine Aktentasche zumachte.

„Auf dem Weg von meiner Mutter nach Hause kam ich von der Straße ab und mein Wagen blieb stecken. Sie hat mich mitgenommen, da habe ich ihr angeboten, bei mir zu übernachten."

„Du hast doch nur Platz für zwei Gäste. Was machst du mit vier?“

„Ich habe ein Sofa und ich habe ein großes Bett.“

Ungläubig starrte er sie an. „Schläft sie etwa bei dir im Bett?“

„Na und? Hast du auch schon mal. Ist doch groß genug.“

„Alexandra! Du kennst sie doch nicht! Was weißt du denn über sie?“

„Spricht jetzt der Garda oder der Freund? Entschuldige, bitte, aber es verwirrt mich ein bisschen, dass ich das jetzt unterscheiden muss.“

„Ich bin schockiert, dass du fremde Leute in dein Bett lässt!“

„Ich halte sie nicht für eine Mörderin, Dec. Sie hatte ein furchtbares Jahr, sie möchte nur wieder den Boden unter den Füßen zurück.“

Declan atmete tief durch: „Alexandra, es macht mich außerordentlich nervös, dass eine Tatverdächtige nicht nur unter deinem Dach, sondern sogar unter deiner Bettdecke schläft. Sie hatte vermutlich ein Motiv und erwiesenermaßen die Gelegenheit, diesen Mann zu töten. Ihrer Geschichte nach zu urteilen ist es möglich, dass sie nicht einmal zurechnungsfähig ist. Und das beunruhigt mich gerade sehr.“

„Nicht zurechnungsfähig, so ein Unsinn! Und was soll sie denn für ein Motiv gehabt haben, Dec? Sie kannte den Toten doch nicht.“

„Meiner Meinung nach ist der Tote derjenige, der sie nach Irland gelockt hat, den sie für eine Frau hielt, für eine Freundin. Kannst du dir nicht vorstellen, wie wütend es sie gemacht haben muss, als sie merkte, dass ihre Freundin ein Kerl ist?“

„Aber deshalb würde man doch niemanden umbringen.“

„Ach, kennst du dich da jetzt besser aus als ich?" Er blickte sie herausfordernd an. „Ich möchte, dass du vorsichtiger bist, Alexandra! Sie ist labil, auch wenn sie vielleicht nicht so wirkt. Und du lässt sie in dein Bett, Herrgott noch mal! Sie könnte einen Mann getötet haben! Wie kannst du nur so unvernünftig sein? Wie kannst du nur so dumm sein? Hast du eigentlich eine Ahnung, wie schnell man im Schlaf getötet werden kann?"

„Hast du eine Ahnung, wie schnell man aus diesem Haus fliegen kann?" Alex war wütend. Das ging nun zu weit.

„Ich mache mir Sorgen, Alexandra! Ich finde, das Risiko, das du eingehst, ist viel zu hoch. Du wärst nicht unhöflich, wenn du sie in ein Hotel schickst. Noppinger könnte es sich leisten, die ist nicht arm." Alex sagte nichts, Declan fuhr etwas gemäßigter fort: „Es ist möglich, dass ich sie bald verhaften muss, Alexandra. Es wäre für dich persönlich sicher gut, wenn du dann mit ihr nichts mehr zu tun hättest." Er wartete auf eine Reaktion, aber Alex dachte nicht daran, etwas zu erwidern. Es würde in einen handfesten Streit ausarten und sie wollte sich nicht mit ihm streiten.

Schließlich stand er auf. „Sie wird morgen zu mir auf die Dienststelle kommen. Sollte sie sich lediglich verteidigt haben, dann war das auch kein Mord. Sie ist verpflichtet, wahrheitsgemäß auszusagen. Wenn sie das heute nicht getan hat, dann könnte sie das morgen machen, bevor ihr das angelastet würde. Verstehst du?"

„Hat sie gesagt, es war Notwehr?"

„Nein, eben nicht. Aber wenn es das war, dann muss sie uns das sagen. Ich halte es für möglich, dass sie mich in dem Punkt angelogen hat. Aber das könnte sie morgen wieder geradebiegen. Es wäre gut, wenn sie das täte. Für sie wäre es gut. Sag ihr das!"

Alex stand auf. „Ich nehme an, du brichst gleich wieder auf?", fragte sie und hoffte, dass er den Tonfall richtig deutete.

Declan nickte. Entmutigt ging er auf sie zu und legte ihr eine Hand auf den Arm. „Noch was: Auch wenn das unfair klingt, aber du musst es mir sagen, wenn sie wegläuft. Und wenn du irgendetwas erfährst, das für die Ermittlungen von Bedeutung sein könnte, bitte sag mir das ebenfalls."

Alex blickte ihn ungläubig an. „Declan, ich bin kein Polizeispitzel."

„Ich möchte nicht, dass du Schwierigkeiten bekommst, Alexandra."

„Dann mach mir keine!"

„Du kannst manchmal so engstirnig sein, Herrgott noch mal!", fluchte er lautstark, gab sich aber geschlagen. „Und wegen Silvester: Du wirst verstehen, dass wir nicht gemeinsam auftreten können, solange dieser Fall nicht abgeschlossen ist. Außerdem werde ich keine Zeit haben."

Das tat weh, aber Alex nickte.

Declan war sich offenbar nicht sicher, ob er sie umarmen durfte, entschied sich dagegen und tätschelte ihr stattdessen kumpelhaft die Schulter. „Sei vorsichtig, bitte! Nicht jeder Mensch ist, wer er zu sein scheint."

Nuala und Joanne kamen in die Küche, als Declan das Haus verlassen hatte. Sie blickten Alex mit ihren nun leeren Teetassen in den Händen neugierig an. Alex hängte frische Teebeutel in ihre Tassen und schenkte heißes Wasser ein. Danach ging sie, ohne ein Wort gesagt zu haben, mit einer dampfenden Tasse hinauf in den ersten Stock.

Gins dunkler Haarschopf schaute unter der Decke hervor. Alex stellte die Tasse auf ihren Nachttisch. Gins Gesicht war nicht zu sehen, so eingepackt hatte sie sich. Sie schien entweder nicht wach zu sein oder nicht reden zu wollen, also zog Alex schließlich leise die Vorhänge zu und ging hinunter, um ihr ihre Ruhe zu lassen.

Es behagte ihr gar nicht, wie Declan und sie auseinandergegangen waren. Und es behagte ihr noch viel weniger, dass er plötzlich auf der anderen Seite zu stehen schien.

* * *

Moira Gallagher musste zugeben, dass Linda Rhodes sie verwirrte. Man würde nicht vermuten, dass sie gerade ihren Mann verloren hatte; sie wirkte so unbeteiligt. Vielleicht hatte sie Medikamente eingenommen, oder sie wagte es nicht, Gefühle zu zeigen. Moira saß mit ihr im Wohnzimmer der Nachbarin, bei der Rhodes übernachtet hatte. Sie wisse, dass er gechattet hatte, erklärte Rhodes. Mit wem, wisse sie nicht. Sie gehe davon aus, dass er dabei geflirtet hätte, aber diese Leute seien nicht ernst zu nehmen; als Fremdgehen habe sie das nie betrachtet. Außerdem kaufte er viel über eBay, und er lud Filme aus dem Internet herunter. Was Jonathan sonst noch online getan hatte, wisse sie nicht. Nein, sie selbst gehe nie an den Computer, der sei ausschließlich sein Spielzeug gewesen. Dass ihr Mann zum Zeitpunkt seines Todes erotische Unterwäsche getragen haben soll, habe sie überrascht. Sie habe ihn nur in den weißen Baumwollschlüpfern gekannt, die sie ihm regelmäßig gekauft hatte.

Moira wollte wissen, ob er je davon gesprochen hatte, jemanden aus dem Internet kennenlernen zu wollen, ob er sich gerne mit jemandem getroffen hätte, ob sie von einem konkreten Treffen etwas wisse.

„Denken Sie, er hätte mir das gesagt?", entgegnete Linda Rhodes, und endlich war eine Emotion bei ihr zu bemerken. War das Ärger? Oder war es nur schmerzhaft, sich damit auseinandersetzen zu müssen?

„Führten Sie eine gute Ehe, Mrs Rhodes?"

„Ich habe Ihnen bereits gesagt, dass wir funktioniert haben. Die große Liebe war es nicht mehr, aber wir hatten nie aufgehört, uns gern zu haben. Wenn er eine Affäre hatte, hat er das jedenfalls gut vor mir verborgen; ich hatte diesbezüglich nie Anlass zu Vermutungen. Jonathan und ich waren ein eingespieltes Team, wenn es um die Organisation des täglichen Lebens ging. Geistig, körperlich oder was Freizeitgestaltung betraf, hatten wir keinerlei Erwartungen mehr aneinander. Wenn sich etwas ergab, war das gut, wenn nicht, war es auch in Ordnung. Er hatte seines, ich hatte meines."

„Die unbenützten Kerzen im Wohnzimmer, hatten Sie die aufgestellt oder war das Ihr Mann? Es stehen auch zwei Champagnerflöten neben der Bar. Und eine Flasche Dom Pérignon ist eingekühlt. Wissen Sie etwas darüber, Mrs Rhodes?"

Linda Rhodes sagte nichts. Sie schüttelte nur leicht den Kopf. Wie eine Frau, die sich eingestehen musste, dass ihr Mann möglicherweise tatsächlich fremdgegangen war oder beabsichtigt hatte, es zu tun.

„Hatte Ihr Mann Freunde, Mrs Rhodes? Feinde?"

Erneut ein Kopfschütteln. „Dazu ist … dazu war er viel zu langweilig. Aber was weiß ich schon? Entschuldigen Sie, ich muss auf die Toilette."

Die Nachbarin, Mrs Montoya, war eine kleine dunkelhäutige Frau in den Sechzigern, die während der Befragung nervös im Haus herumgelaufen war. Sie war neugierig und in ihrer Hilfsbereitschaft lästig gewesen. Jetzt nahm sie die Gelegenheit wahr, Moira zum dritten Mal eine Tasse Tee anzubieten. Und als Rhodes wieder zu ihr ins Wohnzimmer wollte, hielt Montoya auch sie zurück. Rhodes solle sich bitte kurz ansehen, ob das, was sie im Kühlschrank hatte, ausreichend sei oder ob sie nicht doch lieber noch etwas einkaufen sollte. Rhodes entgegnete genervt, Montoya solle sich keine Umstände machen. Aber die gab nicht nach und so gingen sie in die Küche. Auf dem Rückweg kam Montoya ihr erneut nachgelaufen: „Ist es okay, wenn wir erst gegen sechs zu Abend essen? Dann könnte ich noch das Badezimmer putzen."

„Verdammt noch mal, Liz! Siehst du nicht, dass die Polizei noch nicht mit mir fertig ist? Du gehst mir wirklich auf die Nerven! Ich habe dir bereits gesagt, dass ich nicht zu Abend essen werde, und wegen mir brauchst du auch nicht zehnmal am Tag das Badezimmer zu putzen."

„Ich möchte doch nur eine gute Freundin sein."

„Dann hör endlich auf, dich wie eine unterwürfige Hündin zu benehmen, die gleichzeitig versucht, dem Frauchen ans Bein zu pinkeln!"

Moira konnte sehen, wie Montoya Rhodes beleidigt anfunkelte. Die herablassenden Worte hatten sie getroffen. Rhodes hielt sich am Türstock fest, als Montoya wütend die Tür zuknallte und Rhodes' Finger einklemmte. Der Schrei, der folgte, war eine Mischung aus Schmerz und Wut. Trotzdem dauerte es keine Minute, ehe Rhodes sich mit hochrotem Gesicht wieder Moira gegenüber setzte.

„Alles in Ordnung?", wollte Moira wissen und blickte auf den verletzten Finger, den Rhodes leicht von sich streckte.

„Nein, überhaupt nichts ist in Ordnung! Machen wir trotzdem weiter, Inspector, ich will hier nicht ewig Frage und Antwort stehen müssen."

„Vielleicht sollten Sie Ihren Finger unter kaltes Wasser halten."

„Vielleicht sollten wir jetzt aber auch einfach nur weitermachen."

Wir haben nicht damit aufgehört, sagte sich Moira, die mit Hilfe der nervtötenden Nachbarin einen besseren Eindruck von Rhodes gewinnen konnte. Sie wollte wissen, ob ihr der Name LadyGloomy etwas sagte, aber Rhodes verneinte. Und ob ihr bewusst sei, dass sich ein Foto von ihr im Internet befand.

„Wie bitte? Ein Foto? Von mir?"

„Jemand, der sich LadyGloomy nennt, war an Ihrem Computer eingeloggt. Und für das öffentlich zugängliche Profil dieser Person war ein Foto von Ihnen hochgeladen worden. Wer immer LadyGloomys Profil aufruft, sieht

Sie, Mrs Rhodes, und erfährt, dass LadyGloomy Ende fünfzig ist, in Galway als Krankenschwester arbeitet, gerne ins Kino geht, italienisches Essen, Paul Newman, Cliff Richard und Spaziergänge am Meer liebt und Angst vor Enten hat. Und dass sie mit Depressionen kämpft, seit ihr Mann vor Kurzem an Krebs gestorben ist. Daher auch ‚gloomy', also ‚düster'."

„Ich bin das ganz offensichtlich nicht. Und ich kann mir nicht vorstellen, dass das mein Bild sein soll."

„Es ist ein Ausschnitt aus dem Foto, das neben Ihrem Hochzeitsfoto in Ihrem Wohnzimmer hängt, Mrs Rhodes."

„Das ist ungeheuerlich!"

„Wer außer Ihnen und Ihrem Mann hatte sonst Zugang zu Ihrem Computer oder zu digitalen Fotos von Ihnen?"

„Ich weiß nicht, wie dieses Foto von mir in einen Computer gekommen sein soll. Wir haben nur Fotos auf Papier von mir." Sie steckte ihren Finger in den Mund; allmählich lief er blau an.

„Dann wurde es eingescannt. Von jemandem, der dieses Foto hat."

„Es gibt nur dieses eine."

„Dann wurde dieses eine eingescannt, Sie haben einen Scanner neben dem Computer. Wer könnte das Foto gescannt haben, was glauben Sie?"

„Das kann dann natürlich nur mein Mann gewesen sein. Aber wieso würde er das tun?"

„Außer Ihnen hat sonst niemand Zugang zu Foto und Computer?"

Rhodes schüttelte den Kopf. „Wer ist diese LadyGloomy?", wollte sie wissen. „Was hat sie mit Jon zu tun? Oder mir?"

„Sagt Ihnen der Name Gerda Isabella Noppinger etwas, Mrs Rhodes?" Sie schüttelte erneut den Kopf. „Das ist die Frau, die den Schlüssel zu Ihrem Haus benützt hat. Online nennt sie sich gin_fem30. Sie kam den ganzen Weg aus

Österreich, um sich in diesem Haus mit LadyGloomy zu treffen."

Linda Rhodes blickte sie misstrauisch an. „Wieso sagen Sie mir erst jetzt, dass die Mörderin bereits bekannt ist? Haben Sie sie verhaftet?"

„Nein, wir ermitteln noch. Wir wissen noch nicht genau, was passiert ist." Moira atmete tief durch. „Mrs Rhodes, wir halten es für möglich, dass Ihr Mann sich online als Frau ausgegeben hat, um die zurzeit Tatverdächtige zu sich zu locken. Es wäre möglich, dass sie ahnungslos seiner Einladung gefolgt ist und dann entsetzt war, dass Ihr Mann nicht die Frau war, die sie erwartet hatte – LadyGloomy, die so aussieht wie Sie."

„Dass sie ihn deshalb getötet hat?"

„Wir haben mit den Ermittlungen erst begonnen, Mrs Rhodes."

Linda Rhodes nahm eine Zigarette aus einer Packung, zündete sie an und zog den Aschenbecher näher zu sich. „Sie leisten gute Arbeit, Inspector", sagte sie. „Ich entschuldige mich, wenn ich laut geworden bin oder unhöflich. Mir geht der Verlust meines Mannes nur sehr zu Herzen. Ich weiß nicht, wie man mit so etwas richtig umgeht."

„Sie haben keinen Grund, sich zu entschuldigen."

„Danke. Ich weiß sehr zu schätzen, was Sie tun und dass Sie so unglaublich schnell arbeiten, Inspector. Das kann für Sie und Ihre Familien gerade zu Weihnachten nicht leicht sein."

Moira blickte sie nachdenklich an. „Sie haben noch nichts zu unserer Theorie gesagt: Können Sie sich vorstellen, dass Ihr Mann sich online als Frau ausgegeben hat, um mit zumindest einer anderen Frau in Kontakt zu treten? In sexuellen Kontakt möglicherweise?"

„Nein. Allerdings kann ich mir auch rote Lackunterwäsche nicht an ihm vorstellen. Oder Champagner und

Kerzen. Inspector, seien Sie mir nicht böse, aber ich muss mich jetzt um das Begräbnis kümmern."

„Natürlich." Moira stand auf. „Wegen Ihrer Eltern … wir haben uns gefragt, ob sie bereits vom Tode ihres Schwiegersohnes wissen. Wir wollen ihnen nicht unsensibel begegnen, wenn wir Ihr Alibi überprüfen."

„Mein Alibi überprüfen?"

„Nur, um Sie als Tatverdächtige ausschließen zu können."

Linda Rhodes lachte humorlos auf. „Tun Sie, was Sie nicht lassen können!"

4

Gerda hörte mehrere Personen die Treppe heraufkommen. Die Durhams begaben sich mit einem „Gute Nacht, Alex" in ihr Zimmer, Alex ging ins Bad. Als sie in ihr Badetuch gewickelt kurz darauf vorsichtig die Tür öffnete, war Alex sichtlich überrascht, dass Gerdas Nachttischlampe an war und sie ihr entgegenblickte.

„Alles okay, Gin? Möchtest du eine frische Tasse Tee?"

Gerda schüttelte den Kopf. „Hättest du vielleicht Rattengift?"

Alex lachte. „Nein, tut mir leid, ich mag Ratten." Sie öffnete den Schrank und entledigte sich schon wieder einfach so ihres Badetuches.

Gerda machte die Augen zu, bis Alex neben ihr im Bett lag.

„Declan wird mich verhaften, Alex. Er glaubt wirklich, dass ich diesen Mann getötet habe. Er sagt, der Tote sei Karen gewesen."

Alex bearbeitete ihr Kissen, bis es so dalag, wie sie es haben wollte. „Hast du ihm alles gesagt? Er erwähnte Notwehr."

„Ich weiß. Er glaubt mir nicht, dass ich ihn nicht mehr lebend angetroffen habe, das lässt sich auch nicht beweisen. Und wenn der einfach nur dumm hingefallen ist, dann gibt es nicht einmal einen Täter, der mich irgendwann entlasten könnte."

„Dann wird man dich aber auch nicht als Täterin einsperren können."

Gerda seufzte müde. „Hoffentlich. Denn irgendwann geht meinem Motor der Sprit aus. Ich fahre schon viel zu lange auf Reserve."

„Das glaube ich nicht. Aber du kannst gerne vorübergehend auf mein Tandem umsteigen", bot Alex freundlich lächelnd an, um dann ernst fortzufahren: „Gin, du hast keine Wahl. Wenn du aufgibst, verlierst du."

Ein Tandem. Gerda lächelte. Aber Alex hatte recht, sie hatte keine Wahl. „Alex, dürfte ich bitte noch ein paar Tage bleiben? Bis ich weiß, wie es weitergeht? Ich kann das alles natürlich bezahlen."

„Selbstverständlich. Das habe ich doch gemeint." Alex saß ihr zugewandt mit verschränkten Beinen, die in weiten lilafarbenen Hosen aus Polyester steckten, und blickte sie nachdenklich an. Das gelbe eng anliegende Trägershirt war leicht hochgerutscht, sodass Gerda das zarte grünglitzernde Bauchnabelpiercing und einen tadellosen Bauch sehen konnte.

Gerda blickte Alex wieder in die Augen. „Entschuldige, dass ich dich da hineingezogen habe."

„Declan hat dich doch nur so schnell finden können, weil ich euch einander vorgestellt habe", entgegnete Alex und schien plötzlich mit den Gedanken woanders zu sein. „Gin, wenn Karen wirklich existiert, dann muss sie irgendwo sein und Fragen beantworten können. Vielleicht solltest du nach ihr suchen?"

Gerda nickte sofort. „Laut Declan ist das Foto auf Karens Profil die Ehefrau des Toten, Linda Rhodes. Ich frage mich, ob sie Karen ist. Nur, dass Karens Mann schon vor einigen Monaten gestorben ist und sie seitdem alleine wohnt."

„In dem Haus der Rhodes."

„Ja, wenn Karen Linda Rhodes ist, dann hat sie wohl gelogen."

„Zumal sie ja auch Linda heißt und nicht Karen. Und dann stellt sich natürlich die Frage, weshalb sie gelogen hat. Was wollte sie von dir? So oder so, Gin, diese Karen scheint dir einen Haufen Lügen aufgetischt zu haben, wer auch immer sie ist oder war. Und wenn sie tatsächlich nicht der Tote war, könnte sie die Mörderin sein."

„Und darum sollte ich sie auch finden. Die Polizei hält es nicht für nötig, sie zu suchen, für sie ist ja der Tote Karen."

„Und du solltest mit Linda Rhodes beginnen."

„Ja, das sollte ich. Hast du Internet, Alex?"

Nuala lag noch angezogen auf dem Sofa und sah sich im Fernsehen eine Comedy-Show an, als sie vorsichtig das Wohnzimmer betraten. Auf ihrem Bauch lag aufgeklappt eine zerfledderte englische Ausgabe von *Die letzte Heimat*. Gerda musste lächeln, als sie das Lieblingsbuch ihrer kleinen Schwester Petra erkannte.

„Stören wir, Nuala?", fragte Alex. „Wir müssten kurz an den PC."

Nuala setzte sich auf und blickte angstvoll zum Schreibtisch, auf dem der alte schwere Bildschirm stand, über dem ihre Lederjacke hing. Sie schaltete den Fernseher aus und stand zögernd auf. Dann nahm sie die Jacke vom Bildschirm und blickte ihn einen Moment lang misstrauisch an. „Dann brauche ich aber Alkohol." Nuala warf die Jacke achtlos auf das Sofa und eilte in die Küche.

Alex setzte sich an den Computer und machte sich daran, Linda Rhodes' Nummer herauszufinden. „Wenn wir Glück haben, ist sie im Telefonbuch. Allerdings ist es schon ein bisschen spät für einen Anruf."

Gerda zog einen Hocker heran und setzte sich neben sie. Dann kam Nuala zurück und reichte jeder eine Dose Bier. Angstvoll beäugte sie den Bildschirm.

„Stimmt was nicht, Nuala?", wollte Gerda wissen.

„Traurige Geschichte. Die wollt ihr nicht hören. Jedenfalls hätte ich fast den Nachbarsköter getötet, als ich meinen letzten Computer aus dem Fenster warf. Aber keine Sorge, noch habe ich mich im Griff. Also, was habt ihr vor? Und kann ich irgendwie behilflich sein? Ist ja nicht so, als hätten ich und die Durhams so überhaupt nichts mitbekommen."

„Hier!", rief Alex aus. „Jonathan und Linda Rhodes, Knocknaccara. Das sind sie doch, oder? Zwei Telefonnummern."

Gerda atmete tief durch. „Ich weiß gar nicht, was ich sagen soll", gestand sie und blickte nervös auf ihr Handy.

„Was willst du denn von der Frau?", fragte Nuala.

„Wissen, ob ich ihretwegen nach Irland gekommen bin."

„Dann frag sie das doch einfach."

Gerda nickte und wählte die erste Nummer. Es dauerte nicht lange und eine weibliche Stimme fragte ungehalten, wer dran sei.

„Mrs Linda Rhodes?"

„Es ist fast Mitternacht!"

„Ich weiß, entschuldigen Sie vielmals, bitte. Sind Sie Linda Rhodes?"

„Wenn Sie von den Gardaí sind, haben Sie hoffentlich gute Neuigkeiten für mich, sonst haben Sie mich um diese Zeit nicht zu stören."

„Mein Name ist Gerda Noppinger. Ich wollte Ihnen sagen, wie leid mir das mit Ihrem Mann tut, und ich wollte Sie fragen …" Gerda atmete tief durch. „Ich wollte Sie fragen, ob Sie vielleicht Karen sind."

„Wer ist dran?"

„Mein Name ist Gerda. Gin. Ich war von Karen eingeladen worden. Sind Sie Karen, Mrs Rhodes? Haben Sie mich eingeladen? Habe ich mit Ihnen gechattet?"

„Das ist ja ungeheuerlich! Sie haben die Nerven, mich anzurufen? Nachdem Sie in mein Haus eingedrungen sind und meinen Mann umgebracht haben, wagen Sie es, mich anzurufen?"

Mit so viel Aggression hatte Gerda nicht gerechnet. „Entschuldigung, ich wollte nicht …"

Aber die Frau legte auf.

Nuala pfiff durch die Zähne. „Das hat man bis nach Dublin gehört!"

„Denkst du, dass sie Karen ist?", wollte Alex von Gin wissen.

Gin schüttelte den Kopf. Sie war blass geworden. „Keinesfalls! Nur, wie kommt ihr Foto auf Karens Profil, wenn der Tote nichts mit Karen zu tun hatte? O Gott! Declan hat vermutlich recht und Karen hat nie existiert! Ich habe monatelang mit einem Perversen gechattet."

„Lass uns alle Zweifel ausräumen", sagte Alex. „Kennst du Karens Nachnamen?" Gin schüttelte erneut den Kopf. „Dann können wir nur hoffen, dass es nicht so viele Karens in den Krankenhäusern gibt. In welchem sie arbeiten soll, weißt du vermutlich auch nicht, oder? Es gibt einige in Galway."

„Ich habe keine Ahnung, Alex." Gin wirkte müde und enttäuscht.

Nuala wollte wissen, in welchem Chatroom Gin mit Karen in Kontakt war. Gin sagte etwas von Talk2me und

Alex schlug vor, diesen Messenger, wie Gin und Nuala die Software nannten, mit der man sich unterhalten konnte, auf ihrem Computer zu installieren. Sollte es diese Karen tatsächlich geben, war sie ja vielleicht online.

„Gin, dir ist bewusst, dass die Gardaí vermutlich Zugang zu Karens Nachrichtenarchiv haben, oder?“, sagte Nuala dann nachdenklich, als Gin sich einloggte. „Alles, was du schreibst oder was man dir schreibt, werden die möglicherweise lesen können.“

„Ich will nur eine Erklärung von ihr.“

Aber LadyGloomy war offline. Gin hinterließ einige Nachrichten. Aber nach mehreren Minuten, in denen niemand etwas sagte und alle nur darauf warteten, dass Karen sich meldete, blickte Gin hoch und sah sie ernst an. „Ihr zwei glaubt auch nicht, dass sie antwortet, oder? Ihr denkt auch, dass sie dieser Kerl war, nicht wahr?“

„Ich halte es jedenfalls für möglich“, gestand Alex. Auch Nuala nickte.

Gin atmete tief durch, dann legte sie ihre langen Finger wieder auf die Tastatur und schlug LadyGloomy vor, sich mit ihr in dem öffentlichen Chatroom zu treffen, in dem sie sich kennengelernt hatten, das sei sie ihr schuldig, sie erwarte eine Erklärung. Die Polizei habe von diesem Raum im Moment sicher noch keine Ahnung, sie wären wohl ungestört.

Den Messenger ließen sie geöffnet, als Gin sich auch auf der Chat-Website Faraway.com einloggte. Der Chatroom Chat & Play war der, in dem Karen und sie sich das erste Mal getroffen hatten. Sie hatten dieselben Nicknames benutzt. Und natürlich war LadyGloomy zurzeit auch dort nicht online. Laut des Administrators, der für den Chatroom verantwortlich war, war sie das schon seit mehreren Wochen nicht mehr.

„Das führt zu nichts“, sagte Gin schließlich und loggte sich aus. Ihre Passwörter schrieb sie auf ein Post-it, das sie am unteren Bildschirmrand anbrachte. Für den Fall, dass die Polizei sie verhaftete, bevor das Rätsel gelöst sei. Dann lächelte sie Alex und Nuala zu. „Danke, dass ich mich nicht mehr alleine fühle."

„Lass mir einfach das Bier hier, das du nicht angerührt hast, und wir beide sind quitt", meinte Nuala trocken. „Wollt ihr noch ein bisschen mit mir fernsehen?"

Aber sowohl Alex als auch Gin wollten lieber wieder ins Bett.

Als sie die Treppe hochkamen, hörten sie unmissverständliche Geräusche aus dem Zimmer der Durhams.

Gin drehte sich ihr mit aufgerissenen Augen zu und flüsterte: „Täusche ich mich oder haben die gerade Sex?"

Alex schob sie schmunzelnd ins Zimmer und schloss vorsichtig die Tür. „Die Frage ist doch: Wollen wir das wirklich wissen?"

„O Gott! Ich mag es mir gar nicht vorstellen!" Gin schüttelte sich angeekelt, schlüpfte eilig unter die Decke und machte ihre Nachttischlampe an. Alex schaltete grinsend die Deckenbeleuchtung aus und legte sich neben sie. Joanne hörten sie nicht, aber Brian machte ganz eigenartige und immer lauter werdende Grunzgeräusche.

„Ich glaube nicht, dass sie es auf dem Bett tun", meinte Alex trocken. „Es hört sich näher an. Wenn sie es auf dem Boden treiben, ist das allerdings ziemlich dreckiger Sex. Ich habe schon seit Tagen nicht mehr Staub gesaugt."

Das ließ Gin unerwartet auflachen, und innerhalb kürzester Zeit wurden beide von einem unkontrollierbaren Lachanfall ergriffen. Wie schön es doch war, sie einmal sorglos zu erleben, freute sich Alex. Als könnte Gin in diesen unbeschwerten Minuten vorübergehend alles vergessen. Gin bebte am ganzen Körper. Weil sie lachte, nicht, weil sie weinen musste.

Nach einer Weile wischte sich Alex die Tränen der Erheiterung aus dem Gesicht und sah zu ihr hinüber. Gin legte erschöpft ihren Kopf in das Kissen zurück, atmete tief und erlöst durch, streckte das Kinn hoch und blickte mit ihren großen, dunklen Augen gegen die Decke. Um ihren Mund spielte noch immer ein Lächeln. Eigentlich war sie wunderschön.

„Mein Gott, hat das gutgetan", sagte Gin. „Ich weiß nicht, wann ich das letzte Mal so gelacht habe. Das ist Ewigkeiten her." Sie drehte sich Alex zu. Die Augen glasig, der Blick freundlich und weich. Ihr Gesicht war endlich nicht mehr angespannt, ihre Augen nicht mehr traurig. „Ich bin ehrlich froh, dass ich dein Auto versenkt habe, Alex."

Alex erwiderte Gins Blick. Das Herz schlug ihr bis zum Hals, wie sie erstaunt feststellte. „Lass uns schlafen", schlug sie vor.

Aber einschlafen konnte Alex dann lange nicht.

* * *

Als Gerda aufwachte, war das Bett neben ihr leer. Aus dem Bad nebenan hörte sie Duschgeräusche. Ein Blick aus dem Fenster verriet den angebrochenen Morgen; es war düster und ungemütlich. Die Äste an den Bäumen wiegten heftig nach allen Seiten und Regen klatschte gegen das Fenster. Wäre das Leben noch in Ordnung, hätte dies einer jener wunderbaren Tage werden können, an denen man mit seiner großen Liebe bei einem romantischen Film kuschelte oder sich liebte, bis es wieder heller und wärmer wurde. Eine Tasse heißen Kakaos und ofenwarme Croissants würden den Vormittag perfektionieren. Aber das Leben war nicht mehr in Ordnung.

Gerda erinnerte sich, von Alex geträumt zu haben. Ein positives Gefühl war zurückgeblieben, aber die Handlung entschwand mit jeder Sekunde, die sie versuchte, sie zu greifen. Sie erinnerte sich auch an Alex' letzten Blick, wie diese unglaublich grünen Augen sie angesehen hatten.

Als sie kurz später die Küche betrat, saß Alex mit dem Handy in der Hand und einem Blatt Papier vor sich bei einer Tasse Tee am Tisch. Die Kaffeemaschine gurgelte, der Kaffeeduft stieg ihr in die Nase.

„Ich dachte, du bist in der Dusche. Guten Morgen, Alex."

Alex blickte müde zu ihr hoch. „Das ist Nuala. Guten Morgen, Gin. Kaffee wird gleich fertig sein. Hast du gut geschlafen?"

Gerda setzte sich ihr gegenüber. „Ja, sehr. Was machst du da?"

„Ich war online. Keine Nachricht von Karen. Dann habe ich damit angefangen, die Krankenhäuser durchzurufen."

„Du bist echt großartig, Alex!" Sie war so süß.

„Jedenfalls habe ich gerade mit dem letzten Krankenhaus gesprochen. Auch die geben keine Informationen zu ihren Angestellten heraus." Alex wirkte frustriert, unruhig. „Es macht mich nervös, dass wir nicht wissen, was die Gardaí mit dir vorhaben, und wie viel Zeit uns noch bleibt, um nach dieser Karen zu suchen."

„Es sollte dich nicht so beschäftigen, Alex. Es ist mein Problem."

Alex sah sie über den Tisch hinweg an, nachdenklich, aber sie sagte nichts. Gerda begegnete ihrem Blick, war sich nicht sicher, ob sie ihn verstand. Sie unterbrach den Blickkontakt schließlich, um zur Küchenzeile zu gehen. Alex hatte schon genug getan. Und deshalb würde sie jetzt das Frühstück machen.

Als Alex das merkte, kam sie auf sie zu und nahm ihr die Pfanne aus der Hand. „Das ist mein Job, Gin."

„Und du hast heute bereits meinen gemacht. Bitte, Alex! Als Dankeschön, als kleine Entlastung. Bitte lass mich das für dich tun!"

Alex ging das zwar eindeutig gegen den Strich, aber als Gerda wieder nach der Pfanne griff, gab sie nach. „Okay. Danke. Das ist nett von dir."

Gerda nahm Eier aus dem Kühlschrank und machte den Herd an. Sie spürte Alex' Blick im Rücken. Als sie sich zu ihr umdrehte, sah sie, wie Alex mit dem Handy in der Hand die Küche verließ.

Alex wünschte den Durhams, die auf der Suche nach Frühstück verschlafen die Treppe herunterkamen, einen Guten Morgen, ging ins Wohnzimmer, setzte sich auf das Sofa und wählte Declans Nummer. Aber er hatte keine Neuigkeiten für sie.

„Wir gehen noch sämtlichen Spuren nach, mehr kann ich dir nicht sagen. Geht es dir gut? Ist Noppinger noch bei dir?"

„Natürlich geht es mir gut. Wird sie nach wie vor verdächtigt?"

„Allerdings. Und darum wäre es auch wirklich ..."

„Ehrlich, Dec? Kommt sie dir wirklich wie eine Kriminelle vor?"

„Nein, gar nicht. Ted Bundy war aber auch ein sympathischer Bursche, und der hat dreißig bis sechzig Frauen ermordet. Ich persönlich halte sie nicht für eine kaltblütige Killerin, aber ich kann sie nicht einschätzen. Vielleicht, weil sie Ausländerin ist, vielleicht, weil du involviert bist."

„Das ist nicht sehr professionell, Declan. Ihr müsst sie nicht gleich dort behalten, wenn sie zu euch auf die Dienststelle kommt, oder?"

„Kommt darauf an, was sich noch ergibt."

„Könnten wir unter Umständen auch morgen zu dir kommen? Noch nicht heute? Ginge das oder wäre das nicht so gut?"

„Das wäre schon möglich. Dann könnten wir sie gegebenenfalls auch zu Untersuchungsergebnissen befragen, die wir erst im Laufe des Tages erhalten werden. Aber du brauchst nicht mitzukommen, Alexandra."

„Großartig! Sagen wir morgen gegen zehn Uhr? Wäre dir das recht?"

„Kein Problem. Aber, du brauchst wirklich nicht …"

„Dec, sie ist ganz alleine hier. Sie hat Angst. Wird sie einen Anwalt brauchen, wenn sie bei euch aussagt? Weil das irgendwie offizieller ist?"

„Offiziell war es auch gestern schon."

„Declan, bitte! Wäre ein Anwalt ratsam oder nicht?"

„Wenn sie schuldig ist, schon. Es gibt einen Vertrauensanwalt in der österreichischen Botschaft in Dublin. Notfalls kann man sich mit dem in Verbindung setzen. Ob das nötig ist, muss Noppinger selbst beurteilen. Alexandra, wieso willst du mitkommen? Du kennst sie doch nicht. Und wenn sie wirklich einen Anwalt einschaltet, braucht sie dich auch nicht."

„Sie wird eine Freundin brauchen."

„Und wieso musst du das sein?"

Sie seufzte. „Morgen um zehn, wir werden da sein." Damit beendete Alex das Gespräch. Als sie aufblickte, sah sie Gin in der Tür stehen, die sie gedankenvoll ansah.

„Ich habe Declan gefragt, ob es auch okay wäre, wenn du erst morgen nach Galway kommst", erklärte Alex und hoffte, nicht zu weit gegangen zu sein. „Vielleicht willst du den heutigen Tag dazu nutzen, zur Ruhe zu kommen. Wir können aber auch wie geplant heute zu ihm fahren, wenn dir das lieber ist, dann hättest du es auch früher hinter dir."

Gin schüttelte lächelnd den Kopf.

„Deine Botschaft könnte dir einen Rechtsbeistand zur Verfügung stellen, wenn du das möchtest", fuhr Alex fort und stand auf, um Gin trotzdem beim Zubereiten des Frühstücks zu helfen.

„Den werde ich nicht brauchen."

Als Alex an ihr vorbei wollte, hielt Gin sie zurück und blickte sie ernst an. „Alex, ich danke dir. Für alles, was du für mich tust. Ich weiß das sehr zu schätzen. Ich weiß auch, dass das nicht selbstverständlich ist."

„Was tue ich denn schon?", entgegnete Alex locker. „Das gehört zum Service, steht so im Tourismus-Handbuch. Wir tun hier alles, damit man uns nicht vergisst. Meistens gelingt uns das ganz gut."

„Wer könnte dich je vergessen?"

Dieser Satz und Gins herzlicher Blick machten Alex verlegen. Sie versuchte noch ein Lächeln, dann verließ sie eilig das Wohnzimmer, um sich den anderen Gästen zu widmen.

Nuala kam gerade die Treppe herunter und Joanne stand am Herd und kratzte in der Pfanne mit den offenbar angebratenen Eiern herum. Gin eilte schuldbewusst zu ihr und schickte sie an den Tisch. Brian saß bereits und löffelte Zucker in seine leere Tasse. Viel mehr als Eier anzubraten und Wasser für den Tee aufzustellen, hatte Gin nicht geschafft. Alex gesellte sich zu ihr.

Es wurde nicht viel gesprochen. Nuala und die Durhams waren noch mit Aufwachen beschäftigt. Irgendwann begannen sie, über das Wetter zu plaudern, anscheinend verließen nach wie vor keine Flüge Paris. Brian fragte schließlich, ob sie nicht Lust hätten, nach dem Frühstück einen Film anzusehen. Den ersten *Stirb langsam* und *Gladiator* hätte er dabei. Und ob er und Joanne sie danach alle zum Mittagessen ins *J. J O'Malley's* einladen dürften. Joanne wirkte überrascht und nicht unbedingt begeistert. Alex fiel auf, dass beide es vermieden, über Gins Situation zu sprechen. Sie taten so, als wären sie nicht einmal neugierig, wieso Declan sie in Uniform aufgesucht hatte.

Niemand hatte Lust auf Filme, und das *J.J O'Malley's* sperrte sein Restaurant erst abends auf, teilte Alex ihnen mit. Was ihre Gäste an diesem Tag tun würden, war ihr schließlich egal, aber Alex wusste, worauf sie Lust hatte. „Zieh dich warm an, Gin, ich zeige dir mein Land!"

„Viel ist da draußen nicht zu sehen“, sagte Brian enttäuscht. „Was willst du ihr da zeigen?“

Nuala nickte zufrieden. „Großartige Idee, Alex! Beweis Gin, dass Irland das schönste Land auf Erden ist. Ich werde hier die Stellung halten und deine Accounts checken, Gin. Das gemeinsame Mittagessen verschieben wir einfach auf den Abend.“

Gin blickte Alex mutlos an. „Ab morgen könnte es zu spät für mich sein, hm? Ist schon okay, Alex. Ich lege mich einfach ein bisschen hin, wenn ich darf, und lese Zeitung. Wird mir guttun.“

„Du bist Touristin, wir sind in Irland. Lass uns das Meer entlangfahren, Gin! Weil es da ist und weil es eine gute Alternative zum *Gladiator* oder meinem Schlafzimmer ist.“ Alex blickte sie hoffnungsvoll an. Das war es doch, was sie sich von Irland erhofft hatte, oder? Das war es doch, was Irland ihr bieten sollte: eine Freundin und das Meer.

„Also, ich würde das so nicht sagen“, sagte Brian grinsend.

Alex ignorierte ihn. „Okay, Gin?“

Auf Gins Gesicht machte sich ein wunderschönes Lächeln breit, als sie nickte, und Alex freute sich mehr darüber, als sie vor Kurzem noch gedacht hätte.

5

Als gegen Mittag die beiden Kolleginnen zurückkamen, verließ Declan das erste Mal seit Stunden Schreibtisch und Computer. Siobhan Keach stellte in seinem Büro eine Auswahl bunter Törtchen auf den Besprechungstisch und

Moira brachte Teller und Gabeln. Declan ging in die Küche und kam mit heißem Tee, Zucker und Milch zurück.

„Was haben Sie in Clare herausgefunden?“, wollte Declan von Keach wissen, als alle saßen.

„Dass ich meine Eltern nie in ein Altenheim stecken werde!“, antwortete Keach. Sie war erst kürzlich zum Team gestoßen. Sie war Ende dreißig, auffallend fleißig und pflichtbewusst, jedoch noch schwer einzuschätzen. „Alles sehr zweckmäßig, nichts auch nur ansatzweise liebevoll. Es ist ein kirchliches Altenheim und die Nonnen, die neben den schlecht Englisch sprechenden philippinischen Angestellten und den wenigen Krankenschwestern die Leute betreuen, sind älter als die Bewohner. Lindas Mutter saß vor dem Fernseher, als ich eintrat. Sie begrüßte mich mit: ‚Wie schön, dass du mich besuchen kommst, Kathryn. So lange ist es her. Wie groß du geworden bist! Geht es dir gut? Bist du auch nicht mehr böse? Würdest du ein bisschen mit mir fernsehen?‘“ Keach hatte ihre Stimme verstellt und es klang, als machte sie sich über die alte Frau, die offenbar schon sehr krank war, lustig. „Es hat ein paar Minuten gedauert, bis sie merkte, dass ich gar nicht die Person war, für die sie mich gehalten hatte. Sie hat dann auch begriffen, dass ich nicht zum Spaß eine Uniform trage. Und sie wusste auch, dass es wohl um den Tod ihres Schwiegersohnes gehen musste. Linda Rhodes hatte mittlerweile mit ihr telefoniert. Mrs Lancaster fand es sehr traurig, dass ihr Schwiegersohn nicht mehr am Leben war, obwohl sie ihn nicht gemocht hatte, wie sie zugab. Aber er sei noch so jung gewesen und deshalb sei es auch ungerecht, dass er gehen musste. Man solle nie früh gehen müssen, es sei nicht richtig, jung sterben zu müssen, und sterben lassen sei eine gottverdammte Sünde.“ Keach schüttelte amüsiert den Kopf. „Keine Minute später beschäftigte es sie aber viel mehr, dass sie während meiner Anwesenheit die Sendung im Fernsehen nicht verfolgen konnte. Anfangs war sie glücklich, als sie mich gesehen hat, kurz darauf habe ich sie nicht mehr vom Fernseher wegbekommen." Keach streckte sich müde. „Sie zeigt definitiv Anzeichen von Demenz, was mir von einer Krankenschwester auch bestätigt wurde. Und Mr Lancaster ist nicht ansprechbar. Der liegt in einem Hightech-Bett und wartet auf seinen Tod. Lindas Vater wird nichts zu den Ermittlungen beitragen können."

„Kann die Mutter Aussagen zu Lindas Anwesenheit machen?", wollte Moira wissen. „Oder sonst jemand?"

„Sie sagt, ihre Tochter sei über Weihnachten jeden Tag bei ihr gewesen. So auch am Heiligen Abend. Auf die Frage, was sie getan hatten, sagte sie: gefeiert und dann ferngesehen. Wie lange, weiß sie nicht. Zwei Nonnen und die anwesenden ausländischen Pflegerinnen – zumindest die, die mich verstanden haben – bestätigen, dass Linda da war. Am 24. und 25. seien mehrere Familienangehörige hier gewesen. Man habe gemeinsam gegessen und ein bisschen mit Musik gefeiert. Am Heiligen Abend hätten einige Kinder getanzt und der Pfarrer hätte sie alle gesegnet. Allerdings sind bereits gegen sechs Uhr die meisten Angehörigen nach Hause gefahren und deshalb sind viele der Alten in ihre Zimmer gegangen oder gebracht worden, weil das offizielle Programm für diesen Tag zu Ende war. Wohl auch deshalb, weil die Angestellten genau wie die Angehörigen zu ihren Familien nach Hause wollten. Auch Mrs Lancaster und Linda seien in das Zimmer der Lancasters gegangen, erzählte man mir. Als man nach Mr Lancaster sah, seien Linda und ihre Mutter vor dem Fernseher gesessen. Wann Linda Rhodes das Haus verlassen hat, um in ihre Unterkunft zu gehen, hat mir allerdings niemand sagen können. Mrs Lancaster sagt, sie könne sich nicht erinnern, dass ihre Tochter überhaupt irgendwann gegangen sei. Das heißt, wenn Linda Rhodes zum Tatzeitpunkt tatsächlich in Clare war, dann muss sie uns eine Person nennen, die das bestätigen kann. Ich habe niemanden auftreiben können."

„Haben Sie sich das B&B vorgenommen?"

„Ja, natürlich, Sir. Nur, dass die zu Weihnachten gar nicht da waren. Linda Rhodes fährt seit zweieinhalb Jahren einmal im Monat für ein Wochenende zu ihren Eltern. Sie schläft immer im selben B&B, dem *Bayview House* der Familie Smithwicks. Sie ist Stammgast, die sind mittlerweile miteinander befreundet, wie mir Mr Smithwick mitgeteilt hat, den ich telefonisch erreicht habe. Die Smithwicks hatten ihr den Schlüssel gegeben und waren dann selbst zu Verwandten aufgebrochen. Linda hatte in dieser Zeit das B&B als Selbstversorgerin ganz für sich. Die Smithwicks können also lediglich bezeugen, dass sie ihr den Schlüssel ausgehändigt haben und dass sie bei ihrer Rückkehr gestern den Schlüssel wie vereinbart im Briefkasten vorgefunden haben."

„Wasserdicht ist Linda Rhodes' Alibi also nicht."

„So ist es, Moira. Nach allem, was wir bisher wissen, hätte Linda Rhodes zwischendurch einen Abstecher nach Hause machen können, um ihren Gatten zu ermorden. Nur, wieso hätte sie das tun sollen?"

„Vielleicht, weil er sich hinter ihrem Rücken mit jungen Frauen amüsierte?", überlegte Moira laut.

„Wissen wir das schon oder fragen wir uns das noch?"

„Wir fragen uns das noch", sagte Declan. „Danke für die gute Arbeit, Inspector." Er blickte zu Moira. „Was hat sich bei dir getan?"

„Das meiste wisst ihr schon. Linda Rhodes hat mittlerweile ihre Fingerabdrücke abgegeben und überprüft, ob etwas gestohlen wurde, aber Raubmord ist auszuschließen." Moira nahm sich ein zweites Tortenstück. „Ich habe mir mit Hilfe der Berichte von Spurensicherung und Gerichtsmedizin in Ruhe den Tatort noch mal angesehen. Was die Spurensicherung bereits ausschließt, ist, dass Jonathan einfach so umgefallen und gestorben ist. Das schließt übrigens auch die Gerichtsmedizin aus, der Mann war gesund. Dass er unglücklich über einen der beiden Teppiche gestolpert ist, die über dem Teppichboden oben liegen, glaubt man aber auch nicht, zumal dazu die Teppiche zu stark verrutscht waren. Die Spurensicherung geht mittlerweile davon aus, dass es einen Kampf gegeben hat. Zwischen ihm und mindestens einer weiteren Person."

Declan nickte. „Das war auch mein erster Eindruck. Was mich aber irritiert, ist, dass der Tote im Treppenhaus vor dem Computerzimmer lag und im Zimmer alles heil war. Nichts war beschädigt."

„Ja, der Kampf muss schnell vorbeigewesen sein", sagte Moira. „Zu dem Schluss kommt die Spurensicherung ebenfalls."

„Vielleicht also doch ein Unfall. Eine kurze Auseinandersetzung mit Todesfolge", überlegte Keach laut.

„Ja, so sieht es im Moment aus." Declan trank von seinem Tee und grübelte. „Wenn ich eine Frau wäre und ich hätte mich gegen einen kräftigen gesunden Mann wie Jonathan Rhodes zur Wehr zu setzen, hätte ich ihn schnell außer Gefecht setzen können?"

„Nur, wenn Sie wüssten, wie", antwortete Keach. „Aber wenn sie keinen schwarzen Gürtel haben und ihn trotzdem gerne tot sähen, würden Sie vielleicht warten, bis er Ihnen den Rücken zudreht, und ihn stoßen."

„Darauf zu spekulieren, dass er auf die Kante dieses Kastens fällt und dabei auch noch umkommt, wäre ein zu großes Risiko", meinte Moira. „Wenn ich ihn töten wollte, würde ich das nicht machen, aber vielleicht, wenn ich mich wehren müsste." Sie schnappte sich ein drittes Törtchen. „Wenn ich ihn vorsätzlich töten möchte, haue ich ihm lieber eins über den Schädel oder ich ersteche, vergifte, erschieße ihn. Aber ich würde nicht spekulieren, es müsste bereits beim ersten Versuch funktionieren. Wenn ich mich hingegen nur gegen ihn verteidigen muss, dann mache ich alles, was mir einfällt, um ihn bewegungsunfähig zu machen, und mit allem, was mir dazu zur Verfügung steht. Mit dem Ziel, aus dem Haus zu kommen und mich in Sicherheit zu bringen. Dafür sah es am Tatort aber viel zu zivilisiert aus, dafür hat der Kampf nicht lange genug gedauert."

„Sobald wir wissen, wer die zweite Person war", sagte Declan, „finden wir auch heraus, ob der Tod Absicht war. Nach eiskaltem Mord sieht es nicht aus. Nach Selbstverteidigung aber offenbar auch nicht. Nach einem selbst verschuldeten Unfall ebenso wenig."

„Kurzer Kampf mit unbeabsichtigter Todesfolge", wiederholte Keach.

„So sieht es aus. Aber wieso mit ihm kämpfen?", fragte Declan. „Wenn es doch Notwehr war, hatte Noppinger vielleicht Glück und es war schon zu Ende, ehe es richtig begonnen hatte. Zumal sie auch keine Abwehrverletzungen hat, die drei Tage nach der Tat noch zu sehen wären. Wahrscheinlich oder nicht, es wäre möglich."

„Wenn sie es war", betonte Moira. „Übrigens weist auch der Tote keine Abwehrverletzungen oder Ähnliches auf. Nur die Kopfwunde."

„Wir wissen nicht, dass es eine Frau war, oder?", fragte Keach.

„Nein, aber derzeit sind alle Verdächtigen weiblich", antwortete er. „Wobei ich trotz allem zu der Österreicherin tendiere. Übrigens wird sie morgen herkommen, um ihre Aussage aufnehmen zu lassen."

„Dann werden wir sie uns mal ansehen", sagte Moira. „Und du bist den ganzen Vormittag vor dem Computer gesessen, Declan?"

„Allerdings." Er seufzte. „Aber ihr werdet mir dabei helfen müssen, einen Überblick über Jonathan Rhodes'

Chat-Aktivitäten zu bekommen, alleine ist mir das nicht möglich. Im Nachrichten-Archiv von Rhodes' Talk2me-Messenger befinden sich Hunderte Chats, ich übertreibe nicht! Neben LadyGloomy sind nämlich noch weitere Nicknames von seinem Messenger aus zugänglich, alle mit demselben Passwort. Das sind so vielversprechende Namen wie Gentleman4u, MasterDarkside, King-Charming, boytoy20, slave_4_love, BigJonBoy und Kiss_An_Irish. Und die haben alle fleißig gechattet. Was wir unter anderem tun müssen, ist, in den Chats nach konkreten Aussagen wie Namen, Adressen, Ortsangaben, Berufen und Hinweisen auf andere Chatrooms zu suchen. Auch, wenn so manches erfunden sein wird, gehört alles überprüft. Wir müssen feststellen, ob er zum Zeitpunkt der Chats gearbeitet hat. Zum Todeszeitpunkt war er arbeitslos, aber er war Bauarbeiter. Wir müssen gegebenenfalls also auch frühere Arbeitgeber ausfindig machen, davon wird es vermutlich mehrere geben. Wir sollten vor allem ausschließen können, dass zwei der Nicknames zur selben Zeit online waren. Es ist davon auszugehen, dass die alle zu Jonathan Rhodes gehören. Wir müssen Rhodes die Nicks aber zweifelsfrei zuordnen können. Und wenn wir nachweisen können, dass Jonathan Rhodes LadyGloomy war, dann haben wir auch bewiesen, dass sowohl Gerda Noppinger als auch Linda Rhodes ein Motiv gehabt hätten, ihn zu töten. Es gibt also einiges zu tun."

„Obwohl wir nicht von Mord ausgehen, sondern von einem kurzen Kampf mit unbeabsichtigter Todesfolge?"

„Zurzeit müssen wir davon ausgehen, Inspector, aber wir haben noch nicht alle Fakten. Und einige Fakten befinden sich im Internet und auf diesem Computer. Das Foto von Linda Rhodes, das für LadyGloomys Profil verwendet wurde, ist übrigens tatsächlich auf Rhodes' Festplatte gespeichert."

Keach nickte nur. Moira hörte ihm konzentriert zu. Er fuhr fort: „Jedenfalls halten sich einige dieser Nicks auch in öffentlichen Chatrooms auf, wie aus deren Profilen hervorgeht. Soweit ich das bis jetzt beurteilen kann, lernte Rhodes dort die Leute kennen, mit denen er anschließend via Messenger äußerst privat, ja intim, chattete. Ich habe mir diese Chatrooms angesehen. In denen kann man sich ebenfalls unbeobachtet miteinander unterhalten. Aber im Gegensatz zum Messenger werden die Unterhaltungen nicht archiviert. Rhodes' Messenger sammelte seine Chats automatisch – so konnte er sich daran erfreuen, wann immer er das wollte. Wie er sich übrigens auch an sämtlichen Fotos erfreuen konnte, die er in Ordnern auf seiner Festplatte abgespeichert hatte. Dabei scheint es sich um einige der Chat-Partnerinnen der bekannten Nicks zu handeln. Meist sind es Nacktfotos, oft amateurhaft mit Webcams gemacht. Normale Schnappschüsse und Passfotos sind auch dabei. Vereinzelt auch Porno-Fotos. In seinen Sex-Talks – und um etwas anderes geht es nie – schlüpft er in bestimmte Rollen und die zieht er bis zum Schluss durch: Als Master und als Sklave lebt er S&M-Fantasien aus. Der eine Jon ist dominant, der andere unterwirft sich. Als boytoy verführt er, wenn man so will, reifere Damen, die ihn für jung und potent halten sollen. Glaubt man ihren Profilen, sind sie aber allesamt um einiges jünger als er in Wirklichkeit selbst. Der Gentleman spricht dieselbe Klientel an, macht aber auf George Clooney. KingCharming ähnelt dem Gentleman, nur dass er die Damen mit schnulzigen, ziemlich peinlichen Gedichten versorgt. BigJonBoy hingegen spielt nicht herum, dem geht es ausnahmslos um rasche Bedürfnisbefriedigung. Den Frauen, die mit ihm chatten, ebenfalls. Wie siehst du aus, was hast du an, fass mir mal hierher. BigJon-Boys Chat-Partnerinnen sind angeblich in ihren Dreißigern. Dann haben wir noch Kiss_An_Irish. Der hat es auf wesentlich jüngere abgesehen, auf Teenager. Er prahlt mit seiner Erfahrung im Leben und im Bett und unterrichtet die Mädels, wie sie sich als Frauen ihre Weiblichkeit bewahren können und worauf Männer seiner Meinung nach Wert legen."

„Ich könnte jetzt schon kotzen", meinte Keach.

„Ich weiß", erwiderte Declan. „Aber es wird uns das Opfer näher bringen." Er lehnte sich in den Sessel zurück. „Wir sollten uns ranhalten, das ist viel Arbeit. Ich möchte die Chats bis Freitag durchgesehen haben. Moira, ich möchte außerdem, dass du morgen Noppingers Aussage aufnimmst. Inspector Keach soll dir Gesellschaft leisten."

„Wirst du nicht hier sein?"

„Doch, aber ich möchte, dass ihr einen Eindruck von ihr bekommt. Und musste sie sich tatsächlich gegen Rhodes zur Wehr setzen, gesteht sie das euch vielleicht eher als mir."

„Gut. Sollen wir Übersetzung organisieren?"

„Nein, sie spricht hervorragend Englisch. Möglich, dass sie sich vorher mit dem Vertrauensanwalt ihrer Botschaft in Verbindung setzt." Declan stand auf. „Danke noch mal für die kleine Stärkung und auch für eure Arbeit. Sehen wir uns jetzt mal an, wie wir die Chats aufteilen, und dann lasst uns an unsere Schreibtische gehen, es gibt eine Menge zu tun. Und Sie, Inspector, rufen bitte Linda Rhodes an. Sie soll Ihnen eine konkrete Person nennen, die sie zum Tatzeitpunkt in Clare gesehen hat."

* * *

Alex fand es schade, dass sich die Sicht nicht bessern wollte. Der Himmel war verhangen, der Wind noch stark, hin und wieder regnete es auch. Nach dem Schnee zu Weihnachten und dem anschließenden Glatteis bot das Wetter wieder das gewohnte trostlose Grau. Wie schön es doch wäre, wenn Gin Irland im Sonnenschein erleben könnte. Mit Delfinen in der Clew Bay, Regenbögen in Connemara oder Picknicks am Eyre Square in Galway.

Sie waren die Clew Bay entlang nach Newport hinaufgefahren. Dabei erzählte Alex Gin von der Piratin Grace O'Malley, einer der mächtigsten Frauen des 16. Jahrhunderts. Grace war in dieser Gegend beheimatet gewesen und hatte über Jahre hinweg gegen Elizabeths Engländer und sämtliche irischen Clans gekämpft, die sich ihr in den Weg zu stellen versuchten. Gin hörte fasziniert und aufrichtig interessiert zu und hatte Fragen zu dem Irland von damals, die Alex ihr meistens sogar beantworten konnte. Sie schien ganz dankbar für nicht nur den touristischen, sondern auch den geschichtlichen Exkurs in Alex' Heimat zu sein. Sie hielten vor dem Rockfleet Castle, in dem die Granuaile, wie Grace O'Malley genannt wurde, eine Weile gelebt hatte, und hatten den gut erhaltenen Tower ganz für sich alleine, was Gin beeindruckte. Danach fuhren sie die bei Sicht sehr idyllische N59 weiter und sahen sich noch ein weiteres Schloss der Piratenkönigin an – Kildawnet Castle, das sich auf Achill Island befand. Alex erzählte Gin, dass sie als Kind oft hier gewesen war. Grace O'Malley war damals eines ihrer Idole gewesen – neben Melissa Etheridge, Virginia Woolf und der Vampirjägerin Buffy. Mit letzterer konnte Gin nichts anfangen, aber Etheridge und Woolf mochte sie auch. Alex wollte wissen, wer Gins Jugendidole waren, aber sie hatte keine.

Gin schien sich an diesem Tag wohl zu fühlen. Sie lachte oft. Manchmal blickte sie auch minutenlang nur stumm aus dem Fenster, gebannt von dem, was sich ihr zeigte, sobald sich der Nebel lichtete und der Regen nachließ, der meistens laut gegen den kleinen Wagen trommelte. Alex hatte kein Radio eingeschaltet, während sie langsam die Küsten der Corraun Peninsula und Achill Island entlangfuhren. So waren sie den Geräuschen des Regens und des Windes ausgesetzt, was sie beide genossen. Wenn Berge hinter den Wolken auftauchten oder das Meer wieder gut zu sehen war, blieben sie stehen. Dann konnte Gin aussteigen, die Arme von sich und das Gesicht gen Himmel strecken, was Alex anfangs amüsiert hatte, bald aber berührte. Manchmal stieg Alex mit ihr aus, manchmal merkte sie, dass Gin lieber alleine sein wollte, dann beobachtete sie sie vom Auto aus, wie sie sich dem Wetter aussetzte und jede Sekunde zu genießen schien. Vor allem, wenn das Meer sich vor ihr offenbarte. Danach kam Gin fast immer mit Tränen in den Augen zurück, aber auch mit einem ansteckenden Lächeln.

Sie waren bis nach Keel hinaufgefahren, wo sie sich in einem Pub einen Imbiss genehmigen wollten. Der Regen hatte mittlerweile aufgehört, der Nebel lichtete sich. Als sie ausstiegen, tauchte über ihnen eine laute Formation Schwäne auf.

Gin riss den Kopf hoch und starrte ihnen fasziniert hinterher. „Oh, mein Gott! Sieh dir das an, Alex!", sagte sie völlig verklärt. „Sieh dir das an! Sieh dir an, wie schön sie sind!"

„Singschwäne", erklärte Alex. „Im Winter haben wir einige davon in der Gegend. Die machen es sich hier in den Feuchtgebieten gemütlich, bis sie im Frühjahr wieder abziehen."

„Ich liebe Schwäne", sagte Gin und starrte den riesigen Vögeln nach. „Ich habe bis zu meinem Studium an einem See gewohnt. Unsere Schwäne machten aber nie so einen Wirbel."

„Im Hafenbecken von Galway kannst du sie im Sommer zu Dutzenden antreffen", erklärte ihr Alex. „Oder am Lough Corrib, wohin sie sich während der Mauser gerne zurückziehen. Das sieht unbeschreiblich schön aus. Tausend weiße Flügel auf einem Fleck, wenn man übertreiben möchte. Man kann nicht vorbeigehen, ohne ein paar Minuten stehen zu bleiben, um den Anblick zu bewundern."

Gin drehte sich ihr überrascht zu, ihre Augen leuchteten. „So viele?"

„Manchmal locker an die dreißig, vierzig Schwäne, die majestätisch ruhig vor sich hin schwimmen und dir neugierig entgegenblicken."

„Wow! Das muss ein atemberaubender Anblick sein."

Alex nickte. „Wenn du einen schlechten Tag hast, holen die dich garantiert wieder auf den Boden zurück."

„Und bei einem schlechten Jahr?" Gin lächelte sie traurig an. „Glaubst du, tausend weiße Flügel könnten reichen?"

„Hier werden wir so viele nicht sehen, Gin. Nicht im Winter, auch nicht hier in Mayo."

Gin nickte nur, als wäre das ohnehin zu viel verlangt. „Als Kind habe ich mich mal mit einem Schwan angefreundet. Keine Ahnung, ob es ein Weibchen war, aber ich habe ihn Prinzessin genannt, weil sie so stolz war, so wunderschön. Sie war stets alleine, hatte keinen Partner. Ich habe sie wochenlang gefüttert, bis sie irgendwann nicht mehr gekommen ist. Einmal habe ich sie sogar streicheln dürfen, aber außer meiner kleinen Schwester glaubt mir das bis heute niemand. Als ich Petra Jahre später davon erzählte, hat sie mir von ihrem Taschengeld einen Anhänger gekauft, den ich noch immer trage." Gin lächelte verträumt. Alex war die Halskette bereits aufgefallen. Ein silberner Schwan. Sie legte die Kette auch nachts nicht ab. „Die meisten Schwäne sind Einzelgänger, weißt du", fuhr Gin fort. „Aber wenn sie sich binden, dann oft für ein ganzes Leben. Wenn Schwäne auch Vorbilder sein können, dann war Prinzessin eines für mich. Ich ließ mich auch nicht von jedem anfassen. Und irgendwann dachte ich sogar tatsächlich, ich hätte mich für den Rest meines Lebens gebunden. Wie ein Schwan eben."

„Ich mag Schwäne auch", meinte Alex. „Sie sind wunderschön, sie sind frei und sie haben große Flügel, mit denen sie weit wegfliegen können. Das tun sie auch, aber sie kommen auch immer wieder zurück."

„Prinzessin kam nicht mehr zurück."

„Vielleicht hat sie einen Prinzen gefunden."

Gin lächelte. „Ja, vielleicht hat sie sich gebunden und der andere Schwan wollte nicht mehr, dass sie sich mit mir trifft. Schwäne erinnern mich an meine unbeschwerte Kindheit am See, weißt du. Ich verbinde gute Zeiten mit ihnen. Ich kann mir gar nicht vorstellen, was für ein Gefühl es sein muss, sie zu Dutzenden zu sehen. Ehrlich, Alex, ich glaube ich würde einfach so dastehen und vor lauter Glück vor mich hin heulen. Schwäne tun mir gut. Schwäne und unendlich viel Wasser. Ein großer See oder, noch besser, ein nicht enden wollendes Meer."

Es war enttäuschend, dass sie ihr diesen Anblick im Dezember nicht bieten konnte, fand Alex, dass Irland ihr das heute nicht bieten wollte. Die Schwäne und Irland hatten mit ihrer Schönheit, Treue und Loyalität vieles gemeinsam. Sie gehörten zu diesem Land wie das Meer. Wenn all das Gin an ihr Zuhause erinnerte, dann würde sie sich auch in Irland zu Hause fühlen können. Wenn ihr Schwäne so guttaten, dann hatte sie sich nicht das schlechteste Land für ihren kurzen Abstecher ins Ungewisse ausgesucht. Dann war es allerdings verdammt unfair, dass sie nicht so viele Schwäne zu sehen bekommen würde.

„Vielleicht magst du ja im Sommer wiederkommen, Gin, und ich darf dir dann die tausend weißen Flügel zeigen? Dann erzähle ich dir auch gerne die Geschichte der Kinder von Lír, sie wird dir gefallen."

Gin lächelte. „Ich kenne diese Geschichte natürlich. Ich finde sie sehr traurig. Aber danke für dein nettes Angebot, Alex."

Dass Gin die nächsten zwanzig Sommer zudem im Gefängnis sitzen könnte, blendeten beide aus.

Im Pub war es trocken und ruhig. Im Hintergrund war keltische Musik zu hören. Die Karte bestand hauptsächlich aus Sandwiches, aber die wurden prompt geliefert und waren dick mit frischen Zutaten belegt.

„Das ist um so vieles besser, als mit den Engländern zu Mittag zu essen und *Gladiator* zu schauen“, freute sich Gin. „Gott, Alex, was ist das nur für ein wunderbares Land, in dem du lebst! So wunderschön, so viel Geschichte, so viel Wasser, so freundliche Menschen, so leckere Sandwiches, so gutes Bier. Und dann auch noch Schwäne.“

„Du solltest das alles mal bei Sonnenschein erleben“, sagte Alex lächelnd und machte sie nicht darauf aufmerksam, dass das Bier, von dem sie gerade nippte, belgisches war.

Gin blickte sie entspannt an. „Ich fühle mich das erste Mal seit vielen Monaten wieder frei, Alex. Ich bin fast glücklich heute. Das war ich schon sehr lange nicht mehr.“

„Das freut mich sehr für dich, Gin. Und weißt du, was Irland dir auch bieten kann? Regenbögen! Und zwar solche, die links unten anfangen und erst rechts unten wieder aufhören. Sie tauchen auf wie aus dem Nichts und tun so, als wären sie schon ewig da gewesen, als hätte man sie nur nie zuvor wahrgenommen. Und sie sind schöner als jedes Gemälde.“

Gin begegnete gedankenvoll ihrem Blick, dann lächelte sie. „Ich mag Regenbögen. Und sie passen gut zu dem, was du mir bereits gezeigt hast. Von Irland. Und von dir.“

„Dies ist ein märchenhaftes Land, weißt du. Allerdings rätselt die Wissenschaft noch, ob das mit dem Gold des Leprechauns am Ende des Regenbogens der Wahrheit entspricht oder doch nur eine Legende ist.“

„Wen interessieren Reichtum oder kleine unansehnliche Männer?“

Alex lachte und Gin bestellte schließlich ein zweites Sandwich. Als das gebracht wurde, wollte sie, dass Alex von sich erzählte. Sie ließ nicht locker, obwohl Alex erklärte, sie lebe ein unaufregendes Leben, da gäbe es nicht viel zu erzählen: Sie hatte in Galway Kunstgeschichte studiert und sie verdiente ihren Lebensunterhalt und das Geld, das sie brauchte, um die Studiengebühren zurückzahlen zu können, vorwiegend mit ihrem B&B und ihren Auftritten in Pubs und bei privaten Feierlichkeiten. Hin und wieder unterrichtete sie Gitarre, Flöte und Mundharmonika. Was sie aber am meisten erfüllte, war das Zeichnen. Große Pläne habe sie nicht, erklärte Alex, sie wollte nur für das Zeichnen und die Musik frei bleiben, und in beidem wollte sie sich kontinuierlich verbessern. Und vielleicht würde sie irgendwann mal eine Fremdsprache lernen.

Aber Gin wollte mehr wissen. Alex erzählte ihr, dass ihre Mutter bei ihrer Geburt noch sehr jung war. Bei einem unüberlegten Techtelmechtel mit einem Schulfreund war es „passiert". Ihr Vater, damals auch ein Teenager, hatte sich vor der Verantwortung gedrückt, den hatte Alex nie kennengelernt. Er war aus Westport verschwunden, ohne sich ein einziges Mal nach seiner Tochter erkundigt zu haben. Ihre Mutter hatte sich nicht gedrückt, aber sie war überfordert. Ihre eigene Mutter war krank und konnte ihr mit dem Baby nicht zur Hand gehen, ebenso wenig der Vater, dem die Pflege seiner Frau zu viel war. Für seine Tochter oder deren Tochter hatte er kaum Energien, er hätte selbst Unterstützung gebraucht. Ihre Großeltern starben beide, noch bevor Alex in die Schule kam. Weitere Verwandte hatte sie nicht. Kaum war Alex aus dem Gröbsten heraus, wollte ihre Mutter das Leben leben, das sie sich jahrelang erträumt hatte – das, in dem nie ein Kind vorgesehen gewesen war. Von heute auf morgen zog sie zu George, der in Killadoon ein kleines Pub führte und den sie bald darauf heiratete. Sie übergab Alex das kleine Haus in Westport, das ihren Eltern gehört hatte, und riet ihr, ein B&B daraus zu machen. Ein zukunftssicheres Geschenk – was mehr konnte eine Tochter von ihrer Mutter erwarten?

„Du klingst bitter", erkannte Gin.

„Ich sollte froh sein, dass ich das Haus habe", erwiderte Alex ablenkend. „Ich wohne darin, ich verdiene Geld damit. Das ist mehr Sicherheit als andere mit achtundzwanzig haben. Ich wüsste gar nicht, wie ich ohne das B&B über die Runden kommen sollte, um ehrlich zu sein."

„Seht ihr euch gelegentlich? Deine Mutter und du?"

„Gelegentlich. Und dann benehmen wir uns wie zwei alte Bekannte, die nicht wissen, worüber sie miteinander reden sollen."

„Die Fotos in deinem Vorraum … das ist deine Mutter, oder?"

Alex nickte. „Es wäre mir aber peinlich, wenn sie die je sehen würde. Ich glaube, ich will nicht, dass sie weiß, dass sie noch einen Platz in meinem Leben hat. Und wenn auch nur an der Wand in meinem Vorraum."

Gin blickte sie nachdenklich an. „Sie hat dich großgezogen, Alex. Und sie ist deine Mutter. Da darf sie dir schon etwas bedeuten."

„Von heute auf morgen war das alles aber plötzlich nichts mehr wert. Sie hat einfach ihren Entschluss gefasst und ist ausgezogen."

„Kommst du klar mit ihrem Mann?"

Alex nickte sofort. „Es wäre schön gewesen, wenn sie ihn früher kennengelernt hätte. George wäre ein guter Vater gewesen. Ich kam übrigens gerade von ihnen, als ich dir ausweichen musste. Essen und mit aufgedrehtem TV ein paar Stunden Pokern, das war mein Weihnachten. Und es war sogar okay. Zumal ich auch den Pot gewonnen habe. Spielst du Poker, Gin?"

„Lass dich nie auf ein Heads-up mit mir ein, du würdest unter Umständen dein letztes Kleidungsstück an mich verlieren“, antwortete Gin mit einem herausfordernden Grinsen, das Alex nicht entging. „So viel zum versuchten Themenwechsel, aber ich will mehr über dich wissen. Erzähle mir von deinen Beziehungen, Alex.“

„Die waren genauso wenig aufregend wie mein Leben. Und doch auch so nett. Ich mag mein Leben. Ich mochte meine Beziehungen.“

„Das ist alles? Mehr sagst du dazu nicht?“

„Mehr gibt es dazu nicht zu sagen.“

* * *

„Was ist ein Busenrand, Kenneth?“, wollte Moira von dem Kollegen wissen, der neben ihr gerade etwas in einem Ordner ablegte.

„Ein was?“

„Vergiss es!“

Moira seufzte und widmete sich wieder den lächerlichen Chatlogs KingCharmings, der mit einfältigen Gedichten versuchte, seine Online-Bekanntschaften zu beeindrucken: *Mit meiner Hand am Busenrand, der Mond scheint herab helle, deine Zung' auf meinem Jung', rückst du mir auf die Pelle.*

Er hatte das an ein Dutzend Frauen geschickt. Und fast alle hatten ihm versichert, wie schön sie seine Gedichte fänden und wie romantisch und ansprechend sie doch wären. Moira wollte die Chatlogs von KingCharming noch fertig lesen, bevor sie sich einen Mittagssnack genehmigte, doch als das Telefon klingelte, war sie dankbar für die Ablenkung.

„Inspector Gallagher?“, fragte eine ältere, weibliche Stimme. Moira erkannte die anstrengende Nachbarin von Linda Rhodes sofort. Sie klang angespannt und nervös.

„Mrs Montoya. Was kann ich für Sie tun?"

„Linda ist ein Wrack! Sie hat gestern Nacht einen beunruhigenden Anruf erhalten und ich finde, Sie müssen darüber informiert werden."

„Was machst du denn, Liz?", schimpfte Rhodes im Hintergrund.

„Inspector Gallagher, ich habe Linda gesagt, sie hätte Sie sofort anrufen müssen, aber sie meint, dass sie keine Beweise hätte. Ich habe ihr gesagt, Beweise seien Ihr Job, nicht ihrer, und Sie müssten unbedingt Bescheid wissen."

„Bitte geben Sie sie mir, Mrs Montoya!"

„Inspector, entschuldigen Sie meine Nachbarin. Sie meint es nur gut", meldete sich Linda Rhodes.

„Was für einen Anruf haben Sie denn bekommen, Mrs Rhodes?"

„Die Mörderin meines Mannes hat angerufen. Die Österreicherin."

„Wir wissen nicht, ob sie die Mörderin ist. Was wollte sie denn?"

„Doch, sie hat ihn umgebracht, sie hat es zugegeben! Sie war aber betrunken, als sie anrief. Deshalb wird das für Sie nicht von Bedeutung sein."

„Du zitterst deshalb noch immer!", schimpfte Montoya im Hintergrund. „Und im Wein liegt schließlich die Wahrheit, Linda!"

„Was hat sie denn gesagt, Mrs Rhodes?"

„Sie sagte, dass sie nichts bereue", antwortete Rhodes. „Und dass man ihr nichts anhängen könne, es gebe nicht genügend Beweise. Sie wisse selbst nicht, ob der Vorfall als Unfall zu betrachten sei oder nicht, aber es sei nicht schade um Jon. Und dann meinte sie, es wäre ihr lieber gewesen, wenn ich ihre Karen gewesen wäre; Rollenspiele mit Frauen machten ihr mehr Spaß. Und ob ich nicht Interesse an einem Rollenspiel mit ihr hätte. Sie sei eine gute Schauspielerin und wir könnten doch das Ganze wiederholen – ohne Todesfall dieses Mal. Sie sei auch gerne bereit, eine andere Rolle einzunehmen, wenn ich das wünschte."

„Und Sie dachten nicht, dass das für uns von Interesse sein könnte? Immerhin klingt das nach einem Schuldeingeständnis. Haben Sie eine Möglichkeit vorbeizukommen, Mrs Rhodes? Mit Ihrem Handy?"

„Wenn Sie glauben, dass das was bringt, natürlich."

Moira lehnte sich in ihren Stuhl zurück. Eine interessante Entwicklung.

* * *

Als sie am Abend nach Hause kamen, war das Haus leer und Gerda entdeckte auf dem Küchentisch einen Zettel von Joanne: Sie seien im *J. J O'Malley's*, vielleicht wollten sie ja nachkommen.

Aber sie hatten keine Lust. Gerda genehmigte sich eine heiße Dusche und Alex schob eine Pizza ins Rohr, die sie sich schließlich im Wohnzimmer vor dem Fernseher teilten.

Alex entzündete ein Torffeuer im offenen Kamin, das bald entspannend knisterte. Sie bot ihr das Sofa an, aber Gerda machte es sich am Boden davor gemütlich, wo sie die *Irish Times* ausbreiten konnte, um während des Essens darin zu schmökern. Alex setzte sich der Länge nach auf das Sofa und zappte durch die Fernsehkanäle.

„*Bad Girls*!", rief sie auf einmal erfreut aus.

Gerda hob amüsiert eine Augenbraue. „Irischer Frauenknast?"

„Englischer Frauenknast. Leider ist die Serie schon eingestellt, aber ich habe keine einzige Episode verpasst."

Sie drehte sich Alex grinsend zu. „Du siehst dir Soaps an?"

„Das ist keine Soap. Die Klischees halten sich in Grenzen, die Leute können spielen und die Geschichten sind gut."

„Das klingt wie: Er hat mich nicht geschlagen, ich bin gegen eine Tür gelaufen."

„Ach, gib Ruhe!", schimpfte Alex schmunzelnd. „*Bad Girls* war großartig! Schau, das ist das Traumpaar der Serie: Helen und Nikki."

„Lesben hinter Gittern?" Gerda legte die Zeitung zur Seite.

Alex warf ihr ein Kissen an den Kopf. „So eine Serie ist das nicht!"

Gerda lachte und nahm das Kissen an sich.

„Helen, die idealistische Gefängnisleiterin, steht kurz vor der Hochzeit mit einem niedlichen Gärtner, als sie und die verurteilte Mörderin Nikki sich ineinander verlieben."

„Skandal!"

„Wirst du wohl damit aufhören!"

„Gibt's wenigstens ein Happy End?"

„Klar, aber erst nach etlichen dramatischen Folgen."

„Na, wie schön!"

„Hey, hab ein bisschen Respekt! Ich bin mit dieser Serie aufgewachsen, sie war wichtig für mich."

„Ja? Inwiefern war sie wichtig für dich?"

„Ein Großteil der Hauptrollen waren Frauen. Sie dienten nicht dazu, männliche Helden zu unterstützen. Sie waren selbst die Heldinnen."

„Verurteilte Verbrecherinnen? Oder meinst du Helen und Nikki?"

Alex warf zur Antwort erneut mit einem Kissen nach ihr.

Gerda lachte und fühlte sich bestätigt.

Anfangs verfolgte Alex die *Bad Girls*, aber bald glitt ihr Blick vom Bildschirm zu der Frau, die neben ihr bäuchlings auf dem Fußboden lag. Gin trug Jeans und ein blaues T-Shirt, ihr dunkles Haar war noch feucht. Sie war barfuß, und obwohl ihre Zehen mit den pflaumenfarben lackierten Nägeln ständig in Bewegung waren, wirkte sie entspannt.

„Alex?", sagte Gin nach einer Weile. „Siehst du die kleinen Spiegeltürchen auf dem Regal neben dem Fernseher?"

Alex blickte zum Regal und entdeckte in einem der Spiegel Gins Gesicht, das sie breit angrinste.

„Ich beobachte dich sicher schon mindestens zwei Minuten dabei, wie du mich ansiehst." Gin setzte sich mit dem Rücken zum Fernseher auf und blickte herausfordernd schmunzelnd zu ihr hoch.

Alex seufzte. „Entschuldige. Ich wollte nicht respektlos sein. Ich finde es nur schön, dass ich Zeit mit dir verbringen darf. Du gehörst zu meinen netteren Gästen und du bist ja hübsch anzusehen, wie man so schön sagt. Die *Bad Girls* habe ich außerdem schon hundert Mal gesehen."

„Hübsch anzusehen?"

„Ich glaube, ich hole uns jetzt ein paar Kekse. Mit Schokolade überzogen oder mit Schokolade gefüllt? Was ist dir lieber?"

Gin lachte. Dann wurde sie ernst. „Alex, ich habe mich noch gar nicht für diesen wunderbaren Tag bedankt. Und dafür, dass du für mich da bist." Ihr Blick aus den dunklen Augen fühlte sich plötzlich wie ein großes, sich öffnendes Tor an, vor dem ein Dutzend Alarmsignale angebracht waren, die in grellem Rot und mit schrillem Geheul davor warnten, einzutreten und zu entdecken, was bis jetzt verborgen gewesen war.

Alex eilte zur Tür. „Gern geschehen. Das war auch für mich ein schöner Tag. Ich hole uns einfach alle Kekse, die ich finden kann."

„Und schon drehst du mir den Rücken zu, den ich leider wieder nur mit T-Shirt zu sehen kriege", sagte Gin seufzend.

Alex blickte sich fragend zu ihr um.

„Die erste Nacht", erklärte Gin. „Ich habe das Tattoo auf deinem schönen Rücken gesehen. Seitdem wünsche ich mir, du hättest kein Shirt an, wann immer du mir deine Rückseite präsentierst."

Alex wandte sich wieder der Tür zu, wollte schnellstens hinaus, stattdessen hielt sie mit der Hand an der Klinke aber inne. „Du willst meinen Panther sehen?"

„Wenn du ihn mir zeigen möchtest?"

Alex atmete tief durch. Für einen langen Moment schloss sie die Augen. Schließlich zog sie sich kurzerhand das T-Shirt über den Kopf und hielt es sich vor die nackte Brust. Das Herz schlug ihr bis zum Hals.

Das Knarren des Bretterbodens verriet, dass Gin aufgestanden war und langsam auf sie zukam. Dann befand sie sich hinter ihr und Alex konnte sie atmen hören, sie vernahm sogar ein Schlucken.

Als plötzlich sanfte Finger über den Panther strichen, der sich an ihrem rechten Schulterblatt festkrallte, ließ Alex das T-Shirt fallen, drehte sich zu Gin um, blickte ihr in die warmen, wunderbaren Augen, nahm ihr Gesicht in die Hände und küsste sie einfach.

Gin zögerte keine Sekunde. Als hätte sie nur darauf gewartet, legte sie ihre Hände an Alex' Hüften und drückte sie behutsam gegen die Tür, während sie ihren Kuss erwiderte.

Da hörten sie die Haustür aufgehen. Nuala sagte irgendetwas, Brian lachte laut und die Tür schlug wieder zu.

Augenblicklich lösten sie sich voneinander. Gin bückte sich und reichte Alex das T-Shirt, das sie sofort überzog. „Ich finde übrigens auch deine Vorderseite ziemlich nett", flüsterte Gin schmunzelnd. „Sehr hübsch anzusehen, wenn ich dich zitieren darf."

„Dir ging es gar nicht um das Tattoo, oder?"

„Das würdest du jetzt wohl gerne wissen." Gin warf ihr einen schelmischen Blick zu und wollte die Tür öffnen.

Aber Alex lehnte sich dagegen und verschränkte die Arme vor der Brust. „Allerdings. Und vorher kommst du hier auch nicht raus."

„Irgendwer zu Hause?", hörten sie Brian rufen.

Gin lachte, versuchte erneut, die Tür aufzumachen, aber Alex wich keinen Zentimeter. „Der Panther ist nett", sagte Gin schließlich, „aber dein Rücken ist es, den ich hinreißend finde. Verdammt sexy, um ehrlich zu sein. Den Rest von dir übrigens auch." Sie sah sie liebevoll an, aber dann wurde ihr Blick nachdenklich. „Nur sollte ich das nicht."

Alex lächelte und strich ihr zärtlich die Haare aus dem Gesicht. „Wer dürfte denn richten?", sagte sie leise, trat zur Seite und öffnete die Tür.

Nuala, die gerade eintreten wollte, erkannte die Situation sofort. „*Bad Girls*, hm?", sagte sie nur und blickte vom Fernseher zu Alex und dann zu Gin. Schmunzelnd warf sie ihre Jacke über den Computerbildschirm.

„Haben wir bei was gestört?", wollte Brian neugierig wissen.

„Wir waren gerade dabei, übereinander herzufallen, Brian", antwortete Alex ihm trocken und holte die Teller. „Ihr hättet euch ruhig noch ein bisschen Zeit lassen können."

„Man wird ja wohl noch fragen dürfen", meinte Brian seufzend.

„Entschuldigt, dass wir doch nicht mehr zu euch gestoßen sind", sagte Alex. „Aber wir waren zu erschöpft. Bitte nicht böse sein!"

„Holen wir nach", sagte Nuala. „Geht ins Bett, ihr seht gerädert aus."

Alex nickte, aber Gin blickte von den Engländern zu Nuala. „Ich leiste euch gerne noch ein bisschen Gesellschaft."

„Verschwindet!", befahl Nuala. „Alle beide. So fertig, wie ihr ausseht, schläfert ihr uns nur ein. Husch, husch, alle beide!"

Alex wartete, bis Gin ihrem Blick begegnete. Mit einem „Gute Nacht, bis morgen" verabschiedete sie sich dann von ihren Gästen und ging die Treppe hoch. Gin folgte ihr, verschwand aber gleich im Bad.

Sie machte das Bett und ließ kalte Nachtluft ins Zimmer, als Gin in Shorts und Shirt hereinkam und sie nervös ansah.

„Alex, ich muss mich entschuldigen, ich hätte das nicht tun dürfen."

„Wenn es dich beruhigt, Gin, ich habe vor dir auch noch keine Frau geküsst", gestand sie.

„Ehrlich?" Das schien Gin zu überraschen. Sie schloss die Tür. „Alex, ich werde bald entweder im Gefängnis oder wieder zurück in Österreich sein", versuchte sie zu erklären.

„Ich weiß."

„Ich will niemandem mehr wehtun. Vor allem dir nicht. Aber mir auch nicht. Ich will mein Leben nicht noch mehr verkomplizieren. Ich kann mir so was im Moment nicht leisten. Könnten wir deshalb bitte einfach diesen Moment da unten vergessen?"

Schwer vorstellbar, dachte Alex, nickte aber. Sie schloss das Fenster, und als sie an Gin vorbeikam, streichelte sie ihr verständnisvoll über die Schulter, dann ging sie ins Bad.

Als Alex zurückkam, blickte Gin ihr vom Bett aus gedankenvoll entgegen. „Bist du böse auf mich?"

„Aber nein." Alex schüttelte den Kopf, lächelte und legte sich neben sie. „Ich wecke dich um sieben, dann haben wir genügend Zeit für ein Frühstück, okay?"

„Okay. Danke für dein Verständnis. Gute Nacht, Alex."

Alex starrte lange an die Decke. Wer hätte je gedacht, sie könnte sich so von einer Frau angezogen fühlen?

Irgendwann spürte sie dann ein Bein an ihrem und dann ein anderes. Alex öffnete die Augen. Gin war über ihr und versuchte, ihre noch eingeschaltete Nachttischlampe zu erreichen.

„Habe ich dich missverstanden?"

„Verdammt, entschuldige, Alex! Ich wollte dich nicht wecken, ich wollte nur das Licht ausmachen."

Alex schaute stumm zu ihr hoch. Gin begegnete ihrem Blick – große Augen, die traurig auf sie hinabsahen. Alex hob die Hand und streichelte ihr zärtlich über das Gesicht. Als sie ihr durchs Haar fuhr, wollte Gin auf ihre Seite, Alex hielt sie an den Ellbogen zurück. „Ich bin erwachsen, Gin", sagte sie leise. „Schon ziemlich lange. Ich stehe mit beiden Beinen auf dem Boden. Ich habe keine Illusionen, keine Erwartungen. Du hast mir gegenüber keinerlei Verantwortung."

Gin beugte sich zu ihr hinab, drückte ihr einen Kuss auf die Stirn und kletterte von ihr runter. „Ich hätte nicht mit dir flirten dürfen, Alex. Ich hätte dich nicht berühren dürfen, ich hätte deinen Kuss nicht erwidern dürfen." Gin drehte ihr den Rücken zu und zog sich die Decke bis zum Hals hoch. „Bitte schalt das Licht aus! Und bitte hasse mich jetzt nicht!"

„Ich hasse dich doch nicht", erwiderte Alex und seufzte. „Ich wäre nur gerade lieber ein Kerl."

„Gott sei Dank bist du kein Kerl", murmelte Gin in ihr Kissen.

„Ich glaube aber, dass ich dich verführen dürfte, wenn ich einer wäre. Und überraschenderweise würde ich das gerne tun."

Einen langen Augenblick sagte Gin gar nichts. Dann meinte sie: „Darum geht es doch überhaupt nicht. Du klingst außerdem gerade wie ein Kind, das seine Schokolade nicht bekommt."

„Am Ende kriegen Kinder immer ihre Schokolade. Und nur, damit du es weißt: Ich habe gerade in deinen Ausschnitt gucken können. War auch hübsch anzusehen."

„Könnten wir jetzt bitte schlafen?"

„Ja, schlafen wir. Nicht, dass du es dir noch anders überlegst."

„Danke. Gute Nacht, Alex."

„Gute Nacht, Gin. Und träum was Schönes! Und solltest du in der Nacht irgendwann mal Lust auf meinen Panther verspüren oder dir einfach nur meinen sexy Rücken ansehen wollen, schieb einfach mein Shirt hoch, ich habe nichts dagegen. Das gilt auch für meine Vorderseite."

Das ließ Gin auflachen. „Jetzt klingst du auch noch wie ein Kerl."

„Ist das gut?"

„Gute Nacht!"

6

Gewöhnlich lächelte sie, wenn sie ihn erblickte, aber an diesem Morgen wirkte Alexandra reserviert, als sie mit Noppinger die Treppe hochkam. Als Declan sie zur Begrüßung umarmte, bestätigte sich das Gefühl. Noppinger hatte es mittlerweile also geschafft, einen Keil zwischen sie beide zu treiben. Dennoch schüttelte er ihr freundlich die Hand und bedankte sich für ihr Kommen. Noppinger tat ihr Bestes, um die Nervosität zu überspielen; sie ließ sich sogar auf ein Gespräch übers Wetter mit ihm ein. Alexandra hingegen sah ihn nur ernst an, wusste, dass er privat selten Small Talk machte.

„Meine Kolleginnen werden deine Aussage aufnehmen, Gerda", sagte Declan. „Sie warten bereits im Verhörzimmer auf dich. Wird ein Anwalt kommen?" Er führte sie den Gang entlang. Alexandra folgte ihnen.

„Ich gebe nur zu Protokoll, was ich dir schon erzählt habe, oder?"

„Man wird dir vermutlich die eine oder andere zusätzliche Frage stellen, aber im Grunde geht es nur darum, dass du deine Geschichte erzählst. Auch, wenn sie sich mittlerweile verändert haben sollte."

„Dazu brauche ich keinen Anwalt", sagte sie nur.

Angesichts dessen, was er mittlerweile von und über Noppinger wusste, mochte Declan sie nicht. Ganz zu schweigen von dem, wofür es noch keine Beweise gab. Aber ihr Parfüm war es nicht, das sie ihm unsympathisch machte, das sprach ausnahmsweise für sie. Amanda hatte über mehrere Jahre das gleiche verwendet.

Moira und Keach gingen gerade ihre Notizen durch, als er mit Noppinger eintrat. Er stellte sie einander vor und erklärte, dass sie keinen Anwalt hinzuziehen würde, dann ließ er seine Kolleginnen mit der Tatverdächtigen alleine. Alexandra wäre augenscheinlich gerne geblieben, aber er führte sie stattdessen in sein Büro, bot ihr einen Stuhl am Besprechungstisch an und machte zwei Tassen Tee. Er setzte sich ihr gegenüber und kreuzte die Beine. Sie blickte ihn aufmerksam an, nicht unbedingt abweisend, aber auch nicht so entspannt wie gewöhnlich.

„Hätte nicht gedacht, dass ich dich mal bei mir im Büro sehen würde", sagte er lächelnd, in der Hoffnung, das Eis zu brechen. Es war tatsächlich nett, dass sie mal in sein Reich vordrang. Sie kannten sich jetzt schon so lange, aber hier war Alexandra noch kein einziges Mal gewesen.

„Und ich hätte nicht gedacht, dass ich dich so oft in Uniform sehen würde. Also, was gibt es Neues, Dec? Wie ist denn die Sachlage heute?"

Er seufzte. Small Talk mochte auch Alexandra nicht. „Wusstest du, dass Gerda online war? Wieso möchte sie mit LadyGloomy in Kontakt treten?"

Alexandra blickte ihn ungläubig an. „Vielleicht, um herauszufinden, wie sie in dieses Schlamassel geraten konnte? Karen lädt sie zu sich nach Hause ein, aber statt einer Karen wartet eine Leiche auf sie. Würdest du von dieser Karen nicht wissen wollen, was sie dazu zu sagen hat?"

„In welchem Chatroom hat Gerda LadyGloomy kennengelernt, weißt du das? Wo will sie sie treffen?"

„Keine Ahnung", antwortete Alexandra etwas zu schnell.

„Hast du gewusst, dass Gerda die Witwe des Toten angerufen hat?"

„Ja. Sie hat gehofft, dass sie vielleicht Karen ist, zumal es sich ja um ihr Haus und ihr Foto handelt."

„Was behauptet sie, dass sie zu Mrs Rhodes gesagt hat?"

„Sie wollte nur wissen, ob sie Karen ist."

„Und?"

„Rhodes hat sie angeschrien und dann aufgelegt. Sie hält Gin für die Mörderin ihres Mannes und war dementsprechend aufgebracht. Vielleicht war es keine gute Idee, aber Gin musste das tun, sie braucht Antworten. Ich hätte sie auch angerufen, Declan."

„Uns hat Linda Rhodes gesagt, Gerda hätte dabei ihr gegenüber sogar zugegeben, die Täterin zu sein." Declan blickte Alexandra abwartend an.

Die lachte auf. „Das soll Gin bei dem Telefonat gesagt haben? Wie oft soll sie denn angerufen haben?"

„Einmal, soviel wir wissen."

„Und war das vorgestern? So gegen Mitternacht?"

„Du warst anwesend", erkannte Declan.

Alexandra nickte heftig. „Allerdings. Und ein Gast ebenfalls. Wir haben jedes Wort gehört, das Gin gesagt hat. Rhodes hat euch angelogen, Declan. Da fragt man sich doch wieso? Hat sie ein Alibi?"

„Danke für die Information, Alexandra, wir werden dem nachgehen. Weißt du zufällig, ob sie trinkt? Oder Drogen nimmt?"

„Woher soll ich wissen, ob Rhodes Drogen nimmt?"

„Noppinger."

„Für einen Trip braucht Gin nur das Meer oder ein paar Schwäne. Wenn man sich an so etwas erfreuen kann, braucht man keine Drogen."

„Das klingt sehr vertraut. Du kennst sie schon ganz gut, oder?"

„Es war nur einfach zu beobachten."

„Darf ich dich was fragen, Alexandra?" Declan blickte seine Freundin nachdenklich an. Er wollte sie nicht verärgern, aber er hatte keine Wahl. Weder als Freund noch als Polizist.

Sie lachte wieder; es war nach wie vor kein fröhliches Lachen. „Du machst die ganze Zeit nichts anderes, als mir Fragen zu stellen. Um ehrlich zu sein, komme ich mir vor, als wäre ich in einem Verhör."

„Hast du dir nur eine Minute lang überlegt, Gerda könnte vielleicht doch nicht ganz aufrichtig sein? Oder nicht gesund?"

Alexandra antwortete ihm nicht. Sie wich seinem Blick aber auch nicht aus. Die Distanz zwischen ihnen war fast greifbar. Sie würde nicht objektiv sein. Sie stand ganz klar auf einer Seite, und es war nicht die seine.

„Wir haben sie überprüft", fuhr Declan vorsichtig fort. „Die österreichischen Behörden und ihr ehemaliger Boss waren sehr kooperativ, man hat uns bereitwillig über alles Auskunft gegeben."

„Und? Hat sie eine Bank ausgeraubt, einer alten Dame die Handtasche gestohlen, in einem Amoklauf den Vorstand ihrer Firma erschossen? Oder geht es um die Oma? Die Geschichte kenne ich bereits, Dec."

Declan schüttelte den Kopf. „Es liegt absolut nichts gegen sie vor. Ich möchte aber, dass du weißt, dass sie einen längeren Klinikaufenthalt hinter sich hat. Gerda ist psychisch instabil, Alexandra." Er blickte sie aufmerksam an.

„Das hängt aber nicht nur mit dem Tod ihrer Großmutter zusammen. Der Beginn all ihrer Probleme, die Belastung, die überhaupt erst dazu geführt hat, dass sie sich auf diese verheerende Affäre einließ, die schließlich auch gewissermaßen zum Tod der alten Frau führte, war die Trennung von ihrer Freundin und dem Kind, das sie gemeinsam großgezogen hatten. Vielleicht hat dir Gerda davon auch erzählt?"

Declan beobachtete Alexandra genau. Obwohl sie versuchte, ihre Überraschung zu verbergen, gelang es ihr nicht. Sie hatte unwillkürlich den Atem angehalten. Als sie sich dessen bewusst wurde, kratzte sie sich den durchsichtigen Nagellack vom Daumen. Das waren also Neuigkeiten für sie. „Gerda und ihre Freundin waren sechs Jahre zusammen", fuhr Declan fort. „Das Kind ihrer Lebensgefährtin war noch ein Baby, als sie zusammengekommen waren. Sie hatten vorgehabt, ihre Lebensgemeinschaft endlich amtlich zu machen, wie wir erfahren haben, und Gerda wollte das Kind adoptieren. Aber plötzlich verschwindet die Freundin. Und das Kind nimmt sie mit. Das Kind, das Gerda mit großgezogen hatte. Alexandra, deine neue Freundin nahm schon Antidepressiva, noch bevor das mit ihrer Großmutter passiert war."

Alexandra blickte ihn ruhig an, offenbar darauf bedacht, ihm keine weitere Reaktion zu schenken. „Und wieso erzählst du mir das alles?"

„Vielleicht möchte ich nur, dass du das über sie weißt."

„Weil sie eine attraktive Lesbe mit niedlichem Akzent ist, die in meinem Bett schläft und ich doch vermutlich seit Marcus keinen Sex mehr gehabt habe? Hast du Angst, sie könnte mich verführen und du wärst gezwungen, dir ein neues Bild von mir machen zu müssen?"

„Vielleicht, ja", gab er zu. „Vielleicht möchte ich aber auch nur, dass du weißt, worauf du dich mit ihr einlässt. Lass uns doch zusammenarbeiten! Ich möchte nicht *Every*

Breath You Take spielen, wenn du *Unchain My Heart* singst." Er blickte sie gedankenvoll an. „Wieso magst du sie?"

„Manchmal mag man eben Leute", erklärte sie genervt.

„Aber lässt man die gleich zu sich ins Bett?"

„Verdammt noch mal, es war kein Bett mehr frei! Und was soll das eigentlich, Declan? Das geht dich nicht das Geringste an!"

Er täuschte sich also nicht. Alexandra war stets zu allen nett und freundlich, sie war bildhübsch, zurzeit war sie in keiner Beziehung und sie war mit dem leitenden Ermittlungsbeamten befreundet. Sie wäre gefundenes Fressen für eine berechnende kriminelle Lesbe, die nichts mehr zu verlieren hat. „Sei bitte vorsichtig."

„Du auch, Declan", sagte sie kalt und in ihrem Blick lag eine Drohung. Sie stand auf. „Ich muss hier raus! Gin soll bitte auf mich warten."

Declan blickte ihr nachdenklich hinterher. Er hatte sie nicht verärgern wollen. Er hatte sich auch nicht bestätigt sehen wollen. Er griff zum Hörer und sagte seinen Kolleginnen, dass sie Noppinger noch nicht auf den Anruf ansprechen sollten. Dann rief er Linda Rhodes an und ersuchte sie, auf die Dienststelle zu kommen.

Gerda hatte nicht viel Schlaf gehabt: Einerseits hatte sie sich gefragt, wie sie und Alex nun miteinander umgehen sollten. Andererseits würde sich diese Frage ohnehin nicht mehr stellen, sollte Declan entscheiden, sie in Galway zu behalten und wegzusperren. Aber schon beim Aufstehen, beim Frühstück und während der fast eineinhalbstündigen Fahrt war Alex bemüht gewesen, diesem Morgen die Spannung zu nehmen. Sie sprachen nicht über den vergangenen Abend oder darüber, was in Galway geschehen könnte. Alex hatte ihr versichert, dass Declan fair sein würde und dass sie deshalb nicht glaubte, dass eine böse Überraschung auf sie wartete. Und was sie beide betraf, sei zwischen ihnen alles gut und sie respektiere Gerdas Gefühle. Gerda solle sich jetzt nicht auch noch darüber Gedanken machen, dass sie eine Frau geküsst hatte.

Als Gerda sich den beiden Beamtinnen gegenübergesetzt und Declan von außen die Tür zugemacht hatte, war sie sich trotzdem vorgekommen wie beim Zahnarzt. Die beiden Polizistinnen waren allerdings sehr nett. Sie boten ihr Tee und Kaffee an, was sie dankend ablehnte, schalteten das Aufnahmegerät ein und ließen sie erzählen. Gerda sollte schildern, wieso sie nach Irland gekommen war, was sie im Haus der Rhodes gemacht hatte, wieso sie einfach davonfuhr. Gerda ließ nichts Wichtiges aus und war bemüht, sämtliche Fragen, die zwischendurch gestellt wurden, wahrheitsgemäß zu beantworten. Zwar blieb sie nervös, aber sie fühlte sich nicht mehr eingeschüchtert oder bedroht.

Als es nichts mehr zu sagen gab und die Frauen auch keine weiteren Fragen mehr an sie hatten, ersuchten sie sie, noch sitzen zu bleiben. Die Jüngere stand auf und verließ den Raum. Als kurz darauf die Tür aufging, kam die Polizistin mit Declan zurück, gefolgt von Alex – und Karen!

Gerda hielt augenblicklich den Atem an. Das Gesicht, das sie von Karens Profil kannte, blickte verunsichert von den beiden Beamtinnen zu ihr – bis sie erkannte, wer sie sein musste. Declan führte sie zum Stuhl ihr gegenüber und setzte sich mit Alex dazwischen. Die Frau, die wohl Linda Rhodes war, nahm den Blick nicht von Gerda. Sie sah sie an wie jemanden, dessen Gesicht man sich gut merken musste. Gerdas Herz raste. Endlich sah sie Karen persönlich – aber diese Frau war nicht Karen. Und doch wussten beide, mit wem sie es zu tun hatten.

„Meine Damen“, begann Declan, „um mit den Ermittlungen schneller voranzukommen, erlaube ich mir, Sie im Beisein der jeweils anderen kurz zu widersprüchlichen

Aussagen, die Sie gemacht haben, zu befragen. Es geht um das Telefongespräch, das Sie am 27.12. gegen Mitternacht miteinander geführt haben. Mrs Rhodes, das hier ist Gerda Noppinger. Laut ihren Angaben hatte sie für den Heiligen Abend eine Einladung in Ihr Haus erhalten. Ms Noppinger", fuhr er dann formell fort, „Linda Rhodes, die Witwe des Verstorbenen."

Lindas Blick war eiskalt. Aber von einer Sekunde auf die andere änderte sich das. Sie drehte sich zu Declan, in ihren Augen bildeten sich Tränen. „Wie können Sie mir das antun, Superintendent", sagte sie vorwurfsvoll.

„Madam, Sie haben uns erzählt, dass Sie vor zwei Tagen, am 27. Dezember, einen Anruf von Gerda Noppinger erhalten haben."

„Ja. Mitten in der Nacht."

„Haben Sie Mrs Rhodes angerufen, Ms Noppinger?"

Gerda nickte. „Ich weiß, dass es spät war. Das tut mir auch leid. Ich musste nur wissen, ob sie Karen ist. Es tut mir wirklich leid, Mrs Rhodes. Mir war nicht bewusst, wie schlimm das für Sie sein musste."

„Wie oft haben Sie beide miteinander telefoniert?", fragte Declan.

„Dieses eine Mal", erklärte Gerda. „Ich weiß jetzt, dass Mrs Rhodes nicht Karen ist. Ihren Ärger verstehe ich deshalb. Und ihren Schmerz. Mir tut das wirklich sehr leid."

„Haben Sie öfter als einmal miteinander telefoniert, Mrs Rhodes?"

Linda Rhodes lachte bitter auf; es klang fast hasserfüllt. „Oh, das eine Mal hat vollkommen gereicht!", antwortete sie. „Und sie wollte nicht wissen, ob ich diese Karen sei, wie sie sagt. Sie wollte mich zu den perversen Spielen einladen, die sie schon mit meinem Mann gespielt hat. Sie könne sich durchaus andere Rollen vorstellen, sagte sie. Es müsse nicht die verzweifelte, traumatisierte Touristin sein, es könne durchaus auch etwas Spannenderes sein und ich könne gerne Vorschläge machen. Und dass sie es nicht bereue, Jon getötet zu haben. Das hat sie wortwörtlich gesagt. Sie habe Jon getötet und würde es nicht einmal bereuen. Und jetzt sitzt sie mir gegenüber und spielt wieder die ahnungslose Touristin."

„Wie bitte?" Gerda brauchte einen Augenblick, bis sie verstand, was Linda Rhodes gerade gesagt hatte.

Linda lehnte sich vor und blickte sie über den Tisch hinweg verächtlich an. „Es mag tatsächlich keine Absicht gewesen sein, aber du hast es getan und du hast es zugegeben, du Miststück! Dachtest du wirklich, ich würde das nicht melden? Dachtest du, man würde mir nicht glauben? Dass du es nicht bereust, weil er nicht so attraktiv war, wie er dich glauben ließ, das tut am allermeisten weh. An deiner Stelle würde ich jetzt mit den Spielchen, die dir niemand abkauft, aufhören. Zeig zumindest jetzt ein bisschen Anstand! Hab zumindest jetzt den Mut, du selbst zu sein!"

Gerda fand keine Worte. Sie hatte richtig verstanden. Die Anklage in Linda Rhodes' Worten spiegelte sich auch in ihren Augen wider. Hasserfüllt und selbstsicher sah sie sie an. Als Alex Gerda beruhigend die Hand tätschelte und sie dabei anlächelte, bemerkte Rhodes das. Gerda wurde klar, wieso Alex anwesend war. Auch Rhodes schien nun etwas zu ahnen.

„Mrs Rhodes, dies ist Alexandra Conners, ihr gehört das B&B, in dem Ms Noppinger nächtigt. Sie war anwesend, als Sie miteinander telefonierten." Rhodes entgegnete nichts. „Ms Conners", wandte Declan sich an Alex, „können Sie uns sagen, was Sie gehört haben? Kann Mrs Rhodes etwas missverstanden haben? Immerhin ist Englisch ja nicht Ms Noppingers Muttersprache. Könnte sie sich ungeschickt ausgedrückt haben?"

Alex schüttelte ruhig den Kopf. „Nein, sie war sehr klar und deutlich. Gin hat sich vorgestellt, hat ihr gesagt, dass es ihr um Mrs Rhodes' Verlust leidtut, und dann hat sie gefragt, ob sie Karen sei. Mehr hat sie nicht gesagt. Ich hatte keine Schwierigkeiten, sie zu verstehen. Ich kann mir nicht vorstellen, dass irgendetwas davon für irgendjemanden so geklungen haben könnte wie das, was Mrs Rhodes behauptet." Alex blickte Rhodes noch immer ruhig, jetzt aber auch ein bisschen triumphierend an. „Ich glaube, Sie haben sich gerade keinen Gefallen getan."

„Mrs Rhodes?" Declan wollte jetzt etwas von ihr hören.

Aber die sah ihn gar nicht an. Ihr Blick schnellte von Alex zu Gerda und wieder zurück. Ein bitteres, erkennendes Lächeln zeigte sich in ihrem Gesicht. „Das ist ehrlich beeindruckend!", meinte sie und atmete tief durch. „Mein Mann scheint wohl nicht der Einzige gewesen zu sein, der ihr verfallen war. Was ist denn Ihre Rolle, Miss ... wie heißen Sie? ... Conners? Sind Sie das lesbische Hündchen, das alles tut, was Frauchen von ihm verlangt, Miss Conners? Würden Sie für sie lügen, weil Ihnen das einen erotischen Kick gibt? Oder bezahlt sie Sie mit Geld dafür?"

Aber Alex ließ sich nicht provozieren. „Es war noch eine weitere Person anwesend, die alles gehört hat", erklärte sie ruhig an Declan und die beiden Beamtinnen gewandt. „Ihr Name ist Nuala Brent, sie ist aus Dublin und zurzeit Gast in meinem B&B in Westport."

Declan blickte zu Linda Rhodes und dann zu seinen Kolleginnen, die sich nicht anmerken ließen, was sie von der Sache hielten. Dann wandte er sich noch einmal an Rhodes. „Was sagen Sie dazu, Madam?"

Rhodes lachte freudlos auf. „Was soll ich dazu noch sagen, außer dass ich es mir nicht leisten kann, mir Zeuginnen zu kaufen und das eigentlich auch nicht nötig haben sollte."

„Welchen Grund hätte sie denn gehabt, Ihren Mann zu töten?"

„Das fragen Sie mich? Enttäuschung, wenn Sie meine Meinung hören wollen. Sie sagte zwar, es könne unter Umständen als Unfall betrachtet werden, aber man kann ihr nicht ein Wort glauben. Für sie ist alles nur ein Spiel. Sie spielt eine Rolle, nur darum geht es. Und dabei geht sie auch bereitwillig über Leichen, wie es scheint."

„Und wieso dieser Anruf?"

„Das müssen Sie sie fragen."

„Mich interessiert im Augenblick nur Ihre Meinung dazu."

„Sie war alkoholisiert. Vielleicht wollte Sie nur, dass ich weiß, dass sie in der Lage war, mit meinem Mann zu spielen – in mehrfacher Hinsicht. Und dass sie in der Lage war, ihn mir wegzunehmen, auch in mehrfacher Hinsicht. Sie ist halb so alt wie ich, Sir, sie ist attraktiv. Ich war das für Jon schon lange nicht mehr. Ich war keine Konkurrenz für sie."

„Ein guter Grund, ihn umzubringen und ihr die Schuld dafür in die Schuhe zu schieben", kommentierte Alex ruhig.

„Bitte, Alexandra!", wies Declan sie ungehalten zurecht.

„Entschuldige, Dec, aber für mich ist das ziemlich offensichtlich."

„Das ist eine offizielle Vernehmung, Alexandra. Hier ist deine Meinung erst gefragt, wenn wir sie hören wollen." Er blickte sie verärgert an. Alex nickte einsichtig und verstummte.

Linda Rhodes entging die Vertrautheit zwischen den beiden nicht. Überrascht öffnete sie ihren Mund und blickte von Alex zu Declan. „Ich habe nichts mehr zu sagen", wandte sie sich plötzlich entschieden an die Gardaí und stand auf. „Ich sagte, ich könne nichts beweisen, nicht wahr? Meine Nachbarin hätte den Anruf nie erwähnen sollen. Leider habe ich im Gegensatz zu der Ausländerin hier keine Zeugen. Schon gar nicht solche, die bereitwillig jede Lüge bestätigen würden. Und auch wenn mein Alibi kein besonders gutes ist, ist doch Ms Noppinger diejenige, die erwiesenermaßen zum Tatzeitpunkt am Tatort war. Was brauchen Sie eigentlich noch?“ Sie nahm ihre Tasche und ging zur Tür.

Declan stand auf und streckte ihr vergebens die Hand hin. „Danke, dass Sie hergekommen sind, Mrs Rhodes. Wir melden uns bei Ihnen.“

Sie lachte nur bitter, warf Gerda und Alex einen hasserfüllten Blick zu und verließ den Raum.

Declan reichte Gerda die Hand: „Danke. Für heute reicht das.“

„Warte, Declan! Was heißt das jetzt?“, fragte Alex ungeduldig.

„Dass wir uns melden, wenn wir was zu sagen haben.“ Alex blickte ihn verärgert an. Declan seufzte. „Es steht Aussage gegen Aussage, die Verdächtigen belasten sich gegenseitig, und das lässt uns ratlos zurück. Mich zumindest. Aber Gerda hat Zeuginnen für das Telefongespräch. Ich werde auch mit Brent sprechen müssen.“

„Wenn sie rangeht, erreichst du Nuala über mein Festnetz“, sagte Alex. Sie blickte Declan groß an. „Du weißt, dass Linda Rhodes lügt. Und offenbar scheint ihr Alibi nicht besonders viel wert zu sein, sofern sie eines hat. Denkst du nicht, dass sie lügt, um von sich abzulenken?“

Declan seufzte. „Wir melden uns, Alexandra. Auf Wiedersehen, Gerda. Ich möchte dich erneut bitten, das Land nicht zu verlassen, bleib für uns erreichbar. Danke, dass ihr beide euch Zeit genommen habt.“

Als Alexandra und Noppinger gegangen waren, schloss Declan die Tür und setzte sich zu seinen Kolleginnen. „Bevor wir auf Rhodes zu sprechen kommen: Hat Noppinger ihre Aussage geändert?“

Moira schüttelte den Kopf, dann grinste sie ihn an. „Ich sehe dich schon auf dieser Bühne, Declan“, spielte sie auf ihre Wette an. „Und wie du dich windest, wenn du merkst, dass du den Ton nicht halten kannst."

„Ja, Rhodes lügt", gab Declan zu. „Offensichtlich hat sie nicht damit gerechnet, dass Noppinger Zeuginnen hat."

„Und wie Ihre Freundin schon sagte, hat sie wohl gelogen, um von sich abzulenken, weil sie mir nach wie vor keine besseren Zeuginnen für ihren Aufenthalt in Clare nennen kann", sagte Keach. „Aber wir können nicht nachweisen, dass sie ihren Mann vorsätzlich umgebracht hat."

„Wieso würde sie einen möglichen Unfall nicht melden?", fragte sich Moira. „Mit Mrs Rhodes ist definitiv etwas faul."

„Ich frage mich allerdings auch, was Noppingers Rolle in dem Ganzen ist", sagte Declan nachdenklich. „Im wahrsten Sinne des Wortes. Ich traue ihr nicht. Aber ich weiß noch nicht, ob das beruflicher oder privater Natur ist. Vielleicht solltest du ihre Ansprechperson sein, Moira. Und ich werde meinen privaten Kontakt zu Alexandra vorübergehend einstellen. Ich darf mich nicht beeinflussen lassen."

„Conners ist nur Noppingers Unterkunftgeberin, nicht wahr? Und du bist nur Conners' Freund und Bandkollege, oder etwa nicht?"

„Trotzdem. Und jetzt lasst mich auf zwei Beobachtungen hinweisen: Ist euch aufgefallen, dass Mrs Rhodes von Rollenspielen sprach, von dem, was ihr Mann und Noppinger angeblich online und offline gemacht haben? Uns hat sich Linda Rhodes als jemand dargestellt, die mit Computern nichts anzufangen weiß, die keine Ahnung hat, was genau ihr Mann da eigentlich macht. Sie weiß zwar, dass er chattet und flirtet, aber Näheres weiß sie angeblich nicht. Anscheinend geht sie selbst nie online. Dafür bringt sie eine angebliche Internet-Beziehung ihres Mannes mit Noppinger aber gut auf den Punkt."

„Worauf wollen Sie hinaus, Sir?"

„Wenn das, was Rhodes gerade gesagt hat, gelogen ist, wenn es nicht stimmt, dass Noppinger sie angerufen hat, um mit ihr über Rollenspiele zu plaudern – wovon wir jetzt wegen der Zeuginnen ja ausgehen –, wie kommt sie dann auf so etwas?“

„Sie weiß ganz genau, was er im Internet gemacht hat“, erkannte Moira und kaute aufgeregt an ihrer Unterlippe. „Sie kennt vielleicht sein Passwort, damit vielleicht auch jeden einzelnen seiner Chats. Vielleicht weiß sie alles über LadyGloomy und gin_fem30. Dann weiß sie auch viel über Noppinger. Das würde auch die Lesben-Anspielung erklären.“

Declan nickte bestätigt. „Genau. Und doch frage ich mich, was Noppingers Rolle in der Sache ist. Mit Betonung auf Rolle.“ Er blickte von Moira zu Keach, lehnte sich zurück und atmete tief durch. „Wir alle drei haben Stunden damit verbracht, die Chat-Protokolle von Jonathan Rhodes' Accounts durchzulesen. Ein Nick nach dem anderen, ein Chat nach dem anderen. Ich wette mit euch, dass ihr bis jetzt nirgends oder kaum irgendwelche privaten Hinweise entdecken konntet, oder? Alle Chat-Partner blieben fast von Anfang bis Ende des jeweiligen Chats stets in den vorher ausgewählten Rollen, und die haben vermutlich wenig bis gar nichts mit ihrem richtigen Leben zu tun. Diese Chats sind allesamt Rollenspiele, wie wir wissen. Das Kennenlernen findet in den öffentlichen Räumen, von denen wir keine Aufzeichnungen haben, statt, nicht in den Chats im Messenger. In denen geht's bereits zur Sache, da wird nicht mehr über Regeln verhandelt, über Rollen; da wird nicht mehr gesagt, was man gerne hätte, was man keinesfalls mag, was man sich erwartet, was man bereit ist zu tun, wer man sein möchte. In den Messenger-Chats spielt man bereits, niemand ist da mehr er oder sie selbst. Wisst ihr, worauf ich hinaus will?“

„Du fragst dich, wer Gerda Noppinger eigentlich ist.“

„So ist es. Dass LadyGloomy bzw. Karen nur eine Rolle ist, ist in diesem Fall offensichtlich. Wir sind bis jetzt aber davon ausgegangen, dass Gin bzw. Gerda keine Rolle ist – aber ist dem wirklich so? Wieso sollte ausgerechnet diese Chat-Beziehung eine Ausnahme sein? Vielleicht hat Rhodes gar nicht so unrecht und Noppinger spielt tatsächlich eine Rolle."

„Wenn Gerda alias Gin eine Rolle ist, dann zieht sie sie offline jedenfalls noch immer durch", sagte Keach. „Und das ziemlich gut."

„Nicht so schnell", unterbrach Moira. „Tatsache ist doch, dass sich die Chats von LadyGloomy in mehreren Punkten maßgeblich von denen der anderen Nicks unterscheiden. Rhodes schlüpft in die Rolle einer Frau, das macht er bei den anderen nicht. Und ich gehe nicht davon aus, dass Linda Rhodes LadyGloomy ist, das ist alles Jonathan. Es sei denn, sie haben sich bewusst ihre Perversionen geteilt und dazu denselben Messenger verwendet, und das glaube ich nicht. Zumal wir ja auch bereits festgestellt haben, dass jeder dieser Nicks dieselben Rechtschreibfehler macht, dieselben Smileys verwendet, dieselben Ausdrücke benützt. Sämtliche seiner Charaktere haben außerdem Dutzende Buddys, während auf der Buddy-Liste von LadyGloomy nur gin_fem30 steht; LadyGloomy hat also ausschließlich mit gin_fem30 gechattet. Nun, und Gerda ist aus Österreich, die Muttersprache aller anderen ist Englisch. Bis auf die LadyGloomy-Chats dienen die anderen Chats dazu, sich in irgendeiner Art und Weise sexuell zu befriedigen, nicht wahr? Das halte ich für ganz entscheidend. Bei manchen geht es ganz ohne viel Vorspiel gleich zur Sache, siehe BigJonBoy. Und wieder andere sind ganz fantasievoll, die erschaffen sich buchstäblich Welten, in denen sie einander begegnen, um zu flirten und sich gegenseitig aufzugeilen, siehe KingCharming oder die beiden S&M-Rollen. Aber Gloomy und Gin reden nur. Keine Welten, keine offensichtliche Befriedigung irgendwelcher sexuellen Bedürfnisse. Mit Sex haben die Chats scheinbar überhaupt nichts zu tun. Und was ist mit der Einladung? In keinem der anderen Chats geht es je um Einladungen. Wenn Rhodes sich mit den anderen getroffen haben sollte, dann hat er in keinem Chat, den wir einsehen können, darüber gesprochen. Aber LadyGloomy lädt gin_fem30 zu sich nach Hause ein. Und die beiden nennen ihre vermeintlich richtigen Namen, als wäre das alles gar kein Rollenspiel, sondern ein Chat zwischen zwei Freundinnen."

„Und das mag etwas sein, das Jonathan Rhodes angeturnt hat."

„Aber Noppinger auch, Declan?", fragte Moira. „Wir wissen doch von der Krise, in der sie sich befand. In den Chats hat sie sich darüber ausgeheult; um etwas anderes ging es ihr nicht. Außerdem wissen wir, dass dies tatsächlich ihr richtiger Name ist. Wir wissen, dass alles stimmt, was sie LadyGloomy erzählt hat: das überraschende Ende ihrer Liebesbeziehung, diese verhängnisvolle Affäre, der Tod ihrer Oma, der Verlust ihres Jobs und damit das vorläufige Ende einer Erfolg versprechenden Karriere. Das alles ist doch wahr. Gin ist keine Rolle, Gin ist Gerda Noppinger."

„Darf ich auch was sagen?", fragte Keach. „Wissen wir eigentlich, ob Noppinger gesund ist? Ich meine psychisch? Die hat einiges durchgemacht, war in psychiatrischer Behandlung, nahm Antidepressiva. Ist sie wieder gesund? Wer weiß, was die für einen Schaden davongetragen hat. Vielleicht hat sie als Kind oder Jugendliche Gewalt erlebt. Vielleicht ist das auch der Grund, weshalb sie mit einer Frau etwas angefangen hat."

„O bitte, Siobhan!", sagte Moira verärgert. „Sie können doch nicht davon ausgehen, dass Frauen, die Frauen lieben, automatisch Gewalterfahrungen mit Männern gemacht haben müssen. Ich muss nicht ein Geschlecht hassen, um ein anderes lieben zu können. So was Dummes!"

„Das sage ich ja nicht, ich meine nur …".

„Als junge Erwachsene war ich ein ganzes Jahr lang mit einer Frau zusammen, Siobhan, und wir wären es noch heute, wenn sie dem Druck der Kirche standgehalten hätte. Manchmal kann man sich nicht aussuchen, in wen man sich verliebt. Mit Gott konnte ich allerdings nicht konkurrieren, das schafft selbst eine Frau nicht. Und ich hatte keine Gewalterfahrungen mit Männern. Zumindest nicht so, wie Sie das verstehen, Siobhan. Also wirklich! Dass man mich zur Beförderung mal wieder übergangen hat, ist eine andere Sache, mit struktureller Gewalt habe ich persönlich leider viel Erfahrung. Aber deswegen habe ich mich damals nicht auf eine Frau eingelassen." Moira seufzte. „Gott, Declan, du brauchst mich nicht so anzusehen! Dass du nichts dafür kannst, das weiß ich, auch wenn du davon profitierst. Wo war ich eigentlich stehen geblieben?"

„Du warst mit einer Frau zusammen?"

„Ich wollte ja nicht generalisieren, ich wollte nur alles in Betracht ziehen", fuhr Keach fort. „Vielleicht ist Gerda Noppinger ja so durchgeknallt oder traumatisiert, dass sie das Rollenspiel ernster genommen hat, als gut für sie war. Und vielleicht wollte sie einen Schritt zu weit gehen, eine Grenze überschreiten."

„Was meinen Sie?", fragte Declan.

„Vielleicht war es nie ein Geheimnis zwischen Jonathan Rhodes und ihr, dass er ein Mann war. Vielleicht war das alles ein Spiel im Spiel. Ihn erregte es vielleicht, sich vorzustellen, dass er einer jungen Frau die mütterliche Freundin vorspielte, und gleichzeitig zu wissen, dass sie sich darauf einließ, sich von ihm benutzen zu lassen. Vielleicht verachtet Noppinger sich selbst so sehr, dass sie bis zum Schluss mitspielen würde. Bis sich offiziell herausstellt, dass er ein Mann ist und sie unter Vorspiegelung falscher Tatsachen zu sich gelockt hat, um sich an ihr zu vergehen, wie man so unschön sagt. Vielleicht sollte alles auf diesen Höhepunkt hinauslaufen. Vielleicht war das der Kick, den sie gebraucht hat."

„Vergewaltigungsfantasien, meinen Sie?", fragte Moira.

„Für manche Frauen sind solche Fantasien durchaus wichtig, weil sie so in geschütztem Rahmen die Möglichkeit haben, Traumata aufzuarbeiten. Während bei einer tatsächlichen Vergewaltigung der Täter die Kontrolle hat, bleibt die Kontrolle in den Fantasien bei den Frauen. Es ist ihre Fantasie, die sie selbst gestalten und jederzeit beenden können."

„Nur, dass das tatsächliche Treffen nichts mehr mit Fantasie zu tun hätte", entgegnete Moira. „In dem Moment, in dem Noppinger Rhodes' Haus betritt, ist das Ganze echt und tatsächlich gefährlich. Es ist Rhodes, der die Kontrolle hat, nicht Noppinger. Das Spiel würde ernst – und zu seiner wahrgewordenen Fantasie, nicht zu ihrer. Darauf soll sich eine intelligente Frau wie Noppinger freiwillig eingelassen haben?"

„Rhodes ist doch der, der jetzt tot ist, oder nicht?"

* * *

Die Frau des Toten hatte sich heute selbst verraten und würde von Declan wohl bald der Tat an ihrem Mann überführt werden, war sich Alex sicher. Für Gin war bald alles ausgestanden. Dieser Donnerstag war also doch noch ein guter Tag geworden. Zumal Rhodes' Verhalten auch nicht die einzige Überraschung gewesen war.

„Stell dir vor, du und Nuala hätten nicht gehört, was ich zu Rhodes am Telefon gesagt habe!", meinte Gin nachdenklich. Sie standen an der Bar eines Pubs in der Nähe des Polizeireviers, wo sie gerade einen Mittagssnack bestellt hatten. „Ich würde wohl bereits in einer Zelle sitzen." Als ihnen die Limonaden hingestellt wurden, suchte Gin müde ihren Blick. „Dürfte ich dich um etwas bitten, Alex? Wäre es vielleicht möglich, mich künftig mit meinem richtigen Namen anzusprechen? Gin ist eigentlich nur eine Abkürzung."

„Das hatte ich ohnehin längst vor ... Gerda."

Sie setzten sich an den kleinen Tisch am Fenster. „Die Gardaí haben ein bisschen in deinem Leben herumgestöbert", begann Alex dann. „Declan hat mir erzählt, dass du heiraten und dein Kind adoptieren wolltest, dass die beiden dann aber einfach verschwunden sind." Alex blickte Gerda aufmerksam an. Sie wollte aus Gerdas Mund hören, dass die Beziehung, unter deren Ende sie so sehr litt, tatsächlich eine Beziehung zu einer Frau gewesen war. „Du hast dein Kind schon mal erwähnt, aber ich habe mich nicht getraut, nachzufragen. Ich kann mir nicht annähernd vorstellen, was für ein Verlust das für dich gewesen sein muss, Gerda."

„Declan hätte dir nichts erzählen dürfen", sagte Gerda ungehalten.

Alex nickte. „Stimmt. Aber er hat sich Sorgen gemacht."

„Glaubt er, dass ich sie genauso ermordet haben könnte wie Jonathan Rhodes? Und dass ich auch dir etwas antun könnte?"

„Gerda, er macht nur seinen Job. Und er ist mein Freund. Und mit Linda Rhodes' Auftritt heute ist die Sache ohnehin erledigt." Alex sah sie gedankenvoll an. „Was ist denn eigentlich mit deiner Familie geschehen? Willst du es mir wirklich nicht erzählen?"

„Sie sind einfach gegangen, Alex. Ende der Geschichte."

„Ich ahnte nicht, dass deine große Liebe eine Frau war", sagte Alex, bevor Gerda zumachen konnte. „Ehrlich gesagt, hat mich das überrascht."

„Es spielt auch keine Rolle."

Natürlich spielte es eine Rolle!

Der Barkeeper brachte die Burger. Sie rührten das Essen nicht an.

Gerda nahm schließlich ihr Handy aus der Tasche, suchte etwas und hielt es ihr dann hin. Alex blickte auf das Foto einer glücklichen Familie, die vor einem See mit Bergen im Hintergrund stand. Ein kleiner, dunkelblonder Junge von vielleicht vier Jahren schaute grinsend in die Kamera. Links und rechts von ihm standen seine Eltern: eine mollige blonde Frau und eine strahlende Gerda, mit zu einem Pferdeschwanz zusammengebundenen Haaren. Die beiden Frauen hatten ihre Arme jeweils um die Taille der anderen gelegt und die freie Hand auf die Schulter des Jungen.

Alex lächelte, als sie Gerda das Handy zurückgab, wagte es aber nicht, etwas zu sagen. Ihr fiel auf, dass Gerda es vermied, das Foto anzusehen. Sie steckte das Handy einfach zurück in ihre Tasche.

„Es passierte letzte Weihnachten", sagte Gerda. „Carey ist Neuseeländerin. Sie hat in Salzburg studiert und Daniel bekommen und dann bald in meiner Abteilung gearbeitet, wo wir uns kennen- und lieben lernten. Wir wollten mit unserem Sohn für drei Wochen zu ihrer Familie nach Wellington reisen, um endlich mit der Geheimniskrämerei aufzuhören und ihren Eltern zu gestehen, dass es sich bei Gerd um eine Frau handelte. Sie sollten ihre zukünftige Schwiegertochter und ihren Enkel kennenlernen. Alles sollte nun offiziell werden, keine Geheimnisse mehr. Danach wollten wir unsere Partnerschaft eintragen lassen und ich würde Daniel nach all den Jahren adoptieren. Für Carey war die Heimlichtuerei eine große Belastung. Es war an der Zeit, sich zu outen und zu unserem Leben zu stehen, das sahen wir beide so. Meine Familie war uns gegenüber immer wohlgesonnen, Careys Familie aber ist sehr religiös. Sie hatten sogar ein Problem damit, dass wir in wilder Ehe zusammenlebten. So waren sie überglücklich, als Carey ihnen sagte, dass wir endlich heiraten würden. Wir hatten beide Angst davor, ihrer Familie gegenüberzutreten und zu erklären, dass das Heiraten trotzdem ernst gemeint war. Das war vor allem für Carey ein unglaublich großer Schritt. Sie hatte viel zu verlieren."

Gerda atmete tief durch. „Aber dann wurde ich überraschend in die Direktion befördert. Weihnachten musste für mich ausfallen. Ich hatte mich schnellstens einzuarbeiten, um ab Januar einen großen Verantwortungsbereich übernehmen zu können. Ich habe Carey gebeten, die Reise um ein paar Monate zu verschieben, und das hat sie mir übel genommen. Ich würde die Firma ihr vorziehen, meine Karriere sei mir wichtiger als sie und Daniel. Dabei wusste sie, dass ich so eine Chance nie wieder bekommen würde, wenn ich jetzt nicht zugriff. Wir hatten doch beide gehofft, dass ich das Angebot endlich bekäme. Aber in Hinblick auf das geplante Coming-out wurde ihr das zu viel. Ausgerechnet jetzt würde ich sie im Stich lassen." Gerda blickte Alex traurig an, in ihren Augen bildeten sich Tränen. „Als ich eines Tages spät nachts nach Hause kam, waren sie weg – unterwegs nach Neuseeland. Mein Flugticket hatte sie storniert, ihre Rückflugtickets ließ sie verfallen. Sie würden sich nicht damit zufriedengeben, zweite Wahl zu sein, erklärte Carey in einem Abschiedsbrief von nicht einmal einer halben Seite. Ich hätte auf die Beförderung verzichtet. Ich hätte sogar gekündigt, wenn Carey es verlangt hätte. Aber ich konnte sie auch nach etlichen Telefongesprächen nicht überreden, wieder zu mir zurückzukommen. Was vielleicht auch damit zusammenhängt, dass Daniels leiblicher Vater – mit dem sie damals von Neuseeland nach Österreich gekommen war – vor Ort wieder in ihr Leben trat. Sie blieb einfach dort. Als hätte es unsere

Familie nie gegeben. Als hätte ich nie existiert. Als wäre Daniel plötzlich nicht mehr mein Sohn." Gerda schluckte. „Ich hätte um ihn gekämpft, wenn ich eine Chance gehabt hätte, aber ich hätte Carey und Daniel auch nie voneinander trennen wollen."

„Seid ihr in Kontakt?"

Gerda nickte, lächelte leicht. „Ja, Gott sei Dank! Daniel und ich telefonieren und skypen regelmäßig miteinander. Er vermisst mich und seine österreichische Familie. Er versteht nicht, wieso er wegmusste. Aber mittlerweile scheint es ihm in Neuseeland gut zu gefallen und darüber bin ich ehrlich glücklich. Er mag seine neuen Großeltern und er hat auch schon viele Freunde. Carey sagt, es gehe ihm gut, ich solle mir keine Sorgen machen." Eine Träne kullerte ihr über die Wange. „Er nennt mich nach wie vor Mama, und Carey sagt, dass sie ihm das auch nicht abgewöhnen will. Ihre Eltern wissen deshalb mittlerweile, dass ihre Tochter mit einer Frau zusammen war, das Coming-out hat sie also durchgezogen. Aber mit mir sündigt sie ja nicht mehr, ihre Eltern werden ihr wohl vergeben."

„Vermisst du Carey?"

Gerda nickte. „Aber sie hat nicht einmal versucht, mich zu verstehen. Und sie hat mir Daniel genommen. Und unsere Zukunft. Sie war die Liebe meines Lebens, aber ich werde über sie hinwegkommen." Gerda atmete tief durch, wischte sich die Wange trocken und blickte sie dann entschlossen an. „Lass uns das Thema wechseln, ja? Ich finde, es ist Zeit für einen doppelten Jameson. Darf ich dir auch einen bringen?"

Alex schüttelte den Kopf und sah ihr berührt nach, als sie zur Bar ging. Sie begann damit, ihren Burger zuzubereiten, da erblickte sie Linda Rhodes' Gesicht durch das Fenster, das sie böse anstarrte. Nur wenige Sekunden später stand Rhodes neben ihr und sah hasserfüllt auf sie hinab. Noch ehe Alex reagieren konnte, schnappte Rhodes sich das volle Pint Glas und schüttete ihr ohne Vorwarnung die Limonade ins Gesicht.

Laut fluchend sprang Alex vom Stuhl. Ungläubig starrte sie die Verrückte an, die sogar angriffslustig einen Schritt auf sie zumachte.

„Wie viel kostest du, du Flittchen?", zischte Rhodes. „Was genau muss man dir bezahlen, damit du als Zeugin auftrittst?"

Gerda kam herangeeilt und Linda Rhodes wirbelte augenblicklich herum und gab ihr mit einem hasserfüllten Wutschrei eine schallende Ohrfeige. „Glaubst du, ich lasse das einfach zu, du ausländisches Miststück?"

Gerda war zu perplex, um etwas zu entgegnen. Da drehte Rhodes sich dem Barkeeper und dem Dutzend geschockten Gästen zu. „Diese Lesbe hat meinen Mann ermordet", sagte sie mit lauter Stimme, als würde sie im Theater auf einer Bühne stehen und zu ihrem Publikum sprechen. „Am Heiligen Abend! Die Gardaí haben genügend Beweise, aber sie ist trotzdem auf freiem Fuß. Wenn niemand etwas unternimmt, wird sie den nächsten unschuldigen Mann kaltblütig umbringen." Sie blickten alle augenblicklich zu Alex und Gerda. Linda Rhodes brach theatralisch in Tränen aus und stürmte aus dem Pub. „Sie hat meinen Mann ermordet und niemand tut etwas!", schluchzte sie verzweifelt auf dem Weg hinaus.

Die Tür fiel zu und es war mucksmäuschenstill im Pub.

Alex tupfte sich mit Papierservietten Gesicht und Hals trocken. Ihr Herz schlug so laut, dass es eigentlich alle im Raum hören mussten. Gerda wirkte betroffen. Die Ohrfeige hatte sicher wehgetan.

Der Barkeeper kam hinter der Bar hervor und sie mussten ungläubig mitansehen, wie er ihnen die Jacken von den Stuhllehnen nahm und entgegenhielt, und ihnen dann auftrug, doch jetzt bitte das Pub zu verlassen.

„Wir haben nichts getan!“, versuchte es Gerda, aber er ignorierte sie.

Alex riss die Jacken an sich, warf ihm einen bösen Blick zu und wollte Gerda mit sich nach draußen ziehen. Doch die ging zielstrebig zurück zur Bar, trank ohne abzusetzen ihren Doppelten, stellte das Glas lautstark auf der Theke ab, und folgte ihr erst dann in den leichten Regen hinaus.

„Ich kann nicht fassen, was gerade geschehen ist“, sagte Gerda. „Wieso tut sie das? Und wieso wirft uns der dann auch noch raus?“

Alex fischte ihr Telefon aus der Jackentasche, um Declan zu berichten, was vorgefallen war. Der ließ sich nicht anmerken, was er davon hielt, teilte ihr aber tatsächlich mit, dass ab sofort Gallagher Gerdas Ansprechpartnerin sei und er sich auch von ihr zurückziehen müsse, solange der Fall nicht geklärt war. Sie dürfe das aber nicht persönlich nehmen.

Alex öffnete verärgert die Tür und sie stiegen ins Auto. Sie war auf hundertachtzig, als sie losfuhr, und das war sie nicht oft. „Declans Kollegin ist jetzt für uns zuständig. Er hat mir außerdem gerade vorübergehend seine Freundschaft entzogen. Ist das zu fassen?“

„Er reagiert wohl nur professionell.“

„So was tut man aber nicht mit der besten Freundin! So ein Mistkerl!“

„Alex, nimm es nicht persönlich! Das hat nichts mit dir zu tun.“

„Es macht mich aber wütend!“

Gerda blickte sie mit geneigtem Kopf an – belustigt. „Wo ist denn die Frohnatur hin, die ich kennengelernt habe?“

„Ich bin verletzt und ich bin verärgert, Gerda. Und auch noch geschockt wegen Rhodes. Außerdem klebt alles, das ist ekelhaft. Mal ganz abgesehen davon, dass ich Hunger habe." Alex zwang sich, ruhig zu werden. „Könnten wir nicht noch irgendwo eine Kleinigkeit essen, bevor wir zurückfahren? Wir hatten die Burger noch gar nicht angerührt. Es gibt ein nettes Restaurant im Claddagh. Danach könnten wir über Connemara nach Hause fahren, wenn du möchtest."

„Claddagh? Wie diese berühmten Ringe? Herz, Krone, Hände? Willst du mir einen Antrag machen, Alex? Ist das nicht ein bisschen schnell?"

Alex drehte sich ihr zu, während sie gleichzeitig versuchte, auf den Verkehr zu achten. Gerda grinste sie an. Dafür, dass sie gerade eine Ohrfeige bekommen und zuvor sogar von Carey und Daniel erzählt hatte, wirkte sie erstaunlich gut gelaunt. Das lag wohl an dem Whiskey. „Der Frau, die dem Kind die Schokolade vorenthält, würde ich einen Antrag machen wollen?"

Es dauerte eine ganze Minute, bis Gerda verstand. „Du sagtest gestern Abend zwar, du hättest vor mir noch nie eine Frau geküsst", begann Gerda dann vorsichtig, „aber vielleicht wolltest du mich, die vermeintliche Hetera, damit nur beruhigen? Hast du selbst nicht auch schon Erfahrungen mit Schokolade gemacht, Alex? Das frage ich mich schon eine ganze Weile."

Glücklicherweise schaltete die Ampel gerade um und Alex konnte stehen bleiben. Sie blickte Gerda an. „Wie lange fragst du dich das schon?"

„Beantworte du zuerst meine Frage!"

„Du bist die erste Frau, die ich je geküsst habe, Gerda. Ich habe so gesehen tatsächlich keinerlei Erfahrung mit Schokolade. Also, wie lange fragst du dich schon, ob ich Interesse an Frauen haben könnte?"

„Ich frage mich das immer, wenn ich Frauen begegne, die ich anziehend finde."

„Du findest mich also anziehend?" Die Ampel schaltete wieder auf Grün und Alex fuhr weiter.

„Und wie lange fragst du dich schon, Alex? Seit den *Bad Girls?*“

„Vielleicht frage ich mich überhaupt nicht. Vielleicht will ich mir nicht so viele Gedanken darüber machen.“

„Die meisten Leute beschäftigt es erst mal eine Weile, wenn sie merken, dass sie sich für das eigene Geschlecht interessieren.“

„Mich beschäftigt das nicht. Wieso soll ich mir das Leben komplizierter machen, als es ist? Ich nehme, was es mir bietet. Du solltest das auch tun, du findest mich anziehend.“ Alex zwinkerte ihr herausfordernd zu.

„Vielleicht hätte ich den Whiskey nicht anrühren sollen. Können wir das Thema wechseln?“

7

Nuala Brent sehnte sich nach dem Weihnachten von früher, als sie ihre Zeit und Aufmerksamkeit ihrer Tochter und ihren beiden Männern schenken durfte, nicht irgendwelchen Kundschaften oder Fremden im Internet. Damals gab es zudem ein gut funktionierendes soziales Umfeld, Freunde brauchten keine Nicknames. Aber dieses Früher gab es nicht mehr. Nur der Computer war noch da – und der versagte zu Weihnachten ganz erbärmlich, weshalb sie sich auch von ihm zu trennen beabsichtigt hatte. Aber ausgerechnet jetzt brauchte sie seine Hilfe.

Kaum waren Alex und Gin nach Galway aufgebrochen, fuhren auch die Engländer für einen Tagesausflug weg. So konnte Nuala ungestört versuchen, etwas über die mysteriöse Karen herauszufinden. Sie hatte sich auf Faraway.com ein aussagekräftiges Profil zugelegt, und es dauerte nicht lange, schon führten ihre Recherchen zu ersten Ergebnissen.

Als die beiden am frühen Abend zurückkehrten, erfuhr Nuala, was in Galway geschehen war – was erklärte, wieso sie der Garda heute angerufen und um eine Sachverhaltsdarstellung zum Telefongespräch zwischen Gin und Rhodes gebeten hatte. Zwar sah es nach dem heutigen Tag ganz gut für Gin aus, aber vorbei war die Sache noch lange nicht, wusste Nuala.

Gin kam mit drei Dosen Bier ins Wohnzimmer und Alex kümmerte sich um das Feuer. Gerda, wie Gin mittlerweile von Alex genannt wurde, wirkte viel entspannter als bei ihrer ersten Begegnung. Vermutlich schien ihr nicht nur die positive Entwicklung ihres Falles gutzutun, sondern tatsächlich auch Alex. Das galt es zu beobachten.

„Mädels", sagte Nuala dann ernst. „Es ist leider noch nicht vorbei." Sie bedeutete den beiden, sich zu ihr vor den Computer zu setzen. „Ich war den ganzen Tag online. Deine Karen hat sich natürlich nicht gemeldet. LadyGloomy hat weder auf die Nachricht im Messenger reagiert, noch war sie im Chat & Play. Die Leute, die ich dort getroffen habe, haben sie entweder nicht gekannt oder lange nichts mehr von ihr gehört. Aber eine hat sich Sorgen um sie gemacht. Sie sagte, LadyGloomy sei nicht die Einzige, die nicht mehr online geht. Auch eine PussycatUK kommt seit geraumer Zeit nicht mehr in den Raum. Ebenso wie prettybratty_82, die eigentlich jeden Donnerstag für die Musik im Raum zuständig wäre. Die hat seit über zwei Monaten nichts mehr von sich hören lassen. Das ist deshalb ungewöhnlich, weil sie mit Administrator-Rechten ausgestattet ist, also Verantwortung für den Raum übernommen hat."

„Ich kenne pretty", sagte Gerda. „Gute Songs. Nachdem ich Karen kennengelernt habe, bin ich wegen der Musik manchmal geblieben, beteiligte mich aber nicht mehr an

Gesprächen, sondern habe es mir mit Karen im Messenger gemütlich gemacht."

„Wie kann man es sich in einem Chatroom gemütlich machen?" Alex zog leicht amüsiert eine Augenbraue in die Höhe.

„Stimmt, das muss sich komisch anhören. Wir haben uns in einem imaginären Wohnzimmer getroffen, mit großer Bibliothek, einem Kamin und einem gemütlichen Sofa. Viele Kerzen, gedimmtes Licht, mit Wein oder Kaffee, je nachdem, wonach uns eben war. Wir haben dieses Bild entworfen, weil es ein positives Bild ist: ein Ort des Rückzugs, ein Ort, der Geborgenheit bietet, ein Ort, an dem man sich ausheulen darf, ohne ein schlechtes Gewissen haben zu müssen, jemandem zu viel aufzubürden. Ich habe mich von allen Menschen in meinem Leben zurückgezogen. Ich wollte niemanden brauchen und ich wollte auch selbst nicht mehr gebraucht werden. Ich hatte keine Energie mehr, um zuzuhören. Ich hatte auch keine Energie mehr, um zu erzählen. Aber ich wollte auch nicht so vollkommen alleine sein. Außer Karen hat das niemand begriffen. Darum war dieser Chatroom so wichtig. Manchmal haben wir von uns erzählt, manchmal haben wir nur den Raum eingerichtet und uns Wein nachgeschenkt."

Gerda suchte Alex' Blick, die offenbar nicht wusste, was sie davon halten sollte. Alex schien in diesem Jahrhundert noch nicht angekommen zu sein, so viel war klar. Nuala nahm einen großen Schluck von ihrem Bier und versuchte eine Erklärung: „Online lernst du ohne Verpflichtungen und in Sicherheit Menschen kennen, die manchmal genau das Gleiche wollen wie du. Wenn du nur getippte Worte hast, aber keine Gesichter oder Stimmen, dann kann das eine durchaus interessante Erfahrung sein. Wenn man irgendwann wagt, authentisch zu sein, also tatsächlich von sich zu erzählen, kann das ein Flirt werden oder eine freundschaftliche Annäherung, die auf Humor basiert, auf Schlagfertigkeit, auf Sensibilität. Manchmal triffst du wirklich auf Menschen, die echt sind. Dann merkst du unter Umständen gar nicht, wie einsam du bist. Denn in dem Moment bist du es nicht. Wenn du nicht ausschließlich im Internet lebst, kann das eine Bereicherung sein. Wenn du nur das lebst, dann weißt du hoffentlich, wie einsam du bist und dass du ganz viele Menschen im richtigen Leben bräuchtest. Und dann bleibt dir nur zu hoffen, dass du die auch hast oder dass du erkennst, dass du sie brauchst, und dich auf die Suche nach ihnen machst – ohne Computer." Gerda nickte, Alex wirkte überfordert. „Das Leben spielt sich zum Teil ohnehin nur in unseren Köpfen ab", fuhr Nuala fort. „In der Vorstellung, in der Fantasie. Darauf basieren auch die Unterhaltungen in Chatrooms, das macht Chatten für viele attraktiv. Mit Büchern, Filmen und Spielen ist es ähnlich. Wir alle schlüpfen tagtäglich in mehrere Rollen, um der Welt zu entfliehen oder uns zu finden. Es fällt uns nur nicht auf, weil wir so daran gewöhnt sind."

„Ich versuche stets authentisch zu sein", widersprach Alex.

„Ich auch", sagte Nuala, „und doch ist die Tochter meiner Mutter nicht unbedingt dieselbe wie die Mutter meiner Tochter. Verstehst du? Das sind ganz einfach unterschiedliche Rollen. Und beides bin ich."

Alex nickte: „Das verstehe ich schon. Ich kann mir aber vorstellen, dass man vor dem Computer leicht vergessen kann, wie schön das wahre Leben eigentlich ist. Oder wie schön es sein kann."

„Oder wie hässlich", sagte Gerda nachdenklich. „Andererseits hätte ich dich ohne Karen nie kennengelernt, Alex. Oder dich, Nuala."

„Wenn Rhodes dich vergewaltigt hätte, hättest du uns auch nicht kennengelernt", sagte Alex pragmatisch und trank ihre Dose leer. „Also, mehrere Leute kommen nicht mehr in den Chatroom und andere machen sich deshalb Sorgen. Hast du noch was herausgefunden, Nuala?"

Nuala stellte ihr Bier zur Seite. „Meine Nachfrage, ob jemand etwas von LadyGloomy gehört hätte, und dann die Bemerkung dieser Brenda, dass sie sich Sorgen um sie mache, hat eine heftige Diskussion ausgelöst. Alle kannten plötzlich irgendwelche Leute, die nicht mehr ins Chat & Play kamen. Nur gibt es dafür auch genügend Erklärungen. Viele gehen einfach in ihr Leben zurück oder sie legen sich andere Nicks zu oder sie finden bessere Chatrooms. Oder aber irgendetwas ist da vielleicht wirklich nicht in Ordnung. Kennst du Brenda, Gerda? Sie hat jede Menge Ziffern in ihrem Nick, darum nennen sie alle beim Namen."

Gerda nickte. „Rollstuhl, dicklich, Ende vierzig, mit Hund auf dem Schoß? Aus Manchester?"

„Genau die meine ich. Der glaube ich zum Beispiel jedes Wort, die ist ganz sie selbst."

„Stimmt, und sie ist sehr nett und witzig. Scheint schon seit Jahren ins Chat & Play zu gehen. Ist auch Administratorin, glaube ich."

„So ist es. Und jetzt kommt's: Nachdem alle kundgetan hatten, wer denn schon lange nicht mehr gekommen ist, wen sie vermissten, wer auch gar nicht mehr zu kommen bräuchte, sagte Brenda, dass baldandbeautiful wisse, dass eine der Vermissten ermordet wurde."

Alex blickte sie skeptisch an, Gerda wirkte schockiert. „Wer?"

„Eine 31RedSusan31. Kennst du die?" Gerda schüttelte den Kopf, Nuala fuhr fort: „Baldandbeautiful und Susan waren im wirklichen Leben seit ihrer Schulzeit beste Freundinnen. Sie hatten vor einiger Zeit gemeinsam mit dem Chatten angefangen. Kennst du baldandbeautiful, Gerda?" Die schüttelte erneut den Kopf. „Brenda sagt, es hätte sogar in der Zeitung gestanden. Ich habe online danach gesucht und tatsächlich Artikel über eine Susan Jackson gefunden, die erstochen aufgefunden worden war. Die Gardaí gehen von einer Beziehungstat aus, der Ehemann wurde verhaftet, die dreijährige Tochter zu den Eltern des Opfers gebracht."

„Und was hat das mit Karen zu tun?", wollte Alex wissen.

„Brenda sagte, baldandbeautiful wisse, dass Susans Mann ihr das niemals angetan hätte. Sie vermutet, dass der Täter jemand aus dem Internet ist, nicht der Ehemann. Ein Internet-Liebhaber. Darum machen sie sich auch Sorgen um LadyGloomy und die anderen Vermissten."

Alex lehnte sich seufzend zurück. „Nuala, unsere Karen ist Jonathan Rhodes und Jonathan Rhodes ist tot. Er wurde wohl von seiner Frau umgebracht, weil er Frauen aus dem Internet zu sich nach Hause geholt hat. Jedenfalls würde mich das nicht wundern. Und diese Susan scheint sich auch mit Leuten aus dem Internet amüsiert zu haben, und ihrem Mann gefiel das vermutlich ebenso wenig." Alex blickte sie amüsiert an. „Oder glaubst du, Susan und Jonathan sind Opfer ein und desselben Täters, und dass das jemand aus diesem Chatroom ist, der sich womöglich schon sein nächstes Opfer ausgesucht hat?"

„Klingt nach Hollywood, oder?" Nuala musste schmunzeln; Alex hatte recht, das klang alles viel zu sehr nach einer schlechten Geschichte.

Gerda bedankte sich fürs Recherchieren, meinte aber, dass sie damit nun aufhören könne. Jonathan Rhodes war Karen, das sei geklärt.

„Kennt eine von euch beiden diesen Kerl hier? Johnny Logan2?", wollte Alex plötzlich wissen.

Gerda schüttelte den Kopf und Nuala klickte auf sein Profil, um Näheres über ihn herauszufinden: Ein Foto von Shrek. Aufenthaltsort: London. Auf der Suche nach: Gleichgesinnten. Faraway.com beigetreten am: heute.

Beschreibe dich selbst: *What do you say when words are not enough?*

Alex lachte müde. „Gott, ist das peinlich! Bitte sprich mal mit diesem Songcontest-Fan, Nuala! Ich glaube, wir kennen den Herrn."

„Dad, die Pizza ist fertig", meldete sich Caitlin aus der Küche.

Declan nahm die Brille von der Nase und rieb sich die Augen. „Ich komme gleich, Schatz", rief er zurück und setzte sie wieder auf.

Amanda erschien in der Tür, lehnte sich mit verschränkten Armen gegen den Türstock und sah ihn streng an. Hübsch sah sie aus in dem fliederfarbenen Hausanzug, den sie von ihren Eltern geschickt bekommen hatte. „Caitlin hat die Pizza selbst belegt. Wenn du nicht in zwei Minuten im Esszimmer bist, kann es sein, dass sie sich einen neuen Vater adoptiert. Und vielleicht gefällt mir der dann ja auch."

„Könnten wir vielleicht fünf Minuten daraus machen?"

„Baby, dein Vater versucht fünf Minuten rauszuschlagen. Soll er die kriegen?", rief Amanda in die Küche.

„Wenn ich dafür ein Glas Wein bekomme?", rief Caitlin zurück.

„Ich bin in spätestens fünf Minuten bei euch."

„Verspäte dich nicht oder ich erlaube ihr den Wein."

Nichts hatte er über Noppinger erfahren. Kaum jemand wusste etwas über gin_fem30 oder LadyGloomy bzw. eine Karen zu sagen. Die einen kannten sie nicht, die anderen meinten nur, er solle sie selbst fragen, wenn er etwas wissen wolle. Er hatte gehofft, Details zu Rollenspielen herauszufinden, Näheres darüber zu erfahren, wer Gerda war oder wer sie vorgab zu sein, feststellen zu können, mit wem sie chattete, welche Räume sie besuchte, ob sie Vorlieben hatte. Er hatte auch in Privatchats versucht, mehr herauszufinden, aber niemand wollte sich dem Neuen anvertrauen, sie waren misstrauisch. Einmal wurde zumindest eine Karen erwähnt – als eine jener Personen, die irgendwann angeblich verschwunden waren. Aber jetzt öffnete sich ein Chat-Fenster auf Declans Bildschirm. Eine Irishotty fragte, ob er Karen kenne. Ja, und er würde sie vermissen, antwortete er ihr. Ob sie vielleicht gin_fem30 kenne, das sei eine Freundin von Karen gewesen, versuchte er es. Die sei nämlich auch weg. Irishotty brauchte eine Weile für eine Antwort, dann meinte sie, es sei möglich. Ob sie sie auch über Rollenspiele kenne, fragte Declan. Er kenne sie nur als verzweifelte Touristin, aber er hätte sie auch gerne mal in anderen Rollen erlebt.

„Alex will wissen, was eigentlich noch passieren muss, damit du ihr endlich glaubst", schrieb Irishotty auf einmal. „Wie hast du eigentlich herausgefunden, dass dies der Raum ist, in dem Rhodes und Gerda sich das erste Mal getroffen haben?"

Er seufzte. Er hätte sich einen anderen Nickname zulegen sollen. „Der Name fiel ein paar Mal in den Chatlogs, die wir überprüfen. Ihr hättet ihn mir ruhig nennen können", tippte Declan. „Mit wem genau habe ich denn das Vergnügen?"

Irishotty postete ein Smiley mit ausgestreckter Zunge und meinte dann, Alex und Gerda befänden sich neben ihr, sie sei Nuala Brent, und ob sie sich eigentlich gerade in eine polizeiliche Ermittlung einmischten.

Ohne ein weiteres Wort loggte sich Declan aus, wählte Alexandras Nummer und marschierte hinüber ins Esszimmer. Caitlin und Amanda stellten gerade die riesige Pizza auf den Tisch. Er setzte sich.

„Hast du dich verwählt, Declan?", meldete sich Alexandra kühl.

„Was macht ihr in diesem Raum? Wieso seid ihr online?"

„Es ist nichts im Fernsehen. Und wieso bist du noch misstrauisch? Wieso konzentriert ihr euch nicht auf Linda Rhodes? Ich dachte es sei offensichtlich, wer hier das Miststück ist. Ist nur der private Declan noch misstrauisch oder sind es auch der Superintendent und sein Team?"

Declan seufzte. „Das ist einer der Gründe, weshalb Moira eure Ansprechpartnerin sein muss."

„Du hast mich angerufen."

„Ich hab dich lieb, Schatz, das wird sich auch durch diesen Fall nicht ändern, aber du musst aufhören, alles so persönlich zu nehmen. Und jetzt muss ich auflegen, wir wollen essen. – Wirst du gefälligst den Chardonnay wieder hinstellen, Caitlin!"

„Wann werdet ihr Gerda endlich sagen, dass sie nichts zu befürchten hat? Dass sie keine Verdächtige mehr ist und wieder nach Hause darf?"

„Sobald das zutrifft", sagte er und unterbrach die Verbindung.

Er stand auf und öffnete den Wein. Amanda sah ihn nachdenklich an, als er sich mit den Gläsern wieder an den Tisch setzte.

„Du musst den Fall bald abschließen, Declan", sagte sie ernst.

Er nickte. „Das werde ich." Dann blickte er zu seiner Tochter. „Wo sind denn eigentlich eure Pizzen?"

* * *

Gerda machte es sich mit Nuala im Wohnzimmer gemütlich und Alex reinigte in Abwesenheit der Engländer das Gästezimmer. Sollten die nach ihrer Rückkehr zu dem angekündigten Abendessen einladen wollen, würden sie mitgehen. Lust dazu verspürte keine von ihnen, aber Gerda war dankbar für alles, was sie daran hinderte, mit Alex nach oben zu gehen.

Nuala saß im Lotussitz neben dem knisternden Kamin und zappte durch die Fernsehsender; ihre Jacke hing über dem Computerbildschirm. Gerdas Interesse galt Alex' Musikkollektion. Rock, Blues, Motown, eine Broadway-Musical-Collection und ein bisschen Klassik. Gerda entdeckte auch eine DVD der Musical-Version der *Bad Girls* und wollte sie schon herausnehmen, als von Hand beschriftete selbstgebrannte DVDs ihre Aufmerksamkeit erregten. „Nuala, hättest du etwas dagegen, wenn wir uns einen von Alex' Auftritten ansehen?"

Nuala gesellte sich zu ihr und griff schließlich nach einer eineinhalb Jahre alten Aufnahme eines Festivals in Dublin. „80er Jahre, 4. Platz", stand darauf. Sie legte die DVD in den Player, der auf dem alten Röhren-Fernseher stand, dann setzten sie sich auf den Boden davor.

Es schien sich um eine Amateur-Aufnahme eines Open-Air-Konzerts zu handeln. Die Kamera war starr geradeaus auf die Bühne gerichtet. Irgendjemand hatte mitgefilmt, ohne jemals die Kamera bewegt oder im Nachhinein etwas geschnitten zu haben. Gerda und Nuala waren nur an Alex interessiert, fanden bald die Stelle ihres Auftritts und waren überrascht. Auf der Bühne sahen sie kein Duo, sondern eine Band. Eine langhaarige Alex mit E-Gitarre stand in der Mitte. Sie trug Jeans und ein ärmelloses grünes T-Shirt mit der Aufschrift *I don't do scared – Yvonne Atkins, Bad Girls*. Declan, der toughe Polizist, saß ganz rechts außen an einem großen Keyboard und wirkte im Gegensatz zu seiner Partnerin unsicher, eingeschüchtert. Zwei weitere Musiker stellte Alex gut gelaunt und für Gerda in zu schnellem Englisch dem Publikum vor: Ein gewisser Marcus saß mit nacktem, muskulösem Oberkörper, Dreitagebart und schulterlangem Haar am Schlagzeug. Ein kahlköpfiger, kleiner Mann namens Miller stand mit der Bassgitarre ganz links.

Als sie anfingen, war klar, dass Alex und Declan zu viel mehr in der Lage waren, als sie in einem Pub jemals zeigen konnten. Die vorerst noch sanften Töne, die Declan seinem Keyboard entlockte, erkannte Gerda als Whitesnake's *Here I Go Again*. Als Alex dann ohne Pathos und mit ihrer so wundervoll klaren Stimme davon zu singen begann, dass sie keine Zeit mehr verlieren wollte, nach Antworten Ausschau hielt und niemals zu finden schien, wonach sie suchte, sah Gerda sie wieder neben dem Fenster stehen und ihr gestehen, dass sie vor ihr noch keine Frau geküsst hatte. Dann griff Alex plötzlich in die Saiten, der Schlagzeuger hatte seinen Einsatz, auch stimmlich – er war Alex' Gesangspartner, nicht etwa Declan – und aus der ruhigen Ballade wurde leidenschaftlicher Rock, der das Publikum mitriss und Nuala zu einem anerkennenden „Wow!" veranlasste. Alex wirkte so unglaublich authentisch auf der Bühne, fand Gerda, und so selbstbewusst. Sie experimentierte nicht, sie versuchte nicht zu beeindrucken, sie sang einfach. Und das klang ehrlich und wunderschön.

Für den nächsten Song hatte die Band sich für eine der schönsten Balladen der achtziger Jahre entschieden. Als Alex zu singen begann, hielt Gerda den Atem an und ihr stellten sich sämtliche Härchen auf. Wenn jemand mit so viel Gefühl Foreigners *I Want to Know What Love Is* sang, wie Alex es hier tat, brauchte dieser Song nicht einmal den Chor, der dazugehörte. Sie hätte sich eine Großaufnahme von Alex' Gesicht gewünscht, aber die blöde Kamera rührte sich nicht. Gerda rückte näher zum Fernseher. Nuala murmelte etwas, aber Gerda wollte jetzt nicht reden, sie nahm den Blick nicht von Alex. Der Song erreichte sie. Alex' Stimme erreichte sie. Ihre Worte erreichten sie. So, wie ihr Kuss sie erreicht hatte, wie der aussagekräftige Blick nach diesem hysterischen Lachanfall sie erreicht hatte, wie die selbstlose, harmlose Einladung in ihr Bett sie erreicht hatte, als sie noch Fremde gewesen waren. Gerda schluckte, als Alex ihr im Refrain gestand, dass sie wissen wollte, was Liebe ist, und dass sie es ihr zeigen sollte.

„Euch ist schon klar, dass ich das als eine Verletzung meiner Privatsphäre auffassen könnte, oder?“

Gerda fuhr erschrocken herum und sah Alex im Türrahmen stehen. Mit hochgezogenen Brauen blickte sie auf sie beide hinab, während die Alex auf der Bühne weitersang.

„Die Alexandra Road in Dublin müssen sie nach dir benannt haben“, sagte Nuala und stand auf, um sämtliche DVDs aus dem Regal zu nehmen. „Alex, ehrlich, ihr seid großartig! Du musst das öfter machen! Wieso habt ihr die beiden Jungs nicht behalten? Ihr seid eine tolle Band. Der sexy Schlagzeuger singt außerdem viel besser als Declan.“

„Wir haben die Zeit nicht dazu. Declan hat Familie und einen intensiven Job. Und keiner von uns hegt den Wunsch nach einer Bandkarriere. Die Musik ist für mich nur Ausgleich und eine gute Möglichkeit, meine Freundschaft mit Declan zu pflegen. Leider ist sie mittlerweile auch eine Einnahmequelle geworden, auf die ich nicht mehr verzichten kann. Was machst du da eigentlich mit meinen DVDs, Nuala?“

„Du wirst doch nicht glauben, dass uns ein Auftritt gereicht hat“, antwortete Nuala. „Was wollen wir uns als Nächstes ansehen, Gerda?“

„Egal, ich will alles sehen.“

Alex setzte sich seufzend neben sie. Sie enttäuschte auch bei den anderen Auftritten nicht. Weder beim Solo-Auftritt während einer Geburtstagsfeier noch bei der spontanen Tanzeinlage, bei der sie mit Marcus vor einem kleinen Publikum zu irischer Livemusik steppte. Alex erklärte, dies sei ein traditionell irischer Stepptanz aus der Gegend, genannt *Sean Nós*, und sie solle das ja nicht mit Riverdance verwechseln. Wenn sie das näher interessiere, solle sie sich auf YouTube mal Clips von Emma O'Sullivan oder den Cunningham Geschwistern ansehen.

Es war knapp nach einundzwanzig Uhr, als die Engländer zurückkamen. Obwohl sie sonst stets ununterbrochen redeten, waren die Durhams erstaunlich ruhig. Joanne nickte ihnen kurz zu und ging dann gleich nach oben. Gerda fiel auf, dass sie vermied, sie anzusehen. Brian nahm sich ein Bier aus dem Kühlschrank und fragte, ob er ihnen Gesellschaft leisten dürfte. Alex schien ihre Auftritte nicht mit ihm teilen zu wollen, sie schaltete auffällig schnell auf das Fernsehprogramm um. Gerda hatte sich mittlerweile auf das Sofa gesetzt und rückte ein bisschen zur Seite, als er sich neben sie setzte.

„Wir brechen morgen nach dem Frühstück auf, Alex", erklärte Brian. „Rosie meldet sich nicht und Weihnachten ist ohnehin vorbei; die soll in Frankreich bleiben. Wir werden in Dublin Silvester verbringen, dann geht es heim." Er trank einen großen Schluck von seinem Bier. „Alles gut gegangen in Galway?", wollte er dann von Gerda wissen und blickte auch hinüber zu Alex, die auf dem Hocker neben ihnen Platz genommen hatte. Beide nickten nur, dann wandte er sich wieder Gerda zu. „Joanne hat ein bisschen Angst vor dir, Gin", sagte er mit einem anzüglichen Grinsen.

„Solltest du auch haben", entgegnete Gerda ernst.

Brian seufzte. „Ich mach doch nur Spaß."

Alex stand auf. „Ich hole mir noch ein letztes Bier. Soll ich jemandem etwas mitbringen?"

Gerda begleitete Alex in die Küche. Sie blieb an der Tür stehen und beobachtete Alex dabei, wie sie zwei Dosen aus dem Kühlschrank nahm.

Alex schenkte ihr einen freundlichen Blick. „Müde?"

Gerda schüttelte den Kopf. „Nur ein bisschen traurig, dass ich noch nicht alle DVDs sehen konnte. Ich bin schwer beeindruckt, Alex. Ich wäre bei deinen Auftritten gerne dabei gewesen." Alex lächelte breit. Das freute sie. „Darf ich dich etwas fragen, Alex?"

„Tut mir leid, ich gebe keine Autogramme. Aber wenn du dich als Groupie bewerben möchtest, hättest du gute Chancen."

„Wieso hattest du eigentlich nie Angst vor mir? Genau genommen hast du nicht die geringste Ahnung, wer ich eigentlich bin. Und was du von mir weißt, spricht nicht für mich. Sogar die Polizei misstraut mir. Dein bester Freund misstraut mir. Ganz verstehe ich immer noch nicht, wieso du nicht einmal an mir gezweifelt hast."

„Ein bisschen kenne ich dich mittlerweile schon, Gerda. Darum weiß ich auch, dass du Angst vor mir hast", entgegnete Alex gut gelaunt.

Gerda seufzte. „Es ist nicht so, dass du nicht mein Typ wärst, Alex."

Alex schmunzelte. „Du findest mich also anziehend, erwiderst meinen Kuss und jetzt bin ich auch noch dein Typ?" Gerda bemühte sich, Alex' herausforderndem Blick standzuhalten, aber sie wusste nicht, was sie sagen sollte. Alex lachte. „Vorschlag: Du gehst vor mir hoch. Wenn ich komme, also wenn ich hochkomme, meine ich, schläfst du vielleicht schon und müsstest der Versuchung nicht widerstehen, geschweige denn, ihr nachgeben. Klingt das gut?"

„Mach dich nur lustig über mich!"

„Ach, komm! Ich wette, du findest den Vorschlag sogar süß."

Gerda ging kopfschüttelnd zurück ins Wohnzimmer, hatte aber Mühe, ein Lächeln zu unterdrücken. Vermutlich grinste Alex jetzt noch breiter, aber sie wagte nicht, sich umzudrehen, um das herauszufinden.

8

Laute Musik weckte Alex. Sie machte genervt die Augen auf und musste feststellen, dass sie gar nicht in New York war, um mit Angie Harmon von *Rizzoli & Isles* Cocktails zu trinken. Sie befand sich in ihrem Schlafzimmer, und Gerda stand mit der Hand am Lichtschalter neben ihr und blickte ausdruckslos auf sie hinab. Alex sah auf die Uhr, es war drei Uhr vierundvierzig.

Gerda schien erst jetzt richtig aufzuwachen. Sie eilte zu ihrem Handy zurück, aus dem Queens *Bohemian Rhapsody* ertönte, und nahm den Anruf entgegen. Sie sprach Deutsch. Die Verwirrung, die Alex gerade noch in Gerdas Gesicht gelesen hatte, wich einem besorgten Ausdruck. Alex hielt den Atem an. Hoffentlich war mit ihrem Sohn alles in Ordnung.

Zuerst schien Gerda nur zuzuhören. Dann wollte sie auf Englisch wissen, wer denn dran sei. Sie wurde zunehmend aufgeregter. Schließlich schimpfte sie in das Telefon, in einem Kauderwelsch, das zwar wie Englisch klang, aber kein Englisch war.

Alex setzte sich auf, fragte, was los sei, aber Gerda nahm sie gar nicht wahr. Sie zitterte und rang nach Worten, die ihr offenbar nicht in den Sinn kommen wollten. Ordentliche englische Sätze gelangen ihr nicht so recht, und das schien sie zusätzlich wütend zu machen.

Alex krabbelte auf ihre Seite und nahm Gerda das Telefon aus der Hand. „Okay, wer ist dran und was ist los?"

„Sagen Sie ihr, sie soll sich stellen", sagte Linda Rhodes ruhig, dann legte sie auf.

Gerda blickte sie aufgewühlt an, Alex gab ihr das Handy zurück. „Gott, ist die durchgeknallt!" Sie schüttelte den Kopf, legte sich wieder hin und gähnte. „Ich hatte einen so netten Traum, verdammt noch mal! Angie Harmon war gerade hier und hat mit mir geflirtet. Ich glaube sogar, das war ein Date. In New York, stell dir vor!“

„Was hat sie zu dir gesagt?“, fragte Gerda.

„Na ja, viel geredet haben wir nicht.“ Dass Angie ganz angetan von ihrem Bauchnabel war, würde sie Gerda gegenüber nicht erwähnen. Auch nicht, dass sie ganz angetan davon war, dass Angie so angetan davon war. Und auch nicht, dass Angies Fingernägel dieselbe Farbe hatten wie Gerdas, wie Alex jetzt bewusst wurde.

„Rhodes, Alex! Was hat Rhodes zu dir gesagt?“

„Dass du dich stellen sollst“, antwortete Alex müde und merkte, wie heftig Gerda bebte. „Wahrscheinlich war sie betrunken, Gerda. Vergiss es! Leg dich wieder ins Bett!“

„Das war alles? Nur, dass ich mich stellen soll?“

„Vermutlich hat sie bereits Albträume vom Gefängnis. Nimm es dir nicht zu Herzen!“

„Stell dich oder ich bringe deine Freundin um, hat sie zu mir gesagt!“

Alex musste lachen. „Die Frau braucht dringend Hilfe! Jetzt komm wieder unter die Decke, du zitterst ja am ganzen Leib!“

Gerda gehorchte und nahm ihr Telefon zur Hand.

„Was tust du?“

„Ich rufe Declans Kollegin an.“

„Gerda, es ist vier Uhr morgens! Mach das nach dem Aufstehen!“

„Sie hat damit gedroht, dich umzubringen, Alex!“

„Das soll sie später machen! Gib Rhodes doch nicht so viel Macht!“

Gerda zögerte, aber schließlich legte sie das Handy weg. Alex stand auf und schaltete das Licht aus. Wieder zurück im Bett legte sie eine Hand auf Gerdas kühlen Arm. „Tief durchatmen, dann hört das Zittern auf“, sagte sie ruhig.

„Tut mir leid, Alex. So eine Wahnsinnige!“

„Scht! Tief durchatmen! Tief und gleichmäßig."

Aber Gerda bebte. Die Vorhänge waren offen und der orangefarbene Schein der Straßenlaterne legte sich sanft über ihr Gesicht. Alex zog ihr die Decke bis unter das Kinn. „Konzentriere dich auf das Atmen!"

Gerda blickte zu ihr hoch. Alex lächelte aufmunternd. Da zog Gerda ihren Arm unter der Decke hervor und streichelte ihr zärtlich über die Wange. „Danke."

Alex legte sich flink zurück in ihr Kissen.

Gerda sagte nichts mehr. Doch dann spürte Alex plötzlich, wie sich eine Hand auf ihre legte. Sie drehte sie langsam um und Gerdas Finger verschränkten sich mit ihren. Mit einem breiten Lächeln und heftig schlagendem Herzen schloss Alex die Augen.

Nothing really matters, anyone can see, nothing really matters to me …

* * *

Moira Gallagher hörte der Österreicherin aufmerksam zu, bedankte sich stumm, als Declan ihr eine Tasse Tee hinstellte, und meinte dann müde zu der frustrierten Anruferin, dass sie mit Rhodes sprechen werde, dass ihnen aber ohne Beweise die Hände gebunden seien.

„Wieso sollte Rhodes Alexandra bedrohen?", fragte Declan sie im Anschluss. „Sinn macht das keinen."

„Keine Ahnung. Ich werde aus beiden nicht schlau." Sie blickte ihn eindringlich an. „Sag, läuft da was zwischen Conners und Noppinger?"

Überrascht erwiderte Declan ihren Blick. „Wieso fragst du mich das?"

„Weil du Conners kennst. Und es klang so, als schliefen die beiden im selben Bett. Sogar Rhodes scheint davon auszugehen. Wieso sonst würde sie Conners mit hineinziehen? Vorausgesetzt, der Anruf ist nicht erfunden. Conners bestätigt aber, dass Rhodes in der Nacht angerufen hat."

Declan seufzte. „Alexandra sagt, es war nur kein Bett mehr frei. Aber sie mag sie und sie würde sie vor mir beschützen, was mich zugegebenermaßen verunsichert. Und weiter möchte ich nicht denken."

„Wieso nicht? Weil du katholisch bist?"

„Weil sie eine Freundin ist. Und weil ich dann zugeben müsste, dass ich sie gar nicht so gut kenne, wie ich immer dachte. Nicht, dass ich jemals dachte, sie wirklich zu kennen. Alexandra lässt niemanden komplett in ihr Leben. Aber wenn sie jemanden ließe, dann mich."

„Und nicht irgendwelche Fremden, verstehe. Wir sprechen aber noch vom Leben, nicht wahr? Wir sprechen nicht etwa vom Bett?"

Declan schnappte nach Luft. „Herrgott, Moira! Alexandra ist neben meiner Frau meine beste Freundin. Ich würde Amanda niemals betrügen und ich würde nie fahrlässig etwas tun, das meine Freundschaft mit Alexandra gefährden könnte. Du weißt das."

Siobhan Keach kam herein. „Guten Morgen", sagte sie an beide gewandt. „Ich hatte gerade Cian in der Leitung. Er wollte wissen, woran wir gerade arbeiten. Ich habe ihm gesagt, wenn wir jetzt der Staatsanwaltschaft den Bericht zukommen ließen, würde die Überschrift ‚Ein Unfall mit zwei Mordverdächtigen' lauten."

„Damit werden wir uns aber nicht blamieren", meinte Declan gereizt und trug ihnen auf, die Chat-Protokolle bis zum Abend fertig durchzugehen. Moira sollte noch einmal mit Linda Rhodes sprechen und Siobhan durfte das Silvester-Wochenende freinehmen, da sie am nächsten Tag vom Reserve-Garda Cian Kent Verstärkung bekommen würden.

* * *

Kalte Luft strömte durch den Flur und vereinzelt verirrten sich aggressive Regentropfen ins Haus. Nuala zog sich ihre alte rote Wolljacke über den rosa Pulli und blickte verwundert auf Gerda hinab, die bei geöffneter Tür neben einem Werkzeugkoffer kniete und das Schloss der Hintertür ausbaute, das sich nicht zusperren ließ.

„Wer hätte gedacht, dass du so etwas kannst. Brauchst du Hilfe, Gerda?" Sie schüttelte den Kopf. Eindeutig hatte sie nicht zum ersten Mal einen Schraubenzieher in der Hand. „Wieso weißt du, was du da tust?"

„Meine Familie hat eine Schlosserei", erklärte Gerda, ohne ihre Arbeit zu unterbrechen. „Vor der Uni habe ich eine Lehre gemacht."

„Da kann Alex ja froh sein, dass sie dich im Haus hat."

Gerda blickte zu ihr hoch. „Linda Rhodes hat mitten in der Nacht angerufen und damit gedroht, Alex etwas anzutun, wenn ich mich nicht freiwillig stelle. Die hat schon ihren Mann umgebracht!"

„Nicht, dass es schade um ihn wäre", meinte Alex trocken, als sie sich zu ihnen gesellte, nachdem sie mit den Durhams abgerechnet und die sich auf den Weg gemacht hatten. „Du musst das nicht tun, Gerda."

„Ist das alles an Werkzeug, was du hast, Alex?", fragte Gerda. „Ich bräuchte eine Pinzette und eine kleine, dünne Zange. Ein abgebrochener Schlüssel steckt im Schloss."

„Deshalb passt also keiner der Schlüssel. Rätsel gelöst."

Auf einmal schrie Gerda auf und wäre fast über den Werkzeugkasten gefallen. Eine ältere Frau erschien in der offenen Tür und lächelte sie freundlich an. Nuala erkannte das Gesicht von Karens Online-Profil.

„Ich wollte Sie nicht erschrecken!", sagte Linda Rhodes.

„Was wollen Sie hier?", fragte Alex schroff und stellte sich zu Gerda.

„Bitte legen Sie den Schraubenzieher weg!“, bat Rhodes. „Man könnte meinen, Sie wollten mir damit wehtun. Kann ich kurz hineinkommen?“

Gerda blickte die ältere Frau verständnislos an. „Sie haben mich geschlagen, der Polizei und Gästen eines Pubs gesagt, ich hätte Ihren Mann ermordet, dann rufen Sie mitten in der Nacht an und bedrohen Alex, und jetzt wollen Sie hereinkommen?“

„Ich möchte mich entschuldigen. Bitte. Nur eine Minute. Es ist wichtig für mich, ich schäme mich so. Es tut mir alles so leid!“

„Legen Sie los“, sagte Alex und verschränkte die Arme vor der Brust.

„Könnte ich nicht kurz hineinkommen, bitte? Es ist kalt. Und nass.“

Alex blickte zu Gerda, die die Frau nicht aus den Augen ließ, und ging dann einen Schritt zurück. Rhodes trat ein und Alex führte sie in die Küche. Gerda legte das Werkzeug zur Seite, drückte die Tür zu, stellte Alex’ Sneakers davor, damit die Tür nicht aufging, und kam ihnen eilig nach.

Gerda setzte sich angespannt zu Alex, Nuala und Rhodes an den Tisch. Sie hoffte, dass Rhodes nicht bemerkte, wie sehr sie zitterte.

Rhodes atmete tief durch. Sie blickte ihr und Alex in die Augen. Leicht ängstlich, bemüht freundlich. „Ich möchte mich entschuldigen. Für heute Nacht, aber auch für die Szene im Pub. Ich war nicht ich selbst. Ich hätte Sie niemals schlagen dürfen. Und Ihnen hätte ich das Getränk nicht ins Gesicht schütten dürfen. Auch hätte ich nicht anrufen dürfen. Das war unglaublich kindisch von mir. Es war nicht richtig, es tut mir sehr leid.“

„Um uns das zu sagen, kommen Sie den weiten Weg aus Galway?“, fragte Nuala misstrauisch. „Woher haben Sie überhaupt diese Adresse?“

„Bei der Vernehmung gestern wurde ein B&B in Westport erwähnt“, erklärte Rhodes. „Und Miss Conners’ Name. Es war nicht schwer.“

„Wieso bedrohen Sie Alex?“, wollte Gerda aber wissen. „Wieso sagen Sie der Polizei, ich hätte Ihnen gegenüber erwähnt, Ihren Mann getötet zu haben? Weswegen sollte ich mich stellen? Was soll denn das alles?“

Linda Rhodes schlug die Augen nieder. „Ich bedrohe niemanden. Mir ist nur alles zu viel geworden. Ich bitte Sie, mir zu vergeben, ich war Ihnen gegenüber unglaublich unfair und ich weiß das.“ Sie hatte Tränen in den Augen. Man konnte fast glauben, sie meinte, was sie sagte.

„Ist das *Versteckte Kamera?*“, fragte Nuala.

Linda Rhodes nahm Gerdas Hand. Gerda entzog sie ihr, hielt aber Blickkontakt. „Miss Noppinger, ich möchte mich nicht nur für meine Lüge und für mein Verhalten entschuldigen, ich möchte mich auch bei Ihnen bedanken. Jon hat mein Leben zur Hölle gemacht. Er hat mich geschlagen; er hat meine alte Mutter so verprügelt, dass sie einen Rollstuhl braucht. Wenn ich mir etwas kaufen wollte, musste ich ihn um Geld bitten. Es ist eigentlich ein Segen für mich, dass er nicht mehr da ist.“

„Um Gottes willen, was ...?“

„Es ist okay, Kindchen“, unterbrach Rhodes sie und griff erneut nach ihrer Hand, um sie zu tätscheln. Fast mütterlich fürsorglich sah sie sie dabei an. „Ich vergebe Ihnen doch. Ich bin doch dankbar für das, was Sie getan haben. Es tut mir so leid, dass Ihnen nichts anderes übrig geblieben ist. Er hätte Ihnen das nicht antun dürfen. Deshalb hat er den Tod verdient, das wissen wir beide.“

Gerda war sprachlos. Alex stand auf, zog Linda Rhodes am Arm hoch und führte sie unaufhaltsam aus der Küche. „Sie mögen nicht mehr alle Tassen im Schrank haben, aber darauf muss ich in meinem Haus keine Rücksicht nehmen“, sagte sie, als sie vermutlich das erste Mal in ihrem Leben jemanden aus dem Haus warf. Da brach Linda Rhodes unvermittelt in Tränen aus, was Alex augenblicklich zögern ließ. Gerda folgte ihnen mit Nuala in den Flur. „Es war doch richtig, was sie gemacht hat!“, sagte Linda Rhodes schluchzend, blickte sich um, ging die paar Schritte zur Hintertür, durch die sie hereingekommen war, und setzte sich ungefragt auf den alten Lautsprecher, den Gerda zur Werkzeugablage umfunktioniert hatte. „Sie werden sich doch vorstellen können, was er mit ihr vorhatte!“, fuhr Rhodes weinend fort. „Sie hätten das doch vielleicht auch getan, jede Frau hätte das tun können, das darf man ihr doch nicht zum Vorwurf machen. Sie hatte doch keine Wahl!“

Alex wirkte unentschlossen. Sie hatte wohl Skrupel, eine weinende Frau aus dem Haus zu werfen.

„Was für ein Theater!“, sprang Nuala ein. „Das kauft Ihnen doch niemand ab. Wir wissen, dass Sie Ihren Mann getötet haben.“

Linda Rhodes wischte sich die Tränen aus dem Gesicht und blickte mit großen, feuchten Augen von einer Frau zur anderen. Sie bebte. Es wirkte unglaublich echt. „Wenn ich meinen Mann hätte töten können, hätte ich das eher gemacht, glauben Sie mir“, sagte sie und schnäuzte sich. Sie hielt all ihren Blicken stand, als sie das Taschentuch einsteckte. „Aber was könnte ich schon ausrichten? Ihre Freundin hier, sie ist jung, durchtrainiert. Sie ist es auch gewohnt zu schlagen, ich nicht. Nein, bitte, missverstehen Sie mich jetzt nicht! Ich weiß, dass Miss Noppinger keine Schlägerin ist, das würde ich niemals behaupten! Aber im Gegensatz zu ihr habe ich nicht mal unartige Kinder geschlagen. Genau genommen habe ich vorher noch nie jemanden geschlagen. Glauben Sie mir, mich schockiert das am allermeisten. Ich hätte Jons Flachmann nicht mit zu den Gardaí nehmen und ihn dann auch noch leer trinken dürfen. Mir tut es so leid, was ich im Pub gemacht habe, ich kann das gar nicht oft genug sagen. Heute Nacht war ich auch betrunken, sonst hätte ich doch niemals Ihre Nummer gewählt, die ich noch auf dem Handy hatte. Mein Mann ist tot, ich bin von heute auf morgen ganz alleine auf der Welt. Da tut und sagt man schnell etwas, was man später bereut. Aber ich darf Sie nicht für alles verantwortlich machen, Miss Noppinger. Sie haben mir doch mein Leben zurückgegeben und ich bin unendlich dankbar dafür.“ Rhodes blickte sie aus feuchten Augen an. „Und ich entschuldige mich. Für alles. Bitte vergeben Sie mir!“

„Ich schlage jetzt auch noch unartige Kinder?“

Rhodes seufzte. „Ich weiß, ich hätte das nicht tun dürfen, aber Jon hat sich während einer Unterhaltung mit Ihnen mal ein Sandwich geholt, da habe ich einen Blick auf den Bildschirm werfen können und es gelesen.“

„Es gelesen? Was gelesen?“

„Sie haben sich darüber unterhalten, wie es ist, wenn einem die Nerven durchgehen, erinnern Sie sich? Das ist einen Monat her. Jon hatte Ihnen zwar nicht erzählt, was er mit mir machte, wenn ihm die Nerven durchgingen, er war ja auch die nette Karen. Aber Sie erzählten ihm davon, den kleinen Daniel des Öfteren verprügelt zu haben. Deshalb hat Ihre Freundin sie ja auch mit dem Kind verlassen. Aber man darf Ihnen wirklich keinen Vorwurf machen. Manche Kinder brauchen hin und wieder Prügel, das wissen wir alle, das sind legitime Erziehungsmethoden; ohne Prügel wäre ich selbst heute nicht, wer ich bin. Aber jemanden mitten in einem Pub ohrfeigen, darf man nicht. Dafür schäme ich mich.“

Linda Rhodes stand langsam auf, legte das Werkzeug, das sie vom Lautsprecher genommen hatte, um sich setzen zu können, zurück, schob die Sneakers zur Seite und öffnete die Hintertür.

„Danke, dass Sie sich Zeit für mich genommen haben“, sagte sie. „Ich werde Ihnen keine Schwierigkeiten mehr machen. Ich rühre keinen Tropfen mehr an." Damit ging sie.

Nuala zog sie beide in die Küche. Als sie sich an den Tisch gesetzt hatten, ging sie ins Wohnzimmer, kramte in ihrem Rucksack und kam dann mit einer halbvollen Flasche Whiskey zurück. Gerda suchte Alex' Blick. Die wich ihrem nicht aus, sagte aber nichts. Wieso sagte sie nichts?

Nuala stellte ihnen die Gläser hin und setzte sich dann zwischen sie an das Tischende. „Ich weiß, es ist viel zu früh für einen Single Malt, trotzdem: runter damit!" Nuala trank und goss sich sofort nach. Alex und Gerda tranken nicht. „Mädels, wir sind uns doch einig, dass diese Frau verrückt ist und wir sie deshalb nicht ernstnehmen dürfen, nicht wahr?"

„Ich habe Daniel nicht geschlagen, Alex", erklärte Gerda, „das würde ich niemals tun."

„Und Rhodes hast du auch nicht umgebracht", sagte Nuala sachlich. „Aber Linda Rhodes kennt die Chats ihres Mannes", fuhr sie grübelnd fort. „Ich wette, sie kennt auch seine Zugangsdaten."

„Ja, sie wusste, dass du nach Irland kommst", sagte Alex. „Du hast ihr mit deiner Ankunft die Gelegenheit gegeben, ihren vermutlich untreuen und vielleicht tatsächlich gewalttätigen Ehemann zu beseitigen, ohne dass man sie verdächtigen würde. Du bist das perfekte Bauernopfer!"

„Nur wurde sie als Lügnerin überführt und ist deshalb doch nicht außer Verdacht", sagte Gerda. „Aber was will sie von mir?"

„Vielleicht ist sie verzweifelt, weil ihr Plan nicht aufgegangen ist", überlegte Nuala.

„Und deshalb kommt sie extra aus Galway, um zu behaupten, ich hätte Daniel geschlagen und Carey habe mich deswegen verlassen? Wieso sagt sie so etwas? Und wieso hört sie noch immer nicht damit auf zu behaupten, ich hätte den Kerl getötet?"

Alex stand auf. „Ich möchte sichergehen, dass sie weg ist."

Gerda blickte ihr traurig nach. „Ich habe wirklich nichts getan, Nuala", sagte sie. „Ich schlage keine Kinder und ich töte keine Männer."

Nuala lächelte. „Ich weiß, Gerda. Und Alex weiß es auch."

Moira hatte Linda Rhodes erst nach Noppingers zweitem Anruf erreichen können. Die hatte kurz nach dem ersten mitgeteilt, dass Rhodes sie gerade in Westport besucht und erneut aus der Luft gegriffene Behauptungen aufgestellt hätte. Noppinger war außer sich gewesen und konnte sich nicht erklären, was Linda Rhodes überhaupt von ihr wollte. Als Moira Rhodes dann endlich am Telefon hatte, konfrontierte sie sie zuerst mit der angeblich ausgesprochenen Drohung.

Rhodes tat überrascht. „Bedroht habe ich niemanden, weshalb auch? Aber ich habe angerufen, ja. Das war natürlich dumm, ich weiß. Ich hatte was getrunken und dann konnte ich nicht einschlafen. Kaum hatte ich die Augen zu, sah ich meinen Mann röchelnd in einer Blutlache vor mir liegen und seine Arme nach mir ausstrecken. Und ich kann ihm nicht helfen. Er wirft mir vor, dass ich nicht da war, um ihn vor der Mörderin zu beschützen, und er hat recht. Ich war wütend, Inspector. Ich brauche meinen Schlaf und ich vermisse meinen Mann. Und irgendwie musste das raus. Also habe ich sie angerufen und ihr gesagt, sie solle sich doch bitte stellen, damit das alles ein Ende hat, damit ich wieder schlafen kann, damit er aufhört, mir vorzuwerfen, nicht bei ihm gewesen zu sein. Aber bedroht habe ich niemanden. Wieso nur sagt sie so etwas?"

„Ich wurde danach noch einmal von Ms Noppinger angerufen."

„Weil ich dort war, nehme ich an.“ Linda Rhodes seufzte. „Vielleicht war das auch dumm, aber ich wollte mich entschuldigen. Ich habe mich ein paar Mal wie ein Teenager aufgeführt, und das ist mir peinlich. Ich möchte das alles hinter mich bringen. Ich kann nicht damit abschließen, wenn ich mich nicht vorher entschuldige.“

„Bei der vermeintlichen Mörderin Ihres Mannes?“

Linda Rhodes sagte einen Moment lang nichts. Dann meinte sie leise: „Sie hatte ja vermutlich einen guten Grund. Und wir müssen verzeihen können. Sonst werden wir nie kontrollieren, was uns nachts wach hält.“

„Ist es richtig, dass Ihr Mann Ihnen gegenüber gewalttätig war?“

„Er war kein schlechter Mensch, Inspector. Hätte ich das erwähnt, Sie hätten sich ein falsches Bild von ihm gemacht, das wäre unfair gewesen. Man darf einem Toten nicht die Fehler vorwerfen, die er zu Lebzeiten begangen hat. Alkohol tut manchmal ganz merkwürdige Sachen mit uns.“

„Für Noppinger und die anderen Anwesenden hatte es sich so angehört, als wären Sie ganz froh, dass Ihr Mann jetzt tot ist. Sie hätten sich bei ihr sogar dafür bedankt.“

Linda Rhodes atmete hörbar durch. „Vielleicht leide ich nicht ganz so, wie ich es sollte. Vielleicht war er wirklich nicht nur ein guter Mann.“

Moira kratzte sich frustriert den Scheitel. „Mrs Rhodes, ich glaube, wir sollten uns noch mal unterhalten. Könnten Sie vorbeikommen?“

„Ich verstehe. Das muss alles sehr komisch für Sie klingen. Ich versuche, heute noch zu kommen.“

Moira bedankte und verabschiedete sich, dann schüttelte sie laut seufzend den Kopf. Sie trank den kalten Kaffee aus und begann, sich für die bevorstehende Befragung Notizen zu machen. Linda Rhodes hatte gerade ein weiteres Motiv zugegeben. War ihr das nicht bewusst?

***

Gerda hatte das Schloss schließlich erfolgreich repariert und wieder eingebaut. Nach zwanzig Jahren war die Tür wieder abschließbar. Es hatte Alex nie gestört, aber nun fühlte es sich doch gut an. Sie musste sich ablenken und durfte auch keine Zeit mehr verlieren, so machte sich Alex auf den Weg zu Sally, die gleich mächtig sauer auf sie sein würde.

Es war ein ruhiger Vormittag, im Pub war nichts los. Cheryl saß an einem Tisch neben dem Eingang. Sie hatte einen Laptop und einen Stapel Rechnungen vor sich. Ihr schönes Gesicht war ungeschminkt. Sie war sofort misstrauisch, als sie sie erblickte. „Was ist los, Alex?"

„Ist Sally hinten?"

„Sie ist in Castlebar. Geht es um morgen?"

Alex seufzte. „Wir können nicht auftreten, Cheryl."

Cheryl blickte sie fassungslos an. „Ihr sagt uns ab? Einen Tag vorher? Einen derart wichtigen Gig?"

„Und es tut mir verdammt leid. Ich weiß nicht, wie ich das je wieder gutmachen kann, aber im Augenblick …"

„Das könntest du nicht mehr gutmachen. Wir öffnen den Veranstaltungsraum. Zwei Touristenbusse haben sich angekündigt. Volles Haus, Alex! Das ist ein Luxus, den wir gar nicht mehr kennen. Das ist eine Chance, die wir nützen müssen, weil es vielleicht die letzte Chance ist, die wir noch bekommen." Cheryl blickte ihr gnadenlos in die Augen. „Also, was ist passiert? Habt ihr euch zerstritten?"

Alex schüttelte den Kopf. „Wie du weißt, ist Declan ein Garda. Eine Freundin von mir ist in seinen aktuellen Fall verwickelt, es ist deshalb unmöglich für uns, morgen zusammen aufzutreten. Mal ganz abgesehen davon, dass wir beide im Moment deshalb auch nicht in Feierlaune sind."

„Ihr seid auch nicht zum Feiern engagiert worden, sondern zum Arbeiten. Du wirst doch gut entlohnt, Alex, die Jobs bei uns halten dich doch über Wasser, oder etwa nicht?" Damit hatte Cheryl zweifellos recht. „So, wie ich das sehe, müsst ihr nicht beide ausfallen, und im Gegensatz zu Declan kannst du singen." Sie sah Alex mit dem harten Blick an, mit dem sie regelmäßig Randalierer aus dem Pub warf. Sie war höchstens Mitte zwanzig, hatte aber bereits die Autorität ihrer Mutter.

„Ich kann das Pub zu Silvester nicht alleine rocken, Cheryl."

„Es wird dir nichts anderes übrig bleiben. Wenn du uns morgen hängen lässt, war's das hier für dich. Und das kannst du dir nicht leisten. Es sei denn, natürlich, du hast andere Angebote. Hast du ein besseres?"

„Aber nein, natürlich nicht!"

„Dann wirst du morgen wie vereinbart unsere Gäste unterhalten. Eine zweite Stimme kann ich beisteuern, wenn es sein muss, um den Rest wirst du dich kümmern. Und du wirst gefälligst großartig sein!"

„Ihr braucht Partystimmung, Cheryl. Das kann ich nicht leisten. Aber wenn du möchtest, lege ich einfach die ganze Nacht lang auf."

„Kommt überhaupt nicht in Frage! Im *Sally's* wird zu Silvester live aufgetreten! Hier wirst du live auftreten, Alex!"

„Das wird nicht funktionieren. Deine Mutter bringt mich um."

„Wenn du uns hängen lässt, bringe ich dich um, Alex. Das *Sally's* gehört in zwei Tagen mir. Und du hast keine Wahl." Cheryl blickte sie entschlossen an. „Dein Silvester-Songbook hast du ja bereits vorbeigebracht, wir konzentrieren uns einfach auf die klassischen Rocksongs. Mail mir bis zum Abend deine Vorschläge unter Berücksichtigung der zur Verfügung stehenden Mittel. Mit den meisten deiner Songs bin ich ohnehin vertraut. Ich sehe dich zu einer kurzen Vorbereitung morgen um sechzehn Uhr."

Alex machte sich niedergeschlagen auf den Weg zur Tür. Sie war überrascht, dass Sally das Pub an ihre Tochter übergeben wollte. Doch Cheryl war offensichtlich eine ebenso tüchtige Geschäftsfrau wie ihre Mutter. Als sie vor Kurzem nach drei Jahren aus London zurückgekommen war, hatte sich das positiv auf Sallys Umsatz ausgewirkt. Und auf Alex', die erst seitdem häufiger im *Sally's* auftrat. Ohne Cheryl hätte sie sich die letzte Auto-Reparatur nicht leisten können und sie wäre gezwungen gewesen, täglich nach Übernachtungsgästen Ausschau zu halten. Sie schuldete ihr viel.

Beim Rausgehen traf Alex' Blick den der älteren Frau, die bei einer Tasse Kaffee unweit von Cheryl neben dem Ausgang saß und ihr mit einem fast süffisanten Lächeln entgegensah. „Sie wirken etwas gestresst, Miss Conners. Ich kann mir vorstellen, dass es nicht einfach sein wird, ein Publikum an einem derart bedeutenden Abend zu unterhalten. Da darf natürlich nichts dazwischenkommen. Entschuldigung, ich habe Ihr Gespräch mitbekommen. Unfreiwillig, versteht sich."

„Was machen Sie denn noch hier?"

„Ein zweites Frühstück genießen", antwortete Linda Rhodes. „Als ich hier vorbeifuhr, sah ich die Ankündigung an der Tür: ‚Ein Freibier pro Person zum rockigen Jahresausklang mit Alex Conners und Declan Donnellan'. Sie und der Superintendent, wer hätte das gedacht? Das hat mich natürlich neugierig gemacht, das musste ich mir aus der Nähe ansehen. Und jetzt genehmige ich mir noch ein Tässchen Kaffee und ein paar Eier, bevor ich wieder nach Hause fahre. Sie machen also Musik, das hätte ich Ihnen gar nicht zugetraut. Mein Respekt, Miss Conners."

Alex ging einfach weiter.

„Wieso glauben Sie der Österreicherin eigentlich?", rief ihr Rhodes hinterher. „Sie kennen sie doch nicht. Der Junge, Daniel, war zweimal wegen Noppinger im Krankenhaus, Miss Conners. Im Nachhinein hat es ihr zwar leidgetan, nichtsdestotrotz war sie oft bereit, ihn ernsthaft zu verletzen. Die richtige Mutter traute sich nicht einmal, Anzeige zu erstatten. Um ihren Sohn vor ihr zu schützen, flüchtete sie lieber bis ans andere Ende der Welt."

Alex drehte sich verärgert zu ihr. „Und das alles wissen Sie, weil Sie einmal einen kurzen Blick auf den Bildschirm werfen konnten?"

Linda Rhodes schüttelte den Kopf. „Manchmal loggte mein Mann sich nicht aus, wenn er ins Pub ging. Dann habe ich ein bisschen gestöbert. Ich dachte, er betrügt mich."

„Dann stellt sich heraus, dass er Sie tatsächlich betrügt, also bringen Sie ihn um und Gerda hat als Mörderin herzuhalten." Alex seufzte. „Sie sind doch längst durchschaut, Mrs Rhodes. Sie merken nicht einmal, dass Sie sich jedes Mal unglaubwürdiger machen und deshalb nur das Gegenteil von dem erreichen, was Sie beabsichtigen."

Linda Rhodes nippte ruhig an ihrem Kaffee und stellte dann die Tasse langsam wieder ab. „Miss Conners, lassen Sie sich von dieser Frau nicht in die Irre führen! Nicht, dass Sie die Vernarrtheit irgendwann bereuen."

„Ist das wieder eine Drohung?"

Linda Rhodes begegnete ihrem Blick ruhig und gelassen. „Wieso sollte ich Ihnen drohen? Noppinger ist es, die gefährlich ist, nicht ich."

Alex verließ, ohne darauf einzugehen, das Pub.

Wieder zu Hause, blickte ihr Gerda fragend entgegen. Alex bemühte sich, ihrem Blick nicht auszuweichen. „Ich kümmere mich jetzt um das Gästezimmer", sagte sie. „Ich überlasse euch die Entscheidung, wer heute Nacht darin schlafen will. Danach muss ich mich mit meinem Songbook eine Weile zurückziehen, leider muss ich morgen auftreten. Wenn ihr mich bis zum Abend nicht braucht, wäre mir das sehr recht." Alex war bewusst, dass sie floh. Sie tat es trotzdem.

Gerda klopfte leise. Alex spielte gerade auf ihrer Gitarre und schien sie nicht zu hören, also ging sie einfach hinein. Sie saß mit dem Rücken zur Tür an das Bett gelehnt auf dem Boden, die Gitarre in den Händen, und riss dann mit einem frustrierten „Verdammt!" eine ganze Seite aus einer Mappe. Sie war gestresst; das war neu.

Gerda schloss die Tür, aber Alex drehte sich nicht zu ihr. Sie ging um das Bett herum und setzte sich ihr gegenüber unter das Fenster.

Alex hob den Blick. „Brauchst du was, Gerda?"

„Ich möchte nur wissen, ob alles okay ist."

„Ja. Natürlich." Nach einigen Augenblicken wich Alex ihrem Blick aber aus und konzentrierte sich wieder auf ihre Mappe.

Sie wollte lieber alleine sein, das war deutlich, aber Gerda stand trotzdem nicht auf. „Soll ich heute Nacht ins Gästezimmer ziehen?"

„Klar, wenn du das möchtest."

„Was möchtest du?" Alex wagte nicht, sie anzusehen. „Alex, ich werde das Gefühl nicht los, dass du Linda Rhodes glaubst. Ist es so? Glaubst du den Mist, den sie erzählt hat?"

Alex seufzte, endlich blickte sie ihr in die Augen. „Ich traue Rhodes nicht, aber ich gebe zu, dass ich verunsichert bin. Allerdings halte ich dich nicht für eine Mörderin. Im Moment bin ich außerdem etwas unruhig, weil ich morgen auftreten muss und das nicht vermasseln darf. Ich muss mich gut vorbereiten, aber habe nicht viel Zeit dafür."

„Glaubst du, ich würde Kinder verprügeln?"

„Ich fände es schlimm", gab Alex zu.

Gerda nickte und stand auf. „Ja, ich auch. Danke für deine Ehrlichkeit, Alex." Damit ging sie hinunter zu Nuala, die auf dem Sofa lag und wieder ihr zerfleddertes Buch las. „Du kannst das Zimmer haben, Nuala, ich nehme das Sofa. Hattest du das Buch nicht schon durch, sag mal?"

Nuala blickte sie argwöhnisch an und setzte sich auf. „Das habe ich ständig durch, darum fange ich ja auch immer wieder damit an, bis es endlich eine Fortsetzung dazu gibt. Was ist los, Gerda?"

„Nichts. Das Zimmer ist frei und du warst zuerst hier."

„Habe ich mir die ganze Zeit nur eingebildet, dass es euch beiden ganz recht war, dass Zimmer und Sofa nicht zur Verfügung standen?"

„Lass gut sein, Nuala! Du ziehst in ein ordentliches Zimmer und ich verbringe meine letzte Nacht hier auf dem Sofa. Das ist schon okay so."

„Deine letzte Nacht?" Alex kam gerade die Treppe herunter und blieb hinter Gerda in der Tür stehen. „Wo willst du denn hin?"

„Es gibt mehrere B&B's. Ich will dir nicht länger zur Last fallen."

Alex blickte sie verzagt an. „Gerda, ich habe es doch nicht so gemeint. Mir geht so etwas nur zu Herzen. Bitte lauf nicht schon wieder weg!"

„Was geht dir zu Herzen?"

„Wenn man Kinder verprügelt. Das heißt aber nicht, dass ich Rhodes glaube. Sie war übrigens auch da, als ich im *Sally's* war", versuchte sie dann eine Erklärung. „Sie wollte mich verunsichern. Verflucht, bitte schau mich nicht so an!"

„Was hat sie denn diesmal gesagt? Irgendetwas über Daniel?" Alex nickte. „Gib mir dein Handy, Alex!"

„Wozu?"

„Bitte gib es mir einfach!"

Alex zog es aus ihrer Hosentasche, reichte es ihr und Gerda suchte nach der gespeicherten Nummer von Declan. Als er abhob, blickte sie Alex an, während sie mit ihm sprach. „Declan, könntest du Alex bitte sagen, was ihr in den Chats über Daniel und mich gelesen habt? Habe ich mich jemals darüber geäußert, dass ich Daniel wehgetan hätte? Habt ihr bei euren Recherchen je festgestellt, dass ich Kinder schlagen würde? Ich übergebe das Telefon jetzt an Alex, bitte sag ihr alles! Ich weiß, das musst du nicht, aber vielleicht willst du es Alex zuliebe trotzdem tun."

Gerda reichte Alex das Telefon, die es nur zögernd an sich nahm. Sie hörte zuerst einfach nur zu, dann erzählte sie ihm und ihnen von ihrer Begegnung mit Rhodes im Pub.

„Lass mich raten!", sagte Nuala danach locker. „Er hat alles bestätigt und Gerda ist ein hinterhältiges, verlogenes Miststück."

„Natürlich nicht", sagte Alex und blickte Gerda traurig an. „Bitte geh nicht, Gerda! Du brauchst auch nicht aus meinem Zimmer auszuziehen, obwohl ich verstehen würde, wenn du das möchtest."

Gerda nickte und beruhigte sich. Sie schenkte Alex schließlich ein aufrichtiges Lächeln, das Alex dankbar erwiderte.

9

Declan legte zufrieden sein Handy zur Seite. Zwar konnte er die Vorwürfe nicht bestätigen, aber Alexandra war wohl endlich misstrauisch geworden. Dass Linda Rhodes nach Westport gekommen war, verwirrte ihn aber. Das ergab keinen Sinn.

Er legte die Akte über den Raubüberfall ab, führte ein paar Telefonate wegen der Uni-Sache und überarbeitete den Dienstplan für den bevorstehenden Jahreswechsel. Als sich Moira zu ihm gesellte, konnte er sich wieder seinem größten und persönlichsten Fall widmen.

„Haben wir irgendwo weiße Tafeln, auf denen man einen Fall darstellen kann? Solche, wie sie der Inspector in dieser neuen Serie verwendet?"

„Ist das dein Vorbild?", fragte Moira amüsiert. „Ich glaube nicht, dass wir Whiteboards haben."

Declan stand auf. „Du kennst mein Vorbild. Aber bilde dir nichts darauf ein." Am Gang entfernte er unter den fragenden Blicken einiger Kollegen sämtliche Poster die vor Drogen und K.o.-Tropfen warnten, und befestigte sie umgedreht mit Klebestreifen an seiner leeren Bürowand, sodass er bald eine große Schreibfläche zur Verfügung hatte.

„Willst du jetzt ein Täterprofil erstellen?", fragte Moira skeptisch. „Im Fernsehen wäre das der nächste Schritt."

„Ich möchte alles, was wir zum Fall Rhodes wissen, gut geordnet vor mir haben. Wir haben zwei Verdächtige, die nicht ganz koscher sind, und deshalb glaube ich immer weniger an einen Unfall. Ich brauche eine übersichtliche visuelle Darstellung."

„Und was genau schreibst oder zeichnest du da jetzt rauf?"

„Informationen über die Beteiligten, das Opfer, den möglichen Tathergang; Widersprüche, Motive, eine Zeitleiste. Kannst du mir helfen?"

Aber Moira schüttelte den Kopf. „Ich bin mit den Chats noch nicht durch. Ich wollte dir nur sagen, dass Rhodes bald vorbeikommen wird. Die ist nach Westport gefahren, um sich bei Noppinger für den Tod ihres Mannes zu bedanken; er hätte sie und ihre Mutter verprügelt. Nebenbei hat sie auch noch behauptet, Noppinger würde ihren Ziehsohn schlagen. Irgendwas stimmt hier nicht. Ich werde sie ein bisschen in die Mangel nehmen müssen."

Jetzt verstand er Noppingers Anruf. Wieso aber sagte Rhodes etwas, von dem sie doch wissen musste, dass es widerlegbar war. Und wieso gab sie erst jetzt zu, dass ihr Mann gewalttätig war.

Da läutete Declans Handy und Cheryl wollte wissen, ob sich seine Version der Absage des Silvesterauftrittes mit Alexandras deckte und ob er Leute kannte, die auf der Bühne unterstützen könnten. Cheryl war verständlicherweise außer sich.

„Ich hätte möglicherweise eine männliche Stimme am Schlagzeug", sagte Declan und atmete tief durch. Das war gewagt, aber auch sehr klug. „Alexandra würde es aber wohl nicht gut finden, wenn ich ihn anriefe."

„Ruf ihn an!"

Marcus sagte sofort zu.

Als Moira am späteren Nachmittag mit ihren Ergebnissen aus der Überprüfung der Chat-Protokolle zu Declan ins Büro kam, ließ der sich gerade von Siobhan erklären, wie man seine visuelle Falldarstellung, die mittlerweile tatsächlich eine ganze Wand eingenommen hatte, verbessern könnte. Siobhan bot ihm an, seine Infowand zu überarbeiten, bevor sie ins Silvesterwochenende startete, was Declan dankbar annahm.

„Rhodes ist übrigens noch nicht hier gewesen", sagte Moira, als sie sich an Declans Besprechungstisch setzte. „Ich werde morgen unangemeldet bei ihr vorbeischauen, sollten wir heute nichts mehr hören."

Declan nickte und er und Siobhan setzten sich zu ihr. „Ihr seid beide mit den Chatlogs durch. Hat sich noch etwas ergeben?"

„Nichts, was den Fall lösen würde“, meinte Moira. „Ich habe festgestellt, dass BigJonBoy sich mit seinen Frauen stets zu festgelegten Zeiten verabredet“, begann sie. „Die eine trifft er, zum Beispiel, immer dienstags um zwanzig Uhr. Eine andere samstagnachmittags. Mit einer Frau chattet er im Zwei-Wochen-Rhythmus, weil an den ungeraden Wochen ihr geschäftsreisender Ehemann zu Hause ist, und so weiter. Ich habe eine Liste angefertigt. Wenn Frauen abspringen, hinterlässt er Offlines, also Nachrichten, die sie bekommen, sobald sie sich wieder einloggen. ‚Wo bist du? Ich vermisse dich. Bin ich abgeschrieben?‘ Wenn eine nicht mehr auf ihn reagiert, sucht sich BigJonBoy eine neue Partnerin.

Als MasterDarkside hingegen hinterlässt Rhodes keine Offlines, aber dem springen unverständlicherweise die Frauen auch nicht ab. Als dominanter Master bestimmt er je nach Lust, Laune und Zeit, wann seine Sklavinnen für ihn zur Verfügung zu stehen haben. Alle ordnen sich ihm unter, alle sind sie für ihn online, wann immer er das wünscht. Als slave_4_you ordnet er sich den Wünschen seiner Dominas unter. Da kommt tatsächlich wenig von ihm selbst. Mit diesem Nick chattet er übrigens auch mit zwei Männern und lebt so homoerotische Fantasien aus.“

„Doch noch eine Überraschung“, meinte Declan amüsiert.

„Jonathan chattet in all diesen Rollen auch in öffentlichen Chatrooms, die könnten wir uns bei Bedarf noch näher ansehen“, fuhr Moira fort. „Es ist selten von diesen Räumen die Rede, aber hin und wieder werden sie quasi *out-of-character* erwähnt, also in den wenigen Momenten, in denen sie sich nicht in ihren Rollen befinden. Manchmal machen er und seine Partner und Partnerinnen sehr wohl Pause vom Rollenspiel, zum Beispiel, wenn sie sich voneinander verabschieden oder wenn der nächste Termin nicht eingehalten werden kann. Aber das sind immer nur wenige Zeilen, in denen man sich nach wie vor nicht mit Namen anspricht.“

„Der muss ja nur noch vor dem Computer gesessen haben.“

Siobhan nickte heftig. „Zumal er ja mehrere Nicks hatte. Mit denen, die ich mir vorgenommen habe, hielt er es ähnlich: vorher vereinbarte Treffen und Offlines. Allerdings sind die Offlines des Frauenverstehers eher romantisch, umgarnend. Und er bekommt mehr, als er schreiben muss. Moira und ich haben festgestellt, dass keiner von Rhodes’ Nicknames irgendwann zur selben Zeit mit einem anderen seiner Nicknames online war. Wenn er Aufträge auf Baustellen hatte, dann gab es während dieser Zeiten außerdem fast nie Chat-Aufzeichnungen, außer gelegentlich nachts. Wir können also tatsächlich davon ausgehen, dass alle Nicks zu ihm gehörten. Auch wenn er keinen Job hatte, machte er manchmal Pausen von mehreren Tagen. Vielleicht war er zu diesen Zeiten mit seiner Frau in Urlaub. Das müsste noch überprüft werden.“

„Wir sollten Linda Rhodes noch mal ganz gezielt auf Jonathans Internetaktivitäten ansprechen“, meinte Declan. „Ich kann mir nicht vorstellen, dass ihr das egal war, dass er ständig online war.“

„Werde ich machen“, sagte Moira nickend und klappte ihre Unterlagen zu. „Wir fanden übrigens keinerlei Hinweise auf die Identitäten seiner Chat-Partnerinnen, auf Adressen oder auf reale Treffen. Nicht ein einziges Mal. Und wie Siobhan schon gesagt hat: All diese Nicks, inklusive LadyGloomy, den wir ebenfalls mit unseren Aufzeichnungen verglichen haben, gehören zu einer Person. Und diese Person ist unser Opfer.“

Declan nickte. „Danke für eure Mühe. Ich habe mich währenddessen ein bisschen in den bekannten Chatrooms umgesehen. Dort, wo gin_fem30 und LadyGloomy Stammgäste waren, hat man weder von der einen noch von der anderen in letzter Zeit etwas gehört. Man geht dort bereits von einem Serienmörder aus, der Chat-Bekanntschaften umbringt. Die beiden sind seine letzten Opfer." Siobhan musste lachen, Moira schüttelte seufzend den Kopf. „Ladys, ich möchte nicht noch mehr Zeit in diese Chats stecken. Zusammenfassend kann man sagen, dass Jonathan Rhodes online viel Zeit mit fremden Personen verbracht hat, aber das heißt nicht unbedingt, dass das in Zusammenhang mit seinem Tod stehen muss. Habt ihr dem was hinzuzufügen? Sonst lassen wir es für heute gut sein." Declan stand auf und streckte sich. „Inspector Keach, wenn Sie mir mit meiner Infowand tatsächlich helfen könnten, bevor wir Sie erst wieder am Dienstag sehen, dann kann ich morgen in der Früh unseren Reserve-Garda Cian in den Fall einweihen und mich dann mit meiner Wand den Samstagvormittag lang zurückziehen – in der Hoffnung, dass sie Geheimnisse preisgibt. Moira, nimm dir bitte ebenfalls das Wochenende frei. Ich brauche dich nächste Woche ausgeruht."

„Ich fahre mit meinem Mann nach Kinsale zu meiner Familie", erzählte Siobhan von ihren Silvesterplänen. „Meine Schwester wird ihrem Partner um Mitternacht im Wohnzimmer meiner Eltern einen Heiratsantrag machen. Wir werden alle da sein, damit er nicht wagt, nein zu sagen."

„Und du, Moira?", wollte Declan von ihr wissen. „Fernsehen, Bier?"

„Natürlich! Und Törtchen."

„Du wirst es dir schon nett machen", sagte Declan und schenkte ihr einen freundlichen Blick, der sie überraschenderweise ärgerte. „Inspector, schaffen wir die Wand in einer halben Stunde? Darf ich euch zwei anschließend auf ein Bier einladen? Und danach geht ihr beide ins Silvesterwochenende und ich zu meinen Frauen nach Hause?"

„Wir könnten mehr als ein Bier vertragen nach dem, was du uns mit diesen Chat-Protokollen zugemutet hast, Declan."

„Das wären so an die zwei bis drei Bier pro Person, Sir", unterstützte Siobhan todernst. „Möglicherweise sogar vier."

Declan gähnte. „Na, das klingt doch nach einem vernünftigen Plan!"

* * *

Gerda hatte die Küche sauber gemacht, danach Pasta zubereitet und einen Marmorkuchen gebacken. Nuala war in das Gästezimmer gezogen und Alex hatte sich bis zum Abend in ihrem Zimmer aufgehalten. Sie waren überrascht gewesen und hatten sich gefreut, als sie merkten, dass Gerda Essen gekocht hatte. Vor allem Alex war dankbar, dass sie sich nicht um sie kümmern musste. Eine Weile wirkte sie abwesend, aber der südaustralische Cabernet Shiraz schaffte es, dass sie sich entspannte.

„Besser kann ich mich auf den Auftritt nicht vorbereiten", teilte sie ihnen seufzend mit. „Ich kann morgen nur mein Bestes geben und hoffen, dass das reicht. Um das *Sally's* ist es nicht gut bestellt, wisst ihr. Ich darf nicht versagen."

„Dürfen wir auch kommen?", fragte Gerda.

Alex strahlte sie an. „Das wäre schön."

Gerda fiel ein Stein vom Herzen. Langsam schien Alex' Verunsicherung zu verschwinden. Sie lächelte erleichtert zurück, da griff Alex über den Tisch hinweg sogar nach ihrer Hand. „Ich denke, es wird Zeit für deinen Kuchen", sagte sie aber und grinste.

Nach dem Essen war die Stimmung so gelöst, dass Alex kurzerhand ihre Gitarre holte und sie gemeinsam einen alten Uriah-Heep-Song sangen. Alex hoffte, dass das Publikum sie morgen bei *Love or Nothing* mit einem Lalalala unterstützte. Ob das Publikum mitspielen würde, wusste Gerda nicht, aber sie und Nuala hatten viel Spaß beim gemeinsamen Singen in Alex' Küche.

Alex war überrascht. Gerda kannte fast alle Songs, über die sie sich unterhielten. Wären sie ein Paar gewesen, sie hätten keine Schwierigkeiten gehabt, sich auf Konzerte oder Lokale zu einigen. Sie mochten tatsächlich dieselbe Musik, und es war nicht die Musik ihrer Jugend. Wenn sie Gerda nicht schon vorher gemocht hätte, spätestens jetzt hätte Alex sie interessant gefunden. Zumal Gerda auch die erste Person war, die verstand, wenn sie sagte, dass sie Vivaldis *Vier Jahreszeiten*, und ganz besonders den Winter, für hocherotischen Rock hielt. Nuala hatte sie nur amüsiert angeschaut, aber Gerda hatte heftig genickt. „Ich weiß, was du meinst", hatte sie gesagt. „Die *Jahreszeiten* spielen mit Emotionen, Erwartungen, Höhepunkten. Sie führen dich durch ihre Welt, werden dabei immer leidenschaftlicher und lassen dich am Ende tief befriedigt zurück."

„Es geht um Jahreszeiten, Kinder", sagte Nuala.

„Nein, es geht um Leidenschaft. Wie guter Rock."

„Mein Gott, du verstehst mich wirklich", sagte Alex zu Gerda.

„Wollt ihr alleine sein?", fragte Nuala schmunzelnd.

Sie hatten gelacht und sich erneut dem Wein gewidmet. Alex hatte im Wohnzimmer die Karajan-Version der *Jahreszeiten* in den CD-Player gelegt, die Lautstärke hochgedreht, und zurück in der Küche, erzählte sie schließlich von lustigen Vorkommnissen während ihrer Gigs. Alex genoss den schönen Abend. Sie wünschte sich nur, sie hätte sich von Rhodes nicht so verunsichern lassen. Gerda hatte das nicht verdient.

Mit der Gemütlichkeit war es vorbei, als es kurz nach zwanzig Uhr an der Tür läutete. Glatt rasiert und mit kurz geschnittenem Haar stand Marcus ihr plötzlich gegenüber. Grinsend blickte er auf Alex hinab, stellte seine alte Reisetasche auf den Boden, zog sie mit seinen langen Armen an sich und drückte sie herzlich. Sie drehte den Kopf weg, ehe er sie auf den Mund küssen konnte. Er tat so, als hätte er das ohnehin nicht vorgehabt, und küsste ihre Wange.

„Rate mal, wer dir morgen den Silvesterabend rettet!", begrüßte er sie gut gelaunt und ließ sie wieder los. „Ich habe dich vermisst, Alex. Geht es dir gut? Klasse siehst du aus!"

„Wieso bin ich nicht überrascht?"

„Dec hat gefragt, ob ich morgen für ihn einspringen könnte. Hab nicht lange nachdenken müssen. Das kriegen wir schon hin, keine Sorge!"

Alex seufzte leise und trat zur Seite. „Komm erst mal herein."

Er stellte seine Tasche neben die Treppe und hängte seine Jacke an den Haken neben der Tür. Er zog seine Schuhe aus, suchte hinter der Treppe vergeblich nach den Pantoffeln, die dort früher mal standen, und machte sich dann in Socken auf den Weg nach oben.

„Marcus, was tust du?"

„Ich kann doch zwei Nächte hier schlafen?" Da bemerkte er, dass sich jemand in der Küche befand. „Oh, du hast Gäste? Das erklärt wohl auch das fremde Auto, wollte schon fragen. Hast du jetzt öfter Gäste?"

Alex führte ihn in die Küche. „Marcus, das sind Nuala und Gerda. Nuala hat das Gästezimmer, Gerda schläft bei mir. Du musst mit dem Wohnzimmer vorliebnehmen. Das ist Marcus, ihr kennt ihn von den Videos. Er will mich morgen Abend unterstützen. Declan hat ihn angerufen." Alex blickte Gerda an: „Es ist lange her, aber Marcus und ich waren für eine kurze Zeit mal ein bisschen mehr als Freunde."

„Du hast doch ein Sofa, Alex", wandte er sich verwirrt an sie. „Wieso muss dein Gast bei dir im Zimmer schlafen?"

„Weil Gerda ein bisschen mehr als eine Freundin ist."

Er blickte überrascht zu den beiden Frauen in der Küche, bei der jüngeren verweilte sein Blick länger. „Ernsthaft?"

Alex vermied es, zu Gerda zu sehen. Marcus ging an ihnen vorbei, holte sich ein Glas aus dem Schrank, setzte sich zu ihnen an den Tisch und schenkte sich ungefragt Wein ein. Alex setzte sich ebenfalls. Sie spürte Gerdas Blick auf ihr. Hoffentlich spielte sie mit, Marcus musste man schnell Einhalt gebieten.

Er trank einen großen Schluck und füllte gleich nach. „Das habe ich nicht erwartet", gestand er. „Du kannst doch jeden Mann haben. Du könntest mich haben! Zumindest noch bis zum 1. Februar, dann geht das leider nicht mehr, dann trete ich ins Priesterseminar ein."

„Wieder mal?", entgegnete Alex ruhig.

„Jetzt ist es verbindlich. Ich erfülle mir endlich meinen Traum."

„Seit seinem Theologiestudium nimmt er sich das vor. Jedes Mal kommen ihm Frauen dazwischen", erklärte sie.

„Bist du ihm dazwischengekommen?", wollte Nuala wissen.

„Frauen generell sind ihm dazwischengekommen, das werden sie auch weiterhin. Und das mit uns war nichts Ernstes."

„Schön zu sehen, dass du an mich glaubst", entgegnete Marcus. „Und es war sehr wohl was Ernstes! Du hast mir das Herz gebrochen!"

„Ich habe nur deinen Stolz verletzt." Alex öffnete die nächste Flasche Wein. „Das *Sally's* zahlt noch immer gut, Marcus, es wird sich lohnen."

„Ich bin hauptsächlich wegen dir gekommen, ich möchte dir helfen. Und ich wollte dich wiedersehen. Kennt ihr euch schon lange?“, sagte er, seine Augen skeptisch auf Gerda gerichtet.

„Kann man so sagen“, antwortete Alex und wagte nun einen Blick zu ihr. Um Gerdas Mund spielte ein Schmunzeln. Sie fand das amüsant!

„Na, wollen wir hoffen, dass das eine kurze Phase ist.“

Bevor Alex etwas erwidern konnte, meldete sich Nuala: „Die beiden werden heiraten, Marcus. Im Mai. Zweihundert Gäste, dreihundert rote Rosen. Ich werde *Amazing Grace* singen, Declan macht den Trauzeugen. Es wird auch einen Flashmob geben, aber das ist noch geheim.“

„Declan weiß noch nichts vom Priesterseminar, oder?“, fragte Alex.

„Oh, er wollte euch wohl wieder verkuppeln?“, erkannte Nuala. „Den Priester mit der Lesbe?“ Sie lachte laut auf.

„Das ist eine große Sünde, Alex!“, sagte Marcus ernst.

„Nicht in meinem Himmel.“

Ob er das mit der Hochzeit glaubte oder nicht, Marcus' Blick veränderte sich. Als wäre sie aufgrund seiner Einstellung und seiner Religion in seinem Ansehen gesunken. Von einer Minute auf die nächste. Als hätte sie plötzlich seinen Respekt nicht mehr verdient. Marcus war nicht von Bedeutung, aber dass er es wagte, sich über sie zu erheben, machte Alex sprachlos. Nach jeder seiner wöchentlichen Beichten hatte er sich früher durch halb Irland gefickt und das nicht einmal der Reihe nach. Und jetzt wagte er es, den Moralapostel zu spielen?

„Hast du schon eine Titelliste für morgen?“, wechselte er das Thema.

„Das aktualisierte Songbook liegt in meinem Schlafzimmer“, entgegnete sie ruhig. „Die meisten Titel hast du mit uns schon gespielt, die anderen kennst du auch, die werden für dich kein Problem sein.“

„Kann ich sie mir ansehen, bevor ich mich hier betrinke?“

„Natürlich. Mach es dir nur nicht allzu gemütlich auf meinem Bett!"

„Ich habe schon verstanden. Ich werde auch keine Erinnerung an dieses Bett zulassen, keine Sorge! Daran, wie sehr du meinen Körper genossen hast, zum Beispiel. Meinen sehr männlichen Körper." Er stand auf. „Und ich entschuldige mich, wenn ich störe. Ich möchte nur helfen. Natürlich bin ich auch mit dem Sofa einverstanden." Damit ging er hinauf.

Als Alex sich zu Gerda drehte, fing die herzlich an zu lachen.

Gerda schüttelte noch immer belustigt den Kopf, als sie den Inhalt der Spülmaschine ordnete, um Platz für das neue Geschirr zu schaffen. Nuala war ins Wohnzimmer gegangen, um noch ein letztes Mal online zu gehen, bevor das Zimmer besetzt war, wie sie sagte. Alex und sie machten die Küche sauber.

Alex reichte ihr die Teller. „Du findest das tatsächlich witzig."

„Allerdings. Gerne würde ich Declans Gesicht sehen, wenn er erfährt, dass er dir einen Priester geschickt hat. Und Marcus hast du den Schock seines Lebens versetzt. Dass du auch Frauen interessant findest, wissen wohl tatsächlich nicht so viele."

„Vielleicht finde ich ja auch nur dich interessant."

Sie erwiderte Alex' herausfordernden Blick. „Bring mir die Gläser!"

Aber Alex rührte sich nicht. Sie lehnte sich an den Herd und sah sie neugierig an. „Wie viele Frauen hattest du eigentlich schon?"

„Offenbar mehr als du. Die Gläser, bitte!"

„Und Männer?"

„Nur den mit den Schlampen eins bis drei." Sie ging an Alex vorbei und holte die Gläser, um sie in die Spülmaschine zu stellen. Dann drückte sie Alex den Lappen in die Hand. „Du könntest den Tisch abwischen."

„Ja, das könnte ich." Alex legte den Lappen zur Seite, sah sie nur an.

Gerda schloss die Spülmaschine und drückte den Knopf, sogleich ratterte sie los. „Was ist das für ein Blick, den du mir da zuwirfst?"

„Bald wirst du nach Hause gehen, bald ist alles für dich ausgestanden", antwortete Alex ernst. „Und das musst du auch, Gerda, du musst wieder nach Hause, du kannst dort nicht alles unerledigt lassen."

„Was willst du denn sagen, Alex?"

„Nichts, nur … Ich gewöhne mich langsam an dich, Gerda." Jetzt grinste sie breit. „Und ich finde, es wäre nur fair, mich ebenfalls nicht ganz unerledigt zu lassen."

Gerda lachte, schnappte sich den Lappen und drückte ihn Alex in die Hand. „Wisch bitte den Tisch ab."

Aber Alex legte den Lappen erneut zur Seite, trat auf Gerda zu und griff nach ihren Händen. Ihr Blick war ernst. „Darf ich mich bitte noch mal bei dir dafür entschuldigen, dass ich es zugelassen habe, dass Rhodes mich verunsichert hat? Mir tut das ehrlich leid, Gerda."

„Alex, du warst von Anfang an für mich da. Ohne zu wissen, wer ich bin, und ohne an mir zu zweifeln. Das hätte niemand sonst für eine Fremde getan. Ich muss mich bei dir für alles entschuldigen, aber entschuldige du dich bitte nicht bei mir."

„Es muss dich doch verletzt haben."

Gerda schenkte ihr ein Lächeln. „Aber ich habe es verstanden."

Alex blickte ihr tief in die Augen. „Ich weiß, wer du bist, Gerda. Deshalb werde ich auch für dich da sein, wenn du wieder in Österreich bist."

Gerda konnte es nicht verhindern, ihre Augen füllten sich mit Tränen. Alex streichelte ihr liebevoll über die

Wange, und Gerda verlor sich schließlich in den grünen Augen, die sich schlossen, als Alex' Mund sich sanft auf ihren legte.

Sie küssten sich mit zunehmender Leidenschaft und Gerda musste sich zwingen, sich von Alex zu lösen. „Diese Schokolade scheint dir ja zu schmecken", sagte sie atemlos.

„Du hast ja keine Ahnung! Würdest du jetzt eigentlich mit mir hochgehen, wenn da kein Priester im Zimmer wäre?" Alex war hochrot im Gesicht, ein unmissverständliches Funkeln lag in ihren Augen.

„Da ist aber ein Priester drin."

„Ich könnte ihn doch rausjagen."

Gerda lachte. „Du hast viel zu lange auf eine Frau gewartet, Alex."

„Auf dich habe ich gewartet", stellte Alex klar und blickte sie liebevoll an. „Aber wenn wir es nicht in der Küche tun wollen, dann warte ich notfalls gerne noch ein bisschen länger", erklärte sie tapfer und fuhr ihr wieder mit ihren zärtlichen, vielversprechenden Fingern über das Haar.

„Lass uns zu Nuala und dem Fernseher hinübergehen", sagte Gerda schmunzelnd. „Wir brauchen Ablenkung."

Alex lachte, nickte aber, und sie flüchteten eilig zu Nuala, wo sie sich nebeneinander auf das Sofa setzten und so taten, als wollten sie fernsehen. Alex schnappte sich die Fernbedienung.

Nuala, die am Computer saß, drehte sich zu ihnen um und blickte sie beide misstrauisch an. „Ich glaube nicht, dass die heute *Bad Girls* zeigen", sagte sie weise. „Soll ich mich in mein Zimmer verabschieden?"

Gerda schüttelte den Kopf. „Leeren wir die Flasche noch!"

„Sicher nicht. Ich schreibe diese E-Mail noch fertig, aber danach gehe ich hoch und sage dem Priester, dass ihr müde seid."

Als Nuala sich wieder dem Computer zugewandt hatte, beugte Alex sich zu Gerda, um sich einen weiteren Kuss von ihr zu stehlen. Dieses Mal gab es kein Zurück, wusste Gerda. Sie hatten eine ganze Nacht vor sich, die sie beide wohl so schnell nicht vergessen würden. Und sie freute sich darauf.

Doch da läutete es erneut.

„Als wäre um diese Zeit noch ein Bett frei", sagte Alex kopfschüttelnd und ging zur Tür.

Gerda stand auf und folgte ihr. Alex öffnete die Tür. Zwei Männer standen davor, und Gerda sank augenblicklich der Mut. Hätten sie mit der Verhaftung nicht wenigstens bis morgen warten können?

„Meine Herren, es ist unangemeldet schon etwas zu spät, um bei einem B&B nach einem freien Bett zu fragen", sagte Alex freundlich. „Ich hätte auch keines mehr. Wenn Sie die Straße stadteinwärts zurückfahren, sehen Sie auf der rechten Seite ein Hotel. Bitte probieren Sie es dort."

„Alexandra Conners?"

„Ja, schon, aber Sie hätten sich anmelden mü…"

Der größere der beiden schlug Alex unvermittelt ins Gesicht. Alex ging zu Boden. Die Männer drängten ins Haus und schlossen die Tür.

Gerda stürmte entsetzt zu Alex, aber der kleinere der beiden riss sie zurück und presste sie gegen die Wand. „Bist du die Österreicherin?", schrie er sie an.

Nuala kam aus dem Wohnzimmer gerannt. „Um Himmels willen!"

„Wer ist Noppinger?", brüllte der Kerl bei Gerda.

„Das bin ich. Was wollen Sie?", schrie Gerda angsterfüllt.

Er drehte sich zur Seite, sodass sie freien Blick auf den anderen Kerl hatte. Alex lag vor ihm auf dem Boden. Als er sich über sie kniete, war sie noch nicht ganz bei sich. Da bemerkte Gerda den Hammer in seiner Hand.

„Liebe Grüße von Linda Rhodes“, sagte der Mann mit dem Hammer, packte Alex’ linkes Handgelenk, drehte sie herum und presste ihr die Hand ausgestreckt auf den Boden. Noch bevor jemand reagieren konnte, schlug er mit dem Hammer zu.

Alex’ fürchterlicher Schmerzensschrei übertönte ihren, und Gerda versuchte vergeblich, sich von ihrem Angreifer loszureißen, während eine aufgebrachte Nuala von dem Mann mit dem Hammer in das Wohnzimmer zurückgestoßen wurde, der ihr die Tür vor der Nase zuschlug. Marcus stürmte aus dem Zimmer. Als er sah, dass ein Mann mit Hammer ihn unten in Empfang nehmen würde, blieb er mitten auf der Treppe stehen.

„O Gott, was wollen Sie?“, sagte Gerda verzweifelt und konnte den Blick nicht von Alex nehmen, die wimmernd am Boden kauerte.

„Linda Rhodes will dich sehen“, flüsterte der Mann neben ihr. Er sagte das so leise, dass sie ihn kaum verstehen konnte. „Sie erwartet dich morgen Vormittag um elf Uhr in Clifden. Wenn du nicht kommst, schmettern wir ihr beim nächsten Mal den Hammer durch den Schädel. Niemand wird informiert oder sie ist dran! Nimm dein Handy mit und verspäte dich nicht oder sie ist dran!“ Dann nickte er dem Mann mit dem Hammer zu und sie flüchteten aus dem Haus.

10

Declan stürmte mit Amanda in die Notaufnahme des Mayo General Hospital in Castlebar. Hier war alles ruhig, es waren kaum Menschen zu sehen. Was hatte er erwartet? Kameras und Politiker, wie bei jeder anderen Katastrophe? Die Schwester an der Rezeption teilte ihnen mit, dass Alexandra in Behandlung sei und im Augenblick keine Ärzte für Fragen zur Verfügung stünden. Im Warteraum befänden sich die Herrschaften, die mit der Patientin gekommen seien, sie sollten bitte Platz nehmen.

Declan war vom gemeinsamen Abend mit seinen Kolleginnen nach Hause gekommen, als Marcus angerufen und erzählt hatte, was passiert war. Amanda hatte die Nachbarin aus dem Bett geholt, die auf Caitlin aufpassen sollte, dann fuhren sie los. Unterwegs ließ er sich von den Kollegen aus Westport informieren. Es sei nichts geraubt worden, es sehe nach einem persönlichen Motiv aus. Eine Minute später sei der Überfall wieder vorbeigewesen. Es wurde Anzeige erstattet und erste Aussagen aufgenommen. Es gab weder Namen noch eine heiße Spur.

Marcus eilte sofort auf ihn und Amanda zu. Alexandras Gast blickte ihnen müde entgegen. Daneben saß Noppinger. Sie hatte die Arme auf den Knien und sah hoch, als sie eintraten. Ihre Augen waren blutunterlaufen, sie zitterte am ganzen Körper. Sonst befand sich niemand im Warteraum.

„Alex ist seit einer Ewigkeit hinter diesen Türen", erklärte Marcus. „Wir können nur warten."

„Wie geht es ihr?", wollte Declan wissen.

„Wie wird es ihr wohl gehen, wenn die Gardaí es zulassen, dass eine Mordverdächtige Schläger engagiert, die ihr die Hand kaputtmachen und das halbe Gesicht prellen?" Nuala Brent blickte ihn anklagend an.

„Eine Mordverdächtige?", fragte Marcus alarmiert.

„Ich kann nicht folgen", sagte Declan zu Nuala.

„Er hat liebe Grüße von Linda Rhodes ausgerichtet, bevor er zuschlug", sagte Noppinger leise und sah ihn ernst an. „Sie hatte damit gedroht, Alex etwas anzutun, erinnerst du dich, Declan?"

„Wieso sollte Rhodes das tun?“

„Wieso sollte sie irgendetwas von all den Merkwürdigkeiten tun, die sie in den letzten Tagen getan hat? Es ist dein Job, das herauszufinden!“

Wie konnte sie es wagen, ihn dafür verantwortlich zu machen?

Declan ging zur Rezeption, betonte, dass er Superintendent sei und erwarte, dass man ihn nicht länger als nötig mit Informationen zu Alexandras Gesundheitszustand warten ließ. Dann trat er in die kalte, dunkle Nacht hinaus, nahm sein Handy zur Hand und holte Moira aus dem Bett.

„Alexandra wurde überfallen, ich bin im Krankenhaus in Castlebar. Könntest du bitte auf der Stelle zu Linda Rhodes fahren und überprüfen, ob sie etwas damit zu tun hat? Und sag Keach, Silvester ist gestrichen!“

Aber es war eine heisere, männliche Stimme, die antwortete: „Da haben Sie aber Glück, dass wir noch nicht angefangen haben, Superintendent. – Baby, der Kerl, der deinen Job hat, ist dran. Ich glaube, deine Tarnung als einsame Jungfer ist gerade aufgeflogen.“

Amanda reichte ihm einen Becher Kaffee, als er in den Warteraum zurückkam. Er nahm neben der Österreicherin Platz, die er jetzt in einem neuen Licht sah. „Was hat Alexandra mit der ganzen Sache zu tun?“

Noppinger drehte sich ihm zu und blickte ihn erschöpft an. „Alex hat nichts damit zu tun.“

„Aber sie ist jetzt verletzt. Dir haben sie nichts getan, oder?“ Sie schüttelte den Kopf. „Komisch, nicht wahr? So macht das keinen Sinn.“

Noppinger senkte den Blick und starrte auf ihre Hände, die verkrampft ineinander verschränkt auf ihrem Schoß lagen.

„Haben sie sonst noch etwas gesagt?“, wandte er sich auch an die anderen. Noppinger schüttelte den Kopf.

Nuala Brent schimpfte, dass sie sie einfach in das Wohnzimmer gestoßen und die Tür zugeschlagen hätten. Und als Marcus dazugekommen war, war schon alles vorbei gewesen.

Es war fast drei Uhr morgens, als Alexandra endlich zu ihnen stieß. Sie sah furchtbar aus. Ihre linke Wange war geschwollen und übel verfärbt. Alleine der Schlag musste ihr große Schmerzen bereitet haben, von dem auf die Hand ganz zu schweigen. Der Ärmel ihres Shirts war aufgeschnitten, der Gips ihrer linken Hand reichte bis zum Ellbogen. Sie wirkte mitgenommen und verwirrt, als sie erkannte, wer alles auf sie gewartet hatte. Aber sie war am Leben. Und sie lächelte, als sie ihn sah.

Noppinger war schon hochgesprungen und auf Alexandra zugeeilt, noch bevor Declan den ersten Schritt in ihre Richtung machen konnte. Er rechnete damit, dass sie ihr dramatisch um den Hals fallen würde, aber sie blieb schuldbewusst vor ihr stehen.

„Wie geht es dir?", fragte Noppinger leise.

„Alles halb so schlimm", sagte Alexandra und blickte sie liebevoll an. Mit diesem Blick waren die letzten Zweifel ausgeräumt. Declan würde taktisch klug vorgehen müssen.

„Ihr hättet nicht so lange auf mich zu warten brauchen", sagte Alexandra dann zu den anderen. „Und was macht ihr beide eigentlich hier?", wandte sie sich an ihn und Amanda. Sie tat, als wäre nichts geschehen. Das schien alle zu verblüffen. Ihn nicht, er kannte sie.

„Was sagen die Ärzte, Alex?", wollte Amanda wissen.

„Im Gesicht ist alles okay, auch, wenn es nicht so aussieht, aber zwei Mittelhandknochen sind gebrochen, einer ist angeknackst. Ich war bei vollem Bewusstsein, als sie an mir arbeiteten. Gitarre spielen werde ich längere Zeit nicht können. Aber irgendwann ist die Hand wieder voll funktionstüchtig, haben sie versprochen. Wenn er mehr

Kraft eingesetzt hätte, hätte ich sie verlieren können. Es ist also alles gut."

Alexandra lächelte, versuchte ihre Gefühle zu überspielen, wie sie das immer tat. Aber ihm konnte sie nichts vormachen. Sie würde niemals zeigen oder zugeben, wenn etwas oder jemand sie aus der Bahn geworfen hatte, er würde es trotzdem immer merken.

„Ich spreche mit dem zuständigen Sergeant", wandte er sich an Alexandra. „Die sollen die Nacht über ein Auge auf das Haus haben."

„Danke, Declan. Und dir ist klar, dass du morgen auftreten musst?"

Er schüttelte den Kopf. „Ich trete erst wieder auf, wenn dieser Fall geklärt ist. Sally wird das verstehen."

„Ich kümmere mich darum", meldete sich Marcus. „Ich finde jemanden, der mit mir auftritt. Verlasst euch auf mich!"

In dieser Nacht war Alex froh, dass sich weitere Personen im Haus aufhielten und dass beide Haustüren abgeschlossen werden konnten.

Gerda half ihr wortlos und unaufdringlich aus dem Shirt, den Rest schaffte sie alleine. Das Ausziehen heute Nacht hatten sie beide sich noch vor wenigen Stunden anders vorgestellt.

„Ich kann das nie wiedergutmachen", sagte Gerda leise, als sie in Dunkelheit gehüllt nebeneinander im Bett lagen.

„Ich mache dir doch keinen Vorwurf, Gerda", entgegnete Alex nur.

Sie hörte noch die Toilettenspülung im Erdgeschoss, aber bald war alles ruhig. Alex drehte sich vorsichtig auf die rechte Seite und versuchte eine Stellung zu finden, in der ihr der Arm nicht im Weg lag. Noch tat die Hand nicht weh, aber das würde sich ändern, hatte man sie vorgewarnt. Der Kopfschmerz hatte nachgelassen. Allerdings nicht die Erinnerung an die Schläge. Die geschlossenen Augen ermöglichten es den Kerlen wieder, aufzutauchen und Angst auszulösen. Genau genommen war es unfassbar, was geschehen war, was ihr geschehen war. Eine Faust, ein Hammer! Todesangst! Aber warum? Der Überfall ergab keinen Sinn.

Alex wollte nicht weinen, sie wollte nicht unkontrolliert zittern, wie ein verängstigtes kleines Tier, sie wollte sich der Angst nicht geschlagen geben, aber sie konnte schließlich nichts dagegen tun. Im nächsten Augenblick spürte sie Gerdas Arm, der sich vorsichtig unter ihren Gips schob und sich um ihren Bauch legte. Ihr weicher Körper schmiegte sich an sie. Gerda hielt sie fest und ließ sie weinen, bis sie eingeschlafen war.

* * *

Moira hatte eine ganze Weile vergeblich auf Linda Rhodes gewartet. Sie war nicht zu Hause, reagierte nicht auf ihre Anrufe, und die Nachbarin, die Moira aus dem Bett läuten musste, wusste auch nicht, wo sie sich aufhielt. Montoya hatte sie nicht wegfahren sehen, aber Rhodes sei ständig unterwegs, erklärte sie. Vielleicht wurde sie von der Österreicherin entführt? Rhodes habe sich in den letzten Tagen verfolgt gefühlt. Sie sei nie zuvor so nervös und ängstlich gewesen. Vielleicht hatte die Ausländerin sie bereits ermordet und irgendwo verscharrt? Rhodes habe zurzeit Urlaub, erzählte Montoya. Sonst arbeitete sie Teilzeit in einem Kaufhaus und privat putzte sie in einer namentlich nicht bekannten Arztpraxis.

Gegen halb zehn kam Moira ins Büro. Declan saß mit dunklen Ringen unter den Augen am Besprechungstisch und Siobhan stand zwischen ihm und seiner Infowand. Beide hielten Tassen mit heißem Tee in den Händen. Siobhan sah nicht besonders glücklich darüber aus, dass ihr Silvesterwochenende zu einem Arbeitswochenende geworden war.

„Ich habe zwar die Fahndung nach Rhodes eingeleitet", sagte Declan, „aber ich glaube nicht, dass sie dahinter steckt."

Moira blickte ihn überrascht an. „Und wieso nicht?"

„Ich bitte dich! Liebe Grüße von Linda Rhodes? Noppinger ist eine viel bessere Schauspielerin als Rhodes, und Alexandra fällt hilflos auf sie herein. Wir werden diesen Fehler nicht machen."

„Deine Freundin ist keine willenlose Marionette, Declan."

„Moira, Alexandra war vor einigen Tagen noch normal. Dann kommt diese Noppinger daher und macht sie nicht nur zur Lesbe, sie lässt sie auch noch eiskalt krankenhausreif schlagen, schaut tatenlos dabei zu und hat dann auch noch den Nerv, mich dafür verantwortlich zu machen. Wie auch immer sie das gemacht hat, sie hat Alexandra innerhalb kürzester Zeit unter ihre Kontrolle bekommen. Bei mir schafft sie das nicht!"

Moira setzte sich fassungslos zu ihm an den Tisch. „Declan, du scheinst nicht mehr in der Lage zu sein, den Fall objektiv zu beurteilen. Das verlangt nach einer Lösung."

Siobhan, der von Anfang an die Tatsache nicht behagte, dass Declan Conners kannte, setzte sich überrascht zu ihnen.

„Das hat doch mit Alexandra nichts zu tun!", versuchte Declan die Sache herunterzuspielen. „Man kann Noppinger nicht trauen! Du hättest sie sehen müssen!"

„Wenn du die Fakten noch berücksichtigen würdest – die hängen übrigens alle an deiner tollen Wand –, dann würdest du mittlerweile Rhodes als Hauptverdächtige bezüglich des Todes ihres Mannes sehen."

„Obwohl wir wissen, dass Noppinger zur Tatzeit am Tatort war und ein Motiv hatte?" Er blickte sie herausfordernd an. „Anfangs ging ich noch von Notwehr aus, aber da kannte ich sie noch nicht. Außerdem hätte sie das mittlerweile zugegeben. Nein, Notwehr war das keine!"

„Declan, du ignorierst völlig, was Linda Rhodes die ganze Zeit über abzieht. Von der Möglichkeit eines Unfalls mal ganz abgesehen. Kommt dir ihr Verhalten so gar nicht merkwürdig vor, sag mal?"

„Mir kommt es viel merkwürdiger vor, wenn eine Tatverdächtige sich in das Bett der Freundin des ermittelnden Beamten drängt und nicht davor zurückschreckt, sie zusammenschlagen zu lassen. Mit einem Hammer, Herrgott! Und Alexandra merkt das nicht!"

Moira blickte ihn erschüttert an. „Declan, es geht nicht um dich."

„Darf ich was sagen?", unterbrach Siobhan. „Mir drängt sich nämlich schon länger etwas auf. Sie gehen beide davon aus, dass eine der beiden Frauen nicht aufrichtig ist. Moira, Sie halten Rhodes für das Problem; Sie, Sir, halten die Österreicherin für schuldig. Aber welcher Tat jetzt eigentlich? An den kaltblütigen Mord glaubt doch keiner von uns, oder? Oder Sie schon, Sir? Zuerst spricht alles gegen die Österreicherin, weil sie am Tatort war und Motiv und Gelegenheit hatte. Dann benimmt sich Linda Rhodes immer merkwürdiger. Sie lügt nachweislich, ohrfeigt, droht vielleicht auch, das wissen wir nicht sicher; Rhodes versucht jedenfalls alles, um Noppinger den schwarzen Peter unterzuschieben. Vielleicht, weil sie überzeugt ist, dass die ihren Mann umgebracht hat, vielleicht, um von sich selbst abzulenken, viel wissen wir nicht. Und trotzdem glauben wir nicht an Mord. Also, Moira und ich zumindest noch nicht. Aber dann die Sache gestern Nacht", fuhr Siobhan fort und blickte sie beide eindringlich an. „Irgendjemand heuert zwei Männer an, um Noppinger liebe Grüße von Linda Rhodes auszurichten und Alexandra Conners die Hand zu brechen. Ich frage mich, wieso? Rhodes hat nichts davon, es hilft ihr nicht. Aber Noppinger doch auch nicht. Rhodes ist mittlerweile doch schon unglaubwürdig. Man müsste ihr den schwarzen Peter gar nicht zuschieben, den hat sie doch schon längst. Also wieso dieser hässliche Akt der Gewalt? Wem ist damit geholfen? Und jetzt komme ich zu dem, was ich anfangs eigentlich sagen wollte: Wir gehen davon aus, dass Rhodes und Noppinger auf unterschiedlichen Seiten stehen. Aber vielleicht tun sie das gar nicht. Vielleicht sind sie keine Gegnerinnen und uns entgeht etwas Entscheidendes. Vielleicht spielen sie ein gemeinsames Spiel und lenken von etwas ab, von dem wir noch nichts wissen."

„Also wirklich, Siobhan!", schimpfte Moira.

„So, wie ich das sehe, liegt ihr alle drei falsch", sagte Cian „Superman" Kent, der mit seinem Rollstuhl durch die offene Tür kam. „Nachdem ich mir diese merkwürdige Wand näher angesehen und mich in den Fall habe einweihen lassen, glaube ich eher, dass keine der beiden Frauen schuldig ist. Die eine ist verzweifelt, weil sie ihr Leben nicht mehr im Griff hat, die andere ist verzweifelt, weil ihr der Mann genommen wurde, und möglicherweise flippt die deshalb auch aus." Cian grinste sie alle der Reihe nach an und rollte an den Tisch. Die Tüte mit den frischen Brötchen, die er auf seinem Schoß liegen hatte, warf er darauf.

Moira lächelte erleichtert über Cians Timing. Früher war er Inspector, doch seit einer Explosion vor mehreren Jahren war er in Pension. Er war bereit, als freiwilliger Mitarbeiter ohne Sold zur Arbeit zu kommen. Cian war so geschätzt, dass er es sich erlauben konnte, zu kommen, wann es ihm beliebte. Seit damals litt er unter Depressionen, aber darüber sprach er nicht. Manchmal blieb er deshalb zu Hause und kam erst ein paar Tage später wieder, um so zu tun, als wäre er gesund. Weihnachten hatte er sich zurückgezogen, aber offenbar fühlte er sich wieder fit.

„Ich habe vorhin mit Ken Billingsley von der Staatsanwaltschaft telefoniert und ihn über die Situation aufgeklärt“, sagte Declan unvermittelt. Er konnte Moira dabei nicht in die Augen sehen. „Noppinger hat LadyGloomy nachweisbar in ihrem allerletzten Chat mit dem Tod bedroht, es besteht also ein begründeter Verdacht auf Mord. Und da sie Ausländerin ist, besteht zudem Fluchtgefahr.“

„Du strebst bereits ein Gerichtsverfahren gegen Noppinger an? Bist du jetzt komplett übergeschnappt?“, schimpfte Moira. „Du beschuldigst sie bereits offiziell, obwohl wir noch mitten in den Ermittlungen stecken? Sind wir nicht ein Team? Und ist dieses Team tatsächlich schon fertig mit seiner Arbeit? Ich denke nicht, Declan! Wir sind noch nicht fertig!“

„Bist du nicht ein bisschen schnell, Boss?“, warf auch Cian ein. „Weder ist ein Fremdverschulden bewiesen, noch könnten wir es irgendjemandem nachweisen. Wie soll man da einen Haftbefehl durchsetzen können? Oder bin ich nur noch nicht über alles informiert?“

„Ich wollte nur mal hören, wie er die Situation einschätzt und ob ich gegebenenfalls auf ihn zählen kann“, verteidigte sich Declan. „Ich sage ja nicht, dass ich schon einen Haftbefehl erwartet hätte. Aber er hat ein offenes Ohr für mich und deshalb fühle ich mich bestätigt. Das erleichtert meine Arbeit. Unsere Arbeit.“

Lange Zeit wusste niemand etwas darauf zu sagen. Cian und Siobhan diskutierten ihre eigenen Theorien. Declan und Moira hörten zwar zu, beteiligten sich aber nicht. Dass Declan den Unfall bereits ausschloss, ohne dass er zusammen mit seinem Team schon zu der Erkenntnis gelangt wäre, dass der Unfall auszuschließen war, fand Moira problematisch. Eigentlich sollten sie sich darüber unterhalten.

Declan entschuldigte sich schließlich bei Siobhan und meinte, er hätte in der Nacht überreagiert. Natürlich könne sie nach Kinsale fahren. Moira hatte angenommen, Siobhan würde zumindest ihren Tee austrinken, aber kaum hatte Declan das gesagt, hatte sie ihre Jacke schon an sich genommen und war aus der Tür.

„Und zu mir sagst du jetzt auch, dass ich in mein wohlverdientes Wochenende gehen kann, richtig?"

Declan nickte. „Cian wird mit mir die Stellung halten, Moira, da er Silvester eh hasst, und du scheinst ja etwas Besseres vorzuhaben als Bier und Törtchen. Wieso sprichst du eigentlich nie über ihn? Wie heißt er?"

„Er heißt David und ich spreche nicht über ihn, weil er mein Zuhause ist und mir das zunehmend heiliger wird. Und weil es ihn noch nicht so lange in meinem Leben gibt. Würde ich dir eigentlich auf die Zehen treten, wenn ich bliebe? Weil ich die Sache anders angehen würde? Hast du den Eindruck, ich würde dich daran hindern, den Fall abzuschließen?"

„Ich will nur, dass du deine Überstunden abbaust, Moira. Wir sehen uns am Montag. Ein schönes neues Jahr!"

* * *

Nuala quälte sich aus dem Bett, zog die Vorhänge zurück und wurde von einem strahlenden Tag begrüßt. Aber sofort holte sie die Erinnerung an die vergangene Nacht ein. Wie Alex in der Diele zusammengebrochen war und die Kerle die beiden Mädels in Schach hielten. Nie würde sie den Kerl mit dem Hammer vergessen oder Alex' entsetzlichen Schrei. Das war furchtbarer gewesen als der Tag, an dem ihre Tochter ihr eröffnet hatte, dass sie mit dem Idioten Stan auswandern würde.

Als sie in die Küche kam, saß Alex am Tisch und trank Tee. Lila war eine schöne Farbe, aber nicht in ihrem Gesicht. „Wie geht es dir, Alex?" Alex brummte etwas. Sie schien Schmerzen zu haben. „Schlafen die beiden noch?"

Nuala griff in den Tiefkühlschrank und warf Alex eine Packung tiefgefrorenes Gemüse zu. „Die Schwellung muss weg!"

Alex nahm die Erbsen entgegen und drückte sie gegen ihr Gesicht. „Marcus schläft noch. Gerda ist weg."

„Weg? Wohin?"

Alex zuckte mit den Achseln. „Ihr wurde wohl alles zu viel."

„Was hat sie denn gesagt?"

„Nichts. Sie war schon weg, als ich aufgewacht bin."

„Dann kommt sie wieder. Hast du ihre Nummer?" Alex schüttelte den Kopf. „Vielleicht holt sie frische Brötchen. Oder sie geht spazieren, weil sie nicht schlafen kann."

„Ich sitze hier schon eine ganze Stunde, Nuala. Sie ist weg. Magst du Eier?" Alex stand auf und ging zum Herd. Gestern hatte ihr jemand die Hand zertrümmert, heute wachte sie alleine auf, aber sie bediente pflichtbewusst ihre Gäste.

Marcus kam an der Küche vorbei, sagte „Ich bin dann mal unterwegs, den Gig heute Abend vorbereiten" und verließ das Haus. Er wollte gar nicht wissen, wie es der Verletzten ging, mit der er immerhin mal das Bett geteilt hatte.

„Ich habe Cheryl eine SMS geschickt", sagte Alex ungerührt, nahm drei Eier aus dem Kühlschrank und wartete darauf, dass die Pfanne heiß wurde. „Sie hat zurückgeschrieben, dass ich zu erscheinen hätte, es sei denn, ich hätte mir auch die Zunge gebrochen. Sie ist schlimmer als Sally. Ich wünschte dennoch, ich müsste sie nicht enttäuschen."

„Wie soll es eigentlich weitergehen, wenn alles vorbei ist? Ich meine, wie soll es mit Gerda und dir weitergehen?"

„Nuala, sie ist weg."

„Aber sie kommt zurück. Was dann?"

„Wenn sie zurückkommen sollte, werden wir wohl unsere Telefonnummern austauschen. Und vielleicht kommt sie ja mal im Sommer, um sich unsere Schwäne anzusehen. Sie mag Schwäne."

„Und das reicht dir?" Nuala suchte Alex' Blick, aber die drehte sich den Eiern zu, die sie mit ihrer gesunden Hand in die Pfanne schlug. „Ist da nicht tatsächlich ein bisschen mehr als Freundschaft?"

„Als Kind habe ich oft geträumt", erwiderte Alex. „Genau genommen habe ich nur geträumt. Aber irgendwann habe ich erkannt, dass die Erfüllung von Träumen oft von anderen abhängt, also beschloss ich, realistisch zu bleiben. Ich hätte immer gerne eine Familie gehabt, die immer da ist, wenn du sie brauchst, zu der du gehörst. Aber ich hatte nur eine Mutter, und die war dann auch weg, da nützte das ganze Träumen nichts."

„Du vertraust Gerda aber, oder?"

„Vertraust du ihr?"

„Das wäre nicht so wichtig. Aber wäre ich noch hier, wenn ich sie für eine Mörderin halten würde und dich für ein Gangsterliebchen?"

„Ich glaube, du wärst sogar noch hier, wenn ich Jack the Ripper Unterschlupf gewähren würde, Nuala. Weil du es für spannender halten würdest, als was immer es ist, das dich zu Hause erwartet."

Nuala seufzte. „Ist das so offensichtlich? Aber bei Jack the Ripper läge ich vermutlich schon irgendwo ausgeweidet herum. Und du hättest dich in den auch nicht verliebt."

Alex korrigierte sie nicht.

11

„Superintendent, bitte, Sie müssen mir helfen!“, schrie Linda Rhodes, als er ihren Anruf entgegennahm.

„Wir haben eine Fahndung nach Ihnen eingeleitet, Mrs Rhodes“, sagte Declan. „Wo sind Sie?“ Cian rollte mit einem großen Keks zwischen den Zähnen zur Tür herein und blickte ihn überrascht an.

„Ich wollte nur mit ihr reden“, antwortete Rhodes keuchend. Es klang so, als würde sie laufen. „Ich bin krank, Sir, ich habe das schriftlich. Deshalb verhalte ich mich nicht immer so, wie man es vielleicht erwarten würde. Ich wollte sie treffen, damit ich ihr das erklären kann und damit ich endlich in Ruhe trauern und alles hinter mich bringen kann. Aber anstatt mich anzuhören, geht sie mit einem Schraubenzieher auf mich los! Sie müssen mir sofort Hilfe schicken!“

„Wo befinden Sie sich und wer ist hinter Ihnen her?“, fragte Declan.

„Noppinger! Wer denn sonst? Ich bin in der Nähe vom Clifden Castle, an der Sky Road, ich verstecke mich gerade hinter einem Busch“, sie schluchzte auf. „Superintendent, bitte! Ich stelle mich! Ich unterschreibe Ihnen jedes Geständnis! Ich weiß, dass ich mich zu verantworten habe. Für das, was Jonathan passiert ist, und auch für das, was Ihrer Freundin zugestoßen ist. Aber, bitte, Sir! Ich bitte Sie: Schicken Sie Ihre Leute her und bringen Sie mich in Sicherheit!“

„Sie sind für den Überfall verantwortlich?“

„Es tut mir so leid“, weinte sie. „Bitte lassen Sie mich dafür nicht sterben! Ich wollte der Österreicherin doch nur eine Lehre erteilen.“

„Indem Sie eine Unbeteiligte verletzen lassen?“

„Sir, es tut mir leid! Ich weiß, dass Sie mich dafür hassen müssen, ich werde auch versuchen, es Ihnen zu erklären, aber kommen Sie endlich her und holen Sie mich von hier weg!“

„Wo ist Gerda Noppinger jetzt?“

„Ich sehe sie nicht mehr, aber sie kann nicht weit sein, und wenn sie mich findet, dann tötet sie mich! Sie ist außer Kontrolle! Ich bin weggelaufen, als ich gemerkt habe, dass sie gar nicht mit mir reden wollte und dass sie etwas in ihrer Jackentasche hatte, das sie krampfhaft festhielt. Sie lief mir aber augenblicklich nach. Ich habe mich nicht zurück zum Auto getraut. Aber ich stehe das körperlich nicht durch, ich kann nicht ewig vor ihr davonlaufen. Bitte schicken Sie sofort einen Wagen her, Superintendent! Ich weiß nicht, wie lange ich mich verstecken kann. Kommen Sie bitte sofort her und retten Sie mich!“

„Mrs Rhodes, Sie müssen mir genau …“

„O mein Gott!“, schrie sie plötzlich, und auf einmal schien sie wieder zu laufen. „Nein, bitte tun Sie es nicht, Ms Noppinger! Tun Sie es nicht!“ Ein gellender Schrei, etwas entfernt, als hätte sie ihr Handy nicht mehr in der Hand. Schnelle Schritte auf Kies. Dann eine unterbrochene Leitung.

Declan wählte hastig die Nummer eines Kollegen. „Bitte stell fest, woher der Anruf kam, den ich gerade mit meinem Handy führte! Sofort! Cian, ruf Harris in Clifden an, die sollen augenblicklich die Sky Road hoch! In der Nähe vom Clifden Castle wird Rhodes von Noppinger angegriffen. Danach ruf Westport an, die sollen Alexandras Haus beobachten.“ Declan notierte ihm flink die Adresse, dann wählte er sowohl Rhodes’ als auch Noppingers Nummer. Beide waren vorübergehend nicht erreichbar. Alexandra ging aber ran.

„Bist du okay?“, wollte er wissen.

„Meine Hand scheint stückchenweise von mir abzufallen und ich sehe hässlich aus, aber sonst geht es mir gut, danke. Gibt es was Neues?“

„Wo ist Gerda? Sie ist nicht da, oder?"

Sie zögerte merklich. „Wieso?"

„Wo ist sie hin? Weißt du das?"

„Jetzt geht das schon wieder los!"

„Wann ist sie weg, Alexandra?"

„Keine Ahnung. Ich sage ihr, dass sie dich anrufen soll, wenn sie zurückkommt. Sie ist nicht in Gefahr, oder?"

„Lass sie nicht mehr herein, hörst du! Sperr deine Türen zu und lass Gerda nicht mehr ins Haus, Alexandra! Und gib mir augenblicklich Bescheid, sollte sie zurückkommen! Augenblicklich!"

„Gott, was ist denn los? Wieso soll ich sie nicht hereinlassen?"

„Weil sie verdammt gefährlich ist! Sperr dich ein und ruf sofort an, ich erkläre es dir später. Mach einmal, worum ich dich bitte!" Damit legte er auf und rief erneut beim Kollegen an. „Also, woher kam der Anruf?"

„Clifden."

Declan legte auf und blickte Cian aufgewühlt an. Sie waren gegen die Einsparungen Sturm gelaufen, aber die Gemeinden hatten aufgrund von Sparmaßnahmen nicht nur Schulen, Pfarren und Postbüros verloren, sondern auch Polizeidienststellen. Wenn man Hilfe brauchte, konnte es deshalb dauern, bis man die bekam. Es war durchaus möglich, dass man deshalb jetzt einen Mord nicht verhindern können würde und es der Mörderin vermutlich auch ermöglichte, rechtzeitig unterzutauchen.

„Dec, es kam soeben ein anonymer Hinweis herein!", teilte ihm Cian kurz darauf mit. „Er bestätigt die Befürchtungen: Ein Mann hat gerade beobachtet, wie zwei Frauen miteinander rangen. An der Sky Road. Eine ging dabei zu Boden, die andere hat die Bewegungslose in den Kofferraum eines Autos gelegt. Roter Nissan, selbes Kennzeichen wie bei der Fahrerflucht in Knocknaccara. Die Aggressorin um vieles jünger als das Opfer, schulterlanges, dunkles Haar."

„Lass sofort die Fahndung nach Gerda Noppinger rausgeben, Cian, ich fahre nach Westport!" Er rief auf dem Weg zum Auto Moira an, klärte sie auf und bat sie, Keach erneut aus dem Urlaub zu holen und selbst nach Westport zu kommen. Im Wagen rief Declan Marcus an. „Sieh zu, dass Alexandra die Österreicherin nicht ins Haus lässt. Gib mir sofort Bescheid, wenn du merkst, dass sie mit ihr in Verbindung steht!"

„Mache ich sofort, wenn ich zurück bin."

„Du bist nicht bei ihr?"

„Ich habe gerade mit Sally und ihrer Tochter gesprochen und bin jetzt auf dem Weg zu einem Gitarristen, der heute Abend vielleicht für uns spielen kann. Gott, Declan: Sallys Tochter! Was für eine Schönheit! Nur der Gedanke an diese Frau zwingt mir schon fünf Vaterunser auf und es werden stündlich mehr. Wo war sie nur, als ich noch mit euch im *Sally's* aufgetreten bin? Als ich noch die Ausstrahlung eines Chippendale hatte?"

„Ich kann nicht glauben, dass du jetzt solche Gedanken hast. Wann kannst du wieder bei Alexandra sein? Gerda ist gefährlich und Alexandra glaubt mir das nicht. Ich bin unterwegs, aber ich brauche jemanden, der auf sie aufpasst, bis ich da bin, der sie notfalls vor Gerda beschützt."

„Sie hat Alex doch bereits verführt, Declan, ich kann sie nicht mehr retten. Und mit Exorzismus kenne ich mich nicht aus. Ich glaube nicht, dass ich das Lesbische einfach so wieder aus ihr herausbekomme. Nicht in dem unerotischen Zustand, in dem ich mich befinde. Du hast doch meine Frisur gesehen. Und sie will sie sogar heiraten! Und das, obwohl sie Erfahrung mit mir hat. Ich gebe nicht gerne an, aber es gibt viele Damen, die auf die Bibel schwören würden, dass sie so etwas wie mich noch nie erlebt haben, wenn du verstehst, was ich meine. Wie soll eine Frau so etwas toppen können, frage ich dich? Und vor allen Dingen, womit?"

„Marcus, Gerda hat möglicherweise gerade jemanden ermordet! Und so, wie es aussieht, würde Alexandra ihr trotzdem Zuflucht gewähren. Ich brauche dich vor Ort, damit sie das nicht kann, ich Alexandra deshalb nicht einsperren muss und vor allem, damit ihr nichts passiert."

„Hat Gerda etwas mit den Kerlen von gestern zu tun?"

„Gerda ist viel gefährlicher als diese Kerle, Marcus!"

„Okay, ich mache kehrt. Aber ich bin kein Bodyguard, Declan, ich bin ein Mann Gottes. Also mach schnell!"

Alex öffnete einem heftig klopfenden Marcus die Tür. Er schlüpfte hastig ins Haus, warf einen schnellen Blick ins Wohnzimmer, dann einen in die Küche, wo Nuala bei einem Glas Whiskey saß und ihm fragend entgegenblickte, und eilte schließlich die Treppe hoch, um eine Tür nach der anderen aufzumachen. Als er wieder zu ihr herunterkam, war Alex drauf und dran, ihn rauszuschmeißen.

Ohne etwas zu erklären, setzte er sich atemlos Nuala gegenüber und bekreuzigte sich. Nuala konnte sich ein Lachen nicht verkneifen, sie fand das komisch, aber Alex wurde wütend. „Hast du was gesucht?"

„Ich wollte nur sichergehen, dass ihr alleine seid." Er stand wieder auf und füllte den Wasserkocher.

„Hat Declan dich angerufen?"

„Vielleicht", sagte er, ohne sich zu ihr umzudrehen.

„Was wollte er? Weißt du irgendetwas?" Alex stellte sich neben ihn. „Was hat er zu dir gesagt, Marcus? Was weißt du?"

Marcus nahm einen Teebeutel und eine Tasse und wartete darauf, dass das Wasser zu kochen begann. Er blickte ihr nicht in die Augen. Schließlich goss er sich lauwarmes Wasser in die Tasse, um von ihr wegzukommen, und setzte sich wieder an den Tisch. „Ich will nur ein guter Freund sein, Alex“, sagte er, ohne sie anzusehen.

Declan erfuhr von Moira, dass Keach bereits unterwegs nach Galway war. Moira selbst stand in Kontakt zu den Kollegen von Clifden. Linda Rhodes’ Auto sei tatsächlich an der Sky Road gefunden worden, berichtete sie – verlassen. Es würde in Kürze nach Galway überführt werden. Auch andere Wagenspuren gebe es vor Ort. Von Rhodes oder Noppinger war nichts zu sehen. Die Handy-Ortung habe so weit noch nichts gebracht, aber alle verfügbaren Kräfte hielten Ausschau nach Noppingers Nissan. Allerdings gäbe es nicht viele verfügbare Kräfte. Über eineinhalb Stunden nach Rhodes’ Anruf habe es gerade mal ein einziges Dienstfahrzeug die Sky Road hinaufgeschafft, hatte Moira seufzend gemeint.

Als Declan in Westport ankam, wurde er am vereinbarten Treffpunkt, dem Parkplatz unweit vom *Mustang Sally’s*, bereits erwartet.

„Nadin Haas. Wir haben telefoniert, Superintendent.“ Sie schüttelten einander die Hände und Declan erinnerte sich, dass er Inspector Haas bereits von einer Fortbildung kannte. Sie war eine große Frau Anfang vierzig, hatte eine rötlich-blonde Fönfrisur und trug eine blaue Brille. Hätte sie einen schicken Zweiteiler angehabt und nicht die Uniform, er hätte sie für eine Immobilienmaklerin gehalten. Sie erklärte, dass Noppinger noch nicht bei Alexandras Haus aufgetaucht sei, aber ein großer, dünner Mann um die dreißig. Marcus. Declan teilte ihr mit, dass er selbst mit Alexandra befreundet war, sie sich deshalb also nicht wundern solle, aber das schien ihr egal zu sein.

„Wo ist eigentlich Ihr Vorgesetzter?“, wollte Declan von Haas wissen, als sie sich auf den Weg zu Alexandras Haus machten. Die Verstärkung, die sie mitgebracht hatte, blieb erst einmal zurück.

„Superintendent Laville verbringt den Jahreswechsel auf Bora Bora. Bis zum 9. Januar gehört Westport mir. Wir beide werden sicher wieder gut zusammenarbeiten. Erinnern Sie sich an das Seminar zu Menschenhandel?“ Sie erkannte ihn also auch.

„Ich erinnere mich, dass Sie mich unter den Tisch getrunken haben.“

Sie lachte. Dann läutete sie an Alexandras Tür.

Alexandra wirkte enttäuscht, als sie ihn sah.

„Hast du nichts dazugelernt?“, schimpfte er sie. „Frag, wer da ist, bevor du aufmachst!“

„Du kannst gleich wieder gehen, wenn du mir so kommst, Declan. Und deinen Wachhund Marcus kannst du mitnehmen.“

„Superintendent Donnellan ist beruflich hier, Ms Conners“, erklärte Inspector Haas. „Und wir würden gerne eintreten, wenn es Ihnen recht ist.“ Alexandra wich widerwillig zur Seite. „Wer befindet sich zurzeit im Haus?“

„Ein Gast aus Dublin und ein Wachhund. Darf ich fragen, worum es geht und wer Sie überhaupt sind?“

„Nadin Haas, Garda Westport. Es gibt Hinweise auf einen Angriff auf Linda Rhodes und dass Ihr Gast Gerda Noppinger damit zu tun haben könnte. Und die ist zurzeit unauffindbar. Ich würde gerne einen Blick auf Ms Noppingers Sachen werfen.“ Bestimmt und fordernd – mit Haas im Dienst war wohl nicht zu spaßen.

Alexandra blickte von ihr zu ihm. „Kann ich noch ein bisschen mehr hören, Declan?“

„Inspector, Noppinger schläft oben im ersten Zimmer rechts“, wandte Declan sich aber an Haas. „Ms Conners Schlafzimmer. Sie und Ms Noppinger unterhalten eine sexuelle Beziehung. Dort werden sich vermutlich auch ihre Sachen befinden, sofern sie noch hier sind.“

Alexandra warf ihm einen ungläubigen Blick zu. Sie wollte etwas zu ihm sagen, aber dann überlegte sie es sich anders. Sie kehrte beiden den Rücken und ging zu Nuala Brent und Marcus in die Küche. Declan nickte Marcus wortlos zu. Haas ging die Treppen hoch und er überprüfte sämtliche Räume im Erdgeschoss. Von Noppinger war nichts zu sehen. Auch oben nicht. Dafür hatte Haas ihren Reisepass gefunden. Warum sie den hier gelassen hatte, war Declan ein Rätsel. Vielleicht hatte sie es eilig.

Haas erklärte schließlich, sie wollten im Haus auf Noppinger warten. Declan suchte Alexandras Blick. Sie erwiderte ihn kühl. Sie war wütend auf ihn und enttäuscht, und er fragte sich besorgt, ob ihre Freundschaft das überstehen würde.

Nuala hatte aufgehört, Fragen zu stellen. Declan und seine Kollegin hatten deutlich gemacht, dass sie nicht antworten würden. So saß sie mit Alex und Marcus schließlich stumm in der Küche, während die beiden Gardaí rastlos umhertigerten. Gerda schien in großen Schwierigkeiten zu sein, so viel stand fest. Sobald sie hier auftauchte, würde sie verhaftet werden. Darauf schienen sie alle zu warten.

Alex saß neben dem Fenster und blickte mutlos auf ihre Einfahrt. Als sie auf die Toilette gehen wollte, wurde sie erst aus dem Raum gelassen, nachdem sie ihr Handy auf dem Küchentisch zurückgelassen hatte. Wenn Blicke töten könnten, wäre Declan auf der Stelle tot umgefallen. Bei ihr machten sie es genauso, nur der Priester telefonierte noch vom Klo aus.

Das Funkgerät von Haas verkündete schließlich laut und deutlich, dass der Wagen der Verdächtigen die Straße heraufkam. Alex schoss augenblicklich in die Höhe. Declan befahl ihr, sich wieder hinzusetzen und keine Dummheiten zu machen. Aber sie ignorierte ihn und folgte ihm und Haas zur Tür. Nuala lief zum Fenster und sah, wie Gerda etwas zu schnell in die Einfahrt fuhr, aus dem Wagen sprang und zur Tür eilte.

Noch ehe sie läuten konnte, wurde ihr aufgemacht und sie stand den beiden Gardaí gegenüber.

„O Gott!“, war Gerdas erste Reaktion. Dann rief sie laut nach Alex und wollte an den Gardaí vorbei ins Haus, doch Declan hielt sie zurück und Haas versperrte ihr den Weg. In der Einfahrt tauchten vier weitere Gardaí auf, zwei auf Fahrrädern und zwei in einem Wagen.

„Was ist hier los, Declan?“, wollte Gerda angstvoll wissen. „Was haben sie ihr getan? Wo ist sie?“

„Wenn du mich meinst, mir geht es gut“, meldete Alex sich und schob Haas und Declan einfach zur Seite. „Du konntest diese speziellen Brötchen, die du besorgen wolltest, wohl nirgends finden?“

Gerda atmete hörbar aus. „Ich hatte solche Angst, Alex! Ich dachte wirklich … Was ist hier eigentlich los? Was ist passiert?“

Declan drehte sie herum und führte sie zurück in die Einfahrt. „Bitte öffne deinen Kofferraum, Gerda!“, sagte er.

Alex folgte ihnen. „Habt ihr einen Durchsuchungsbefehl?“

„Dafür brauchen wir keinen Durchsuchungsbefehl“, erklärte Haas ungehalten. „Ms Noppinger, öffnen Sie den Kofferraum!“

Gerda wirkte, als hätte sie plötzlich Angst vor ihrem Auto. Sie trat einen Schritt zurück. Ihr schien zu dämmern, dass sie in Schwierigkeiten steckte. „Was immer sich darin befinden mag, ich habe nichts damit zu tun“, sagte sie. Sie blickte ängstlich zu Alex. Die wollte zu ihr gehen, aber Declan hielt sie zurück. Gerda drückte Haas den Funkschlüssel in die Hand. Die öffnete damit den Kofferraum.

Alex konnte nicht sehen, was sich darin befand, aber Declan und seine Kollegin hielten augenblicklich den Atem an.

Und Gerda rannte los.

So schnell, es ihren langen Beinen möglich war, rannte Gerda an ihnen allen vorbei, flüchtete hinter das Haus und war schon weg, bevor Alex reagieren konnte.

Hilflos blickte sie den Uniformierten nach, die bis auf Declan alle sofort Gerda hinterherhetzten. Die einen eilten zu ihrem Wagen, die anderen stiegen fluchend auf ihre Fahrräder. Haas rief noch per Funk Verstärkung und Declan packte Alex am Arm, um sie zum Auto zu ziehen.

„Hier!", sagte er. „Sieh es dir am besten selbst an! Mach deine Augen auf, Alexandra! Und entschuldige, bitte, dass ich dir das antun muss!"

Sie riss sich los, folgte ihm aber die zwei Meter, die es brauchte, um einen klaren Blick auf Linda Rhodes' Leiche werfen zu können, die mit angezogenen Beinen und merkwürdig verwinkelten Armen zusammengepfercht und blutüberströmt in Gerdas winzigem Kofferraum lag. Ihre Augenlider waren halb geöffnet, die Augen darunter leer, leblos. Getrocknetes Blut befand sich an den farblosen dünnen Lippen und über das gesamte Kinn und den Hals verteilt. Der Pullover war blutdurchtränkt. Ein Schraubenzieher steckte bis zum Schaft in Rhodes' Oberkörper. Alex erkannte ihn anhand des abgewetzten Griffs mit dem Einschnitt am oberen Rand wieder. Das Herz schlug ihr bis zum Hals.

„Wonach sieht das deiner Meinung nach aus, Alexandra?"

„Du weißt nicht, wer das getan hat."

„Du weißt es doch auch!"

Nuala, die sich mit Marcus nun zu ihnen gesellte, wandte sich sofort wieder ab. „Oh, nein, nein, nein! Das ist hässlich! Nein, nein, nein!"

„Geht wieder ins Haus!", befahl Declan und sah Alex nachdenklich an. Marcus hörte nicht auf, sich zu bekreuzigen, Nuala zog ihn mit sich zurück. Declan legte seine

Hand auf Alex' rechte Schulter und atmete tief durch. „Alexandra, es tut mir wirklich unglaublich leid, wie sich alles entwickelt hat. Ich ersuche dich jetzt aber dringend, mit uns zusammenzuarbeiten. Wir müssen Gerda finden." Er blickte sie eindringlich an. Alex hielt seinem Blick stand. „Ich weiß, was ich von dir verlange. Ich weiß, dass sie dir etwas bedeutet und dass sich das deshalb ungerecht anfühlen muss. Ich weiß auch, dass du wütend auf mich bist, weil ich manchmal ein Arschloch sein kann." Ein aufrichtiger Blick, ein sanfter Druck an ihrer Schulter. „Aber es spricht mittlerweile alles gegen Gerda, Alexandra. Das siehst du doch jetzt selbst. Lass uns bitte wieder Freunde sein, ja? Und lass uns zusammenarbeiten! Bitte, Schatz, okay?"

Alex drehte sich wortlos um und ging ins Haus, wo sie Marcus' Sachen einsammelte, der ihr überfordert dabei zusah. Sie packte alles in seine Reisetasche, drückte sie ihm in die Hand, reichte ihm dann noch seine Jacke und öffnete die Tür. „Danke, dass du helfen wolltest, aber der Preis ist mir zu hoch. Alles Gute, Marcus!" Er blickte sie irritiert an, überlegte offenbar, was er sagen sollte, aber sie schob ihn bestimmt hinaus und machte ihm dann die Tür vor der Nase zu. Danach ging Alex ins Wohnzimmer, setzte sich aufs Sofa, warf die Beine auf den Couchtisch und blickte aufgewühlt gegen die Decke.

Nuala setzte sich neben sie und blickte sie abwartend an.

„Ich habe nicht eine Minute lang geglaubt, Gerda könnte Jonathan Rhodes umgebracht haben", begann Alex. „Von Anfang an konnte ich ihre Verzweiflung spüren, niemals so etwas wie Schuld. Im Gegensatz zu Linda Rhodes. Der habe ich alles zugetraut. Und jetzt ist ausgerechnet sie es, die tot in diesem Kofferraum liegt. Wie kann denn die, die an allem die Schuld zu tragen hat, plötzlich tot sein? Wie gibt es denn so was?"

Nuala nickte nachdenklich. „Und dann flüchtet Gerda auch noch."

Alex seufzte traurig. „Und rennt jetzt alleine durch Westport, bis sie geschnappt wird oder sich etwas antut, weil sie keinen Ausweg sieht."

„Denkst du, sie könnte Linda Rhodes getötet haben, Alex? Ganz ehrlich jetzt? Nur unter uns gesagt?"

Alex atmete tief durch. „Wir kennen doch ihre Geschichte dazu nicht, Nuala. Aber natürlich habe ich die Tote mit meinem Schraubenzieher im Bauch gesehen. In Gerdas Kofferraum. Nachdem Gerda, ohne ein Wort zu sagen, für Stunden verschwunden war."

„Dein Schraubenzieher?"

„Nur wieso sollte sie sie umbringen und dann auch noch mit der Leiche durch die Gegend fahren?"

Nuala schnippte in Gedanken versunken eine Spinne von der Sofakante auf den Tisch. Sie beobachteten, wie das Tier auf die Schüssel mit Obst kletterte und dann auf den Äpfeln herumlief.

Alex traf eine Entscheidung. „Nuala, ich weiß, ich habe dir versprochen, dass du bis nach Silvester bleiben kannst, aber das geht angesichts der Umstände nun doch nicht. Bitte sei mir nicht böse, aber du musst noch heute woanders übernachten."

„Was hast du denn vor?"

„Ich muss sie finden. Ich werde mich dabei wohl strafbar machen."

„Willst du Gerda helfen, unterzutauchen?"

„Was kann ich denn sonst tun? Ich will nicht, dass ihr etwas passiert, und ich will wissen, was los ist. Es tut mir leid, Nuala."

Aber die schüttelte entschieden den Kopf. „Kommt nicht in Frage! Ich lebe ein Leben ohne Höhen und Tiefen, Alex, ein Leben ohne Perspektiven. Ich brauche jede Abwechslung, die ich kriegen kann." Nualas Blick war erbarmungslos. „Und ihr braucht mich. Gerda wird so klug sein, dich nicht anzurufen. Wenn sie dich kontaktiert, und das wird sie, dann online. Und dafür brauchst du mich."

„Möchtest du für eine Midlife-Crisis das Gefängnis riskieren, Nuala?"

„Du magst einen besseren Grund haben, aber was tue ich denn Schlimmes? Ich bin hier nur Gast, ich verbringe hier nur meinen Weihnachtsurlaub."

„Vielleicht kontaktiert sie mich ja nicht", sagte Alex gedrückt, stand auf und ging in die Küche. Nuala folgte ihr. „Tee? Bier?"

„Alles, was ich möchte, ist wissen, ob ich bleiben darf."

„Vielleicht wird es gefährlich, Nuala."

„Vielleicht bin ich aber auch schon ein großes Mädchen."

Alex lächelte sie müde an. Da hörten sie Autos und eilten zum Fenster. Mehrere Garda-Fahrzeuge bezogen vor dem Haus Stellung und Declan winkte jemanden aus einem Auto mit Galway-Kennzeichen herbei, das gerade einfuhr. Seine Kollegin Gallagher stieg aus und schaute in Gerdas geöffneten Kofferraum. Schon kamen auch einige der Gardaí zurück, die Gerda nachgeeilt waren – ohne Gerda. Alex blickte Nuala nachdenklich an. „Bist du wirklich sicher, Nuala?"

„Wir brauchen uns gegenseitig", meinte sie zwinkernd. „Keine Sorge, Mädchen: Gerda wird dich kontaktieren und sie wird sich nichts antun. Die tote Rhodes mag vielleicht ein Grund sein, sich melodramatisch das Leben zu nehmen, aber du bist ein viel besserer Grund, am Leben zu bleiben. Gerda ist doch mindestens so verknallt in dich wie du in sie."

Sie beobachteten, wie Declan mit Gallagher und Haas zum Haus ging. Alex seufzte. „Früher habe ich mich immer gefreut, ihn zu sehen." Sie ging zur Tür und öffnete sie. „Superintendent Donnellan hat ein persönliches Interesse an diesem Fall", sagte Alex, und es war ihr in diesem Augenblick egal, ob das Auswirkungen auf seinen Job haben würde. „Ich bin nicht gewillt, mich weiterhin mit ihm darüber zu unterhalten. Aber Sie beide können hereinkommen, wenn ich es nicht verhindern kann."

Declan blickte Alex traurig an, nickte und ging zurück zu den Gardaí in der Einfahrt. Alex hatte einen Kloß im Hals.

12

Viel konnten oder wollten Conners und Brent nicht sagen, musste Moira feststellen. Die wenigen Worte, die sie sprachen, waren überlegt. Daran, dass Noppinger Linda Rhodes getötet haben könnte, glaubten beide nicht. Vielleicht hatten sie tatsächlich keine Ahnung, weshalb sie das Haus verlassen hatte und wo sie sich aufhielt. Conners sah man den nächtlichen Angriff bis auf die offensichtlichen Verletzungen kaum an, aber Noppingers Verschwinden schien sie nervös zu machen.

Als Haas endlich aus dem Raum ging, lehnte Moira sich vor, senkte ihre Stimme und blickte die Frauen durchdringend an. „Hören Sie, ich brauche Ihre und Noppingers Hilfe! Irgendetwas stinkt hier ganz gewaltig, und je länger wir uns auf Noppinger konzentrieren, desto schlimmer wird der Gestank. Verstehen Sie mich?"

„Dann lasst sie doch in Ruhe!", sagte Brent unbeeindruckt.

„Rhodes liegt tot in ihrem Kofferraum, sie ist selbstverständlich die Hauptverdächtige. Was ich aber sagen will, ist, dass ich mir bewusst bin, dass wir unsere Ermittlungen nicht auf Noppinger beschränken dürfen."

„Declan scheint das anders zu sehen." Conners erwiderte ihren Blick.

„Ich weiß. Noch. Wenn Sie etwas von Noppinger hören, bitte sagen Sie ihr, sie soll sich umgehend mit mir in Verbindung setzen. Wir müssen herausfinden, was los ist, und dazu brauche ich ihre Hilfe."

„Wir stehen nicht in Kontakt", sagte Conners ausdruckslos.

„Falls sich das ändert, soll sie mich anrufen!"

Im Gegensatz zu Declan ging Moira davon aus, dass Noppinger in den Chats mit Jonathan Rhodes nichts vorgetäuscht hatte. Tatsächlich sprach mittlerweile vieles gegen die Österreicherin, doch Moira spürte, dass sie es sich nicht so leicht machen durften. Etwas entging ihnen.

Als Haas zurückkam, hörten sie aufgeregte Stimmen in der Einfahrt. Gerichtsmedizin und Spurensicherung trafen gerade ein und eine junge Frau stand zwischen all den Kollegen und schimpfte auf Declan ein, der vergeblich versuchte, sie zu beruhigen. Sie kehrte ihm schließlich den Rücken und marschierte auf das Haus zu.

„Ich habe dir gerade gesagt, dass du da jetzt nicht hineinkannst!", rief Declan ihr genervt hinterher.

„Und ich habe dir gerade gesagt, dass mir das scheißegal ist."

Schon läutete es. Haas wollte zwar protestieren, aber Conners war schon an der Tür und öffnete.

„Es ist also wahr. Großartiges Timing, Alex! Wie praktisch!"

Conners öffnete die Tür weiter, damit sie eintreten konnte, aber die Frau rührte sich nicht von der Stelle, sie blickte Conners nur wütend an. Die seufzte. „Cheryl, es tut mir leid. Vielleicht hat Marcus …"

„Dieser Marcus ist mir scheißegal, Alex!“, schimpfte sie. „Der Angeber redet nur von all den Leuten, die er kennt, aber ich habe nach wie vor keine Musiker. Dafür habe ich in wenigen Stunden ein volles Haus für die Party des Jahres. Also? Was machen wir?“

„Da draußen liegt eine Leiche, Cheryl! Da, wo du jetzt stehst, stand vor einigen Stunden ein Mann mit einem Hammer! Ich weiß, was ich euch antue. Ich weiß, dass ich das niemals wiedergutmachen kann.“

Cheryl sah Conners wütend an, aber sie war ruhig, als sie sprach: „Die Schulden fressen uns auf, Alex. Ich putze mittlerweile sogar selbst, weil ich mir Róisín nicht mehr leisten kann. Trotzdem bezahlen wir unsere Musiker gut, weil sie das Wertvollste sind, das wir den Gästen bieten können. Wenn wir die Chance heute nicht nützen, ist das *Sally's* spätestens zu Ostern pleite. Wenn wir heute abliefern, können wir die Insolvenz hinauszögern. Dazu müssen wir aber nicht nur den Touristen etwas bieten, wir müssen vor allem unser Stammpublikum bei Laune halten. Das wenige Geld, das sie noch ausgeben können, sollen sie bei uns ausgeben, dafür müssen wir ihnen aber geben, was sie erwarten. Sie erwarten dich und Declan. Oder einen der anderen Stammmusiker, die alle aber bereits anderweitig gebucht sind.“

„Cheryl …“

„Meine Mama wird sterben, Alex!“ Die harte Fassade von Cheryl begann zu bröckeln. Sie hatte sich unter Kontrolle, aber in ihren Augen bildeten sich Tränen. „Sie hat nicht mehr sehr lange. Sie soll aber wissen, dass ihr Pub sie überlebt, dass das *Sally's* noch da ist, wenn Sally es nicht mehr ist, dass sie etwas hinterlassen wird, das ewig an sie erinnert.“ Sie schluckte. „Ich habe ihr gesagt, dass das Geschäft besser geht, dass wir uns bereits wieder erholen. Aber sie hat das Pub lange genug geführt, um zu wissen, dass Silvester ein Erfolg werden muss.“ Eine erste Träne kullerte über ihre Wange. „Wenn das heute nichts wird, werde ich ihr nichts mehr vormachen können, Alex.“

„Was hat sie?“ Conners wirkte tief betroffen.

„Etwas, das nicht mehr aufzuhalten ist. Und wenn du das irgendjemandem verrätst, dann bringe ich dich um! Mama möchte nicht, dass es jemand weiß. Das gilt auch für Sie, Sergeants.“

„Inspectors“, korrigierte Moira. „Und Morddrohungen auszusprechen, ist unklug. Kommen Sie herein, vielleicht kann ich helfen!“

„Ich habe keine Zeit zum Plaudern“, schimpfte sie wütend.

„Beruhigen Sie sich!“ Moira zog sie ins Haus und nahm ihr Handy zur Hand.

„Sally O'Dea?“, wollte Haas wissen. Auch sie schien geschockt zu sein. „Vom *Mustang Sally's*?“

Cheryl nickte und blickte mit den Tränen kämpfend zur Decke.

„Cheryl, ich hatte keine Ahnung“, sagte Conners betreten. „Bist du deshalb aus London zurück?“

„Was hätte ich denn machen sollen? Ich hatte nie vorgehabt, das Pub zu übernehmen, es interessiert mich nicht. Aber ich werde meine Mutter und ihr Lebenswerk nicht im Stich lassen. Nur ohne Gäste weiß ich mir nicht zu helfen. Ich brauche euch, Alex. Die Leute mögen euch. Ich hatte sogar überlegt, euch wöchentlich einen Fixplatz zu geben.“

„Ms Conners“, unterbrach Moira. „Wenn das klappen sollte, habe ich dann Ihr Vertrauen? Oder zumindest Ihren Willen, mit mir zusammenzuarbeiten?“ Conners verstand nicht. Moira wählte eine Nummer.

Nuala beobachtete Alex. Das schlechte Gewissen war ihr anzusehen. Cheryl hatte mittlerweile aufgehört, Druck zu machen. Sie wirkte hilflos. Die Uniformierte aus Galway tat, als hätte sie die Lösung. Sie rief jemanden an, den sie zu überreden versuchte, den ganzen Weg von Dublin anzureisen, um einem kleinen Pub in Westport die Silvesterparty zu retten. Ganz offensichtlich war er nicht interessiert. Schon gar nicht, nachdem sie ihm erklärt hatte, dass dabei nichts zu verdienen war.

Moira Gallagher hatte mittlerweile die Aufmerksamkeit aller. „Dann wärst du mich aber los, Paul. Und niemand würde je von deinen Darkroom-Zeiten erfahren, vor allem auch nicht deine Frau. Natürlich würde man mir glauben, ich bin schließlich Inspector!“ Sie lachte. „Stimmt, und du kannst mich gerne anzeigen! Also, wann kannst du hier sein?“ Nach einer Minute hielt sie eine Hand über das Handy und wandte sich an Cheryl. „Wenn er von zehn bis Mitternacht auftreten würde, wäre das ausreichend?“

„Ist er denn gut?“

„Der Beste.“

„Dann soll er eine Band mitbringen, ich brauche Partystimmung.“

„Keine Sorge! Wenn er kommt, haben Sie Partystimmung.“

„Wie viel verlangt er?“

„Sie könnten sich ihn nicht leisten, also zahlen Sie gar nichts, das ist Teil der Erpressung. Aber Verpflegung und Drinks wären nett.“

Cheryl schien zu überlegen, dann nickte sie.

Gallagher vereinbarte mit diesem Paul, dass sie seine Telefonnummer aus ihren Kontakten löschen würde, wenn er heute aushalf, und sie versprach ihm, dass sie so etwas nie wieder mit ihm machen würde. Sie reichte Cheryl ihr Handy: „Bitte nennen Sie Bono Ihre Adresse!“

Nuala schnappte nach Luft. Sie schien sich nicht verhört zu haben, denn Gallagher grinste selbstzufrieden und auch Alex und Cheryl waren perplex. Gallagher warf ihnen einen verschwörerischen Blick zu, als sie danach mit ihrer Kollegin das Haus verließ.

* * *

Gerda hatte keine andere Wahl gehabt, als sich zwischen den Häusern in Alex' Nachbarschaft in Richtung Stadtzentrum zu bewegen. Westport war so klein, dass sie sogar am Polizeirevier vorbei musste, um sich unter Leute mischen und sich vorübergehend verstecken zu können. Unbeobachtet konnte sie sich schließlich in eine Kirche zurückziehen, wo ihr die Ausweglosigkeit ihrer Situation bewusst wurde. Niemand wirkte schuldiger als sie. Früher oder später würde man sie finden und anklagen, aber bevor alles vorbei sein würde, wollte sie noch ein allerletztes Mal mit Alex sprechen. Das war sie ihr und sich schuldig. Danach konnte der liebe Gott sie gerne in die Hölle schicken, wenn es ihm Spaß machte.

Gerda erinnerte sich an das Cyberpub die Straße hinunter, an dem sie vorbeigekommen waren, als sie sich auf die Suche nach ihrem Wagen gemacht hatten. Das Pub klang wie ein Relikt aus der Zeit um die Jahrtausendwende, aber vielleicht hatten sie ja tatsächlich Computer. Sie musste es riskieren, es war nur ein paar Minuten von der Kirche entfernt. Sie zog sich die Kapuze ihrer Jacke über den Kopf, verließ die Kirche und ging dann eilig die Straße hinauf, wo sie sich einer fünfköpfigen Gruppe laut lachender italienischer Touristen anschloss, die sie fragte, woher sie kamen und wie ihnen Westport gefiele. Von Weitem musste es so aussehen, als gehörte sie zu ihnen. Die Touristen wiederum freuten sich über den Kontakt mit einer Einheimischen. Als Gerda das Cyberpub erreichte, war es voll mit gut gelaunten Leuten. Laute Musik drang aus den Lautsprechern und Fernseher waren eingeschaltet. Wenn die Polizei ein Foto von ihr in den Nachrichten zeigte, kam sie hier wohl nicht mehr weg. Aber sie hatte keine Wahl. Sobald sie mit Alex gesprochen hatte, musste sie ohnehin nirgends mehr hin.

Selbstbewusst bahnte sie sich einen Weg durch den kleinen Gastraum und suchte nach Computern. Das Pub hatte neben dem Billard-Raum und dem Restaurant tatsächlich ein kleines Zimmer mit einigen Computern. Es dauerte eine Viertelstunde, dann wurde ein Platz frei. Viel Privatsphäre würde sie hier nicht haben, aber die jungen Leute waren ohnehin nicht an ihr interessiert. Gerda legte sich eine neue Mail-Adresse zu, dann ging sie auf die Webseite von Faraway.com und kreierte einen Nickname: love_or_nothing. Sie loggte sich im Chat & Play ein und hoffte, dass sie Nuala als Irishotty vorfinden würde. Alex erwartete vermutlich eine Kontaktaufnahme – vorausgesetzt, ihr lag noch etwas daran. Am wahrscheinlichsten war das über diesen Chatroom, in dem sie beide sich mit ihrem ursprünglichen Nickname auf der Suche nach Karen aufgehalten hatten; in dem Nuala mit Declan gechattet hatte; in dem die irische Tragödie damals, als sie hier LadyGloomy kennenlernte, ihren Anfang genommen hatte.

Aber Irishotty war nicht eingeloggt. Vielleicht waren Alex und Nuala bei der Polizei, wurden vernommen, hatten gar nicht die Möglichkeit, online zu gehen, um darauf zu warten, dass sie sich bei ihnen meldete.

Plötzlich öffnete sich ein Chat-Fenster für eine Privatunterhaltung. Jemand namens pastashiraz_yummycake gratulierte ihr zu dem netten Nickname. „Lalalala?"

„Kennen wir uns?" Gerda hielt den Atem an.

„Kommt darauf an: Was assoziierst du mit Vivaldi?"

Gerda war so erleichtert, dass sie ein lautes Auflachen nicht unterdrücken konnte. „Leidenschaft natürlich", tippte sie. „Mein Gott, bin ich froh! DANKE! Seid ihr beide da?"

„Das wäre dann der Hauptpreis“, war die Antwort neben einem breit lächelnden Smiley. „Obwohl ich nach wie vor der Meinung bin, dass es sich lediglich um Jahreszeiten handelt, aber gut. Nuala tippt, Alex sitzt neben mir. Wo bist du, Gerda?“

„In diesem Cyberpub in der Stadt. Alex! Nuala! Ihr müsst mir bitte glauben, dass ich nichts mit Linda Rhodes' Tod zu tun habe!“

„Lass hören!“

„Während des Überfalls hat mir einer der Kerle aufgetragen, mich mit Rhodes in Clifden zu treffen oder sie kämen zurück. Ich hatte keine Wahl. Ich stehe also zeitig auf, bin noch nicht lange unterwegs, da ruft der andere der beiden an, der Hammermann. Meine Nummer musste er von Linda Rhodes bekommen haben. Er bleibt während der ganzen Fahrt in der Leitung. Wir sprechen kaum miteinander, er beantwortet keine meiner Fragen, ich solle nur fahren. Halte ich mich nicht an seine Anweisungen, kontaktiert er seinen Kumpel, der dich, Alex, dafür büßen lassen würde. Ich tue also, was er sagt. Ich schlage ihm auch vor, zu einer Polizeistation zu fahren, um mich zu stellen. Dann hätte Linda Rhodes endlich, was sie wollte, und alles wäre ausgestanden. Aber das wollte er gar nicht hören, ich solle nur seine Anweisungen befolgen und fahren. In Leenane musste ich dann auf einem Parkplatz halten, von dort aus schien er mich beobachten zu können. Er trug mir auf, die Sky Road hinauf zum Clifden Castle zu fahren, den Wagen vor dem Zufahrtsweg zur Ruine abzustellen, zu Fuß zur Ruine zu gehen und dort auf Linda Rhodes zu warten. Bevor ich wieder losfuhr, musste ich mein Handy aus dem Fenster werfen und mit dem Auto darüber fahren. Ich habe alles gemacht, was er wollte, aber beim Clifden Castle war niemand. Ich habe mindestens eine Stunde gewartet. Irgendwann wurde mir klar, dass etwas nicht stimmt und niemand mehr kommen würde. Ein weiteres krankes Spielchen von Linda Rhodes – so dachte ich. Dass jemand Rhodes töten würde, habe ich nicht geahnt. Dafür wuchs meine Angst, dass sie dir in der Zwischenzeit etwas angetan haben könnten, Alex."

„Wieso schieben sie dir den Mord an Linda unter? Wie kann sie überhaupt in dein Auto gekommen sein?"

„Sie haben wohl den Kofferraum geknackt. Ich war nicht beim Auto, als ich auf Rhodes gewartet habe. Und ich biete mich als perfekte Mörderin doch an. Zuerst schalte ich den Ehemann aus, weil er mir an die Wäsche will, dann schalte ich die Frau aus, weil sie nicht damit aufhört, mich zu belästigen, weil sie Alex bedroht, weil sie Alex wehtut. Die Polizei hat gar keine andere Wahl, als mich zu verhaften. Und leider kann ich meine Unschuld nicht beweisen."

„Was hast du jetzt vor?"

„Ich habe nicht die geringste Ahnung. Hier bin ich für den Augenblick wohl sicher, außer sie zeigen mein Foto in den Nachrichten. Keine Ahnung, was ich nach Sperrstunde machen werde. Eigentlich sollte ich mich stellen. Ich hätte nicht wieder weglaufen dürfen."

„Du stellst dich bitte erst, wenn wir deine Unschuld beweisen können, Gerda! Geh auf die Toilette und warte dort! Wir fahren gleich los."

„Ihr werdet euch nicht strafbar machen! Ich komme schon zurecht."

Doch pastashiraz_yummycake ließ nicht locker. „Gerda, ich bin es: Alex. Geh bitte aufs Klo und warte auf mich!"

„Alex, sie sperren dich ein, wenn du mir hilfst."

„Bist du immer noch da? Geh auf dieses verdammte Klo, Gerda!"

Gerda liefen Tränen übers Gesicht. „Bist du sicher?"

„Natürlich bin ich sicher. Ich bin gleich bei dir!"

Gerda schickte ihr einen Kuss, Alex antwortete mit einem Herzchen.

***

Am frühen Abend fuhr Declan zurück nach Galway, während die Gardaí in Westport in den Straßen und Pubs, die sich zunehmend mit Menschen füllten, nach Gerda suchten. Die Spurensicherung und ein Abschleppwagen mit Gerdas Mietwagen folgten Declan. Linda Rhodes' Leiche blieb in Mayo; sie wurde nach Castlebar gebracht, wo sie obduziert werden sollte. Moira blieb ebenfalls in Mayo. Sie hatte sich als Verbindungsbeamtin angeboten, die Alexandras Haus beobachten und auf der Dienststelle mithelfen wollte. Haas war damit einverstanden gewesen, zumal die Leiche zwar in Mayo gefunden worden war, der Mord aber vermutlich im County Galway stattgefunden hatte. Declan hätte sich gerne selbst um Alexandra gekümmert, sah aber ein, dass er Untersuchung und Einsätze nicht von Westport aus leiten konnte. Ganz abgesehen davon, dass Amanda enttäuscht gewesen wäre, wenn er zu Silvester nicht wenigstens kurz zu Hause vorbeischaute. Dass Moira sich freiwillig für Westport angeboten hatte, hatte ihn gefreut. Sie schien eingesehen zu haben, dass Noppinger sie von Anfang an getäuscht hatte. Cian überwachte bisher ergebnislos die Chats. Keach arbeitete währenddessen daran, die Genehmigung für die Telefonüberwachung zu bekommen, was nicht einfach war, da weder Staatsanwalt noch Richter erreichbar waren. Die Auswertung der Fingerabdrücke auf dem Schraubenzieher brachte zutage, dass einer der Toten zugeordnet werden konnte. Es gab weitere, noch nicht identifizierte Abdrücke. Rhodes hatte sich gewehrt, der Augenzeuge hatte von einer Rangelei gesprochen, das erklärte Rhodes' Abdrücke. Wenn Alexandra bei seiner ersten Befragung von Noppinger nicht dazwischen gegangen wäre, hätten sie jetzt Noppingers Abdrücke und sie hätten sie damit endgültig festnageln können.

Declan machte für die Dauer eines kurzen Abendessens zu Hause halt. Zurück im Büro erreichte er endlich den Chief Superintendent und informierte ihn über die Entwicklungen. Der hörte sich am Telefon alles ruhig an und meinte dann fast gelangweilt, Declan scheine alles bestens im Griff zu haben, er solle einfach so weitermachen, wie er es für richtig befand. Er wollte noch wissen, ob er schon mit dem DPP, dem Staatsanwalt, gesprochen hätte, da es eine weitere Leiche gab und dies ja wohl zweifellos Mord war. Declan meinte, Kenneth Billingsley sei bereits nach der ersten Leiche interessiert gewesen, sie hätten jetzt sicher seine volle Unterstützung. Er gehe davon aus, Noppinger in den nächsten Stunden gefunden zu haben, erklärte Declan seinem Boss. Und wenn sie sie in zwei Tagen, am Montag, dem Haftrichter vorführten, würde sie wohl eine Weile in Untersuchungshaft bleiben müssen. Der Chief grunzte zufrieden und wünschte Declan und seinem Team ein glückliches neues Jahr. Noch bevor Declan sich bedanken konnte, hatte der schon aufgelegt. Der Chief Superintendent war bereits sturzbetrunken.

* * *

Als Alex und Nuala die Haustür hinter sich schlossen, war es bereits dunkel. Sie wussten, dass sie beobachtet würden, doch das Risiko mussten sie eingehen. Sie fuhren kreuz und quer durch die Stadt, aus der Stadt hinaus und ein bisschen später auf der anderen Seite wieder in die Stadt hinein. Es war hektisch auf der Straße, fast so, als wollten alle rechtzeitig heim zu ihren Partys oder rein in die Pubs. Als sich die erste Gelegenheit bot, lotste Alex Nuala in eine kleine Seitenstraße und Nuala hielt an.

Alex bedankte sich herzlich und umarmte sie kurz. Wenn all ihre Gäste so wären wie Nuala, ihr würde das B&B mehr Freude bereiten. „Wenn dir alles zu viel wird, dann fahr nach Hause, okay? Wirf den Schlüssel einfach in den Briefkasten. Du wirst trotzdem immer ein Bett bei mir haben und es wird dich nie etwas kosten."

„Vorausgesetzt, sie verhaften dich nicht. Bring Gerda erst mal in Sicherheit, Alex, dann klären wir die Sache auf. Und danke für dein Vertrauen. Ein B&B wurde mir noch von niemandem anvertraut."

„Ich war auch noch nie in so einer Situation."

Alex schlug die Tür zu, schenkte Nuala einen dankbaren Blick und eilte dann mit einem vollen Rucksack durch Westports Seitenstraßen. Sie betrat vier verschiedene Pubs durch den Haupteingang, um sie gleich wieder durch den Hinter- oder Seiteneingang zu verlassen. Als sie das Gefühl hatte, alles abgehängt zu haben, was ihr möglicherweise noch auf den Fersen gewesen war, machte sie sich auf zum Cyberpub. Dort angekommen, zwängte sie sich durch das überfüllte Lokal und bat den jungen Barkeeper darum, ein Taxi zu rufen. Sie teilte ihm mit, welche Taxifirmen er nicht kontaktieren sollte, nämlich die, deren Fahrer und Fahrerinnen sie erkennen würden.

Danach ging Alex zur Toilette. Die war voll mit jungen Frauen, die ihre Zeit vor den Spiegeln mit Schminken, Nachjustieren der Haare und dem Proben von sexy Posen vergeudeten, anstatt sich zu amüsieren. Jede Toilettentür war verriegelt. Hinter einer befand sich hoffentlich Gerda.

Alex musste auf sich aufmerksam machen. „Habt ihr eine kleine Asiatin mit blonden Locken gesehen? Gin-Gin, bist du hier?"

Die Frauen schüttelten die Köpfe, aber zehn Sekunden später trat Gerda aus einer der Kabinen. Sie schenkte ihr einen kurzen Blick, tat aber so, als würde sie sie nicht kennen, dann ging sie zum Ausgang.

„Dann knutscht sie wohl bereits mit meinem Freund herum, das Luder", sagte Alex seufzend und folgte Gerda hinaus. Sie überholte sie, sodass Gerda ihr folgen konnte.

Vor der Tür wartete bereits das Taxi. „Steig ein!“, flüsterte sie Gerda zu. „Ich kläre dich auf, wenn wir angekommen sind. Sag kein Wort!“

Gerda nickte, öffnete die Taxitür und Alex setzte sich neben sie auf die Rückbank. „Wir müssen nach Killadoon. Geht das?“, fragte sie den Fahrer.

„Killadoon? Dafür verrechne ich aber fünfzig Euro. Im Voraus.“

Alex nahm das Geld aus ihrer Jackentasche. Gerda hielt sie, ohne ein Wort zu sagen, zurück und reichte dem Fahrer einen Fünfziger und einen Fünfer. Der bedankte sich freundlich und fuhr los.

Weit und breit war kein Garda-Fahrzeug zu sehen, wie Alex mit großer Erleichterung feststellte. Das erste Problem schien also tatsächlich gelöst. Sie lehnte sich zurück, nahm vom Fahrer unbeobachtet Gerdas Hand und lächelte sie aufmunternd an. Gerda drückte dankbar zu und hörte dann die ganze Fahrt über nicht damit auf, sie zärtlich mit dem Daumen zu streicheln. Glücklicherweise hatte der Fahrer kein Bedürfnis zu reden. Als sie ankamen, drückte er ihnen seine Visitenkarte in die Hand und wünschte ihnen müde ein gutes neues Jahr.

Es gab keine Straßenlaternen und so wäre es stockdunkel gewesen, wenn in dem einsamen Haus, vor dem sie standen, keine Lichter gebrannt hätten. Kalte Seeluft wehte ihnen entgegen. Alex konnte das Meer riechen. Wann immer die Wolken den Mond freigaben, war ein leichtes Glitzern in der Ferne zu erkennen. Ein Nebelhorn erklang. Als es aufhörte, war es fast unwirklich still.

Alex atmete tief durch: Jetzt ging es um Problem Nummer zwei.

Gerda drückte sie unvermutet an sich. „Vielen, vielen Dank, Alex!“

„Möglicherweise war es ein fataler Fehler, hierher zu kommen. Ich wusste nur keine Alternative, Gerda.“

„Zu wem wollen wir?"

„Zu meiner Mutter. Und ich weiß nicht, wie sie reagieren wird."

13

Manchmal gab es zu viel kriminelles Potenzial bei den falschen Leuten. Moira ärgerte sich, dass die beiden es tatsächlich geschafft hatten, sie abzuhängen. Als Nuala Brent den Wagen wieder zurück in Conners' Einfahrt lenkte, parkte sich Moira neben ihr ein. Brent stieg aus, suchte am Schlüsselbund nach dem Haustürschlüssel und tat überrascht, als sie sie erblickte.

„Inspector! Was machen Sie denn noch in Westport?"

„Ihnen dabei zusehen, wie Sie in der Stadt herumirren. Wo ist denn Conners?"

„Auf wundersame Weise verschwunden." Brent grinste sie an. Dann machte sie ein ernstes Gesicht. „Sie verbringt Silvester mit Freunden in einem Pub."

„Im Rucksack waren wohl noch Weihnachtsgeschenke? Wie nett. In welchem Pub ist sie denn?"

„Gott, die haben so viele Pubs hier in Westport, keine Ahnung. Aber sie werden ohnehin einen Pub Crawl machen. Sie wissen schon, von einem Pub ins nächste, was junge Leute eben so tun." Brent sperrte die Haustür auf. „Wollen Sie auf eine schnelle Tasse Tee mithineinkommen, Inspector? Danach muss ich mich aber fertigmachen. Bono lasse ich mir natürlich nicht entgehen. Sind Sie wirklich mit ihm zur Schule gegangen?"

„Mein großer Bruder ging mit ihm sogar in die Klasse. Hat Noppinger sich eigentlich schon gemeldet?"

„Ich wünschte, sie hätte; ich mache mir Sorgen. Ich glaube nicht, dass sie irgendjemanden umgebracht hat, Inspector. Gerda ist unschuldig."

„Darum wäre es hilfreich, wenn sie mit mir sprechen würde."

„Stimmt, Sie sind ja der gute Bulle."

„Wann erwarten Sie Conners denn wieder zurück?"

„Sie wird die Nacht durchmachen. Dafür, dass ich mir das Frühstück selbst herrichten muss, wird sie mir diese Nacht nicht verrechnen. Guter Deal, wie ich finde. Morgen taucht sie wohl irgendwann mal auf. Vielleicht verbringt sie den Tag aber auch bei einem ihrer Freunde."

„Wie lange bleiben Sie eigentlich? Sie scheinen ja ein Dauergast zu sein, sogar mit Schlüssel zum Auto. Ein ungewöhnlicher Service."

„Ich habe Alex gesagt, dass ich B&B's teste; sofort hatte ich ihren Autoschlüssel. Also? Kommen Sie noch mit rein?"

„Wenn Sie mir sagen, wo sich Conners und Noppinger aufhalten?"

„Schade, Alex hat sehr guten Tee im Haus. Sie können übrigens auch hier in der Einfahrt bleiben; Sie müssen nicht irgendwo versteckt darauf warten, dass sich etwas tut. Ein schönes neues Jahr, Inspector." Damit machte Brent ihr vor der Nase die Tür zu.

Moira stieg in ihr Auto und fuhr zurück zu Haas; ein Streifenwagen würde sie ablösen. Das, was nicht hätte eintreten sollen, war eingetreten und sie hatte es nicht verhindern können: Conners hatte sich mit Noppinger getroffen und sie aus der unmittelbaren Gefahrenzone gebracht. Als sie Declan darüber informierte, fluchte und schimpfte er lauthals, was er selten machte. Er sagte es zwar nicht, aber es war klar, dass er davon ausging, dass ihm Conners nicht entwischt wäre. Er hielt sich allerdings zurück. Bei Cian oder Siobhan hätte er das nicht gemacht.

Als Moira ihn fragte, wo Conners hingefahren sein könnte, hatte Declan keine Idee – was sie überraschte, sie waren immerhin gut befreundet. Sie hätte einige Freunde, meinte er, aber die kannte er nicht. Conners habe sich bei ihm darüber beschwert, dass nun auch noch die letzten Freunde aus Westport weggezogen waren. Er hatte damals gemeint, das sei halt so, wenn man erwachsen wurde und damit begann, Familien zu gründen, sie solle das auch tun. Wo genau ihre Freunde wohnten, wusste Declan nicht. Moira wollte Näheres zu Conners Familie wissen. Es gebe nur eine Mutter, meinte Declan, aber dass sie zu der gefahren sein könnte, schloss er aus, die beiden hätten kaum miteinander Kontakt. Er wusste weder Namen noch Adresse, meinte aber, es würde wohl Sinn machen, das herauszufinden; sie dürften nichts unversucht lassen. Vielleicht gab es eine Geburtsurkunde von Conners, dann hätte man den Namen der Mutter. Mit einem aktuellen Namen auf einer Heiratsurkunde könnte man sie finden. Aufgrund des landesweiten weihnachtlichen Hackerangriffs auf wichtige Server der Gardaí und öffentliche Einrichtungen, dessen Auswirkungen noch immer zu spüren waren, konnten sie zurzeit nicht auf diese Datenbank zugreifen. Moira sollte sich darum kümmern, sobald die Büros wieder besetzt waren. Da gegen Conners nichts vorlag, bekamen sie auch keinen Durchsuchungsbefehl.

Declan vermutete, dass sich Conners und Noppinger in einer abgelegenen Gegend ein B&B suchten, was zu Silvester nicht einfach sein würde. Möglicherweise hatte Alex aber auch Bekannte mit Auto und Bett.

Moira hatte im Anschluss bei Haas vorbeigeschaut, aber sie und ihre Kollegen hatten alles im Griff, sämtliche Verkehrsmittel wurden überwacht. Als sie schließlich ihren Partner David anrief, ob er nicht vielleicht doch noch nach Westport hochkommen wolle, meinte der nur, er befände sich ohnehin bereits auf dem Weg.

* * *

Gerda war nicht halb so nervös wie Alex. Die alte Frau, die ihnen die Tür öffnete, strahlte aber über das ganze Gesicht, als sie Alex erkannte, und zog sie augenblicklich ins Haus, als hätte sie Angst, sie könnte ihr sonst womöglich wieder davonlaufen.

„Ach, du meine Güte, was ist denn mit deinem Gesicht? Und mit deinem Arm! Um Gottes willen, Alex!"

„Ausgerutscht und blöd hingefallen. Ich hätte aufpassen müssen, als sie mir damals das Laufen beigebracht haben. Keine Sorge, das sieht viel schlimmer aus, als es ist, Pauline. Bist du alleine?"

Pauline blickte Alex nachdenklich an. „Ach, Schatz! Ja, ich bin alleine. George senior ist schon im Bett. Ich muss bald ins Pub rüber. George und Sean sind hinter der Bar, deine Mutter ist in der Küche. Ich habe das Chili gemacht und die Salate. Um Extrawünsche muss sich deine Mutter im Augenblick alleine kümmern." Dann wandte die alte Frau sich Gerda zu. „Wer ist denn deine Freundin? Hallo, ich bin Pauline, die Mutter von George." Sie streckte ihr die Hand entgegen und lächelte sie neugierig an.

„George ist der Mann meiner Mutter", erklärte Alex.

„Ich weiß. Nett, Sie kennenzulernen, Pauline. Mein Name ist Gerda."

„Bist du Polin oder so was?"

„Österreicherin. Ich bin nur zu Besuch hier."

„Sag, ist das Zimmer frei, Pauline?", fragte Alex. „Könnten wir heute Nacht hier bleiben? Wäre das möglich?"

Pauline blickte von einer zur anderen, das Nachdenkliche war zurück. „Was ist passiert?", wollte sie wissen. „Bitte sag mir, was los ist, Alex!"

„Nichts ist los. Wir würden nur gerne irgendwo schlafen."

„Ist dein Haus abgebrannt?"

„Dürften wir hier bleiben, wenn es noch stünde?"

Pauline nickte und tätschelte Alex' Schulter. „Natürlich steht euch das Zimmer zur Verfügung."

„Wunderbar, danke. Und es ist alles okay, wirklich."

„Wenn alles okay wäre, wärst du nicht hier, Alex. Du hast kein einziges Mal hier geschlafen. Länger als letzte Woche zu Weihnachten warst du überhaupt noch nie hier. Vier Stunden! Und jetzt willst du eine ganze Nacht bleiben, noch dazu zu Silvester, und du bringst sogar jemanden mit. Natürlich ist da was faul! Aber, Schatz", ergänzte sie freundlich, „ich muss es im Moment nicht von dir hören. Ich bin nur froh, dass du hergekommen bist, hier bist du sicher. Vielleicht können wir uns so endlich mal kennenlernen." Die alte Frau lächelte, als sie in ihre Küche ging und Alex mit sich zog, damit sie sich an den Tisch setzte. Gerda bedeutete sie, sich ebenfalls hinzusetzen. „Habt ihr Hunger? Der Kühlschrank ist voll."

Gerda schüttelte den Kopf: „Danke, ich bin nicht hungrig, Mrs …"

„Pauline. Mrs mag ich nicht."

Gerda schmunzelte. Pauline war ihr sympathisch.

„Ich habe auch keinen Hunger, aber tausend Dank", sagte Alex.

Pauline setzte Wasser auf und entschuldigte sich, weil sie oben das Fenster schließen musste, sonst würde George senior erfrieren. Er mochte ja hin und wieder eine Plage sein, meinte sie, aber es wäre doch schön, wenn er noch ein bisschen länger am Leben bliebe. Mit einem Glas Wasser verließ sie die Küche, dann hörten sie sie die Treppen hinaufgehen. Alex atmete hörbar durch.

„Alles okay?"

Alex nickte. „Ich war tatsächlich noch nie lange hier und jetzt will ich sogar übernachten. Zum ersten Mal brauche ich sie. Sie werden misstrauisch sein. Alle miteinander. Ich kann es ihnen nicht verdenken."

„Sie werden dir ihre Hilfe trotzdem nicht verwehren."

„Wir sind keine richtige Familie, Gerda. Uns verbindet nur meine Mutter. Und meine Mutter und mich verbindet nur die gemeinsame Vergangenheit, sonst nichts."

„Dann lass uns einfach mal so tun, als wärt ihr eine richtige Familie. Vielleicht ist das sogar ganz nett. Wer weiß?"

Alex sagte nichts, für sie schien das tatsächlich schwierig zu sein. Sie musste sich sehr einsam fühlen.

Pauline kam die Treppe herunter und zehn Minuten später kam sie wieder zu ihnen zurück. „Ich habe ein Klappbett in dein Zimmer gestellt", erklärte sie Alex. „Ich habe euch beide Betten frisch überzogen, damit wir das nicht tun müssen, wenn wir nach Hause kommen."

„Wir kommen nicht mit ins Pub, Pauline."

Die Alte blickte Alex mit großen Augen an. „Kind, es ist Silvester!"

„Wir waren die ganze Nacht im Krankenhaus", erklärte Gerda.

„Ist dieser Unfall gestern erst passiert?"

Alex nickte. „Und wir kamen erst in der Früh nach Hause. Heute war außerdem ein sehr anstrengender Tag."

Pauline seufzte. „Dann macht es euch aber gemütlich! Und versprich mir, dass du morgen nicht gleich wieder verschwindest, Alex, okay? Versprichst du mir das?" Alex nickte, Pauline lächelte. „Würdet ihr noch eine Tasse Tee mit mir trinken, bevor ich hinübergehe?"

„Sehr gerne", sagte Gerda, bevor Alex antworten konnte.

Pauline erzählte schließlich Geschichten von der Familie. Sean, zum Beispiel, Paulines etwas langsamer Neffe, wie sie sich ausdrückte, lebte hier mit ihnen im Haus und kümmerte sich um die Einkäufe, um die Pflege von George senior und darum, Pauline in der Gegend herumzukutschieren, wann immer sie Besorgungen zu machen hatte. Er war ja so ein guter Junge! Und möglicherweise

„etwas schwul", aber da waren sie sich nicht sicher. Vielleicht war er auch nur schüchtern. Alex wollte wissen, ob es denn schlimm wäre, wenn er schwul wäre. Für die Mädchenwelt schon, meinte Pauline, er war doch so tüchtig. Aber ihr wäre das egal, meinte Pauline, wechselte aber eilig das Thema. Sie erzählte, dass sie für das Essen der fünf im Haushalt lebenden Personen zuständig war. Deborah, Alex' Mutter, war neben ihrem Halbtagsbürojob in Louisburgh für die Sauberkeit im Haus verantwortlich. Und von den beiden Georges war der eine fast rund um die Uhr in seinem Pub, dem *Killadoon's*, und sorgte für das nötige Einkommen, und der andere war fast rund um die Uhr bei den Nachbarn Monopoly spielen und Guinness trinken und sorgte dafür, dass er niemandem im Haus auf die Nerven ging.

Als Pauline sich schließlich auf ins Pub machte, waren Gerda und Alex bis auf den schlafenden George senior alleine im Haus.

„Sie mag dich gern", stellte Gerda fest, als sie aufstand und die Tassen in den Geschirrspüler stellte.

Alex nickte. „Ich mag sie auch. Komm, lass uns das Zimmer suchen."

Das Zimmer im Erdgeschoss, zwei Türen entfernt von Küche und Wohnzimmer, war nicht groß. Ein kleines Klappbett stand im rechten Winkel zu dem Einzelbett, das sich unter dem Fenster befand. Die Vorhänge waren zugezogen. Schräg gegenüber von den Betten gab es einen Kleiderschrank und neben der Tür hing ein kleines Bücherregal. Es war voll mit Kinderbüchern, Stofftieren und einem Stapel zerfledderter Zeichenblöcke. Man konnte fast meinen, dies sei mal Alex' Kinderzimmer gewesen.

Alex ging zum Regal und nahm ehrfürchtig ein Stofftier herunter, einen kleinen Stier. Sie blickte ihn lange an, roch an ihm, fühlte ihn an ihrer Wange. Gerda stellte fest, dass Alex plötzlich Tränen in den Augen hatte.

„Hey! Alles okay mit dir?“ Alex nickte, stellte das Plüschtier zurück und nahm einen der Zeichenblöcke zur Hand. „Sind das deine Sachen?“

Alex nickte wieder. Sie war offenbar bemüht, nicht die Fassung zu verlieren. Diese emotionale Reaktion überraschte Gerda – und ganz offensichtlich auch Alex selbst. „Ich dachte, das wäre alles längst vernichtet“, erklärte sie leise. „Ich dachte, sie hätte alles weggeschmissen.“

Gerda streichelte ihr über den Rücken. „Das konnte sie wohl nicht. Hast du all diese Zeichnungen gemacht? Wie alt warst du da?“

„Ich habe meine ganze Kindheit lang gezeichnet, lange, bevor ich ernsthaft mit der Musik angefangen habe. Ich habe so lange vergeblich nach diesen Heften gesucht. Wieso nur hat sie das alles aufgehoben? Wieso hat sie Mr Bullbull nicht weggeworfen, der ist über zwanzig Jahre alt. Oder meine Enid-Blyton-Reihe? Wieso hat sie all das behalten?“

„Vermutlich, weil sie wusste, dass dir die Sachen etwas bedeuten. Ich bin schon gespannt auf deine Mutter.“

Alex packte schließlich den Rucksack aus. Gerda war überrascht und dankbar, als Alex ihr Kleidung und ihre Toilettenartikel aushändigte. Dass sie daran überhaupt gedacht hatte! Dann setzte Alex sich stumm auf das quietschende Klappbett, das sie für sich beanspruchte und das nicht halb so gemütlich aussah wie das Bett unter dem Fenster.

Gerda verabschiedete sich für eine kurze Dusche, und als sie dann in ein weiches, hellblaues Badetuch gewickelt zurück ins Zimmer kam, saß Alex noch immer auf dem Klappbett und blätterte durch ihre Zeichnungen. Ihre Augen waren blutunterlaufen, die Wangen feucht. Gerda strich ihr liebevoll über den Kopf und hätte sie am liebsten tröstend umarmt. Alex wischte sich die Wangen trocken, als wäre es ihr peinlich. Dann stand sie auf und verschwand ebenfalls in der Dusche.

Gerda sah sich die Zeichnungen an, die das Mädchen Alex gemacht hatte. Sie zeigten Personen, die wohl eine Bedeutung für sie gehabt haben mussten. Alex hatte sich auf Gesichter und Bewegungen konzentriert, und jedes Bild erzählte eine Geschichte, wenn man genau hinsah. Die Zeichnungen waren noch nicht so ausgereift und detailverliebt wie jene, die in Alex' Haus hingen. Dennoch zeigten sie schon das große Talent, das Alex zweifellos hatte.

Für Alex fühlte sich dieser Abend unwirklich an. Sie stand im Badezimmer ihrer Mutter, die zweihundert Meter entfernt für die Gäste eines vollen Pubs Essen zubereitete und ihr morgen am Frühstückstisch gegenübersitzen und sich fragen würde, was ihre Tochter wohl nach Killadoon getrieben hatte. Die Mutter, die unverständlicherweise ihre Zeichnungen und Mr Bullbull behalten hatte. Und fünf Meter entfernt befand sich Gerda, die Frau, bei der sie sich schon zu Hause gefühlt hatte, noch bevor sie sie näher kannte. Die nächste potenzielle Affäre, vielleicht sogar mehr – und sie hatte Brüste und eine Vagina.

Ihr Spiegelbild blickte ihr traurig entgegen. Dieses Gesicht mochte vor vierundzwanzig Stunden ganz nett gewesen sein, aber jetzt fürchtete Alex sich fast selbst davor. Sie entfernte die Plastiktüte, mit der sie ihren Gips geschützt hatte, und fragte sich, wie sie mit so etwas würde liebkosen können. Gerda würde sich das auch fragen. Alex seufzte frustriert.

Trotzdem wickelte sie sich in ein grünes Badetuch, das das gesunde Auge betonte. Sie hatte überlegt, mit dem Make-up ihrer Mutter das Schlimmste unter dem linken Auge wegzuretuschieren, aber das wäre zu offensichtlich gewesen, und sie wollte nicht, dass Gerda sich schlecht fühlte, wenn sie trotzdem nicht mit ihr schlafen wollte.

Gerda saß auf dem Bett unter dem Fenster und blickte hoch, als Alex eintrat. Sie hatte die nackten Beine übereinandergeschlagen und einen ihrer Zeichenblöcke in der Hand. Ihr Blick war weich, sie lächelte Alex entgegen. Und sie sah ihr nicht nur in die Augen.

„Diese Zeichnungen sind nicht so gut, Gerda. Da war ich noch ein Kind. Ich bin viel besser geworden."

„Ich weiß. Und du bist auch ziemlich erwachsen geworden."

Mit lila-gelb-grünem Gesicht, einem geschwollenen Auge und einem Gipsarm stand Alex vor der Frau, von der sie sich so sehr wünschte, dass sie sie so begehrenswert fand, wie es umgekehrt der Fall war. Und von der sie sich erhoffte, dass sie nicht ein Opfer in ihr sehen würde.

Mitleid war es nicht, was Alex in ihren Augen entdeckte, als Gerda schließlich aufstand und auf sie zukam. Ihre Intention war unmissverständlich, als Gerda sie langsam zu ihrem Bett führte und sich vorsichtig mit ihr darauf niederließ. Der Kuss kam nicht überraschend.

„Du weißt auch nicht, was du willst", sagte Alex irgendwann atemlos.

„Ich weiß schon lange, was ich will, Alex." Gerda blickte liebevoll auf sie hinab. „Und dafür werde ich mir jetzt auch die ganze Nacht Zeit nehmen, wenn dir das recht ist."

„Ich hätte auch das ganze nächste Jahr noch nichts vor, wenn du …"

Mit einem weiteren Kuss brachte Gerda sie zum Schweigen.

* * *

Declan löste sich vorsichtig aus Amandas Armen und setzte sich verschlafen auf. Caitlins Werken in der Küche hatte ihn geweckt. Sie machte mal wieder Frühstück. Noch wusste sie nicht, dass ihr Vater heute nicht lange zu Hause bleiben würde.

„Sie wird den Toast verkohlen“, wusste Amanda.

„Sehr wahrscheinlich. Und die Milch wird auch wieder überkochen. Und dann wird sie fluchen.“

„Und den ganzen Tag wird sie frustriert in der Gegend herumlaufen. Wir sollten aufstehen. Wann musst du heute gehen?“

„Gleich nach dem Frühstück. Ich muss Alexandra finden.“

Amanda seufzte frustriert. „Sie ist eine Freundin, Declan. Du solltest sie nicht wie eine Verdächtige behandeln.“

„Sie ist auf der Flucht mit einer Doppelmörderin.“

Sie setzte sich auf. „Kannst du dir nicht vorstellen, wie schlimm das für sie sein muss? Und sie hat jetzt nicht einmal ihren besten Freund an ihrer Seite. Ich möchte Alex nicht verlieren, Declan. Und ich möchte nicht, dass Caitlin sie verliert. Und ich möchte vor allem nicht, dass du sie verlierst. Das wirst du aber, wenn du ihr kein Freund bist.“ Amanda stand auf.

„Und ich möchte nicht, dass sie ihr Leben verliert. Darf ich duschen und du kümmerst dich um die Kleine?“

„Ganz sicher nicht.“ Damit verließ Amanda das Schlafzimmer. Sie ging in die Küche, sagte: „Einen wunderschönen guten Morgen im neuen Jahr, Baby!“ zu ihrer Tochter und machte sich dann auf den Weg ins Badezimmer. „Dein Vater kommt gleich und hilft dir.“

Als sie später beim Frühstück saßen, las Declan die Nachrichten von Marcus auf seinem Handy, in denen er alles bedauerte und hoffte, dass die Geschichte gut ausging. Er sei zurück nach Roscommon gefahren und würde sich für ein paar Tage zurückziehen, um in sich zu gehen. Es täte ihm leid, dass er niemanden mehr für das *Sally's* gefunden hatte, er habe sich wirklich bemüht. Aber die

Sache mit den Morden habe ihn viel zu sehr aufgewühlt. Und Alex' unvermutetes Lesbischsein ebenso – wie konnte sie nur? Und dann auch noch diese Cheryl! Er war mittlerweile bei mehreren Dutzend Vaterunser angelangt und das war gar nicht gut.

Declan entschuldigte sich bei seiner Familie, dass er noch eine weitere E-Mail lesen musste, bevor er ganz für sie da sein würde, und öffnete Keachs Nachricht. Von weiteren Angehörigen oder von Freunden wisse die geschockte Nachbarin von Linda Rhodes nichts, aber so eng seien sie nicht gewesen. Und die Überwachung von Noppingers Handy sei genehmigt worden, ergänzte Keach. Declan antwortete, dass er sie gegen elf im Büro sehen wollte, sie solle auch Cian informieren.

Als er sein Handy zur Seite legte, sahen ihn seine Tochter und seine Frau vorwurfsvoll an. „Entschuldigung", sagte er und versprach, erst nach einer Runde Tischfußball zur Arbeit zu gehen.

* * *

Eine kreischende Möwe weckte Alex auf. Es war kurz nach neun Uhr vormittags. Sie war alleine in dem abgedunkelten Zimmer, stellte sie fest. Aber sie konnte nicht geträumt haben, sie spürte Gerda noch auf jedem Zentimeter ihrer Haut, sie konnte sie noch riechen, sie schmeckte noch ihren letzten Kuss.

Schlagartig setzte Alex sich auf und horchte auf Geräusche, aber es war ruhig. Keine Duschlaute, keine gurgelnde Kaffeemaschine, keine Türen, die auf- und zugemacht wurden. Sie schlug den Vorhang zurück und blickte in einen trostlosen Tag hinaus, mit dem heftig wellenschlagenden Meer einige hundert Meter entfernt und dunklen Wolken, die keinen Sonnenstrahl durchließen. Weit und breit war niemand zu sehen.

Als sie die Füße auf den Boden stellte, entdeckte Alex den Zettel auf dem Klappbett. Nervös stand sie auf.

„Bin nur am Strand, du wunderbare Frau“ besagte der Text aber. Daneben hatte Gerda ein Herz gemalt. Erleichtert und mit einem breiten Lächeln atmete Alex aus. Waren das Schmetterlinge in ihrem Bauch?

Sie schluckte zwei Schmerztabletten, dann verließ sie das Zimmer. Sie hatte in der Nacht nichts gehört, und doch befanden sich nun Schuhe und Jacken neben der Eingangstür, die am Vorabend nicht da gewesen waren. Sie öffnete leise die Tür und überquerte die menschen- und autoleere Straße, um zu der einsamen Gestalt in der Ferne zu gehen, die sie vom Fenster aus nicht hatte sehen können. Gerda stand mit dem Rücken zu ihr und blickte auf das Meer hinaus, zur Insel Inishturk. Die Arme hatte sie um sich geschlungen, das dunkle Haar flatterte wild durcheinander. Bis auf ein Dutzend Möwen und eine Person, die weit entfernt mit einem Hund spazieren ging, waren sie alleine.

Gerda zuckte zusammen, als Alex ihr sanft eine Hand auf die Schulter legte. Sie wirbelte herum und küsste sie gleich so liebevoll, dass Alex' Schmetterlinge sich gar nicht mehr beruhigen wollten.

Aneinandergelehnt genossen sie schließlich einige Minuten lang den Blick auf das Meer. Als sie dann zum Haus zurückgingen, wurden sie bereits erwartet.

Sean kam gerade aus dem Badezimmer und nickte Alex wortlos zu. Gerda blickte er einen langen Moment an, nickte ihr ebenfalls zu, dann ging er in die Küche. Sie folgten ihm. In der Küche befand sich bis auf George senior der Rest der Familie. Die alte Pauline stand am Herd und schlug Eier in eine Pfanne. George war gerade dabei, sich an den Tisch zu setzen, ging stattdessen aber breit lächelnd auf Alex zu, um sie begrüßend an sich zu drücken. Ihre Mutter stand neben dem Kühlschrank, drehte sich zu ihnen um und blickte ihnen zurückhaltend entgegen.

„Ich hatte schon befürchtet, du wärst möglicherweise schon wieder weg, Alex“, sagte Pauline freudestrahlend über ihre Schulter und nahm ihrer Mutter die Milch aus der Hand.

„Ich habe doch versprochen, dass ich das nicht mache. Guten Morgen allerseits. Hi, Mom.“

Mit einem ernsten Blick kam ihre Mutter auf sie zu und umarmte sie vorsichtig. „Pauline hat schon von deinen Verletzungen erzählt. Ist alles in Ordnung mit dir, Alex?“

„Natürlich. Ich bin nur ausgerutscht.“ Alex wandte sich nun an alle. „Ich muss mich entschuldigen, dass wir einfach unangemeldet aufgetaucht sind. Ich hoffe, es war für alle in Ordnung, dass wir hier übernachtet haben. Ich bin sehr dankbar, dass das möglich war. Gerda ist übrigens eine Freundin von der Uni.“

„Klar, war das in Ordnung“, sagte George sofort und stellte sich Gerda vor. Für sie beide war bereits gedeckt worden, wie Alex auffiel.

„Natürlich, Alex“, sagte ihre Mutter und gab Gerda förmlich die Hand. „Ich bin Deborah. Pauline hast du ja schon kennengelernt, und das ist Georges Cousin Sean.“

„Mein Mann wird erst später herunterkommen, der steht immer erst am frühen Nachmittag auf, weil er vorher stundenlang fernsehen muss, bevor er sich der Welt stellt“, erklärte Pauline. „Eier, Alex? Gerda? Mit Speck? Oder was hättet ihr beide gerne?“

Pauline stellte dann ohnehin alles Mögliche auf den Tisch. Die Stimmung war merkwürdig. Pauline redete, als hätte man sie aufgezogen. Sean, mit dem Alex noch nie mehr als drei, vier Sätze hintereinander gewechselt hatte, sagte überhaupt nichts. Man hörte ihn nicht einmal essen, dabei aß er ziemlich viel. George blickte fröhlich durch die Runde, machte ein bisschen Small Talk, versuchte alle ein wenig darin zu verwickeln und war dabei darauf bedacht, halb so schnell zu sprechen wie üblich, damit Gerda ihm folgen konnte. Die hatte noch gar nicht die Möglichkeit bekommen, zu beweisen, dass ihr Englisch viel besser war als das Englisch der üblichen Irlandtouristen vom Festland. Und ihre Mutter schien mal wieder mehr zu denken, als sie bereit war zu sagen.

Als sie aufstand, um heißes Wasser für den Tee zu holen, blickte Alex zu ihr hoch. „Ich war überrascht, Mom", sagte sie. Ihre Mutter drehte sich mit einem fragenden Blick zu ihr um. „Du hast ein paar Sachen von mir aufgehoben."

Sie nickte.

„Sie hat alles aufgehoben, Alex", sagte George. „Der Rest deiner Sachen befindet sich gut verpackt auf dem Speicher."

„Im Zimmer ist nur das, was du am liebsten hattest", erklärte ihre Mutter. „Bis auf Johnson, der war zu groß. Und George senior würde der Schlag treffen."

„Johnson gibt es auch noch?" Alex fiel fast die Gabel aus der Hand.

Ihre Mutter lächelte, offenbar zufrieden mit ihrer Reaktion. „Natürlich gibt es ihn noch. Auf der Spinne hast du öfter geschlafen als in deinem Bettchen. Ich habe ihn in einen Plastiksack gesteckt, damit er nicht verdreckt. Er wird dir mittlerweile nicht mehr ganz so groß vorkommen."

Alex war sprachlos. Der kuschelige Johnson war lange Zeit ihr bester Freund gewesen. Sie hatte ihn damals von ihrer Mutter bekommen, damit sie ihre Angst vor Spinnen verlor. Es hatte schnell geklappt.

„Wieso hast du die Sachen nicht entsorgt?", wollte sie von ihr wissen.

„Weil sie dir gehören."

„Wieso hast du sie dann nicht im Haus gelassen? Wieso hast du alles mit hierher genommen?"

„Weil du sie früher oder später weggeworfen hättest. So wie ich das mit meinen Sachen gemacht habe, als ich glaubte, erwachsen sein zu müssen. Tatsächlich aber habe ich mich lange nach einigen meiner Kindheitssachen gesehnt, weil ich Erinnerungen mit ihnen verbinde. Das wollte ich dir ersparen, deshalb dachte ich, hier wären deine Sachen sicher. Außerdem ist es schön, sie hier zu haben."

Alex wusste nicht, was sie sagen sollte. George blickte sie herzlich an. „Deine Sachen befinden sich schon seit Jahren in dem Zimmer, Alex", erklärte er. „Es war immer deines, obwohl du noch nie drin warst."

„Wo ist eigentlich dein Auto?", wollte Sean auf einmal wissen. „Seid ihr mit dem Taxi gekommen? Den ganzen Weg von Westport?"

„Alex, magst du uns vielleicht sagen, ob du in Schwierigkeiten steckst?", fragte George ernst. „Du musst zugeben, dass es ungewöhnlich ist, dass du einfach so vorbeikommst, um hier zu übernachten. Es sollte nicht ungewöhnlich sein, aber leider ist es das."

„Tut mir leid, dass ich uns nicht angekündigt habe."

„Darum geht es nicht, du bist hier immer willkommen. Wir fragen uns nur, ob alles in Ordnung ist. Es sieht nämlich nicht so aus."

Alex wich Georges Blick aus, nur um dem ihrer Mutter zu begegnen, die sie ebenfalls eindringlich ansah.

„Es ist alles gut. Macht euch keine Sorgen, bitte!"

„Wie heißt er denn?", fragte George. „Und wo ist er? Sucht er dich?" Sie blickte ihn verwirrt an. „Du bist eindeutig verprügelt worden, Alex. Das war kein Unfall, das wissen wir alle. Wegen eines Unfalls würdest du auch keine Zuflucht suchen. Aber du versteckst dich, nicht wahr?"

„Ich bin nur dumm hingefallen. Macht jetzt bitte kein Drama daraus!"

Pauline stellte etwas zu lautstark ihre Tasse zurück auf den Tisch. „Ach, Kind, ehrlich!", schimpfte sie auf einmal.

„Wir sind doch nicht blind! Ich weiß, wie das aussieht, wenn ein Mann seine Frau verprügelt. Meine Schwester, Gott hab sie selig, stand regelmäßig mit einem ähnlichen Gesicht auf meiner Türschwelle. Auch sie hat immer wieder versucht, mir etwas vorzumachen, auch ihr ist es nicht gelungen." Pauline blickte sie streng an. „Was hast du denn zu verlieren, wenn du uns erzählst, was passiert ist? Was hast du zu verlieren, wenn du dir helfen lässt? Du brauchst uns jetzt! Und du weißt das auch, sonst wärst du nicht hier."

Alex atmete tief durch. Die Wahrheit konnte sie ihnen nicht sagen. Und zu bestätigen, vor einem gewalttätigen Freund auf der Flucht zu sein, wäre vielleicht klug gewesen, aber sie wollte sie nicht belügen; es fühlte sich nicht richtig an. „Es wäre mir recht, wenn wir das Thema jetzt lassen könnten."

Pauline seufzte, lehnte sich frustriert in ihren Stuhl zurück und blickte hilflos zu ihrem Sohn, der Alex besorgt ansah.

Ihre Mutter ließ sie nicht aus den Augen. „Wie lange wollt ihr bleiben?"

Die Enttäuschung, die Alex jetzt spürte, war so überwältigend, dass sie augenblicklich bereute, ihren Schutzschild abgelegt zu haben. Wie hatte sie nur so gutgläubig sein können? „Keine Sorge, es war nur für eine Nacht, wir brechen gleich wieder auf. Danke, dass wir übernachten durften. Danke für das Frühstück. Und danke für eure Sorge."

Sie wollte aufstehen, doch Gerda legte ihr eine Hand auf den Oberschenkel und blickte sie beschwörend an. Alex fluchte stumm. Wenn sie doch nur eine Alternative gehabt hätten! Die nächsten Freunde wohnten in Galway, nur wohnte da auch Declan. Aber Kilkenny, Caven und Dublin waren auch keine Option, das war ohne Auto alles viel zu weit weg.

„Alex, ich frage doch nur!“, erklärte ihre Mutter schnell. „Ihr könnt bleiben, solange ihr wollt. Ich wollte nicht hören, wann du wieder gehst. Ich möchte nicht, dass du so schnell wieder gehst.“

„Es ist schon in Ordnung.“

„Alex, ehrlich, bitte bleibt! Hier bist du sicher! Bitte bleibt, um Himmels willen!“ Sie schien das ernst zu meinen, ihr Blick war besorgt.

„Ein paar Tage?“, fragte Alex kleinlaut. „Wäre das okay? Ich möchte aber nichts erklären müssen, geht das trotzdem?“ Sie nickten und ihre Mutter schenkte ihr ein aufmunterndes Lächeln. Alex fragte sich, ob sie das je zuvor von ihr bekommen hatte. Ja, hatte sie. Als sie klein war. Ihre Mutter hatte sie sehr gern gehabt, als sie klein war. Alex blickte zu Gerda, die erleichtert ausatmete. Sie legte ihre Hand auf die Hand, die warm auf ihrem Oberschenkel lag. „Tausend Dank“, sagte Alex in die Runde.

„Wenn du aber darüber reden willst, hören wir dir zu“, sagte Pauline.

„Und bis dahin genießen wir, dass wir dich einfach mal eine Weile bei uns haben“, ergänzte George schnell.

„Wir könnten Hilfe gebrauchen“, sagte Sean dann. Dabei blickte er nicht Gerda oder sie an, sondern die drei anderen.

George grinste breit. „Am 1. Januar ist immer das große Putzen im Pub angesagt. Meine Leute haben frei, das Silvesterputzen ist eine Familienangelegenheit. Gutes Timing, Alex. Auch einarmig kannst du uns helfen. Das Putzen dauert eine Weile, aber danach fahren wir immer nach Louisburgh in ein Restaurant. Und traditionellerweise klingt der erste Tag des neuen Jahres dann mit einem ausgedehnten Strandspaziergang und einem anschließenden Glas Whiskey beim Kaminfeuer aus.“ George legte den Kopf ein wenig schief. „Bedingung für euren Aufenthalt wäre eure Hilfe nicht, aber ihr wollt vermutlich kein schlechtes Gewissen haben."

Natürlich würden sie helfen, auch Gerda nickte sofort. Alex begegnete stumm dem Blick ihrer Mutter, die sie gedankenvoll ansah.

Alex fragte, ob sie für ein paar Minuten online gehen könnten. Sean führte sie in sein Zimmer, das neben dem Schlafzimmer von Pauline und George senior lag. Als er sie alleine ließ, loggten sich Alex und Gerda auf Faraway.com im Chat & Play ein. Glücklicherweise mussten sie nicht auf Nuala warten.

14

Der wahre U2-Frontmann hätte nicht großartiger sein können, fand Nuala. Paul „Bono" Hesoucky hatte das Publikum des *Sally's* schon begeistert, als Cheryl noch dabei war, vor lauter Wut ob dieser Täuschung mit Sachen um sich zu schmeißen. Dass sie Bonos nicht einmal ähnlich sehendes Double trotzdem auf die Bühne ließ, zeugte von ihrer Verzweiflung. Er hatte tatsächlich eine Stimme wie der richtige Bono. Er klang aber auch wie Elvis, Van Morrison oder Tom Jones. Spätestens ab der zweiten Hälfte des allerersten Songs war ihm Nuala hilflos verfallen. Zu Ende seines Auftritts, als Hesoucky unter tosendem Applaus die Bühne verließ, versprach er, wiederzukommen, wenn man ihn ließe. Wenn Cheryl klug war, würde sie ihn bald wieder engagieren. Er war zwar bereits mit seiner Ein-Mann-Show durch einige europäische Länder getourt, war also nicht mehr ganz unbekannt und deshalb vermutlich auch nicht billig. Aber obwohl Alex und

Declan ein beliebter Act im *Sally's* waren, mit Hesoucky konnten sie vermutlich nicht mithalten. In diesem Pub hatten sie nun tatsächlich starke Konkurrenz bekommen.

Müde gähnend schlurfte Nuala mit einer riesigen Tasse schwarzen Kaffees in das Wohnzimmer und loggte sich im Chatroom ein. Sie hatte viel Alkohol getrunken und viel getanzt. Und mit zwei jungen Kerlen aus Castlebar hatte sie geflirtet, die irgendwann unverblümt gefragt hatten, ob sie nicht mit zu ihnen nach Hause kommen wollte. Sie hatte sogar kurz darüber nachgedacht, so betrunken war sie gewesen.

Es dauerte nicht lange, schon waren Alex und Gerda online und berichteten, dass sie in Sicherheit waren und auch einige Tage bleiben könnten. Sie wollten wissen, ob sie Neues von den Gardaí gehört hätte, und nannten ihr schließlich eine E-Mail-Adresse, unter der sie notfalls erreichbar waren. Nuala teilte ihnen mit, dass sie alles im Griff hätte und sie sich keine Sorgen machen sollten. Und dass Bono ganz toll war, sagte sie ihnen auch. Sie kam nicht mehr dazu, sie über Bono aufzuklären, denn da läutete es und die Polizistin aus Galway stand wieder vor der Tür.

Moira lächelte freundlich, als ihr Nuala Brent die Tür öffnete. Die wirkte müde. Und genervt.

„Lassen Sie mich raten, Inspector: Sie waren gerade in der Gegend?"

„Nein, eigentlich nicht. Ich bin nur neugierig, ob Conners und Noppinger mittlerweile wieder zurück sind."

„Leider nicht."

„Conners auch nicht? Wirklich?"

Brent verdrehte die Augen. „Wir haben den ersten Januar und es ist Vormittag, Inspector. Wie viele Leute in Alex' Alter kennen Sie, die schon auf den Beinen wären? Unsereins hat ja bereits so viel Angst, etwas zu verpassen, dass wir nicht länger als nötig schlafen, aber Alex ist wohl noch nicht einmal dreißig, das wird Ihnen doch nicht entgangen sein."

Moira nickte einsichtig. „Sie haben recht, ich bin wohl zu früh. Gilt Ihr Angebot, auf eine Tasse Tee hineinzukommen, eigentlich noch?"

Brent seufzte, trat zur Seite und ließ sie rein. „Eigentlich war das Angebot nicht ernst gemeint." Sie deutete Moira, in der Küche Platz zu nehmen, während sie die Tasse holte, die im Wohnzimmer neben einem surrenden Computer stand.

„Schon E-Mails gecheckt so früh im neuen Jahr?", fragte Moira, als Brent danach Teewasser für sie aufstellte.

„Und niemand hat mir geschrieben, stellen Sie sich vor! Wollen Sie eigentlich wirklich Tee oder wäre Ihnen Kaffee lieber?"

„Tee ist gut. Und das ist sehr nett von Ihnen, danke sehr."

„Es gibt nichts Neues zu erzählen, Inspector", begann Brent, als sie ihr die Tasse reichte und sich ihr gegenübersetzte. „Ich habe nach wie vor keine Ahnung, wo Gerda sich aufhält."

„Oder Conners."

„Oder Alex, ganz recht."

„Die ja heute noch nach Hause kommen wird."

„Nehme ich an. Sobald sie wach ist. Aber möglicherweise feiert sie ja immer noch. Und ich glaube übrigens nicht, dass es ihr recht wäre, wenn Sie hier auf ihre Rückkehr warten würden."

„Nach all dem, was passiert ist, glauben Sie, sie feiert noch?"

„Nach all dem, was passiert ist, braucht sie Ablenkung."

„Hat sie Freunde getroffen?"

„Ich glaube, das sagte ich Ihnen gestern schon. Wird Alex denn auch verdächtigt, jemanden umgebracht zu haben?"

„Nur, jemandem bei der Flucht geholfen zu haben.“

Brent lachte. „Na, dann bin ich ja froh, dass ich noch nicht verhaftet wurde. Übrigens, danke für Bono. Der war klasse.“

„Ja? Hat Paul Ihnen gefallen? Sie werden es nicht glauben, aber früher war er schüchtern. Er war eines jener Kinder, die sich nicht trauen, den Mund aufzumachen oder Schuhe mit lauten Absätzen zu tragen, weil sie damit zu viel Aufmerksamkeit auf sich ziehen könnten. Er wurde ständig gehänselt. Waren Sie enttäuscht, dass es nicht der echte Bono war?“

„Was glauben Sie? Wieso haben Sie nicht gesagt, dass er ein anderer Bono ist?“

„Weil Cheryl ihm dann möglicherweise keine Chance gegeben hätte. Er wird aber ein Erfolg gewesen sein, oder? Er ist immer ein Erfolg.“

Brent nickte. „Das war er. Sie haben dem *Sally's* einen großen Dienst erwiesen, Inspector. Und auch Alex. Das war sehr anständig von Ihnen.“

„Manchmal muss man uns einfach nur vertrauen. Wo, sagten Sie noch mal, hat Conners Party gemacht?“

Brent schüttelte ungläubig den Kopf. „In jeder Menge Pubs.“

Moira nahm ihr Handy zur Hand und wählte Conners' Nummer. Im Wohnzimmer klingelte es. „Da ist es also. Ich habe es schon einige Male versucht. Es war klug, es nicht mitgenommen zu haben.“

Brent lehnte sich vor und blickte sie ernst an. „Alex ist nicht bei ihr, Inspector. Wir haben keine Ahnung, wo Gerda sich befindet.“

„Fast glaube ich Ihnen. Ich scheine umsonst hergekommen zu sein.“ Moira nippte an ihrem Tee. „Kann ich noch auf die Toilette, bevor ich wieder fahre?“

Brent verwies sie auf die Toilette neben der Hintertür. Moira kam allerdings gleich wieder zurück und sagte, die sei verstopft. Brent blickte sie zwar misstrauisch an, hatte aber keine Wahl, als sie die Treppe hoch zu lassen. „Die Toilette dort ist sicher nicht verstopft. Aber schnüffeln Sie nirgends herum, hören Sie? Sie haben keinen Durchsuchungsbefehl und Gefahr ist auch nicht im Verzug."

„Sie kennen sich ja gut aus." Damit ging Moira hinauf. Brent folgte ihr zwar nicht, aber Moira wusste, sie hatte nicht viel Zeit.

Haas hatte sich hier oben bereits umgesehen. Während sie sich darauf konzentriert hatte, nach Noppinger Ausschau zu halten und deren Sachen zu durchstöbern, hoffte Moira, mit Hilfe von privatem Krimskrams in Conners' Zimmer, Hinweise auf ihren Aufenthaltsort zu bekommen. Sie öffnete lautstark die Toilettentür, ging aber in das Schlafzimmer und sah sich um. Bei einer flinken illegalen Durchsicht der Schubladen konnte sie nichts Interessantes entdecken, für die Ordner im Regal hatte sie keine Zeit. Als sie aus dem Zimmer trat, sah sie sich die von Haas erwähnten Fotos im Vorraum näher an – und die führten sie auf eine Spur.

Moira betätigte die Toilettenspülung und ging die Treppe hinunter. Brent stand mit ihrer Tasse in der Hand im Türrahmen zur Küche und blickte ihr misstrauisch entgegen.

„Bitte rufen Sie mich an, wenn Sie mir etwas zu sagen haben, Ms Brent, okay? Ich bin nach wie vor der gute Bulle. Danke für den Tee."

„Sie haben ihn kaum angerührt."

* * *

Declan saß mit Keach und Cian am Besprechungstisch in seinem Büro. Weder Westport noch sein eigenes Team hatten es geschafft, Noppinger oder die Angreifer ausfindig zu machen, und Alexandra war Moira entwischt.

Es bestand die Möglichkeit, dass sie bereits tot war. Wie Linda Rhodes. Erst verwendet, dann entsorgt. Die aufsteigende Panik unter Kontrolle zu halten, war nicht einfach. Außerdem fühlte es sich so an, als würde ihm gerade alles entgleiten. Eine fähige Kollegin versagte erbärmlich, eine sonst loyale und intelligente Freundin wandte sich von ihm ab, um den möglicherweise allerletzten Fehler ihres Lebens zu begehen. Und selbst die eigene Familie konnte ihm nicht ausreichend positive Energie für einen schwierigen Arbeitstag mitgeben. Und dann wagte Keach auch noch, auf ihn sauer zu sein, weil sie arbeiten musste.

„Ich habe mir das Navi in Noppingers Wagen näher angesehen“, sagte Cian. Keach drehte sich ihm unbeeindruckt zu, Declan blickte ihn abwartend an. „Laut dem, womit sie es gefüttert hat, fuhr Noppinger von Westport nach Clifden und ist dort die Sky Road hinauf. Danach ist sie auf schnellstem Weg zurück nach Westport gefahren. Das ist das, was sie eingegeben hat. Das heißt nicht, dass sie auch tatsächlich so gefahren ist.“

Declan bemühte sich um Konzentration. „Sie trifft sich mit Rhodes in Clifden und überredet sie, ihr die Sky Road hinauf zum Clifden Castle zu folgen, um sich dort ungestört mit ihr unterhalten zu können. Dort parken sie und gehen zur Ruine. Rhodes bekommt Angst, läuft weg. Noppinger folgt ihr. Rhodes versteckt sich, wagt sich vor lauter Angst nicht zurück zum Auto, ruft mich gegen zwölf Uhr an. Noppinger entdeckt sie, bringt sie um. Dabei wird sie beobachtet. Das Ganze kann sich nicht weit von Noppingers Wagen abgespielt haben, weil sie ja gesehen wird, wie sie Rhodes in den Kofferraum legt. Weit dürfte Rhodes also nicht gekommen sein, zumal der anonyme Anrufer sich unmittelbar nach ihrem Anruf bei uns gemeldet hat. Aber was geschah dann?“ Er kratzte sich gedankenverloren die Stirn. „Rhodes schien viel Blut verloren zu haben. Wenn Noppinger sie während dieser Rangelei getötet und anschließend in den Wagen gelegt hat, wieso war kein Blut an Noppingers Kleidung? Hat sie die unterwegs gewechselt? Oder wurde Rhodes erst nach der beobachteten Rangelei getötet?"

„Sie schlägt sie zuerst nur bewusstlos? Und kaum liegt sie im Wagen, tötet sie sie kaltblütig und gnadenlos?" Keach blickte ihn skeptisch an.

„Vielleicht wurde Rhodes von den beiden Kerlen umgebracht?", überlegte Cian. „Ein kaltblütiger Mord ist denen zuzutrauen. Was auch immer sie für einen Grund gehabt haben mochten."

„Wieso hat Noppinger die Leiche eigentlich nicht entsorgt?", fragte Keach. „Sie hätte doch Zeit dazu gehabt. An der Sky Road wäre das kein Problem gewesen, so menschenleer, wie es da im Winter ist."

Declan stand auf. „Das hatte sie sicher noch vor. Ich fahre jetzt nach Clifden und schaue mich um, vielleicht komme ich ja schlauer zurück. Bereitet bitte in der Zwischenzeit den Bericht für den Staatsanwalt vor. Und Ihnen alles Gute bei Linda Rhodes' Eltern in Clare, Inspector", wandte er sich an Keach. „Sie machen das schon."

„Ein hieb- und stichfester Bericht wird das aber noch nicht werden, Dec", meinte Cian.

„Schreib ihn einfach mal, bitte! Inspector Keach soll dir helfen, wenn sie wieder zurück ist."

Declan teilte seinem Team noch mit, dass er die Presse kontaktieren würde. Spätestens am nächsten Tag wollte er Gerdas Foto veröffentlicht sehen. Die Identität des Opfers konnte dann ebenfalls bekannt gegeben werden, bis dahin würde Keach die Eltern benachrichtigt haben. Viele Infos wollte er nicht herausgeben, Noppinger sollte nur Angst bekommen und die Bevölkerung auf sie aufmerksam gemacht werden. Sowohl Keach als auch Cian hielten das für eine kluge Vorgehensweise.

Declan erkundigte sich bei Moira nach Neuigkeiten, als er zum Auto ging. Es gab noch keine Hinweise auf einen Aufenthaltsort von Alexandra und Noppinger, Brent schien tatsächlich nichts zu wissen, auch die Überwachung der öffentlichen Verkehrsmittel hätte nichts gebracht. Gerichtsmedizin und Spurensicherung arbeiteten noch an Leiche und Auto.

Declan trug Moira auf zurückzukommen, sobald sie den Eindruck hätte, dass ihr Aufenthalt in Westport vergeudete Zeit sei. Moira wollte jedoch den Bericht der Gerichtsmedizin abwarten. Declan forderte sie auf, Haas unter Druck zu setzen, sie sollten endlich die beiden Angreifer identifizieren, auch, um herauszufinden, ob die am Mord an Linda Rhodes beteiligt waren. Moira versprach, ihr Bestes zu geben.

Manchmal war das ein blöder Job, stellte Declan fest. Wenn Rätsel nicht schnell gelöst werden konnten, machten sie keinen Spaß.

* * *

Gegen Mittag waren Gerda und die anderen noch im Pub, aber bereits am Fertigwerden. Wie schon bei Alex' Familie zu Hause, waren auch hier die Rollen klar aufgeteilt: Die beiden Männer kümmerten sich vorrangig um Leergut und Müll. Pauline war für den Gästebereich und die Bar zuständig, Alex' Mutter für die Küche. Gerda übernahm die Toiletten, Alex unterstützte ihre Mutter.

Als Pauline mit einem „Gütiger Gott, dieses Chili!" auf die soeben gereinigte Toilette eilte, holte George Zigaretten hinter der Bar hervor und kam mit einer kalten Dose Cola, die er Gerda reichte, auf sie zu. „Ich geh kurz vor die Tür. Leistest du mir Gesellschaft?"

Gerda folgte ihm hinaus. Es war klar, was er vorhatte, aber sie hätte nicht ablehnen können. Es regnete, so blieben sie unter dem Vordach stehen. Gerda öffnete die Dose und lehnte sich erschöpft gegen einen Holzbalken. Die frische Luft war himmlisch, aber es war kühl.

„Tut gut, mal wieder körperliche Arbeit zu verrichten", sagte sie und genoss das Geräusch des prasselnden Regens auf dem Vordach.

„Als ehemalige Kunststudentin bist du das vermutlich nicht gewöhnt", sagte George und zündete sich seine Zigarette an.

Als Absolventin einer Schlosserlehre war ihr körperliche Arbeit nicht fremd, aber das sagte sie nicht. Ihr letzter Job hatte tatsächlich vornehmlich darin bestanden, Zahlen für ein großes, internationales Unternehmen auszuarbeiten, zweisprachig zu präsentieren und an innovativen Konzepten mitzuarbeiten. Das war Kopfarbeit, Kontaktpflege und ein ständiges Bemühen, die Firmenpolitik zu verstehen und den richtigen Personen zum richtigen Zeitpunkt das Richtige vorzuschlagen. „Ich arbeite selten mit den Händen, das stimmt. Von der Arbeit am Computer und der eigenen Hausarbeit mal abgesehen."

George blickte auf das Meer hinaus. Dann drehte er sich ihr zu. „Wir fragen uns, wieso sie jemanden mitgebracht hat. Alex ist eine unabhängige junge Frau, die immer alles im Griff zu haben scheint und nie jemanden braucht. Jetzt wirkt es so, als hätte sie sich nicht mal alleine hergewagt. Sie hat aber nicht nur vor uns Angst, nicht wahr? Was ist passiert, Gerda? Wer hat ihr das angetan? Wieso ist sie hier?" George machte einen langen Zug von seiner Zigarette und fuhr fort: „Sie ist geschlagen worden, aber sie erklärt uns nichts. Ich glaube, Alex weiß gar nicht, wie wichtig sie dieser Familie eigentlich ist. Wieso sagt sie nicht einfach, was passiert ist? Wieso vertraut sie uns nicht? Wenn sie in Schwierigkeiten ist, dann muss sie uns das sagen, damit wir ihr helfen können. Wir sind für sie da. Wieso kann sie das nicht sehen?"

„Aber sie ist doch jetzt hier."

„Was uns neben ihren Verletzungen beweist, dass etwas nicht stimmt."

Gerda blickte aufs Meer. „Ich bin in Schwierigkeiten, George, nicht Alex. Sie ist meine Begleitung, nicht umgekehrt."

Er blickte sie überrascht an und schnippte seine halb gerauchte Zigarette in den Regen. „Im Vergleich zu ihr siehst du aber gesund aus."

„Ich weiß. Ich wollte nur sagen, dass ich die mit dem Problem bin, nicht Alex. Und dass sie für mich da ist."

„Und das ist gefährlich für sie?"

„Es wird ihr nichts mehr zustoßen."

„Ganz recht!" Er blickte sie von der Seite aus an. Sie begegnete seinem Blick. Er war wütend, weil er keine Antworten bekam und sich Sorgen machte. Dann wurde sein Blick milder. „Kannst du mir nicht sagen, was los ist, Gerda?" Mit einem schlechten Gewissen schüttelte sie den Kopf und senkte den Blick. „Nun gut. Hier seid ihr vorläufig sicher. Alle beide", sagte er seufzend.

* * *

Nuala fragte sich, wie Alex eigentlich zu ihren Gästen kam. Sie hatte weder einen Webauftritt noch Visitenkarten. Das war unverantwortlich für eine Geschäftsfrau, zumal sie nun aufgrund ihrer Verletzung längere Zeit kein Geld mit Musik verdienen konnte. Wenn sie alle diesen Krimi überlebten und keine von den Guten ins Gefängnis kam, würde sie Alex in Sachen Marketing coachen müssen.

Als es an der Tür läutete, Nuala aus dem Fenster sah und erkannte, wer schon wieder vor der Tür stand, schüttelte sie verärgert den Kopf.

Sie öffnete der Polizistin. „Es ist niemand außer mir zu Hause. Alex tanzt sich noch irgendwo die Beine weg und

Gerda ist noch auf der Flucht. Außerdem ist der Tee aus und sämtliche Klos sind verstopft."

Gallagher lachte herzlich. „Ich habe mich schon gefragt, wann ich Ihnen wohl auf die Nerven gehen würde."

„Das hätte ich Ihnen auch telefonisch beantworten können, Inspector. Was wollen Sie denn schon wieder?"

„Sie bitten, aufs Revier zu kommen. Die Personenbeschreibungen der beiden, die Sie überfallen haben, waren nicht ausreichend. Sie müssten ein paar Fotos durchsehen. Ich könnte Sie gleich hinbringen."

Nuala seufzte, packte aber ihre Jacke und folgte ihr zum Wagen. „Sie bringen mich dann aber wieder zurück!"

Unterwegs fing Gallagher wieder an, Fragen zu stellen. „Bleiben Sie noch lange hier?"

„Bis mir langweilig wird. Was wollen Sie wirklich, Inspector?"

„Was machen Sie eigentlich beruflich?"

„Vieles. Jetzt rücken Sie schon raus mit der Sprache! Was wollen Sie von mir? Wegen der Fotos hätte ein Anruf oder ein kleiner Streifenbeamter durchaus gereicht. Deshalb schickt man keine Inspector vorbei, schon gar nicht eine, die für Westport gar nicht zuständig ist."

„Wir brauchen diese Kerle und wir brauchen sie schnell", sagte Gallagher ernst. „Nicht nur wegen des Überfalls von vorgestern. Vielleicht haben die auch mit dem Mord an Linda Rhodes zu tun."

„Ach? Dann gibt es also doch nicht nur eine Verdächtige?"

„Was hatte Noppinger in Clifden vor, Ms Brent?", fragte Gallagher, stieg vom Gas und bog in einen Kreisverkehr ein.

Sie war ja bestens informiert. „War sie denn dort?"

Gallagher warf ihr einen aussagekräftigen Blick zu. „Ich weiß, dass Sie mit ihr in Kontakt stehen. Sie brauchen sich dazu nicht zu äußern, ich verhöre Sie nicht. Aber wieso war sie dort? Das muss ich wissen. Deshalb sitzen Sie in meinem Wagen und nicht in dem eines Streifenbeamten. Denn alles, was wir zurzeit wissen, deutet darauf hin, dass Noppinger dort war, um Linda Rhodes zu töten."

„Gerda hat niemanden umgebracht. Weder den Mann noch die Frau. Sie hatte keinen Grund dazu."

„Mittlerweile fallen mir ein paar Gründe ein. Aber was hat sie in Clifden gemacht?"

„Sie musste hinfahren, sie hatte keine Wahl." Nuala war sich bewusst, was sie gerade machte. Hoffentlich war das kein Fehler. Sie atmete tief durch und erzählte, was Gerda ihr berichtet hatte.

„Wie erklärt sich Noppinger die Leiche?"

„Ihr Auto war eine Weile unbeobachtet, sagt sie. Da musste man ihr die Leiche in den Kofferraum gelegt haben. Darum ging es wohl auch."

Gallagher wirkte nachdenklich. Nicht siegesbewusst, nicht arrogant. Sie winkte eine fünfköpfige Familie über die Straße. „Wissen Sie, wo Noppinger und Conners jetzt sind?"

„Ich kann Ihnen das nicht sagen. Genau genommen weiß ich es auch nicht." Nuala blickte die Frau eindringlich an. „Inspector, das Ganze war eine Falle."

Gallagher ließ den Wagen einen kleinen Abhang hinunterrollen, um schließlich vor der Garda-Station anzuhalten. „Wir sind da. Ich muss sofort weiter, aber fragen Sie bitte nach Inspector Haas, die zeigt Ihnen die Fotos. Man wird Sie im Anschluss nach Hause bringen. Und danke, Ms Brent. Für Ihr Vertrauen."

„Ich hoffe ehrlich, dass ich das nicht bereuen werde."

„Mit Bono habe ich Sie doch auch nicht enttäuscht."

„Es war nicht der echte Bono."

„Aber Sie fanden ihn toll und haben sich amüsiert, oder etwa nicht?"

„Es war trotzdem nicht der echte."

„Haben Sie sich amüsiert? Na, sehen Sie!“ Sie grinste, wurde aber gleich wieder ernst. „Bitte lassen Sie sich Zeit mit den Fotos! Eine Identifizierung wäre im Interesse aller.“

***

Ihre Mutter kümmerte sich um das Geschirr und die großen Töpfe und Alex schrubbte mit ihrem gesunden Arm die Oberflächen. Sie waren flink und effektiv, fast wie ein eingespieltes Team. Die eine sammelte das dreckige Geschirr ein, die andere machte die frei gewordene Arbeitsfläche sauber. Sie kamen schnell voran, weil sie sich nicht mit einer Unterhaltung ablenkten, die sie nicht zu führen wussten.

Gerne hätte Alex ihrer Mutter erzählt, wie das B&B lief, dass sie noch Musik machte und damit mittlerweile tatsächlich Geld verdiente. Gerne hätte sie ihr auf alles geantwortet, was sich in den letzten Jahren in ihrem Leben getan hatte oder was es gerade auf den Kopf stellte, weil es so unfassbar furchtbar, beziehungsweise so unfassbar schön war. Wenn ihre Mutter nur gefragt hätte – jetzt, wo sie endlich alleine waren, so wie früher. Aber das tat sie nicht, sie fragte nicht. Und wieso sollte sie ihr etwas erzählen, was sie nicht wissen wollte? Sie wagte nicht einmal, mit ihr in Augenkontakt zu treten. Wann immer sie sich in der nicht allzu großen Küche im Weg standen, war ihre Mutter zwar bemüht, mit einem schüchternen Lächeln auszuweichen, aber sie konnte den Kontakt zu ihren Augen nicht herstellen. Wenn sie in Gesellschaft waren, schaffte sie es sehr wohl, ihr tief in die Augen zu sehen. Zum Beispiel, wenn sie miteinander pokerten oder wenn Alex versuchte, dem auszuweichen, was sie alle wissen wollten: Wieso sie tatsächlich hier war. Aber jetzt und hier, alleine in dieser Küche, schien ihre Mutter Angst vor ihr zu haben. Wieso sie sie gebeten hatte, ihr zu helfen, war Alex deshalb mittlerweile ein Rätsel.

Ihre Mutter erledigte den kläglichen Rest, aber für Alex gab es bald nichts mehr zu tun. Mit einem Stöhnen setzte sie sich neben die Spüle und versuchte den Arm ruhig zu halten, der nicht aufhören wollte wehzutun. Die Schmerzen hatten seit dem Morgen stetig zugenommen.

„Alles in Ordnung, Alex?"

Fast erschrocken darüber, dass sie tatsächlich sprach, hob Alex den Kopf. Ihre Mutter blickte sie besorgt an. Kontakt! Da war er! „Meine Hand scheint gerade auseinanderzubrechen", erklärte Alex. „Keine Sorge, der Gips hält alles schön zusammen."

„Hast du Schmerztabletten bei dir?"

Alex nickte. „In der Jacke draußen."

Ihre Mutter eilte aus der Küche und kam gleich wieder mit der Jacke zurück. Alex nahm sie dankbar entgegen und fischte die Pillen aus der Tasche. Dabei fiel der Zettel auf den Boden, den Gerda an diesem Morgen geschrieben hatte. Ihre Mutter bückte sich, warf gedankenlos einen Blick darauf und händigte ihr den Zettel sofort aus. Dann ließ sie Wasser in ein Glas laufen und reichte es ihr. „Ist das Handgelenk gebrochen?", wollte sie wissen und lehnte sich ungeachtet der noch nicht vollständig erledigten Arbeit an den Herd ihr gegenüber.

„Nein, zwei Mittelhandknochen." Es war deutlich zu sehen, dass sie mehr wissen wollte, trotzdem kam nichts mehr von ihr. Alex seufzte. „Sag, respektierst du nur meine Entscheidung, nicht darüber reden zu wollen, oder interessiert es dich nicht, Mom? Ich verstehe dich nicht."

„Himmel! Was denkst du denn, Alex? Ich weiß, dass dir jemand wehgetan hat und dass das kein Unfall war. Ich weiß nur nicht, was ich dich fragen darf und was nicht."

„Es war ein Überfall", klärte Alex sie auf. „Er hat mir mit einem Hammer auf die flache Hand geschlagen. Vorher ein Faustschlag ins Gesicht. Keine Sorge, sonst ist nichts passiert, ehrlich nicht. Es war auch gleich wieder vorbei. Und meine Hand wird heilen, es hätte viel schlimmer sein können, sagt die Ärztin. Im Augenblick tut es nur einfach weh."

„Wer war es?", fragte ihre Mutter erschüttert. „Kanntest du ihn? Was wollte er von dir?"

„Nein, ich kannte ihn nicht. Und das ist eine lange Geschichte, die ich eigentlich lieber noch nicht erzählen sollte."

„Du bist noch nicht außer Gefahr, nicht wahr?"

„Doch. Es galt mir nicht persönlich." Alex merkte, dass ihre Mutter mit Tränen kämpfte. Das machte sie betroffen, damit hatte sie nicht gerechnet. „Mom, ehrlich, jetzt ist alles okay. Entschuldige, vielleicht hätte ich es nicht sagen sollen."

„Alex, ich bin nur froh, dass du hier bist, dass du zu mir kommst, wenn du etwas derart Schlimmes durchmachst. Ich wünschte, das wäre dir nicht passiert."

Alex stand auf und tätschelte ihr die Schulter. „Ich weiß. Jetzt lass uns fertigmachen, ja?"

Aber ihre Mutter stellte sich ihr in den Weg, damit sie sie weiterhin ansah. „Ich will mich dir nicht aufdrängen, Alex, ich habe Angst, dass du mich dann zurückweist. Aber verlasse dich darauf, dass ich trotzdem immer für dich da sein werde, wenn du mich brauchst." Alex schwieg. „Ab sofort zumindest", ergänzte ihre Mutter eilig. „Okay?"

Alex nickte und drehte sich weg, damit sie die Tränen nicht sah, die Alex vor zehn Jahren geschworen hatte, ihr niemals zu zeigen.

Kurz darauf fanden sich alle erschöpft an der Bar ein. Das Pub war sauber und aufgeräumt; nichts deutete darauf hin, dass hier in der Silvesternacht niemand mehr hereingepasst hätte und alle Gäste fast bis zum Umfallen getrunken und sich amüsiert hatten, wie George erzählte.

Er stellte allen ein Glas Whiskey hin. „Ich sage euch jetzt, wie es weitergeht: Wir legen uns aufs Ohr oder genehmigen uns einen Strandspaziergang, je nach Laune. Gegen sechs fahren wir ins Restaurant – ich zahle. Und wenn ich einen Vorschlag machen dürfte: Ich würde danach den Tag gerne mit einem Pokerturnier beschließen. Wie üblich fünf Euro Einsatz, der Gewinner kriegt den Pot. Wie hört sich das an? Könnten wir die Tradition um ein Pokerspiel erweitern?"

„Kann Alex' Freundin denn pokern?", wollte Pauline wissen.

„Texas Hold'em? Omaha? Stud? Was spielt ihr denn?", fragte Gerda.

Sean blickte sie verblüfft an, George lachte. „Texas Hold'em, ohne Limit. Du scheinst dich ja auszukennen, Gerda. Bist du gut?"

Alex erinnerte sich daran, wie Gerda gemeint hatte, sie würde in einem Heads-up all ihre Kleidung an Gerda verlieren. Vielleicht wollte sie ja weiterspielen, wenn sie alleine im Zimmer waren?

„Die Beste!", antwortete Gerda zwinkernd.

Alex blickte sie herausfordernd an. „Erhöhen wir doch den Einsatz auf zwanzig! Mal sehen, wie gut du tatsächlich bist, Gerda. Ich käme gerne in einen Showdown mit dir."

Gerda grinste. Sie deutete ihren Blick richtig. „Du willst wohl sehen, was ich zu bieten habe? Das kannst du haben."

„Na, das wird ein Spaß werden!", sagte George fröhlich. „Also zwanzig Euro Einsatz, endlich geht es mal um etwas. Und um sechs Uhr Dinner in Louisburgh. Ist das für alle okay?"

Bezüglich des Abendessens mussten sie sich etwas einfallen lassen, wusste Alex. Gerda durfte nicht gesehen werden.

Geschlossen verließen sie schließlich das Pub. George machte die Lichter aus, dann sperrte er zu. Die beiden älteren Frauen spannten ihre Schirme auf und Alex wollte sich bei Gerda unterhaken, wusste aber nicht, wie ihre Familie oder auch Gerda darauf reagieren würde.

Pauline wollte gerade von Sean wissen, wie ihm eigentlich das Chili geschmeckt hatte, als Gerda ein entsetztes „O Gott, nein!“ ausrief.

Alex folgte ihrem Blick und sah das Garda-Fahrzeug, das ein paar Meter entfernt parkte. Inspector Gallagher stieg aus und kam auf sie zu.

„Guten Tag, zusammen“, sagte sie und blickte abwartend von einem zur anderen. „Ms Noppinger, Ms Conners, wir haben uns schon gefragt, wo Sie wohl sind. Wie schön, dass ich Sie gefunden habe.“

Alex spürte unendlich große Enttäuschung darüber, dass der Tag nicht wie geplant zu Ende gehen würde. Kein Pokern, keine gemeinsame Nacht, kein Frühstück mit Familie. Aber Gerda im Gefängnis. Und sie vermutlich auch. Wie hatten sie nur so tun können, als wäre alles in Ordnung, als könnte ihnen nichts mehr passieren?

„Wir müssen reden“, sagte Gallagher. „Alleine.“

„Wo ist Declan?“, wollte Alex wissen.

„In Galway. Er weiß nicht, dass ich hier bin. Im Augenblick ist noch alles inoffiziell. Können wir uns bitte irgendwo ungestört unterhalten?“

15

Mittlerweile hatte Declan den Rückruf vom Staatsanwalt erhalten. Der zeigte sich erstaunlich kooperativ; die Österreicherin hatte schnellstens gefasst zu werden. Im Fall „Jonathan Rhodes“ schien eine Anklage auf Totschlag möglich. In Lindas Fall könne er sich vorstellen, mit einer Mordanklage eine Verurteilung zu erreichen. Grundsätzlich sei also eine Anklage Noppingers in beiden Fällen denkbar, aber er wolle zuerst den Bericht lesen und sich mit Declan am nächsten Tag darüber unterhalten. Bei einer ersten Vernehmung Noppingers wäre er außerdem gerne dabei. Er wolle das ausländische Ungeziefer, das es wagte, nach Irland zu kommen, um Iren zu töten, kennenlernen, bevor er es für die nächsten Jahre hinter Gitter brächte.

Declan war überrascht gewesen, wie wenig Überzeugungsarbeit er bei Billingsley leisten musste. Er war der erste Staatsanwalt, der ihm nach einem Telefongespräch mehr oder weniger zusicherte, das zu tun, was Declan sich von ihm erwartete. Was für ein fähiger Mann Billingsley doch war! Declan teilte seinem Team die wunderbare Neuigkeit per SMS mit und fügte zufrieden ein Smiley hinzu, etwas, das er sonst nie tat.

Später beim Clifden Castle konnte man ihm nicht viel Neues berichten. Die Reifenspuren, die vor der Ruine gesichert worden waren, wurden gerade mit Noppingers Auto verglichen. Daneben habe sich das Auto des Mordopfers befunden. Kampf- oder Blutspuren waren noch nicht gefunden worden, aber man habe sich die Umgebung noch nicht gründlich genug ansehen können, wurde ihm mitgeteilt. Sonst deutete nichts darauf hin, dass hier eine Frau um ihr Leben gekämpft hatte und getötet worden war. Noppinger war wohl klüger, als er gedacht hatte, aber helfen würde ihr das nicht. Es hätte allerdings mehr Spaß gemacht, sie zu jagen, wenn Alexandra damit nichts zu tun hätte. Wo steckten sie nur?

Frustriert beschloss Declan, nach Westport zu fahren. Vielleicht konnte er bei der Identifikation der beiden Männer helfen, der Gerichtsmedizin über die Schultern schauen oder beim B&B auf Alexandra warten, vorausgesetzt, sie war tatsächlich noch am Leben. Aber keinesfalls wollte er nach Galway zurück. Nicht, wenn die Lösung in Westport lag.

* * *

Moira saß mit Noppinger und Conners im Wohnzimmer von Conners Familie. Die beiden Frauen saßen auf der Couch, sie selbst hatte sich auf einen alten Fernsehsessel gesetzt, den sie mit Mühe in eine senkrechte Position gebracht und zur Couch gedreht hatte. Sie waren alleine.

Moira wollte jedes Detail hören und Noppinger erzählte – bemüht, nichts auszulassen. Sie wirkte ehrlich.

„Das sind also Ihre Reifenspuren beim Clifden Castle?", wollte Moira wissen. Die Bestätigung darüber hatte sie vor Kurzem per SMS erhalten.

„Durchaus möglich, schließlich hatte ich dort meinen Wagen geparkt. Vermutlich wurde mir da auch die Leiche in den Kofferraum gelegt."

„Wie erklären Sie sich, dass Sie dabei beobachtet wurden, einen leblosen Körper in Ihren Kofferraum gelegt zu haben?"

„Das kann nur der Mörder behaupten."

„Auch in diesem Fall waren Sie also zum Tatzeitpunkt an einem möglichen Tatort. Und auch dieses Mal gäbe es ein Motiv: Linda Rhodes hatte Ihnen das Leben in den letzten Tagen ja nicht leichtgemacht." Moira lehnte sich zurück und blickte die junge Frau aufmerksam an.

„Ich war es aber in beiden Fällen nicht."

Eine Stahlfeder bohrte sich in Moiras Hintern; sie rutschte nach vor, nahm aber nicht den Blick von der Österreicherin. „Offiziell sind Sie mittlerweile keine Zeugin mehr, Ms Noppinger. Wir betrachten Sie bereits als Beschuldigte. Sie werden Ihre Fingerabdrücke abgeben müssen, die wir mit jenen Abdrücken vergleichen, die sich auf der Tatwaffe befinden und im Augenblick noch niemandem zuzuordnen sind." Moira ließ sie nicht aus den Augen.

Noppinger wirkte müde. „Nur zu! Ich habe Rhodes nicht getötet. Sie werden keine Abdrücke von mir auf irgendeiner Waffe finden."

„Doch, das werden sie vermutlich schon, Gerda", sagte Conners seufzend. „Und von mir wahrscheinlich auch." Sie wandte sich ihr zu. „Rhodes wurde mit meinem Schraubenzieher getötet, Inspector. Gerda hat damit vor Kurzem mein Schloss repariert. Ich habe ihn erkannt, als Declan mir die Tote gezeigt hat. Es gibt keinen Zweifel, dass das meiner ist."

„Na, großartig! Wer hatte Zugang zu Ihrem Werkzeug?"

„Ich bewahre es nicht in einem Safe auf."

„Ich habe am Schloss gearbeitet, als Linda Rhodes vorbeikam", überlegte Noppinger laut. „Vielleicht hat sie den Schraubenzieher mitgenommen. Sie hat sich auf den alten Lautsprecher gesetzt, auf dem das Werkzeug lag, erinnerst du dich, Alex?"

„Aber was könnte sie damit gewollt haben?", fragte Moira.

„Mir wieder Schwierigkeiten machen. Das hat sie ja auch geschafft."

„Indem sie sich damit selbst umbringt? Sehr aufwendig!"

„Irgendetwas hatte sie wohl damit vor", sagte Conners. „Und dann ist was schiefgelaufen. Inspector, wenn Sie die Kerle finden, die uns überfallen haben, dann finden Sie auch die Antworten. Die haben was damit zu tun. Was sonst würde Sinn machen?"

Noppinger würde Sinn machen, wusste Moira. Es gab keine offensichtlichen Spuren am Schloss des Kofferraums, die ihre Behauptung unterstützen würden, er sei geknackt worden. Aber Funkschlösser mancher Automodelle hatten Sicherheitslücken. Ein spurloses Knacken wäre vielleicht möglich gewesen.

Moira lehnte sich wieder zurück und eine Stahlfeder bohrte sich in ihren Rücken. Sie beugte sich vor, wagte kaum, sich zu bewegen. „Ich handle im Augenblick äußerst unprofessionell, Ladys. Und gesetzeswidrig. Nicht nur, dass ich Sie nicht sofort verhaftet habe, ich folge im Moment ausschließlich meinem Gefühl und mache damit das, was ich meinem Vorgesetzten vorwerfe: Ich ignoriere die Fakten! Denn die deuten tatsächlich auf Sie, und zwar nur auf Sie, Ms Noppinger. Und Sie können mir nicht einmal helfen, Sie zu entlasten!"

Noppinger nickte traurig. „Ich weiß."

„Nur, wenn Sie jetzt mit mir zurückkämen, würden Sie im Gefängnis landen." Noppinger nickte erneut. „Was ich sagen will, ist, dass der Staatsanwalt bereits von der Wahrscheinlichkeit einer Verurteilung ausgeht. Und der hat noch nicht mal den Bericht. Verstehen Sie?"

Conners ließ sich betroffen in das Couchkissen zurückfallen. „Declan hat ganze Arbeit geleistet."

„Anhand der aktuellen Fakten – Leiche inklusive! – blieb ihm nichts anderes übrig. Er macht seinen Job und den macht er gut. Wenn ich Sie jetzt mit nach Galway nähme, müssten Sie mit einem Verfahren rechnen, weil in beiden Fällen weder für den leitenden Polizisten noch für die Staatsanwaltschaft Zweifel an Ihrer Schuld bestehen. Damit hörten dann aber auch unsere Ermittlungen auf oder würden sich nur noch auf das Nachweisen des Fremdverschuldens im Fall von Jonathan Rhodes konzentrieren. Und genau deshalb kann ich Sie jetzt nicht mitnehmen. Es sei denn, natürlich, Sie stellen sich. Aber meiner Meinung nach haben wir noch nicht zu Ende ermittelt. Es gibt noch zu viele Unklarheiten. Und ich möchte nicht mehr in meiner Freizeit ermitteln müssen. Das habe ich jahrelang gemacht und bin trotzdem nur Inspector."

„Was heißt das?" Conners blickte sie hoffnungsvoll an.

„Ich bin damit beauftragt, Ihre Mutter ausfindig zu machen. Noch weiß Declan nicht, dass ich Sie beide bereits gefunden habe. Könnte ihm etwas über Ihre Mutter einfallen, wenn er lange genug nachdenkt?"

Conners überlegte. „Eigentlich nicht. Ich rede nicht viel über sie."

„Auch nicht mit ihm? Ich dachte, er ist ein guter Freund?" Conners schüttelte den Kopf. „Das *Killadoon's* oder der Ort Killadoon könnten ihm auch nicht bekannt vorkommen, wenn er darauf stieße?"

„Ich glaube nicht."

„Gut. Können Sie beide hierbleiben?"

Conners stand auf. „Ehrlich gesagt ist das eine gute Frage." Sie öffnete die Tür zum Flur. Ihre Familie stand davor und blickte etwas beschämt in den Raum. „Habt ihr alles mitgekriegt?", fragte Conners.

„Fast", gestand die alte Frau. „Ihr flüchtet vor den Gardaí, aber sie da scheint trotzdem nicht bereit zu sein, euch zu verhaften."

„Gerda flüchtet", korrigierte der ältere der Männer. „Gegen Alex liegt nichts vor, oder?"

„Wenn Gerda gehen soll, gehe ich auch, George", sagte Conners. Ihr Blick war hart, der Ton bestimmt. „Für immer."

„Ihr bleibt beide", sagte die jüngere Frau ruhig, die von den Fotos, Conners' Mutter. Dann sah sie zu Moira. „Tun Sie bitte Ihr Bestes, die Sache aufzuklären, Inspector, Sie haben unsere Unterstützung."

Conners blickte von ihrer Mutter zu dem älteren der beiden Männer, dann zu der alten Dame. „Okay, alles oder nichts!", sagte sie und atmete tief durch. „Es geht euch zwar nichts an, aber da wir schon dabei sind: Ich hatte heute Nacht den mit Abstand schönsten Sex meines Lebens! Und wenn das ein Problem ist, sagt ihr mir das am besten gleich."

„Himmelherrgott, Alex!“, rief die ältere der beiden Frauen geschockt aus und schlug die Hände vors Gesicht. „Solange du niemanden damit aufweckst, schon gar nicht deinen Gast – Herrgott! –, geht es uns doch nichts an, was du in deinem Bett machst. Also wirklich, Alex! Herrgott!“

„Mit Gerda, Pauline. Ich hatte Sex mit Gerda. Sind wir trotzdem willkommen?“

Kurz und mutig geoutet – Respekt! Aber möglicherweise war das in dieser Situation nicht klug, wunderte sich Moira.

Die beiden Männer wirkten überrascht. Conners wartete ganz offensichtlich auf die Reaktion ihrer Mutter, die sie einen langen Augenblick nur gedankenvoll ansah.

„Endlich stellst du mir mal jemanden vor, der dir wichtig ist, und ich habe nicht mal ein Tagebuch, in das ich meine Freude darüber hineinschreiben könnte“, antwortete die dann aber ruhig. „Ich habe den Zettel mit dem Herzchen gesehen, Alex. Und die Blicke, die ihr beide euch zuwerft, sprechen auch Bände. Als du dir mit fünfzehn den Bauchnabel hast piercen lassen, war ich schockierter. Beantwortet das deine Frage?“

„Du bist lesbisch?“, fragte die alte Frau, wartete aber nicht auf eine Antwort. „Na, wenigstens hast du nicht masturbiert. Herrgott! Und was können zwei Frauen schon miteinander anstellen? Jetzt haben wir also zwei Homos in der Familie. Endlich kannst du dich mal mit jemandem darüber austauschen, Sean. Aber was hast du nur mit deinem Bauchnabel gemacht, Alex? Steckt da etwa ein Ohrring drin? Wie sieht denn das aus? Ich hoffe, du bist nicht auch noch tätowiert! Bist du tätowiert? Nicht, dass das nicht in Ordnung wäre, nur geht das nie wieder weg, Mädel.“

Der jüngere der beiden Männer blickte verwirrt und mit offenem Mund die alte Frau an. „Wieso, was … ich bin nicht schwul!“, protestierte er. „Wieso soll ich auf einmal schwul sein?“

„Normal bist du aber auch nicht! Wir sehen dich nie mit einer Frau. Und wieso solltet ihr nicht willkommen sein, Mädchen?“

„Mit einem Mann seht ihr mich aber auch nie!“

„Dann bring doch mal einen mit! Aber keinen schwulen Sex im Haus, hast du verstanden? Und darüber diskutieren wir auch nicht, sonst müsste ich es mir vorstellen und das möchte ich beim besten Willen nicht tun. Zwei Pimmel sind einer zu viel!“

„Ich bin doch nicht schwul, verdammt!“, schimpfte der junge Mann und blickte verzweifelt in die Runde, aber es schien niemanden zu interessieren.

„Gerda?“, fragte der ältere Mann mit ernstem Gesicht.

„George?“ Noppinger blickte nervös zu ihm hoch.

„Ich habe nicht alles mitbekommen, aber einige Gardaí und die Staatsanwaltschaft scheinen dich für eine Mörderin zu halten. In zwei Fällen.“ Noppinger nickte. „Und Alex wurde wegen dir angegriffen und verletzt.“ Noppinger nickte erneut. „Bist du das alles wert?“

Conners’ Mutter blickte ihn entsetzt an, auch Conners selbst schien drauf und dran, etwas Unschönes zu sagen.

„Vermutlich nicht“, sagte Noppinger sofort und sehr leise. „Aber ich bin keine Mörderin. Ich kann es nur nicht beweisen.“

„Sind wir willkommen, George, oder sind wir das nicht?“ Conners blickte ihn streng an: „Ich bitte um eine klare Antwort.“

„Dummerweise mag ich deine Freundin, Alex, beruhige dich! Außerdem glaubt ihr eine Garda. Was sogar so weit geht, dass die ihre Freiheit und ihren Job für sie aufs Spiel setzt. Natürlich seid ihr willkommen, alle beide. Und eure sexuelle Orientierung geht uns nichts an.“

Conners schien mit der Antwort zufrieden. „Mom? Pauline? Sean?“

Ihre Mutter blickte sie herzlich an, auch die alte Frau und der junge Mann nickten. „Aber wieso denn nicht?", sagte die Alte.

„Gut, dann hätten wir das erledigt", sagte George. „Essengehen scheint nun allerdings keine gute Idee zu sein."

„Wir bestellen das Essen", sagte Sean. „Ich hole es ab. Aber ich bin nicht schwul und ich habe auch keinen schwulen Sex!"

„Du hast überhaupt keinen Sex", sagte die alte Frau.

„Du auch nicht!", schimpfte der Junge.

Moira wandte sich an die jungen Frauen: „Bleiben Sie unsichtbar und rufen Sie mich keinesfalls an! Wir wollen alle nicht, dass ich jetzt auffliege. Ich melde mich gegebenenfalls über Ms Brent."

Die beiden begleiteten sie zur Tür. „Wie haben Sie uns eigentlich gefunden?", wollte Conners von ihr wissen.

„Das war einfach. Sie haben einige Fotos von Ihrer Mutter an der Wand, davon eines mit dem *Killadoon's* im Hintergrund. Ich habe mich daran erinnert, dass bei der Überprüfung der Taxi-Berichte eine Fahrt nach Killadoon erwähnt wurde. Wollen wir hoffen, dass Declan keinen näheren Blick auf diese Fotos wirft."

„Danke schön!", sagte Noppinger herzlich und schüttelte ihre Hand. „Das vergesse ich Ihnen nicht, Inspector."

„Der Staat Irland wohl auch nicht, wenn er es je erfahren sollte. Von Declan ganz zu schweigen. Gott, der bringt mich um! Lassen Sie mich das bloß niemals bereuen, Ladys!"

* * *

Bei einer Kanne Tee hatte Haas auf nähere Informationen bestanden, und Declan hatte ihr erzählt, wie sie nach dem ersten Todesfall auf Noppinger gestoßen waren. Als Moira schließlich eintraf, war es bereits spät am Nachmittag. Seine Anwesenheit schien sie zu überraschen.

„Was führt dich nach Westport?“, fragte sie beinahe erschrocken.

„Meine Rastlosigkeit“, antwortete Declan mit einem verlegenen Lächeln. „Wir wollten dich schon anrufen. Wo warst du, Moira?“

„Gestern war ein anstrengender Tag, ich habe ein bisschen Pause gebraucht. Hätte ich mich abmelden müssen?“

Zwar sagte sie das nicht mit der Schärfe, die er von Befragungen kannte, aber sie zog dabei ihre Augenbrauen in die Höhe, und das verwirrte ihn. „So war das nicht gemeint. Gibt es irgendetwas Neues?“

„Nicht bei mir. Hat Brent die Täter identifizieren können?“, wandte Moira sich an Haas, legte ihre Jacke ab und setzte sich zu ihnen.

Haas schüttelte den Kopf. „Aber die Autopsie-Ergebnisse sind da. Linda Rhodes wurden mit dem Schraubenzieher mehrere Stiche zugefügt, die in Herz und Lunge waren tödlich. Es wurden Abwehrverletzungen an den Beugeseiten der Finger und den Hohlhänden festgestellt; sie hat sich gewehrt, war also bei Bewusstsein.“

Moira blickte Declan an. „Das klingt nach einem Kampf um Leben und Tod, nicht nach einer Rangelei.“

Er nickte. „Vermutlich hat der Mord erst nach der Szene stattgefunden, die beobachtet wurde. Im Wagen wird Rhodes jedenfalls nicht getötet, das versichern sowohl Gerichtsmedizin als mittlerweile auch die Spurensicherung. Zu wenig Blut im Kofferraum. Irgendwann verlässt sie das Auto also wieder und wird mit mehreren Stichen, die sie vergeblich versucht, abzuwehren, tödlich verletzt. Anschließend verfrachtet Noppinger die Leiche in den Kofferraum. Definitiv muss die Tat auch an ihr Spuren hinterlassen haben, also zieht sie sich auf dem Weg zurück nach Westport um und macht sich sauber; dazu hat sie genügend Zeit."

„Wenn sie die Täterin ist."

„Davon müssen wir im Augenblick ausgehen."

„Und die Stiche können von einer Frau zugefügt worden sein?"

Declan seufzte. „Ja, Moira. Und Noppinger wäre stark genug, einer zierlichen Frau wie Rhodes derart zuzusetzen. Wir sprechen nicht von zwanzig tiefen Stichen, sondern lediglich von zwei, die zu Herz und Lunge durchgedrungen sind."

„Und wieso ein Schraubenzieher? Wenn ich jemanden vorsätzlich umbringen möchte, verwende ich doch lieber ein Messer. Damit ist viel weniger Kraft nötig!"

„Das fragen wir Noppinger, sobald wir sie haben. Wir brauchen außerdem noch Zeugen, dass sie sich umgezogen hat. Marcus hat noch geschlafen, als Noppinger das Haus verließ, der war uns keine Hilfe. Aber vielleicht kann Nuala Brent uns weiterhelfen."

„Gut, ich fahr gleich hin."

„Nicht nötig, das mach ich schon."

Moira blickte ihn merkwürdig an. „Können wir kurz reden?", fragte sie ernst. Haas schien zu verstehen, denn sie verließ den Raum. „Weshalb bist du hier, Declan?"

„Weil ich überzeugt davon bin, dass wir die Antwort in Westport finden und nicht in Galway."

„Und was mache ich dann hier?"

„Mir beim Suchen helfen. Ich habe es zu Hause nicht ausgehalten, Moira. Alexandra ist hier irgendwo mit einer Mörderin. Ich möchte vor Ort sein. Ich weiß sehr wohl, dass du mich nicht brauchst, aber ich brauche das, verstehst du? Ich habe Angst um meine Freundin. Wieso habe ich auf einmal den Eindruck, du bist deshalb sauer auf mich?"

„Ich bin gerade dabei, mit Brent eine Vertrauensbeziehung aufzubauen. Du pfuschst mir rein, wenn du jetzt bei ihr auftauchst, Declan."

„Wieso? Sie ist eine Zeugin, die etwas Wichtiges zu Protokoll geben könnte. Ich glaube, dass es egal ist, wer sie nach Noppingers Kleidung fragt. Genau genommen könnte das auch eine Streife tun."

„Ich glaube, dass du aus Angst um deine Freundin nicht mehr erkennst, wenn du sensibles Terrain betrittst. Mal ganz abgesehen davon, dass ich dachte, dies sei im Augenblick mein Terrain. Brent ist ein harter Brocken, Declan, und sie weiß mehr, als sie sagt. Ich glaube sogar, dass sie mit den beiden in Verbindung steht. Aber wenn jedes Mal jemand anderes vor ihrer Tür steht, haben wir keine Chance." Moira seufzte und blickte ihn etwas versöhnlicher an. „Declan, vertrau mir hier einfach, bitte! Ich habe noch alle geknackt, das weißt du, und Brent ist die Nächste auf meiner Liste. Diese Chance dürfen wir uns nicht vertun."

Declan lehnte sich zurück, ließ sie nicht aus den Augen. „Eine Frage, Moira: Du hältst Noppinger nach wie vor für unschuldig, nicht wahr?"

„Ja", sagte sie selbstbewusst und hielt seinem herausfordernden Blick stand. „Deshalb möchte ich sie auch finden. Je länger sie auf der Flucht bleibt, desto schuldiger wirkt sie."

„In welche Richtung würdest du vorrangig ermitteln?"

Sie schien sich zu fragen, worauf er hinauswollte. Ihr Blick war abwartend, misstrauisch. „Ich würde mich nicht ausschließlich auf Noppinger konzentrieren. Ich würde mehr Information zu den Rhodes sammeln lassen: ihre Beziehung, die Beziehungen zu Freunden, Kollegen, ihre Vergangenheit. Wir haben keine Ahnung, wer die beiden waren. Vielleicht gibt es ja irgendwo ein gekränktes Kind. Vielleicht gibt es was zu erben. Wir wissen kaum was.

Das würde sich ändern, wenn ich die Ermittlungen leiten würde. Du hast gefragt, Declan."

Er nickte zufrieden und stand auf. „Dann schlage ich vor, dass du dich auf den Weg nach Galway machst und genau das tust, Moira. Und ich bleibe hier und jage mit Unterstützung von Westport meine Hauptverdächtige. Kommt dir das entgegen?"

„Traust du mir nicht?"

„Betrachte mein Angebot als Zugeständnis an deine Erfahrung!" Er tätschelte ihre Schulter. „Fahr nach Hause, Moira! Wenn ich dich brauche, hole ich dich wieder her." Moira erwiderte seinen Blick gedankenvoll. Deuten konnte er ihren nicht. Manchmal war es nicht einfach, sie zu verstehen. „Vielleicht kannst du dich von Keach informieren lassen, wie es ihr mit Linda Rhodes' Eltern gegangen ist", ergänzte er. „Den Bericht für die Staatsanwaltschaft sollte sie dir übrigens bereits gemailt haben. Vielleicht magst du mir bei Gelegenheit deine Meinung dazu sagen."

„Der Bericht ist schon draußen?" Ihr Blick war jetzt eiskalt.

„Natürlich. Ich treffe mich morgen mit Billingsley. Er soll ihn vorher lesen können."

„Weißt du, wie ich mir jetzt vorkomme, Declan? Wie jemand, den du gerade degradiert hast."

„Moira, geh es doch einfach mal an! Vielleicht stößt du ja tatsächlich noch auf etwas, wer weiß?"

Moira verließ ohne ein weiteres Wort den Raum. Vielleicht hatte er sie gekränkt, aber schließlich war er es, der die Entscheidungen traf.

Declan fuhr zu Alexandras B&B, wo Nuala Brent ihn erst nach mehreren Minuten ins Haus ließ. Genervt, nicht ganz munter, unhöflich. Sie hatte einen hässlichen rosa Jogginganzug an, als sie in Alexandras Küche schlurfte, um sich Kaffee zu machen. Er folgte ihr und setzte sich an den Tisch. Verschlafen nahm sie schließlich ihm gegenüber Platz und blickte ihn erwartungsvoll an. „Was kann ich für dich tun?“

„Weißt du, welche Kleidung Gerda trug, als sie gestern Morgen das Haus verließ?“

„Ihr habt sie doch gesehen: Dunkle Jeans, kurze lila Jacke mit Kapuze, fliederfarbener Pulli und diese tollen schwarzen Stiefel.“

„Das hatte sie an, als sie zurückkam. Was trug sie, als sie wegging?“ Sie blickte ihn irritiert an. „Hatte sie dieselbe Kleidung an, als sie das Haus verließ?“

„Das nehme ich doch stark an.“

„Du weißt es aber nicht?“

„Ich schlief noch, als sie ging, aber wieso sollte sie etwas anderes angehabt haben?“

Declan antwortete nicht, blickte sich stattdessen in der Küche um. Wenn sie Gäste hatte, war Alexandra stets darauf bedacht, das Haus sauber und ordentlich zu halten. Die Küche war aber nicht aufgeräumt. Anstatt in den Geschirrspüler, war schmutziges Geschirr einfach in die Spüle geräumt worden; Geschirr von tatsächlich nur einer Person.

„Wieso bist du eigentlich noch hier?“, wollte er dann von Brent wissen, die ihn müde ansah.

„Weil es mir hier gefällt. Das hat mich übrigens auch deine nervige Kollegin schon gefragt. Redet ihr nicht miteinander?“

„Wann sagte Alexandra, dass sie zurückkommt?“

„Ich bin nur Gast, sie ist mir keine Rechenschaft schuldig.“

„Irgendeine Idee, wo sie sich aufhalten könnte?“

Brent lachte. „Nein. Und ich würde jetzt gerne wieder zurück ins Bett. Ich weiß ja nicht, was du zu Silvester gemacht hast, aber ich habe gefeiert. Wenn ich irgendwelche Aussagen machen soll, die ich ohnehin bereits ein Dutzend Mal gemacht habe, dann komme ich später gerne erneut auf eine Garda-Station. Aber jetzt möchte ich mich ein Stündchen hinlegen. Dürfte ich dich deshalb nun bitten zu gehen?"

Declan stand auf. Seinen Ärger hielt er nicht zurück. „Gerda hat zwei Menschen getötet. Wenn ich herausfinde, dass du ihr dabei hilfst zu flüchten, bist du dran. Und wenn Alexandra etwas passiert, weil du nicht früh genug deinen Mund aufgemacht hast, dann gnade dir Gott!"

* * *

Alex' Familie hatte natürlich Fragen. Während Alex Nuala die Neuigkeiten mailte und Sean das Essen organisierte, erzählte Gerda, wie sie in das Schlamassel geraten war und wie sie Alex getroffen hatte. Die war dann wieder zu ihnen gestoßen und hatte demonstrativ Gerdas Hand genommen, als wären sie ein Paar. Und doch kamen sie erst auf das zweite große Thema zu sprechen, als sie sich zum Essen zusammensetzten.

„*Grüne Tomaten* ist ein schöner Film", war Paulines Einleitung. „Ein Liebesfilm. Über zwei Lesben. Ich finde, es ist gar nichts dabei, wenn Frauen sich gernhaben. Und die waren doch entzückend, nicht wahr, Alex? Gerda? Ich fand die beiden zauberhaft. Ihre Liebe war so unschuldig. Wenn man sich gernhat, dann ist das mit dem Sex ja auch nicht unbedingt nötig." Pauline lächelte großmütterlich. „Man muss nur füreinander da sein, einander unterstützen, respektvoll miteinander umgehen, über alles reden. Was gibt es denn Schöneres? Es geht nichts über eine richtige Frauenfreundschaft. Sex ist doch überhaupt nicht wichtig. Und seien wir doch ehrlich, Mädchen: Richtigen Sex konntet ihr beide doch gar nicht gehabt haben. Und küssen tut doch niemandem weh." Sie schaute Gerda und Alex freundlich an. „Ihr seid ein süßes Paar, ihr passt gut zusammen. Wenn ich ein junger Mann wäre, ich würde um euch beide werben. Außer, wenn ich ein schwuler junger Mann wäre, natürlich." Damit blickte sie zu Sean, der nicht bereit war, etwas zu entgegnen. „Ich wollte damit nur sagen, dass ich kein Problem damit habe, wenn man nicht in allem den Traditionen folgt. Ich bin aufgeschlossen, Junge", sagte sie zu Sean. „Ich wünschte nur, ihr Männer würdet euch nicht immer gleich eure Pimmel in den Hintern stecken. Ihr könntet euch doch auch einfach nur küssen, ohne immer gleich nackt übereinander herzufallen."

„Ihr ist nicht zu helfen!", sagte Sean kopfschüttelnd und holte ein Bier aus dem Kühlschrank. Alles lachte. Damit war das Thema auch erledigt.

Gerda hatte keine Lust auf Poker. Am liebsten wäre sie mit Alex ins Zimmer gegangen, um das zu tun, was Pauline sich nicht vorstellen konnte, aber das musste warten. Wie es der Zufall schließlich wollte, waren es ausgerechnet Sean und Pauline, die am Ende gegeneinander antraten. Gerda, von der sich alle so viel erwartet hatten, war von George nach nur zwanzig Minuten bei einem verhängnisvollen, weil leider mit der besseren Hand gecallten, *All-in* als Erste aus dem Spiel befördert worden.

„Ich hatte eigentlich vorgehabt, mit dir den Showdown auszutragen", hatte Alex ihr zugeflüstert, die als Nächste ohne Chips dastand – ihre Mutter hatte sich mit einem Full House gegen einen Drilling für das Weihnachtsspiel revanchiert.

„Die Nacht ist ja noch jung", hatte Gerda zurückgeflüstert. „Wusstest du eigentlich, dass Texas Hold'em früher mal Hold me, Darling hieß?"

„Wirklich? Darüber würde ich später gerne Näheres erfahren."

Sean gewann schließlich das finale Spiel gegen Pauline. Ob des Sieges selbstbewusst, wollte er, dass sie ihm versprach, ihn nicht mehr schwul zu nennen, oder er würde sich tatsächlich einen hübschen jungen Mann nach Hause abschleppen und lauten schwulen Sex mit ihm haben, bis Pauline ihn wegen Ruhestörung anzeigte.

Sie versprach es ihm nicht.

Alex begleitete George vor die Tür, der eine Zigarette vor dem Schlafengehen rauchen wollte und dem wohl noch die eine oder andere Frage auf der Zunge lag. Pauline verabschiedete sich und ging zu ihrem Mann, den Gerda bis jetzt noch nicht zu Gesicht bekommen hatte. Und Sean machte es sich mit dem gewonnenen Geld grinsend vor dem Fernseher im Wohnzimmer gemütlich. „Damit könnte ich mir einen Stricher kaufen!“, rief er Pauline nach.

„Ich werde dich nicht fragen, was das ist“, rief sie zurück.

Schnell war es dann ruhig im Haus. Gerda freute sich auf Alex und wollte sich noch ein Glas Wasser holen, bevor sie ins Zimmer ging. Als sie nach dem Gang zur Toilette in die Küche zurückkam, lehnte Alex' Mutter mit einem Whiskey am Geschirrspüler und blickte ihr aufmerksam entgegen.

Gerda nahm ein Glas vom Regal. Deborah rückte zur Seite und drehte den Wasserhahn für sie auf. „Kannst du uns eigentlich gut verstehen?“, wollte sie wissen.

Gerda nickte, trank einen Schluck und stellte sich neben sie. „Bei Pauline tue ich mich ein bisschen schwer, aber langsam gewöhne ich mich an euren Akzent. Außerdem seid ihr sehr bemüht, danke dafür.“ Sie wollte eigentlich nicht damit anfangen, aber vielleicht war es wichtig, es zu sagen: „Deborah, ich möchte mich auch dafür bedanken, dass ihr mir zu vertrauen scheint. Das kann nicht einfach sein.“

Deborah blickte auf das Glas in ihren Händen. Dann hob sie ihren Blick. „Wir vertrauen auch Alex, deshalb wirst du wohl auch keine Mörderin sein. Und falls doch, bin ich jetzt ja nicht allzu weit entfernt, um gegebenenfalls mein Junges vor dir zu beschützen."

Gerda lächelte. Sie mochte Alex' Mutter.

„Hat sie wirklich Fotos von mir aufgehängt?", fragte sie schüchtern. Gerda nickte. Deborah leerte gerührt das Glas und stellte es dann in die Spüle. „Ich verspreche dir, dass ich auch für meine Tochter da sein werde, wenn du wieder nach Hause fliegst. Mach dir keine Sorgen, Gerda, sie wird nie wieder das Gefühl haben müssen, alleine zu sein."

Gerda wusste, das war nicht beabsichtigt, aber Deborahs Bemerkung fühlte sich wie ein Faustschlag in den Magen an. Ihr war, als klopfte das dunkle Loch wieder an ihre Tür, um zu beweisen, dass es noch da war.

„Was ist los?", wollte Alex von Gerda wissen, als sie dann in ihrem Zimmer die Tür hinter sich schlossen. „Was hat sie gesagt?"

„Nichts hat sie gesagt, deine Mom ist toll, Alex."

„Irgendwas ist doch." Sie blickte sie ängstlich an. „Um Gottes willen, Gerda, was ist denn los?"

Ich werde dich verlieren, wollte sie erklären. Und je näher du mir kommst, desto mehr wird es wehtun. Mir und dir.

„Gerda?"

Gerda legte ihre Arme um sie. „Eigentlich habe ich nur Angst, Alex. Halt mich einfach die ganze Nacht fest und lass mich nicht los. Hold me, Darling, okay?"

16

Nach Declans Besuch hatte Nuala sich wieder ins Bett gelegt und geschlafen, bis es dunkel war. Nun machte sie sich Sandwiches und stellte fest, dass sich das leere Haus bewohnt anfühlte; so, als könnten Alex und Gerda jederzeit zurückkommen. Nuala beschloss, dass das für den Moment reichen musste, um sich nicht alleine zu fühlen.

Sie ging ins Wohnzimmer und schaltete Computer, TV und Radio ein. Sie zappte, bis sie einen Spielfilm gefunden hatte, und stellte den Ton ab. Das Radio mit dem alten Stock-Aitken-Waterman-Song stellte sie lauter, denn Kylie und Astley erinnerten an eine schöne Zeit. Danach zog sie den Vorhang zu und setzte sich vor den Computer. Es handelte sich um eine Hilfsaktion, nicht um sinnloses Chatten, sagte sie sich.

Alex und Gerda befanden sich zwar nicht im Chatroom, aber sie hatten ihr eine E-Mail geschrieben. Gallagher hatte doch tatsächlich ihren Aufenthaltsort herausgefunden – und bewiesen, dass sie der gute Bulle war. Danach konzentrierte sich Nuala auf den Chatroom. Es waren nur wenige Leute da, die sie vom letzten Mal kannte. Zum Beispiel Brenda, die sich um LadyGloomy Sorgen gemacht hatte. Und baldandbeautiful, deren Freundin Susan angeblich ermordet worden war. Nuala war mit pastashiraz_yummycake eingeloggt und erkannte, dass man sie mit diesem Nickname nicht wiedererkennen würde, also kam sie als Irishotty zurück. Brenda begrüßte sie sofort und stellte sie vor – mit dem Zusatz, dass sie eine Freundin von LadyGloomy und gin_fem30 sei, die möglicherweise ebenfalls ermordet worden waren. Das Thema war also wieder der mysteriöse Internetmörder. Die Atmosphäre im Raum war entsprechend geladen. Wer eine blöde Bemerkung machte oder erkennen ließ, dass er oder sie die Sache für an den Haaren herbeigezogen hielt, wurde von Brenda aus dem Raum geklickt. Das Getippte sah nach Entsetzen und Furcht aus, aber Nuala wusste, dass sich alle über eine Ablenkung wie diese freuten, die sie aus ihrer alltäglichen Langeweile herausriss. Das war doch spannender als jeder Krimi. Hier konnten sie alle so tun, als müssten sie die Welt retten, weil niemand sonst sich dazu berufen fühlte.

Brenda wollte wissen, ob Nuala Neuigkeiten über gin_fem30 oder LadyGloomy hatte. Sie verneinte. Als Nuala baldandbeautiful fragte, wieso sie so sicher war, dass es sich beim Tod ihrer Freundin Susan nicht um eine stinknormale Beziehungstat gehandelt hatte, forderte die sie auf, ihren Lautsprecher anzustellen.

„Dein Profil sagt, du seist vierundzwanzig, weiblich und aus Kerry. Das möchte ich hören", ertönte eine leicht verschnupfte weibliche Stimme aus den alten, weißen Lautsprechern, die links und rechts von Alex' Bildschirm standen. „Schalt dein Mikro ein und sprich zu uns!"

Nuala sah sich um, aber Alex hatte kein Mikro.

„Schmeiß sie raus, Brenda!", forderte die Schnupfstimme genervt.

Nuala tippte flink, sie sei bereit, ihre Telefonnummer mitzuteilen, allerdings nicht öffentlich. Augenblicklich öffnete sich ein Fenster und sie befand sich in einem privaten Chatroom mit baldandbeautiful und Brenda. Nuala tippte ihre Nummer ein, verlangte aber, von Brenda angerufen zu werden, somit hätte sie die Stimmen beider gehört. Wenn sie auf misstrauisch machen wollten, konnte sie das ebenfalls.

Schon läutete ihr Handy. „Weiblich und harmlos", meldete sie sich.

„Kannst du dich nicht einfach mit dem Namen melden, Mama?"

„Taylor!"

„Ich wollte mich entschuldigen. Dass ich mich nicht gemeldet habe. Und ich vergesse immer, zurückzurufen. Ich bin ein Miststück."

Auf dem Bildschirm hinterließ baldandbeautiful ein Fragezeichen und Brenda antwortete mit „Besetzt". Nuala tippte flink: „Meine Tochter. Entschuldigung. Ist wichtig“. Dann wandte sie sich wieder Taylor zu. „Ich bin so froh, dass du anrufst, Maus, ich habe dich seit fast acht Wochen nicht gehört! Geht es dir gut? Was macht Kanada?“

„Habe ich nicht irgendwann mal eine E-Mail geschickt?“

„Eine SMS. Drei Tage vor Weihnachten. Ist denn alles in Ordnung mit dir? Geht es dir gut? Ist es recht kalt bei euch?“

Baldandbeautiful forderte von Brenda, sie rauszuschmeißen. Die wollte es noch ein weiteres Mal probieren.

„Ich bin in Ordnung, Mama, ich wollte nur deine Stimme hören.“

„Oh, Baby! Was ist denn los? Ist was passiert?“

„Hast du Zeit?“ Taylor schnäuzte sich, schien mit Tränen zu kämpfen. Vermutlich hatte sie wieder getrunken.

„Ich habe immer Zeit für dich. Sag mir, was los ist! Was ist passiert? Was kann ich tun, damit es dir wieder besser geht?“

„Ich möchte nur reden, ich bin ein bisschen einsam.“

„Stan? Hat er dich wieder verlassen? Er kommt zurück.“

„Aber ich fühle mich so alleine, wenn er das tut. Ich hasse das.“

Nuala seufzte. „Ich auch, Maus. Komm! Lass uns ein Picknick machen! Wir essen gemeinsam und du erzählst mir alles von Anfang an.“ Nuala kannte die Geschichte; es war immer dieselbe.

„Es tut nur so weh, weißt du“, schluchzte ihre Tochter. „Und genau deshalb macht er das auch immer wieder mit mir.“

„Wenigstens bist du dir dessen bewusst.“

„Aber es ändert nichts, Mama. Ich liebe ihn.“

„Ich weiß. Und darum sage ich jetzt auch nicht, dass ich ihn dafür hasse, dass er dir das immer wieder antut. Und dass er das nur tun kann, weil du es dir jedes Mal gefallen lässt, sage ich auch nicht. Vielleicht fällt uns ja gemeinsam ein, wie wir Stan dazu bringen kö…"

„Warte mal eine Sekunde, Mama." Sie hörte, wie Taylor zur Tür ging und sie öffnete. Sie schrie jemanden an, es war wohl Stan, dann weinte sie und ging wieder ans Telefon. „Mama, er ist zurück", sagte sie glücklich. „Es ist wieder alles in Ordnung. Danke, dass ich mich ausheulen konnte. Es tut immer wieder gut, mit dir zu reden, du bist die Beste! Ich habe dich lieb. Ich melde mich."

„Wann?" Aber ihre Tochter hatte bereits aufgelegt. Enttäuscht kämpfte Nuala nun selbst mit den Tränen. Sie stellte mit Blick auf den Bildschirm fest, dass sie aus dem Chatroom geworfen worden war. Sie versuchte ihn wieder zu betreten, bekam aber automatisch mitgeteilt, dass dies erst wieder in dreiundzwanzig Stunden und siebenundfünfzig Minuten möglich sein würde. Sie rief die Nummer an, von der aus in den letzten Minuten dreimal vergeblich versucht worden war, sie zu kontaktieren.

Brenda hörte sich britisch, aber jünger und dünner an als auf ihrem Foto als Matrone mit Hund und Rollstuhl. Sie erklärte, dass sie sehr vorsichtig sein müssten, solange dieser Mörder frei herumliefe. Aber sie war zufrieden, ihre Stimme gehört zu haben, und versicherte auch baldandbeautiful, dass sie in Ordnung war.

Nuala wurde wieder in den Privatraum gelassen, wo sie sich mit ihrem richtigen Namen vorstellte und erfuhr, dass baldandbeautiful Jenny hieß.

„Ich habe über eure Susan nachgelesen", erklärte Nuala. „Susan Jackson, nicht wahr? Wieso soll es sich bei ihrem Tod nicht um eine Beziehungstat gehandelt haben? Mir kommt das logisch vor."

„Weil du keine Ahnung hast", erwiderte Jenny. „In der Zeitung steht, Susan, Daryl und die Kleine seien eine ganz normale Familie gewesen. Aber das waren sie nicht. Und die Gardaí kümmert das nicht, sie haben einen Schuldigen. Und mittlerweile verschwinden immer mehr Leute."

„Wenn sie keine normale Familie waren, was für eine Familie waren sie denn dann? Vielleicht hat sie ihm einfach zu viel im Internet geflirtet."

„Sie hat nicht nur geflirtet, sie hat sich auch mit Leuten getroffen, die sie online kennengelernt hat", sagte Brenda. „Hier auf Faraway.com. Sehr wahrscheinlich sogar im Chat & Play. Meines Wissens ging sie nirgendwo anders hin, weil sie nicht mit Kameras chatten wollte."

„Und das Flirten und Treffen hat Daryl sicher nicht gepasst."

„Daryl war nicht eifersüchtig", widersprach Jenny. „Er wollte, dass Susan glücklich wird. Er selbst hat seinen Freund im Internet kennengelernt. Susan wollte eine Familie, Daryl wollte für seine Karriere ein Alibi. Die beiden und Daryls Partner Adam waren seit Jahren beste Freunde, die zusammenwohnten. Irgendwann kamen sie auf die Idee, dass Daryl und Susan heiraten könnten. Susan wollte ein Kind und sie wollte nicht auf den perfekten Partner warten. Mehr als eine Nacht zu dritt war schließlich auch nicht nötig, und sie war schwanger. Sie hat aber nach Mr Perfect gesucht. Für den hätte es einen Platz in der WG gegeben. Daryl und Adam wollten Susan glücklich sehen. Es gab nicht den geringsten Grund, sie zu töten. Jetzt ist die Kleine bei ihren Großeltern, Daryl sitzt unschuldig im Gefängnis und Adam ist am Boden zerstört." Damit hatte Nuala nicht gerechnet. „Ich weiß, dass sie online eine Weile mit einem BigJonBoy gechattet hat", fuhr Jenny fort. „Kurz vor dem Mord haben sie sich auch getroffen und miteinander geschlafen. Verliebt war Susan nicht. Er war nicht der, den sie suchte, er war viel zu alt und gewöhnlich. Aber der Sex war gut, sagte sie, weil er von den unzähligen Chats wusste, was ihr gefiel. Meine

Theorie ist, dass BigJonBoy sie nach einem weiteren Treffen umgebracht hat."

„Aber wieso?"

„Vielleicht wollte er mehr von ihr. Und er war enttäuscht, dass sie nur Sex von ihm wollte, während sie weiterhin nach Mr Perfect Ausschau hielt. Oder er ist einer, der grundlos tötet."

Das war Brendas Einsatz: „Er schläft mit ihnen und tötet sie, wenn er keine Lust mehr auf sie hat. Wir befürchten, dass er mit Pussycat, pretty, gin, Gloomy, Lara, bitchywitch, dem Mädel aus Waterford und möglicherweise auch mit der Tänzerin dasselbe gemacht hat. Von Susan wissen wir, dass er Ire ist, um die sechzig, und ein ganz gewöhnlicher Mann."

„Was sagen die Gardaí dazu?", wollte Nuala wissen.

Jenny tippte ein LOL in Großbuchstaben, sie lachte. „Die nehmen das nicht ernst", meinte sie bitter. „Es interessiert sie nicht, dass Daryl schwul ist. Die offizielle Version ist Eifersucht. Wollte er in Ruhe mit seinem Freund leben, sei das ein ebenso gutes Motiv. Für die ist der Fall abgeschlossen. Nach der Verhandlung im Frühjahr wird Daryl vermutlich für immer weggesperrt und der Mörder bleibt auf freiem Fuß."

Als sie sich verabschiedet hatten, kopierte Nuala den gesamten Text und schickte ihn als Word-Dokument per E-Mail an Inspector Gallagher. „Lesen Sie sich das mal durch!", schrieb sie ihr. „Könnte Jonathan Rhodes BigJonBoy und ein mehrfacher Mörder gewesen sein? Möglicherweise hat er mit allen Verschwundenen gechattet – und die sind vielleicht alle bereits tot. Und dann hat sich irgendjemand noch rechtzeitig an ihm gerächt, bevor er sich auch Gerda vornehmen konnte. Überprüfen sie bitte den Susan-Jackson-Fall aus Dublin!"

Nuala holte sich ein Bier und überlegte, Taylor anzurufen, entschied sich schließlich aber dagegen. Sie wollte nicht wieder das Gefühl bekommen, ihrer Tochter auf die Nerven zu gehen. Den Happysound im Radio hielt sie mittlerweile nicht mehr aus. Sie drehte den Fernseher laut. Es lief ein Krimi, den sie schon kannte. Nuala ließ den Computer zwar eingeschaltet, hängte aber trotzdem ihre Jacke über den Bildschirm. Dann legte sie sich auf das Sofa und überlegte, ob sie noch wusste, wer der Mörder war.

* * *

Alex schloss die Augen und konzentrierte sich auf ihr Atmen. Das Stechen in der Hand hatte stetig zugenommen, selbst die starken Schmerzmittel von George senior wirkten nicht mehr. Sie hatte keine Wahl, sie musste ins Krankenhaus. George hatte sich angeboten zu fahren, und sie waren gerade dabei aufzubrechen, als Inspector Gallagher vor der Tür stand und fragte, ob sie sich Gerdas Kleidung kurz ansehen könnte, die sich allerdings bereits in der Waschmaschine befand. Sie kontrollierte Gerdas Hände und Arme nach Spuren, die auf einen Kampf hindeuten könnten. Bis auf die Blutergüsse an den Oberarmen, die sie vom Überfall hatte, fand sie natürlich nichts.

„Ganz überzeugt von Gerdas Unschuld sind Sie wohl doch nicht?“, sagte Alex und konnte ein Aufstöhnen nicht verhindern.

„Ich will trotz allem gründlich sein. Was ist mit Ihnen?“

„Dieser Hammer hat seine Sache leider gut gemacht.“

„Das tut mir leid. Ich bin auch hier, um Ihnen zu sagen, dass Declan mich von Westport abgezogen hat. Ich bin mir nicht ganz sicher, wieso. Er will sich ab sofort selbst um alles vor Ort kümmern.“

Alex nickte. Sie hatten von Nuala bereits erfahren, dass er sie aufgesucht hatte, aber dass er in Westport bleiben wollte, war beunruhigend.

„Heute Morgen ist er beim Staatsanwalt in Galway. Was bedeutet, dass es nun auch offiziell eng für Sie werden wird, Ms Noppinger."

„Man würde mich nicht verhaften, wenn man mich im Krankenhaus anträfe, nicht wahr?", nutzte Alex die Gelegenheit. „Ich meine, man kann mir schließlich nicht nachweisen, dass ich Gerda geholfen habe. Oder?"

„Man würde aber von Ihnen wissen wollen, wo sich Ihre Freundin aufhält", entgegnete Gallagher und schüttelte den Kopf. „Vergessen Sie's. Sie müssen mit Schmerzmitteln vorliebnehmen. Sie sollten sich nirgends blicken lassen, schon gar nicht im Krankenhaus. Ich habe Declan zwar noch nicht berichtet, dass ich schon weiß, dass für kommenden Freitag ein Kontrollröntgen mit Ihnen vereinbart wurde, aber wir können davon ausgehen, dass die Kollegen von Westport ebenfalls mit den Ärzten in Verbindung stehen. Man würde sich an Ihre Fersen heften, sobald Sie einen Fuß aus dem Krankenhaus setzten, Sie hätten keine Chance. Und die Spitäler in Galway würden sich mit den Ärzten in Castlebar in Verbindung setzen, sind also auch keine Alternative."

Vor lauter Schmerzen hatte Alex aber seit vier Uhr morgens kein Auge zumachen können, sie mussten das Krankenhaus riskieren. Sie würden es eben clever anstellen müssen.

Kurz, nachdem Gallagher wieder aufgebrochen war, machten sie sich auf den Weg: Alex fuhr mit Sean nach Castlebar, George und ihre Mutter folgten später mit ihren Autos. Alex hatte Paulines Handy mitgenommen, sodass sie unterwegs in Kontakt bleiben konnten. Damit war aber der Kontakt zu Gerda, die mit Pauline und George senior zu Hause geblieben war, nicht möglich, denn mehr Mobiltelefone standen nicht zur Verfügung. Im Krankenhaus wurde ihr schließlich der Gips entfernt und sie wurde geröntgt. Weit und breit waren keine Gardaí zu sehen und die Ärztin machte nicht den Eindruck, als wüsste sie, dass die Gardaí an ihrer Patientin interessiert waren. Das Ding, das mal ihre Hand gewesen war und mit dem sie anscheinend irgendwann tatsächlich wieder Gitarre würde spielen können, sah fürchterlich aus und Alex hätte am liebsten losgeheult. Doch die Ärztin versicherte, dass den Umständen entsprechend alles in Ordnung sei. Alex bekam eine Jumbopackung stärkerer Schmerzmittel verschrieben und einen neuen Gips angelegt. Mit den Schmerzen würde sie noch eine Weile leben müssen und sie solle erst am Montag wiederkommen, wurde ihr mitgeteilt.

Und dafür der ganze Aufwand! Erleichtert war Alex dennoch.

Als sie mit Sean das Krankenhaus verließ, war nichts von Uniformierten zu sehen. Es dauerte aber nicht lange, da fiel ihnen ein weißer Golf auf. Doch Sean hatte keine Schwierigkeiten, ihn abzuhängen. Das mochte vielleicht aber daran liegen, dass der Golf einfach nur einen anderen Weg hatte. An einem Mini-Autofriedhof hinter einer Werkstatt stieg Alex schließlich in Georges Auto um. Sean versprach, bis zum Abend in der Gegend herumzufahren und erst wieder nach Hause zu kommen, wenn er sicher war, nicht verfolgt zu werden. Vor dem nächsten Autowechsel lud George Alex auf ein kleines Mittagessen ein. Um Gerda nicht unnötig in Gefahr zu bringen, mussten sie sich Zeit lassen. Also fuhren sie hinunter zum Lough Mask und setzten sich an das Fenster eines kleinen dunklen Pubs, vor dem sie ihr Auto abgestellt hatten. Einige Zeit später in Maam Cross ließ George Alex am Parkplatz des einsam gelegenen Peacockes Hotels aussteigen und fuhr weiter nach Galway, wo er den Rest des Montags verbringen wollte. Alex wanderte eine Weile durch das Hotel und beobachtete von verschiedenen Fenstern aus den kaum nennenswerten Verkehr an der Kreuzung und den fast leeren Parkplatz vor dem Gebäude. Danach ging sie zu dem gerade angekommenen grünen Ford, stieg wortlos ein und fuhr mit ihrer Mutter in Richtung Süden.

„Lust auf eine Tasse Tee in Lettermore?“, fragte ihre Mutter.

„Die Einladung nehme ich gerne an.“

Aber sie waren noch nicht lange unterwegs, als Alex im Außenspiegel den weißen Golf entdeckte. Sie fuhren kreuz und quer durch Connemara, aber der Golf gab nicht auf. Irgendwann schüttelte Alex entmutigt den Kopf. „Der folgt uns jetzt bis zur Haustür, Mom, das hat keinen Sinn.“

„Was schlägst du vor?“

„Plan B. Ich sage Hallo.“

Sie beschlossen, die Tankstelle neben dem Hotel anzufahren, bei dem Alex vor einer Weile zugestiegen war, und auf den weißen Golf zu warten, der dann auch tatsächlich an der Straße anhielt.

Alex blickte ihre Mutter kapitulierend an. „Danke für alles, Mom. Fahr nicht direkt zurück und pass bitte gut auf Gerda auf! Es geht ihr nicht gut.“ Ihre Mutter verstand. „Und wenn alles vorbei ist, könnten wir vielleicht trotzdem mal auf eine Tasse Tee gehen?“

Ihre Mutter lächelte, beugte sich vor und küsste sie auf die Wange. „Das würde mich sehr freuen, Alex.“

Alex warf ihr einen langen Blick zu, stieg dann aus, ging auf den weißen Golf zu, öffnete die Hintertür und setzte sich einfach auf die Rückbank: „Da wir ja schon seit Stunden den gleichen Weg haben, wird sich das jetzt nicht geändert haben“, sagte sie zu den beiden jungen Frauen in zivil. „Bringen Sie mich doch bitte nach Hause, Sergeants! Sie wissen ja vermutlich, wo ich wohne.“

* * *

Declan traf Alexandra in einem fensterlosen Vernehmungszimmer der Garda-Station in Westport. Haas hatte nichts aus ihr herausbekommen.

Sie saß auf einem Metallstuhl und blickte hoch. Sie wirkte nicht überrascht, ihn zu sehen, aber auch nicht erfreut. Er zeigte ihr nicht, wie erleichtert er war, dass es ihr gutging. Sie begrüßten sich nicht einmal. Er setzte sich ihr gegenüber und blickte sie abwartend an. Sie wirkte müde, angespannt, aber auch entschlossen. Sie wich seinem Blick nicht aus.

„Wie geht es dir?“, wollte er wissen.

„Gut.“

„Wieso musstest du ins Krankenhaus?“

„Schmerzen.“

„Jetzt alles okay?“ Sie nickte. Es war, als würde er vor einer Fremden sitzen. „Ich habe mir Sorgen gemacht, Alexandra“, gestand er.

„Sehr unprofessionell.“

„Caitlin richtet dir liebe Grüße aus. Sie nennt sich jetzt übrigens Jamie Bond. Dein Agentinnenkoffer ist der Hit in der ganzen Nachbarschaft. Mich nennen ihre Freundinnen schon ‚D‘.“

Er probierte es mit einem Lächeln, aber Alexandra seufzte kalt. „Was willst du, Declan? Ich habe keine Ahnung, wo Gerda sich aufhält.“

„Wo warst du die letzten beiden Tage?“

„Ich bin niemandem Rechenschaft schuldig. Vermutlich muss ich nicht mal hier sein, oder? Vermutlich muss ich gar nicht mit dir reden.“

„Gut, dann geh!“ Zuerst blickte sie ihn noch unsicher an, doch dann stand sie auf und ging tatsächlich zur Tür. „Alexandra, ich habe heute Vormittag mit dem Staatsanwalt gesprochen. Gerda wird in beiden Rhodes-Fällen angeklagt. Im Fall von Jonathan wegen Totschlags, im Fall von Linda wegen Mordes. Wir werden damit auch an die

Presse gehen, mit ihrem Foto und mit ihrem Namen. Bald kennt sie das ganze Land. Und wer auch immer es ist, der ihr Unterschlupf gewährt und sie vor uns versteckt, wird keine plausible Ausrede haben. Der wird angezeigt und hat sich zu verantworten."

Er beobachtete Alexandra genau. Sie hatte ihn gehört. Unschlüssig stand sie an der Tür. Declan ging auf sie zu. Er hielt ausreichend Abstand, obwohl er jetzt gerne freundschaftlich ihre Hand gedrückt hätte. „Es ist aus, Schatz. Sag ihr, sie soll sich stellen! Das ist das Einzige, was sie jetzt noch machen kann. Von der Insel kommt sie nicht weg. Und du willst doch nicht, dass sie sich etwas antut, oder? Ruf sie an, Alexandra! Sie soll sich stellen, euch beiden zuliebe." Was war das in ihrem Blick? Angst? Verachtung? Hass? Declan schluckte hart. „Alexandra, ich bin doch nicht gegen dich, ich bin doch nicht dein Feind!"

„Du verhältst dich nicht wie ein Freund, Declan. Nicht mehr. Wie kann ein Job wichtiger sein?"

„Es geht doch nicht um meinen Job!"

Sie sahen sich eine ganze Minute lang stumm in die Augen, beide traurig, beide sprachlos. In Kürze würde er sie für immer verlieren, wusste Declan. Sie aber würde viel mehr verlieren, wurde ihm bewusst.

Er hatte keine Wahl. Er unterbrach den Blickkontakt und sah auf seine Uhr. „Also gut, dann beweise ich dir, dass ich dein Freund bin. Ich schätze, sie hat keine Viertelstunde mehr. Aber die könnte sie nützen." Alarmiert blickte Alexandra ihn an. „Dann sind Haas' Leute in Killadoon und läuten bei der Frau, auf die der grüne Ford zugelassen ist. Wir haben die Nummern von allen drei Autos, Alexandra. Und wir wissen, dass alle Zulassungsinhaber an der gleichen Adresse wohnhaft sind." Volltreffer. Sie wurde käseweiß. „Deborah Alden ist deine Mutter, nicht?"

Sie wollte hinausstürmen, aber er hielt sie zurück. „Das ist die letzte Gelegenheit, sich freiwillig zu stellen, Alexandra! Wenn du Gerda helfen willst, dann ruf sie jetzt an und sag ihr, sie soll sich stellen!"

„Sie hat nichts getan, Declan! Hör endlich zu: Sie hat nichts getan!"

„Dann wird sie das auch beweisen können. Es ist vorbei. Wenn sie jetzt abhaut, wird alles nur noch schlimmer. Das ist jetzt die Chance, ein paar Punkte für sich herauszuschlagen, mehr kann ich nicht für euch tun, Schatz. Und sie hat nur mehr diese eine Chance; hilf ihr doch dabei, sie zu nützen! Sie soll mich anrufen und sich stellen! Und zwar jetzt!"

Sie nahm ein Handy aus ihrer Hosentasche. Der Blick, den sie ihm dabei zuwarf, war ein Lebewohl. Sie hatte nicht verstanden, was er gerade für sie getan hatte.

Alexandra wählte eine Nummer und sprach nüchtern in ihr Handy. „Die Gardaí sind unterwegs zu euch. Sie kennen die Autos! Beeilt euch!" Sie legte auf, würdigte ihn keines Blickes und marschierte selbstbewusst an Haas vorbei zum Ausgang.

Haas kam auf ihn zu. „Ahnt sie was?"

Declan schüttelte mitgenommen den Kopf. „Sie findet es allerdings nicht gut, dass ihr bester Freund dafür gesorgt hat, dass ihre Freundin in beiden Fällen angeklagt wird."

„Nun, der beste Freund dürften Sie jetzt nicht mehr sein. Schon gar nicht, wenn wir Noppinger in wenigen Minuten verhaften."

Er seufzte lauter, als er eigentlich wollte. „Ich glaube, ich habe die einzige Freundin verloren, die ich je hatte."

17

Gerda tigerte nervös in der Küche herum. Sie zitterte, als sie von ihrer Tasse Kaffee trank. Sie waren schon seit Stunden weg und sie hatte noch immer nichts von ihnen gehört.

Da wurde die Tür aufgestoßen und Deborah stürmte herein. Alleine.

Gerda eilte zu ihr. „Wo ist Alex? Was ist passiert?"

„Alex geht es gut. Du hast ein Problem." Deborah packte sie am Handgelenk und wandte sich an ihre Schwiegermutter, die aus dem Wohnzimmer gehastet kam. „Pauline, die Gardaí werden gleich hier sein. Versteck Gerdas Sachen bei dir im Zimmer, versteck sie gut, und mach schnell! Sollten sie vor mir da sein, dann weißt du von nichts. Was immer sie auch fragen, mach auf dement! George senior soll ebenfalls die Klappe halten! Gerda und Alex waren nie hier und ihr wisst auch nicht, wer Gerda überhaupt sein soll. Sean und George sind etwas erledigen, aber du weißt nicht was, weil es immer etwas zu erledigen gibt und man dir nie Bescheid sagt. Und ich mache einen Spaziergang am Strand. Erwähne unter keinen Umständen das Pub! Hast du verstanden, Pauline?"

„Die werden sie verhaften, Debbie. Das können wir nicht zulassen!"

„Darum werden wir sie auch verstecken. Jetzt richte Alex' Zimmer so her, als wäre nie jemand hier gewesen, ich bin gleich wieder da! Beeil dich, Pauline! Und du kommst mit mir, Gerda!"

Deborah verstärkte ihren Griff um Gerdas Handgelenk, als wäre sie ein kleines Kind, dabei war sie fast einen Kopf größer. Sie schnappte sich die Kuscheldecke von der Couch und Gerdas Jacke von der Garderobe und zog sie nach einem kurzen Blick aus dem Fenster mit sich zur Tür.

Sie rannten die einsame Straße hinunter. Es war weit und breit niemand zu sehen. Sie erreichten das Pub, und obwohl es drinnen wegen des dunklen Holzes finster war, machte Deborah keine Lichter an. Sie drückte Gerda die Decke und die Jacke in die Hand. „Rühr dich einfach nicht, Gerda! Notfalls versteck dich im Kühlraum; das hält man ein paar Stunden aus, bevor man erfriert. George senior hat das schon hinter sich; seitdem ist er zwar nicht mehr derselbe, aber er lebt noch." Sie reichte ihr ein Handy. „Wir melden uns, sobald es möglich ist! Solange halte bitte durch. Es ist genügend zu essen und zu trinken da, bediene dich einfach! Sonntag und Montag sind unsere Ruhetage, du kannst hier also die Nacht verbringen, sollte es nötig sein. Für morgen lassen wir uns was einfallen. Schalt kein Licht ein, mach keinen Lärm, und man wird nicht merken, dass du hier bist. Wenn du etwas hörst, versteck dich! Alles klar?"

Gerda nickte stumm. „Danke, Deborah. Es tut mir leid, dass ihr …"

„Alles wird gut, Gerda. Wir machen das schon, keine Angst. Ich weiß, dass das hier nicht toll ist, aber es gibt im Moment keine Alternative. Halt einfach durch, okay?" Deborah schenkte ihr ein Lächeln, das sie augenblicklich an Alex erinnerte. Wenigstens schien mit Alex alles in Ordnung zu sein. „Ich muss jetzt gehen. Bleib von den Fenstern weg und nicht verzweifeln, hörst du? Alles wird gut."

Als Deborah gegangen war, setzte Gerda sich an einen der Tische, die am weitesten entfernt von den Fenstern standen. Sie legte ihre Beine auf die Sitzbank, breitete die Decke darüber, lehnte sich an die Mauer und schloss die Augen. So konnte es nicht weitergehen. Vermutlich war ohnehin bald alles vorbei. Sie würden sie finden und wegsperren. Daniel würde sie nie mehr wiedersehen und niemand würde sie regelmäßig besuchen kommen. Ihre

Familie war zu weit weg und Alex durfte sie das nicht zumuten. Sie sollte nicht zwanzig Jahre auf sie warten müssen.

Gerda beschloss, die gerade erst beginnende Romanze zu beenden, sobald man sie wegsperrte.

* * *

Sowohl Siobhan als auch Declan waren an diesem Montag nach dem Silvesterwochenende fleißig gewesen. Siobhan berichtete Moira, dass Linda Rhodes' Mutter den Tod ihrer Tochter mit einem Schulterzucken entgegengenommen hatte. Sie schien nur gelegentlich geistig präsent zu sein. Erst, als sie ihr *EastEnders* im Fernsehen wieder laut stellte, hatte Siobhan sich mit ihr ein wenig unterhalten können. Schmerz zeigte Mrs Rhodes nicht. „Hat er sie doch entsorgt?", fragte sie nur. Siobhan hatte wissen wollen, was sie damit meinte, aber die Mutter wusste es nicht mehr. Nur, dass es ihr um Kathryn leidtat und ob sie jetzt bitte wieder in Ruhe fernsehen dürfe. Siobhan hatte betont, dass Linda tot war, ihre Tochter, aber die alte Rhodes hatte nicht mehr darauf reagiert. Danach hatte Siobhan sich mit den geschockten Kolleginnen von Linda unterhalten, die mit ihr im Kaufhaus gearbeitet hatten. Linda wurde zwar respektiert, aber die Freundschaften am Arbeitsplatz schlossen sie nicht ein. Moira hatte Siobhan gebeten, sich die Kontoauszüge von Linda und Jonathan Rhodes zu besorgen. Auf einem Konto sollten Zahlungseingänge eines Arztes, bei dem sie angeblich arbeitete, verzeichnet sein, darüber wüsste sie gerne Näheres. Dann war Declan aufgetaucht und hatte vom Gespräch mit dem Staatsanwalt berichtet und dass es ganz in seinem Sinne verlaufen sei. Noppinger würde in beiden Fällen angeklagt, sie mussten sie nur noch finden. Kurz darauf teilte er ihnen mit, dass die Verhaftung unmittelbar bevorstand.

Sofort hatte Moira versucht, die Leute in Killadoon zu kontaktieren. Aber im Pub ging niemand ran und weitere Nummern der Aldens waren nicht gefahrlos organisierbar. Sie musste die Warnung über Brent schicken. Sie über Conners' Handy oder Festnetz anzurufen, war zu gewagt, im Chat & Play war sie nicht anwesend, also musste sie ihr eine E-Mail senden. Das war zwar nicht nur riskant, es würde die Aldens wohl auch zu spät warnen.

Als sie dazu ihr privates Mail-Programm öffnete, entdeckte Moira, dass Brent ihr am Abend zuvor ein Chatlog geschickt hatte. Sie sandte ihr die Warnung an die Aldens, mehr konnte sie nicht tun, dann öffnete sie die Chat-Mitschrift und sofort stach ihr Brents Telefonnummer ins Auge, die sie bereitwillig ihren Chat-Partnerinnen mitgeteilt hatte.

Um außer Hörweite ihrer Kolleginnen und Kollegen zu sein, lief Moira hinunter vors Haus und rief Brent an – und die war nicht überrascht, wusste sogar bereits, dass Noppinger gerade noch entkommen konnte. Sie hielt sie an, das Chatlog zu lesen, und fragte, ob sie sie beim Vornamen nennen dürfe, jetzt, wo sie nun mal Verbündete waren.

Moira widmete sich schließlich dem Chatlog, aber was war die Erkenntnis daraus? Was Nuala nicht wissen konnte: BigJonBoy war tatsächlich Jonathan Rhodes. Aber selbst wenn er ein mehrfacher Mörder gewesen war, entlastete das Noppinger nicht, im Gegenteil. Es bestätigte, dass sie ihn getötet haben könnte, weil er ihr etwas antun wollte. Auch wenn es dann vielleicht Notwehr gewesen wäre, so hätte Noppinger doch gelogen, als sie behauptete, ihn nicht getötet zu haben.

Als Moira in der Polizeidatenbank und im Internet nach einem Mordfall Susan Jackson suchte, wurde sie schnell fündig. Cian war noch nicht zurück und Siobhan befand sich nicht an ihrem Schreibtisch, als sie sich bei den Kollegen in Dublin danach erkundigte. Für die war es zwar nicht unbedingt die klassische Beziehungstat, auf die einige Zeitungsartikel aufbauten, sondern der tragische Ausgang einer verzwickten Dreiecksbeziehung. Das Verhältnis des Angeklagten zu der zweiten männlichen Person in der Wohngemeinschaft war durchaus bekannt. Der Angeklagte habe die Dreiecksgeschichte wohl sattgehabt und wollte mit seinem Partner glücklich werden; das gemeinsame Kind habe keine Rolle gespielt. So würde das auch vor Gericht gehen. Für Moira klang das einleuchtend. Um die Internetbekanntschaft hatte man sich nur oberflächlich gekümmert, das klang viel zu sehr nach einer Ausrede, meinte der Kollege; diesbezügliche Nachforschungen gingen außerdem ins Leere. Moira bohrte nicht weiter, bedankte sich, und als Cian mit Süßem zurückkam, holte sie sich erst einmal starken Kaffee.

Siobhan berichtete schließlich, der Arzt, bei dem Rhodes angeblich unangemeldet gearbeitet hatte, müsse sie bar bezahlt haben, sie konnten keine Überweisungen finden. Das Haushaltseinkommen war nicht groß, da Jonathan nicht durchgehend gearbeitet hatte, aber im Grunde ging es den Rhodes finanziell gut, sie waren schuldenfrei. Es schien nicht nötig zu sein, zusätzlich eine Arztpraxis zu reinigen. Vielleicht war das auch gar nicht der Fall, vermutete Moira. Vielleicht sollte ihre Nachbarin das nur glauben, damit sie nicht auf die Idee käme, sie um finanzielle Unterstützung zu bitten. Zuzutrauen war das Rhodes. Und Montoya auch.

An den Ein- und Ausgaben war nichts verdächtig. Allerdings hatte Linda Rhodes am Vortag ihrer Ermordung beide Girokonten leergeräumt. Als Siobhan bei der Bank nachfragte, stellte sich heraus, dass auch ein altes Sparkonto existiert hatte – und das war zur selben Zeit aufgelöst worden. Insgesamt handelte es sich um knapp 17.500 Euro, die Linda Rhodes persönlich abgehoben hatte und die nicht bei den Rhodes zu Hause gefunden worden waren. Wozu hatte Linda so viel Geld gebraucht? War sie vielleicht genötigt worden, alles abzuheben? Wurde das Ehepaar Rhodes deswegen ermordet? Benahm sich Linda Rhodes so auffällig, weil sie unter Stress stand, bedroht von Unbekannten, die Geld von ihr erpressten? Von den beiden Kerlen vielleicht, die Conners überfallen hatten? Wie passte Noppinger dann aber in die Geschichte?

Als Siobhan das Büro verließ, schickte Moira auch Cian nach Hause und widmete sich erneut BigJonBoys Chatlogs, bevor sie sich weitere Ermittlungsstrategien überlegen wollte. Tatsächlich war Susan Jackson, alias 31RedSusan31, eine seiner Chat-Partnerinnen gewesen. Sie hatte mit Jonathan am 20. November das letzte Mal gechattet. Am 30. November wurde sie ermordet. Vier Monate lang hatte sie fast jeden Sonntag zwischen siebzehn und neunzehn Uhr mit Jonathan Rhodes gechattet. Aber am 27. November, drei Tage vor ihrem Tod, chatteten sie nicht miteinander. Was bemerkenswert war: Rhodes hatte ihr keine Offlines hinterlassen. Sie war über einen langen Zeitraum eine treue Chat-Partnerin gewesen, aber er wollte keine Erklärung, wieso sie nicht online war? Wieso fragte er sie nicht? Das machte er doch auch bei den anderen, wenn er umsonst auf sie wartete. Hatten sie irgendwann Telefonnummern ausgetauscht und sie hatte ihre Abwesenheit telefonisch erklärt? Doch in keinem der Chatlogs hatten sie oder Siobhan Hinweise auf Telefonnummern oder Adressen finden können. Und Rhodes' alter Computer hatte keine Soundcard, also beschränkte sich sein Chatten aufs Tippen. Und diesbezüglich hatte er nichts getippt, was ungewöhnlich war.

Moira fand heraus, dass Susan drei weitere Male, ohne Bescheid zu sagen, nicht zum verabredeten Sonntags-Termin online gegangen war. Zweimal schickte Jon Offlines, und Susan reagierte auch beide Male darauf. Einmal musste sie mit dem Kind ins Krankenhaus, weil es Fieber bekommen hatte. Beim zweiten Mal war sie für einen spontanen Kurztrip mit einer Freundin nach Spanien geflogen. Aber drei Wochen vor ihrem Tod ist sie wieder nicht online und Jonathan Rhodes fragt nicht nach. Am Sonntag darauf chatten sie miteinander, ohne ein Wort darüber zu verlieren. Der Messenger war so eingestellt, dass jeder einzelne Chat automatisch ein Chatlog erzeugte. Hatte also eine Chat-Sitzung stattgefunden und gab es kein Log dazu, musste es gelöscht worden sein. Alle Chats auf einmal zu löschen war nicht möglich, aber einzeln ließ sich jedes Chatlog entfernen. Wieso hatte Jonathan Rhodes dieses gelöscht?

Aufmerksam las sich Moira den gesamten Chat vom 13. November ein paarmal hintereinander durch. Plötzlich fiel ihr auf, dass der Umgang der beiden vertrauter wirkte als in den Chats zuvor. Auch bezogen Jonathan und Susan sich auf Details, die in den vorangegangenen Chats nicht vorgekommen waren. Anstatt von Jonathans starken Händen zu sprechen, wie sonst immer, sprach Susan auf einmal von der kleinen Narbe auf seinem Unterarm, und wie sie mit ihrer Zunge darüber leckte, und so weiter. Viel Sinn für Erotik hatte auch Susan nicht, aber Jonathan versicherte ihr, wie sehr ihn das anturnte. Und während er in den vorangegangenen Chats noch von ihren mächtigen Brüsten schwärmte, sprach er auf einmal von den entzückenden kleinen Satsumas und wie wunderbar sie sich in seinen starken Händen anfühlten.

Triumphierend schlug Moira auf ihren Schreibtisch und verpasste dabei nur knapp ihre Maus. Natürlich hatten die beiden am 6. November miteinander gechattet, und natürlich hatte Jonathan den Chat gelöscht. Weil sie sich an diesem Tag zu echtem Sex verabredet hatten! Die Frauen im Chatroom hatten recht! Irgendwann zwischen dem 6. und dem 13. November fährt Jonathan nach Dublin, wo er und

Susan das erste Mal miteinander schlafen. Am 20. chatten sie erneut miteinander, laut Chatlogs das letzte Mal. Aber möglicherweise löscht Jonathan auch den tatsächlich allerletzten Chat, nämlich den am 27. November. In diesem verabreden sie sich möglicherweise ein weiteres Mal zu echtem Sex: am 30. November, den Susan nicht überleben sollte. Und Jonathan löscht die Logs, damit niemand je etwas von den Treffen erfährt.

Mit Susan Jacksons Tod endeten die Chats zwischen BigJonBoy und 31RedSusan31. Es gab auch keine weiteren Offlines mehr von ihm an sie. Das alles sprach dafür, dass Jonathan Rhodes Jackson tatsächlich getötet haben könnte. Was aber nicht hieß, dass er auch andere auf dem Gewissen hatte, wie die kleine Community im Chat & Play glauben wollte.

Als Moira schließlich überprüfte, ob Jonathan Rhodes schon einmal auffällig geworden war, erfuhr sie von zwei Vorstrafen und mehreren Anzeigen, die lange zurücklagen. Er war vor fast dreißig Jahren bedingt zu einem halben Jahr Haftstrafe wegen Nötigung verurteilt worden, und nur zwei Jahre später unbedingt zu siebzehn Monaten wegen der Vergewaltigung einer Nachbarin. Die anderen Anzeigen bezogen sich ebenfalls auf Sexual- und Gewaltdelikte, keine führte aber zu einer Anklage. Jonathan Rhodes war ein verurteilter Sexualverbrecher.

Um nichts unversucht zu lassen und weil sie bereits Blut geleckt hatte, suchte Moira nach den Nicknames der von der Internet-Community erwähnten Vermissten. Und tatsächlich fanden sich auf BigJonBoys nicht enden wollender Buddy List auch Nicks wie prettybratty_82, PussycatUK und bitchywitch4u. Und weder von Susan noch von den anderen Dreien befanden sich Fotos in Jonathans Fotosammlung.

Moira rief David an und teilte ihm mit, dass sie erst später nach Hause kommen würde. Er meinte, er läge aber bereits nackt auf dem weißen Bett, mit einer wunderschönen roten Rose zwischen den Zähnen. Sie warnte ihn, dass sie ihn nie wieder in ihr Bett ließe, wenn er nicht auch noch so daläge, wenn sie heimkäme. Dann machte sie sich daran, die Chatlogs mit den Vermissten durchzugehen, um auch hier jeweils eine Chronologie zu erstellen und auf Anzeichen von Ungereimtheiten zu achten.

* * *

Alex war unruhig. Sie wusste mittlerweile, dass Gerda sich im Pub versteckt hielt, aber in den letzten Stunden hatte sie nichts mehr gehört. Jetzt, am späten Abend, nahm ihre Mutter das Gespräch aber endlich entgegen.

„Oh, Mr McCafferty“, sagte sie. „Es tut mir so leid, dass ich mich noch nicht bei Ihnen gemeldet habe, aber bei mir geht es privat gerade ein bisschen drunter und drüber.“

„Sind die Gardaí noch bei euch?“

„So ist es, Sir“, sagte ihre Mutter. „Aber das heißt nicht, dass ich nicht trotzdem meine Arbeit machen kann. Es ist alles in Ordnung, ich habe Ihre Buchhaltung zeitgerecht erledigt, wie Sie es mir aufgetragen haben.“

„Sie ist noch in Sicherheit?“

„Ich glaube schon, Sir. Und wissen Sie, wieso? Weil ich die Beste bin, die Sie kriegen können, auch wenn Sie berechtigte Zweifel haben. Aber verlassen Sie sich auf mich! Ich weiß, wie wichtig Ihnen dieser Posten ist, Sir. Das Finanzamt wird Ihnen keine Schwierigkeiten machen.“

„Bitte ruf mich sofort an, wenn sie weg sind! Ich bleibe so lange auf, bis ich was von dir höre.“

„Selbstverständlich, Sir. Aber es wird wohl noch ein bisschen dauern. Und danke für Ihr Vertrauen.“

„Mom … ich weiß wirklich sehr zu schätzen, was ihr für uns tut.“

„Sie sind mein wichtigster Kunde, Sir.“

Alex legte auf und blickte zu Nuala, die ihr gegenüber am Küchentisch saß und sie neugierig musterte. Sie informierte sie und nahm eine weitere Schmerztablette zu sich. Nuala tätschelte ihre gesunde Hand und versuchte dann, sie mit dem abzulenken, worüber sie sich mit Gallagher unterhalten hatte: dass Jonathan Rhodes der Internetkiller sein könnte, von dem die paar Verschwörungstheoretikerinnen im Chatroom gesprochen hatten. Das war so unglaublich lächerlich, dass Alex sich fast darüber ärgerte, dass Nuala Zeit damit vergeudete. Blieb nur zu hoffen, dass Gallagher ihre Energien auch in etwas steckte, das sinnvoller war.

* * *

Declan war alleine bei Alex' Familie zurückgeblieben, während Haas' Leute sich die Nachbarschaft vornahmen. Er hatte nicht erwartet, die Gesuchte bei den Aldens anzutreffen – nicht nach seiner Warnung. Aber Killadoon war winzig; man würde sie finden und lange würde das auch nicht mehr dauern. Der Schlüssel zum Erfolg lag bei den Aldens.

Sie hatten das Haus auf den Kopf gestellt und die irgendwann vollzählig anwesenden Familienmitglieder befragt, von denen natürlich niemand je etwas von einer Gerda Noppinger gehört haben wollte. Jetzt saß er im Wohnzimmer Alex' Mutter gegenüber, die ihn bemüht ausdruckslos ansah. Ihr Mann saß neben ihr. Der jüngere Mann gab vor, fernzusehen, das alte Pärchen hatte sich zurückgezogen.

„Eigentlich freue ich mich, Sie kennenzulernen“, sagte Declan zu Deborah Alden und lächelte sie freundlich an.

„Sie sind der Garda, der mit Alex Musik macht, nicht wahr?“, erkannte deren Mann George.

„Und Sie sind der Vater, den sie nie hatte, den sie aber sehr zu schätzen scheint." Declan lächelte, George lächelte geschmeichelt zurück.

„Und ich bin die böse Mutter, die sich fragt, was Sie eigentlich noch von uns wollen. Entschuldigen Sie, aber es ist schon sehr spät."

„Alexandra hat Sie warnen können, weil ich ihr gesagt habe, dass wir unterwegs zu Ihnen sind", gestand Declan. „Und ich habe ihr das gesagt, weil ich der Meinung bin, dass es klug und für alle Beteiligten das Sicherste wäre, wenn Gerda sich einfach stellen würde." Declan blickte die beiden abwechselnd an. „Schauen Sie, Alexandra liegt etwas an Gerda. Und, wie Ihnen, liegt mir etwas an Alexandra. Sie und ich sind beste Freunde. Das ist tatsächlich so. Wenn ich Alexandra verlieren würde, dann wäre das ein viel zu großer Verlust für mich. Das muss ich verhindern. Sie hasst mich zwar im Moment, und das ist nachvollziehbar, aber das wird sich wieder ändern, sobald die Sache aufgeklärt ist. Und je früher Gerda die Chance bekommt, vor Gericht ihre Geschichte zu erzählen, desto eher ist alles wieder in Ordnung. Desto eher hat Gerda wieder Ruhe vor uns. Desto eher mag Alexandra mich wieder."

Der jüngere Mann schaltete laut seufzend den Fernseher ab und drehte sich ihm herausfordernd zu. „Machen Sie jetzt auf ‚Ich bin doch ganz nett, gebt mir doch bitte eine Chance'?"

„Ich möchte nur vermeiden, dass man Alexandra noch mal etwas antut", antwortete ihm Declan ernst. Sie sollten die Dringlichkeit in seiner Stimme nicht überhören. Er wollte sich zurücklehnen, weil ihm der Sessel, auf dem er saß, ungemütlich in den Hintern piekste, aber er durfte nicht lässig oder siegessicher erscheinen. „Ich nehme an, Sie haben bemerkt, dass Alexandra Opfer eines Überfalls geworden ist? Sie wird es Ihnen wohl auch erzählt haben?"

Sie reagierten nicht. „Alexandra öffnet ahnungslos zwei fremden Männern die Tür. Die schlagen sie brutal zusammen und stürmen ins Haus. Sie liegt wehrlos auf dem Boden, als einer der beiden sich über sie kniet. Er reißt ihr den Arm herum und schlägt ihr ungebremst mit einem ziemlich großen Hammer auf die Hand." Declan atmete tief durch. „Ich weiß nicht, wie viele Knochen wir in unseren Händen haben, aber die meisten dürften in Alexandras vermutlich gebrochen sein. Ihre Schmerzen können wir uns gar nicht vorstellen. Mal ganz abgesehen davon, dass sie unglaubliche Angst haben muss. Nicht nur um Gerda, sondern auch um sich selbst. Die Männer wurden noch nicht festgenommen, wir kennen nicht mal ihre Identität. Sie könnten jederzeit wiederkommen und alles Mögliche mit ihr anstellen. Ich brauche hier wohl nicht in Details zu gehen. Und wenn Gerda tatsächlich nicht die Mörderin ist, dann schrecken diese Kerle wohl auch vor Mord nicht zurück." Declan blickte sie eindringlich an. Seine Worte kamen an, das war nicht zu übersehen. „Gerda kann uns helfen, sie zu finden. Wir gehen nämlich davon aus, dass sie mehr weiß, als sie sagt oder ihr selbst bewusst ist. Deshalb müssen wir mit Gerda sprechen. Sonst können wir die beiden nicht beschützen."

Declan stand auf und kramte eine Visitenkarte aus seiner Jackeninnentasche und legte sie auf den Tisch. Er schrieb seine Privatnummer auf die Karte. „Rufen Sie mich an, wenn Sie mit mir reden wollen. Wir stehen auf derselben Seite, auch wenn Alexandra das im Moment nicht sehen kann. Aber keiner von uns will, dass ihr etwas passiert. Ich brauche meine beste Freundin und Sie brauchen Ihre Tochter."

Declan ging zur Tür. Sie folgten ihm. Kühle Nachtluft wehte ihm entgegen, als er sie öffnete. „Noch was", sagte er dann leicht schmunzelnd zu Alexandras Mutter: „Richten Sie Mr McCafferty doch bitte liebe Grüße von mir aus. Sagen Sie ihm, dass ich ihn noch immer liebhabe und dass er mich bitte nicht für ein Arschloch halten soll, ich bemühe mich ehrlich darum, keines zu sein. Es soll ihm nur nichts mehr passieren."

Als er wieder im Auto saß, rief er Haas an und ließ sich versichern, dass sie ihn sofort informieren würde, wenn sie Noppinger gefunden hätten, und dass der Wagen vor dem Haus nicht abgezogen werden würde. Er wäre gerne selbst von Tür zu Tür gelaufen, aber Haas hatte klargemacht, dass er sich nicht einzumischen hätte. Danach rief Declan Amanda an, um ihr mitzuteilen, dass sie ihm fehlte, aber er könne noch nicht weg. Sie trug ihm auf, sie sofort zu informieren, wenn sich Neues ergab. Er tat so etwas sonst nie, der Job hatte nichts zu Hause zu suchen, aber Alexandra war auch eine Freundin von Amanda und die Sache nahm sie mittlerweile sehr mit. Caitlin versuchten sie herauszuhalten, aber die hatte ein Gespräch ihrer Eltern belauscht und drohte nun mit Wasserbombenexplosionen, sollte ihr Vater Alexandra verhaften. Die Anleitung und das Bombenmaterial – jede Menge bunter Luftballons – befanden sich in ihrem Agentinnenkoffer. Mit ihr wäre nun nicht mehr zu spaßen, betonte sie immer wieder. Wenigstens hatte sie mit dem Zubereiten des Frühstücks aufgehört; so etwas taten Geheimagentinnen nicht.

In seiner Unterkunft schloss Declan sein Handy an das Ladegerät und bereitete sich auf den Anruf vor, der ihn wecken und darüber aufklären würde, dass sie Noppinger gefunden hätten.

* * *

Nuala beobachtete Alex dabei, wie sie lustlos Käsestückchen und Cocktailtomaten auf ihre Gabel spießte. Sie wirkte müde. Sie hatte Angst um Gerda und ihre Hand tat ihr weh. Sie wollte zurück nach Killadoon, aber Nuala hatte schon etwas getrunken. Sie hatten vereinbart, dass sie sie gleich nach dem Aufstehen hinbringen würde.

Nuala rief schließlich Moira an. Wenn sie schon Verbündete beim Feind hatten, sollten sie das auch nützen. Aber viel wusste auch sie nicht. Nach Killadoon komme mittlerweile niemand mehr rein oder raus, ohne überprüft zu werden, meinte sie. Sogar die Küstenwache sei eingeschaltet und die Kollegen aus Louisburgh seien in Alarmbereitschaft. Noppingers Versteck sei hoffentlich gut und die Aldens sollten sich darüber bewusst sein, dass sie beobachtet würden. Moira fragte nicht, wo Gerda sich aufhielt. Entweder wollte sie sich selbst schützen oder sie hatte eine Ahnung.

„Du hast mich übrigens auf eine wichtige Spur gebracht", sagte Moira. „Jonathan könnte tatsächlich der Mörder von Susan Jackson sein."

„Glaubst du, dass er die anderen auch umgebracht hat?"

„Die haben mit ihm gechattet. Ob sie sich auch mit ihm verabredet haben oder gar getötet wurden, weiß ich noch nicht. Was aber feststeht, ist, dass bei insgesamt siebzehn Frauen, mit denen er gechattet hat, einzelne Chatlogs und Offlines fehlen, und dass das damit zu tun haben könnte, dass man sich in diesen fehlenden Chats miteinander verabredet hat und dass das niemand herausfinden sollte. Und einige der erwähnten Vermissten – prettybratty, zum Beispiel, oder Pussycat – sind darunter. Und zumindest bei diesen beiden hört das Chatten mit Rhodes abrupt auf. Was aber nichts bedeuten muss. Jonathan Rhodes war allerdings ein verurteilter Vergewaltiger. Und das ist schon von Bedeutung."

„Meine Güte!"

„Ich bräuchte weiterhin deine Hilfe, Nuala. Könntest du in Erfahrung bringen, seit wann die Frauen als vermisst gelten? Je genauer wir die Zeiträume eingrenzen können, umso besser. Und du musst mir vor allem bitte dabei helfen herauszufinden, ob irgendjemand irgendeine der Verschwundenen näher kennt. Jedes Jahr werden Tausende Menschen als vermisst gemeldet, ich brauche Namen und Orte. Wenn du baldandbeautiful und Brenda dazu bewegen könntest, mit dir gemeinsam ein wenig zu recherchieren, wäre mir ungemein geholfen."

Dass Rhodes ein Vergewaltiger war, machte Alex betroffen. Den Rest schien Alex aber nicht mit Gerda verbinden zu wollen, was frustrierend war. Immerhin waren sie einen großen Schritt weitergekommen.

Nach einer Weile kam endlich der Anruf, auf den sie gewartet hatten. Ohne am Telefon Details oder Namen zu nennen, erklärte Alex' Mutter, dass Gerda in Sicherheit, aber aufgrund des mittlerweile wohl leeren Handyakkus nicht erreichbar sei. Alex entschuldigte sich bei ihrer Mutter dafür, dass sie sie in diese Sache hineingezogen hatte, aber die meinte nur, sie hätte das Richtige getan und ob sie bitte wieder zu ihnen kommen könne, sie machten sich alle Sorgen um sie. Und dann solle sie so lange in Killadoon bleiben, bis alles aufgeklärt war.

„Deine Familie ist großartig", sagte Nuala.

Alex nickte erschöpft. „Und wer hätte das je gedacht?"

„Sei nicht zu hart! Deine Mutter hatte wohl nicht alt werden wollen, ohne vorher jung gewesen zu sein. Das heißt nicht, dass sie jemals aufgehört hat, dich zu lieben. Und das beweist sie dir jetzt."

„Ich weiß. Aber es gab nur sie und mich, weißt du. Von einem Tag auf den anderen wird aus mir dann eine gute Bekannte aus früheren Zeiten, über deren Besuch sie sich zwar freut, die aber nur mehr am Rande zu ihr gehört. Als hätte sie mich für neue Menschen und ein neues Leben eingetauscht. Das hat sich damals sehr unfair angefühlt."

„Wie alt warst du? Achtzehn?"

„Sie lässt mich einfach alleine zurück und ich bin es, die ein schlechtes Gewissen hat, weil ich ihre neue Familie nicht einfach so als meine anerkennen kann. Ja, ich war achtzehn. Und natürlich war ich kein hilfloses Kind mehr. Und ein eigenes Haus zu haben ist schließlich auch was Tolles, das war mir schon bewusst. Um Betriebskosten und Reparaturen hat ohnehin sie sich die ersten Jahre gekümmert, aber sie hat über Nacht damit aufgehört, meine Mutter zu sein, weil sie selbst mit achtzehn erwachsen werden musste. Vor einigen Jahren hatten wir einen heftigen Streit. Ich habe sie gefragt, wieso sie mich eigentlich nicht einfach abgetrieben hat. Sie hätte mich nicht zu behalten brauchen, England befände sich schließlich gleich nebenan. Ich schätze, ich wollte wohl nur hören, dass das für sie nie in Frage gekommen wäre. Stattdessen meinte sie pragmatisch, dass sie sich das damals nicht leisten konnte und von niemandem Unterstützung bekommen hätte."

„Oh, keine gute Antwort!"

„Also bleibt ihr nichts anderes übrig, als mich auszutragen, nur um sich dann gleich wieder von mir zu verabschieden. Du, wir sind hier fertig, ich geh dann mal. So habe ich es empfunden, als sie mir mitgeteilt hat, dass sie beabsichtige, zu George nach Killadoon zu ziehen, als sie fragte, ob ich mitkommen wolle oder mir vorstellen könne, alleine hier zu bleiben, ob ich es mir zutraute oder ob das noch zu früh sei."

„Theoretisch hättest du also Einspruch erheben können?"

„Nuala, was hättest du denn gemacht, wenn deine Mutter dir mehr oder weniger deutlich sagt, dass sie jetzt gerne glücklich werden würde, es die letzten achtzehn Jahre mit dir nicht war und dass ihr Glück von deiner Kooperationsbereitschaft abhängt? Außerdem hat es mich so verletzt, als mir klar wurde, dass sie das ernst meinte, dass ich mich schützen musste. ‚Ich bin selbstständig genug', sagte ich ihr. ‚Danke für das Haus. Klar, kann ich mehr jobben. Klar, werde ich auch noch Zeit für die Uni haben. Sag mir nur, wie die Waschmaschine funktioniert, dann kannst du gehen.'" Alex seufzte. „Jetzt weiß ich, dass ich ihr nie egal war. Die letzten zehn Jahre wusste ich das nicht."

Nuala lächelte ihr aufmunternd zu. „Das ist eine gute Basis, auf der ihr beide aufbauen könnt. Und du scheinst ja geahnt zu haben, dass du dich auf sie verlassen kannst, sonst wärst du nicht mit Gerda zu ihr gefahren."

„Ich hatte keine Wahl. Vielleicht wollte ich auch nur herausfinden, ob sie es zulässt, mich ganz zu verlieren."

18

In die warme Decke gewickelt, die Beine auf der Bank, hatte Gerda stundenlang in der Ecke gesessen, bis sie schließlich eingeschlafen war. Als sie erwachte, war es stockdunkel. Sie legte die Decke zur Seite und tastete sich vorsichtig an den Tischen vorbei nach hinten zu den Toiletten. Das Fenster bei den Waschbecken führte zum Hinterhof. Draußen war es ruhig. Sie wusste, dass einige leere Getränkekisten im Hof standen, auch drei große gefüllte Mülleimer und ein alter VW-Kastenwagen. Aber zu sehen war nichts, es war zu finster. Gerda ging hinter die Theke und betrat von dort aus die Küche. Die Tür zum Gastraum schloss sie. Die Küche hatte keine Fenster, so konnte sie es riskieren, das Licht über dem Herd einzuschalten. Sie war erleichtert, als sie endlich wieder etwas sehen konnte. Sofort war alles weniger surreal. Sie machte sich zwei Sandwiches, öffnete eine Flasche Limonade und setzte sich auf die Arbeitsfläche neben der Spüle. Wie verrückt das alles war! Sie versteckte sich in einem irischen Pub, mitten im Nirgendwo, vor der Polizei.

Zurück im Gastraum setzte sie sich wieder auf ihre Holzbank. Es war so still und sie fühlte sich so einsam. Bekäme sie die Chance, nach Hause zurückzukehren, sie würde vieles ändern. Sie würde Entscheidungen treffen. Sie würde reden, nicht mehr unnahbar sein. Sie würde allen einfach nur sagen, dass sie zurück war und dass sie endlich aufhören konnten, sich um sie zu sorgen, sie hätte ihr Leben endlich im Griff. Sie würde manches wiedergutmachen.

Gerda war noch wach, als Autos vorfuhren, Autotüren zugeschlagen wurden und mehrere Stimmen zu hören waren, die sich näherten. Eine davon gehörte der Polizistin, die ihr aufgetragen hatte, den Kofferraum zu öffnen. Und sie erkannte George, der vor der Tür Schlüssel fallen ließ und lautstark fluchte.

„Verdammt! Nie weiß ich, welcher es ist!“

„Sir, es ist äußerst verdächtig, was Sie hier machen.“

„Was ist daran verdächtig, wenn ich nichts sehen kann? Es wäre nett, wenn Sie mir mit Ihren Taschenlampen behilflich sein würden.“

Sie musste augenblicklich hier raus! Gerda sprang hoch und eilte aus dem Gastraum zu den Toiletten, wo sie einen vorsichtigen Blick auf den Hof riskierte. Draußen schien alles ruhig zu sein. Der Gastraum hinter ihr füllte sich dafür bereits mit Polizisten.

„So viele Gardaí wegen einer Frau“, hörte sie George laut sagen. „Wenn ich gesucht würde, ich wäre unterwegs und würde nicht in einem Pub darauf warten, festgenommen zu werden. Die ist sicher schon über alle Berge. Dafür läuten Sie eine unbeteiligte Familie aus dem Schlaf!“

„Hätten Sie uns gestern gesagt, dass Ihnen das Pub gehört, hätten wir Sie nicht mitten in der Nacht aufzuwecken brauchen, Mr Alden.“

„Sie haben nicht gefragt und Gedankenlesen kann ich nicht."

Gerda öffnete lautlos das Fenster und kletterte flink hinaus. Aber wohin jetzt? Auf die Straße konnte sie nicht, dort befand sich die Polizei. Hinter dem Haus gab es allerdings nur ein unebenes Feld, auf dem sie sich im Dunkeln die Knöchel brechen würde. Außerdem wäre sie Scheinwerfern und Taschenlampen ausgeliefert. Sollte sie das riskieren?

Im Pub gingen die Lichter an. Wenn jetzt jemand auf den Hof blickte, würde man sie entdecken. Gerda hastete eilig hinter den Kastenwagen und lehnte sich mit heftig pochendem Herzen dagegen. Da entdeckte sie die Strahlen von drei Taschenlampen, die sich in Richtung Hof bewegten. Sie hatte keine Zeit mehr. Die Seitentür des Kastenwagens war versperrt, aber die Hintertür war nicht einmal eingerastet. Sie öffnete sie einen Spalt und kletterte eilig in das stockdunkle Innere des Autos. Es gab nur eine Sitzgelegenheit für drei Personen ganz vorne. Dahinter war ein Laderaum mit Bier-Fässern. Sie schloss schnell und so geräuschlos wie möglich die Tür und kauerte sich hinter die Fässer, die sie vor Blicken durch die Fenster vorne schützten. Wenn jemand die Wagentür öffnete, war es aber aus; sie würde keine Gelegenheit mehr haben wegzulaufen.

Sie blickte an den Fässern vorbei und konnte sehen, wie eine Tür zum Hinterhof aufging. Ein halbes Dutzend Polizisten strömte heraus.

„Ich sagte Ihnen doch, dass Sie Ihre und meine Zeit vergeuden", sagte George gähnend.

„Und die Decke da drinnen?"

„Das ist O'Reilly's, das ist sein Stammplatz. Der hat täglich seine zwei Pints bei mir. Wird der Zirkus hier noch lange dauern? Mein Wecker geht in drei Stunden, ich hätte gerne vorher noch ein wenig Schlaf."

Irgendwann war Ruhe und Gerda war wieder alleine. Regen trommelte auf das Wagendach, Wind kam auf. Es wurde kälter und sie hatte nichts mehr, womit sie sich zudecken konnte. Sie kauerte sich zusammen und träumte schließlich, wie sie sich am Flughafen von Alex verabschiedete. Alex war es, die mit einem Ticket in der Hand durch die Security ging und sie zurückließ.

Alex konnte nicht mehr schlafen. Sie packte einige von ihren und von Gerdas Sachen und wählte anschließend Georges Nummer, um zu fragen, ob sie schon kommen dürften, obwohl es erst halb sechs war. Und der hatte Neuigkeiten für sie.

Sie eilte die Treppe hinunter. Nuala saß vor dem Computer und blickte ihr gähnend entgegen. Sie beäugte Alex' Tasche. „Willst du jetzt schon aufbrechen?"

„Gerda ist weg."

„Wie weg?"

„Die Gardaí sind mitten in der Nacht ins Pub. Sie war nicht mehr da. Du wirst noch nicht fahren können, wenn du die ganze Nacht vor dem Computer gesessen hast, oder?"

„Natürlich kann ich das." Nuala schaltete den Rechner aus. „Aber ich brauche eine Viertelstunde. Fünf Minuten Klo, fünf Minuten Dusche, fünf Minuten Kaffee. Vielleicht könntest du den schon aufsetzen?"

Im Auto erzählte Nuala, Gallagher habe sie damit beauftragt, für sie zu recherchieren, und sie hätte bereits eine heiße Spur. Das beunruhigte Alex. Wenn jemand Gerda entlasten konnte, dann war das Gallagher, aber wenn die sich auf einen angeblichen Internetkiller fixierte, dann tat Gerda wohl gut daran, für länger unterzutauchen.

Tatsächlich wimmelte es nur so von Gardaí im kleinen Killadoon. Sie kontrollierten an den Straßen, überprüften den Strand und die Felder und klopften an die Türen der weit verstreuten Häuser. Auch ihr Wagen wurde angehalten und kontrolliert. Sie fuhren schließlich am Pub vorbei, in dessen Nähe ein Garda-Fahrzeug parkte, und weiter zum Haus von Alex' Familie. Auf der gegenüberliegenden Straßenseite stand auch ein Polizeiwagen. Die beiden Beamten blickten ihnen neugierig entgegen, als sie ausstiegen. Nuala winkte den Gardaí freundlich zu, einer winkte sogar zurück. Pauline machte ihnen auf.

Alex stellte Nuala und ihre Familie einander vor. Sean und George senior waren nicht anwesend, die waren beim Arzt.

„Hast du unsere Leibwache schon gesehen?", fragte George, als sie sich an den gedeckten Frühstückstisch setzten.

Nuala griff sofort zu. Alex nickte und nahm sich eine Tasse Tee, Essen kam nicht infrage. „Hat sie eine Nachricht hinterlassen?"

„Nein, Alex, aber sie haben sie noch nicht gefunden", sagte ihre Mutter zuversichtlich. „Pauline hat die Jungs draußen vor einer halben Stunde gefragt, wie lange sie da wohl gedenken zu parken. Die meinten, bis die Flüchtige geschnappt sei."

„Das ist O'Haras Junge da draußen", erklärte Pauline eifrig und erzählte eine verwirrende Geschichte über dessen Verwandtschaft mit dem Pfarrer von Louisburgh, der mit der verdorbenen Nichte dieses X-Factor-Sängers, der noch auf den Plattenvertrag wartete, ein Techtelmechtel hatte.

Alex hatte weder Nerven für ein langes Frühstück noch für Paulines Geschichten. Sie wartete dennoch, bis Pauline fertig war. Dann fragte sie, ob sie ins Pub hinübergehen könne.

Eine Viertelstunde später schloss George unter den neugierigen Blicken zweier Gardaí das Killadoon's auf. Er und Alex hatten zur Vortäuschung von Normalität riesige Säcke grauer Servietten mitgenommen.

„Die lassen uns nicht aus den Augen“, meinte George amüsiert.

„Weil sie nicht dumm sind“, entgegnete Alex. Ihr Herz pochte wild.

„Das Fenster war angelehnt, aber ich hatte es zugemacht“, erklärte George, als er dann mit Alex beim Toilettenfenster stand.

Alex ging durch die Hintertür auf den Hof hinaus. Der Müll war mittlerweile abgeholt worden; die nach Silvester noch übervollen Tonnen waren nun leer und standen hinter dem Bus. George machte sich daran, sie wieder an ihren ursprünglichen Platz zu schieben, während Alex die Transporthilfe für Getränkekisten aufstellte, die neben dem Bus lag.

„Vielleicht kam sie mit Hilfe der Müllabfuhr weg“, überlegte George. „Sie hat sich vielleicht in den Tonnen versteckt.“

Alex blickte sich schwermütig um und lehnte sich an den Bus. „Die waren doch bis oben hin voll. Wo könnte sie hin sein, George? Gibt es hier irgendetwas, wo man sich verstecken kann? Wo man Unterschlupf findet für die Nacht? Wo man geschützt vor dem Regen wäre?“

Er steckte sich eine Zigarette an. „Das frage ich mich schon die letzten Stunden, Alex. Aber in der Nähe gibt es nicht mal Scheunen.“

Plötzlich ging die Hintertür des Kastenwagens auf und ein müdes Gesicht lugte heraus. „Kann man hier irgendwo heißen Kaffee bekommen, ohne gleich verhaftet zu werden?“

Alex lachte überglücklich, vergewisserte sich, dass sie alleine waren, und half Gerda aus dem Wagen. Sie hielt sie einen langen Augenblick in den Armen, bis George darauf drängte, ins Pub zu gehen.

Drinnen machte er drei Cappuccino. Gerda zitterte und wirkte erschöpft, als sie sich an den Kühlschrank lehnte. George holte ihr eine Decke aus dem Gastraum und legte sie ihr um die Schultern, während Alex erzählen musste, was passiert war und wie es ihrer Hand ging.

Schließlich wandte Alex sich an George. „Was machen wir jetzt?"

„Wir müssen sie zurück ins Haus bringen", antwortete George nachdenklich. „Dort wird man hoffentlich nicht erneut nach ihr suchen."

„Und wie? Vor dem Pub und vor dem Haus stehen Gardaí."

George nippte an seiner Tasse. „Keine Ahnung. Lasst uns grübeln!"

* * *

Nur ungern hatte Moira sich aus Davids Armen geschält, aber sie musste noch vor dem Büro online gehen. Wie erwartet, war Nuala Brent in der Nacht aktiv und sogar erfolgreich gewesen. Die Leute im Chatroom waren dankbar, dass sie helfen konnten und ein spannendes Thema für die Nacht gehabt hatten. Gemeinsam hatten sie versucht herauszufinden, ab wann diverse Vermisste nicht mehr online gegangen waren. Zwar widersprachen manche Angaben einander, aber bei anderen war man sich schnell einig gewesen, freute sich Nuala in ihrer E-Mail.

Die vielleicht wichtigste Information war aber, dass Brent im Chat & Play jemanden getroffen hatte, der behauptete, die vermisste prettybratty_82 persönlich zu kennen. Dieser CarlSuperdaddy war zwar nicht bereit, prettys Telefonnummer herauszugeben, aber er könne sich vorstellen, Brents Nummer an sie weiterzuleiten; vielleicht würde sich pretty bei ihr melden. Nuala hatte wissen wollen, ob es pretty gut ginge. Carl sagte, sie solle ihm einfach ihre Nummer mitteilen und würde es dann vielleicht selbst herausfinden. Nuala gab ihm Moiras Nummer, was sie mit einem „Ich hoffe, das war okay und in deinem Interesse?" entschuldigte. Moira blickte auf ihr Handy; noch hatte niemand, den sie nicht kannte, angerufen oder eine Nachricht hinterlassen.

Sie schaltete den Computer aus, machte Kaffee, dann marschierte sie ins Schlafzimmer, um David aufzuwecken. Nackt, kaum zugedeckt, lag er auf dem Rücken und schnarchte leise vor sich hin. Sie beugte sich zu ihm hinab und gab ihm einen sanften Kuss auf die Stirn. „Wach auf, David! Der Kaffee ist gleich durch." Er murmelte etwas Unverständliches und drehte sich auf den Bauch. Moira tätschelte seinen blassen Hintern. „Na komm! Du musst ins Büro." Dann ging sie in die Küche und machte Toast. Eine Minute später bewegte sich David noch träumend an ihr vorbei in Richtung Badezimmer. Wild sah er aus, der kleine stämmige Mann, mit seinen Tattoos, den Muskeln, den halblangen, bereits ordentlich ergrauten Haaren und den dünnen Goldringen in beiden Ohren. Dabei konnte der Anwalt aus Cork so unglaublich zärtlich sein.

Als Moira eine Stunde später ins Büro kam, läutete ihr Handy. Die Rufnummer war unterdrückt. „Sie interessieren sich für prettybratty_82?", fragte eine männliche Stimme.

Augenblicklich verspürte Moira Enttäuschung. Pretty war also ein Mann. Das passte nicht zu ihrer Theorie.

„Sind Sie pretty?"

„War ich mal. Darf ich fragen, wer Sie sind?"

„Inspector Moira Gallagher, Garda Galway. Ich ermittle in einem Mordfall und würde mich deshalb gerne mit Ihnen unterhalten. Sie hatten über einen längeren Zeitraum zumindest online intimen Kontakt zu einem BigJonBoy. Dazu hätte ich ein paar Fragen an Sie."

„Welcher Mordfall?"

„Ich kann Ihnen im Augenblick nicht mehr sagen. Aber ich brauche Ihre Kontaktdaten. Wie lautet Ihr Name, Sir, und wo sind Sie zu Hause?"

„Detective John Ryerson, NBCI. Ich glaube, wir sollten uns treffen."

Moira ließ sich überrascht in ihren Sessel fallen. Das National Bureau of Criminal Investigation. Die Kollegen und Kolleginnen in zivil, die man bei größeren Fällen zu Hilfe holte. Die Gardaí mit den Waffen. „Also ist pretty doch eine Frau", wusste Moira nun und wünschte sich, ihre Theorie hätte sich nicht bestätigt. „Und sie ist tot, nicht wahr?"

„Ja. Das ist der Mordfall, an dem wir arbeiten, Inspector."

* * *

George hatte gemeint, der nun starke Regen könne ihnen helfen. Alex glaubte nicht daran, dass es funktionieren würde. Gerda war aber einverstanden, es zu versuchen, und war deshalb in das große alte Bierfass geklettert, das seit Jahren zu einem Tisch umfunktioniert mit zwei ähnlichen Fässern im Pub gestanden hatte. George hatte die Tischplatte, die darauf angebracht war, entfernt, und das schwere Fass in die linke hintere Ecke des VW-Busses gehievt. Zwei Nägel sollten die Platte während der kurzen Fahrt zum Haus in Position und Gerda versteckt halten. Danach hatte George den Wagen mit kleinen Guinness-Fässern gefüllt, die eigentlich außerhalb des Pubs nichts zu suchen hatten, wie er seufzend meinte, und zur Ablenkung hatte er auch noch die beiden anderen großen Tisch-Fässer in den Laderaum gehoben.

Die Fahrt dauerte keine Minute, und als sie schließlich vor dem Haus hielten, zwinkerte George Alex zuversichtlich zu. „Vertrau mir! Und du rühr dich nicht, Gerda!", rief er zurück, ohne sich umzudrehen. „Was immer auch passiert, mach kein Geräusch!"

Gerda klopfte zur Bestätigung an die Wand ihres Fasses und Alex atmete tief durch. George setzte seine Mütze auf, zündete sich eine Zigarette an und stieg aus dem

Wagen. Er fluchte, als ihm der Wind fast die Zigarette aus dem Mund wehte und Regen ins Gesicht peitschte. Er ging trotzdem vermeintlich entspannt auf die andere Straßenseite, wo die beiden Gardaí in ihrem Wagen saßen und ihm entgegenblickten.

„Hat meine Mutter euch schon Kaffee gebracht?", hörte Alex, wie George sich an die beiden Männer wandte, die widerwillig das Fenster herunterkurbelten und ihm leere Tassen in die Hand drückten. „Zu dumm, dann kann ich euch wohl nicht bestechen." George zog kräftig an seiner Zigarette. „Ich bräuchte aber Hilfe, Jungs. Mir gehört das Pub die Straße runter und ich muss einige Fässer zu Hause zwischenlagern. Ihr werdet euch vergewissern wollen, dass ich die Gesuchte nicht ebenfalls zwischenlagere, und vielleicht könntet ihr mir dabei reintragen helfen."

„Wie hast du die Fässer denn in den Wagen hineingekriegt? Genauso kriegst du sie nämlich auch wieder raus."

„Mit Müh und Not und auf Kosten meines Rückens. Die Fässer sind schwer. Mein Cousin, der das sonst immer mit mir macht, ist nicht da. Kommt schon, Sergeants, zu dritt ist das gleich erledigt."

„Wir müssen die Stellung halten", meinte der Mann kopfschüttelnd. „Außerdem regnet es."

„Ihr werdet den Wagen ja vermutlich ohnehin durchsuchen müssen. Ihr hebt dabei einfach all die Fässer heraus und ich trage sie hinein."

„Was sind denn das für Fässer?"

„30-Liter-Fässer. So an die zwanzig Stück. Und drei Tische habe ich auch geladen, die muss ich neu lackieren."

„In 30-Liter-Fässern und in Tischen kann sich niemand verstecken."

„Aber im Laderaum."

„Und das sagst du uns dann auch so bereitwillig? Wir können hier nicht weg, tut mir leid. Warte einfach auf deinen Cousin."

George zog noch mal an seiner Zigarette und schnippte sie dann halb geraucht hinter das Garda-Auto. „Keine Zeit. Aber es war einen Versuch wert. Wie auch immer, ich muss zur Rückseite des Hauses fahren, damit ich die Fässer nicht durch das ganze Haus zum Keller schleppen muss. Wollt ihr nachfahren, damit ihr seht, dass ich tatsächlich nichts Verdächtiges auslade?“ Sie schüttelten nur die Köpfe und George ging zufrieden grinsend zurück zu Alex.

Es dauerte schließlich keine Viertelstunde. George, ihre Mutter und Nuala luden die Fässer aus. Alex behielt über das Küchenfenster den Garda-Wagen im Auge, während George Gerda noch im Bus aus dem Fass befreite und sie dann eiligst ins Haus lief. Danach lud George den Rest aus, verstaute ihn im Keller, fragte sich laut, was er nun mit den Fässern im Haus machen sollte, und fuhr nach einer halben Stunde den nun leeren Wagen wieder zurück zum Pub.

George war definitiv die beste Alternative zu einem leiblichen Vater, die man sich nur wünschen konnte, sagte sich Alex dankbar.

* * *

Declan und Nadin Haas waren beide frustriert, als sie sich in der Nähe der Dienststelle einen Mittagssnack genehmigten. Entgegen den Erwartungen fehlte jede Spur von der Österreicherin, und Alexandras gefährliche Angreifer hatten noch immer keine Namen. Nadin war außerdem nervös, weil in wenigen Tagen ihr Boss zurückkommen und sie fragen würde, was sie während seiner Abwesenheit eigentlich getan hatte. Was Declan zu schaffen machte, war, dass er genau wusste, dass Alexandra Noppinger versteckt hielt, ihm das aber nicht weiterhalf.

„Deine Freundin ist übrigens wieder zurück in Killadoon“, klärte Nadin ihn auf, als man ihr den Fisch und ihm den Braten servierte.

Declan nickte. „Weil Noppinger auch in der Gegend ist."

„Oder weil wir glauben sollen, dass sie in der Gegend ist."

„Du glaubst das nicht?"

„Wir hätten sie schon gefunden, Declan. Sie ist bereits weg."

„Und wohin?"

Sie zuckte mit den Achseln. „Wir hätten mehrere Leute gebraucht, und wir hätten sie nicht unterschätzen dürfen. Sie bringt zwei Leute um, macht aus deiner Freundin eine Lesbe, heuert kaltschnäuzig zwei Schläger an, um die Freundin zu verletzen, und bringt trotzdem deren Familie dazu, sie vor uns zu verstecken. Ehrlich, Declan: Die ist so gerissen, die kann mittlerweile überall sein."

Declan war unendlich dankbar dafür, dass endlich jemand seiner Meinung war, was Noppinger betraf. „Sie ist noch hier", sagte er aber. „Bitte erhalte die Überwachung noch aufrecht, Nadin."

„Okay. Vorerst. Aber ich habe bereits ein paar Leute abziehen müssen. In Louisburgh wird ein Teenager vermisst."

Wenn er Alexandra doch nur nicht die Chance gegeben hätte, sie zu warnen! Was hatte er sich nur dabei gedacht? In dem Moment, wenn sie Gerda einsperrten, würde er Alexandra ohnehin verloren haben. Wenn ihr nur bis dahin nichts passierte!

Er rief Moira an, da sie sich noch nicht gemeldet hatte, und die informierte ihn darüber, dass sie unterwegs zum NBCI nach Dublin war. Wegen dieser Serienkiller-Theorie der Amateur-Detektive aus dem Internet.

Ihm fehlten die Worte. Was war nur los mit ihr? „Ich warte bei den Kollegen in Westport auf dich. Du machst auf der Stelle kehrt, Moira!"

„Ich treffe mich in zwanzig Minuten mit Detective Ryerson, Declan. Unsere Fälle kreuzen sich. Jonathan Rhodes hatte eine intime Beziehung zu seinem Mordopfer."

„Wie bitte?"

„Es geht nicht mehr nur um Noppinger."

* * *

Alex hatte Gerda, die in ihrem Zimmer Schlaf nachzuholen versuchte, nicht für das Mittagessen wecken wollen. Der alte George schlief ebenfalls, aber die anderen saßen mit ihr und Nuala am Tisch in der Küche und aßen Paulines Lasagne. Alex hatte keinen Appetit, am liebsten hätte sie sich zu Gerda gelegt.

„Dieser Garda, dein Freund", sagte George, „ihr habt euch nahegestanden, nicht wahr? Er schien aufrichtig besorgt zu sein."

Alex nickte. „Er hat Angst um mich."

„Ist er verliebt in dich?", fragte Pauline.

„Wir sind nur Freunde", entgegnete Alex müde. „Oder waren es. Ich weiß gar nicht, was wir im Moment sind."

„Schade. Ein Garda in der Familie wäre nett."

„Wir haben auch Angst um dich", sagte George und blickte sie merkwürdig an. „Die beiden Kerle sind noch auf freiem Fuß."

„Sie haben keinen Grund mehr, mir etwas zu tun. Der Angriff diente nur dazu, Gerda wegzulocken, damit man ihr einen Mord anlasten kann. Die wollen nichts von mir. Die sind vermutlich schon über alle Berge."

„Vielleicht sollten wir uns mal darüber unterhalten, ob es nicht Sinn machen würde, wenn Gerda sich stellt", sagte George auf einmal. „Nur mal darüber reden, mehr will ich gar nicht."

„Der Garda meinte, dass Gerda vielleicht mehr wissen könnte, als ihr bewusst ist", erklärte Sean. „Er meinte, wenn sie sich stellen würde, dann könnte vielleicht alles aufgeklärt werden. Dann wärt ihr auch sicher, du und sie. Im Augenblick wärt ihr das nicht, weil eben diese Kerle noch frei herumlaufen. Aber ich traue ihm nicht, ehrlich gesagt."

„Gut", erwiderte Alex. „Declan war nämlich nicht als mein Freund bei euch, er will Gerda einsperren. Ihr habt doch auch Gallagher kennengelernt. Sie hält Gerda für unschuldig. Die Frau hat zwanzig Jahre mehr Erfahrung als Declan. Sie riskiert sogar ihren Job und ihre Freiheit für Gerda. Das sollte wirklich mehr Gewicht haben als das, was Declan sagt."

Ihre Mutter nickte. „Hat es auch. Gerda darf sich im Moment keinesfalls stellen! Darüber diskutieren wir auch nicht." George blickte seine Frau enttäuscht an. „George, da draußen können wir sie nicht beschützen, hier bei uns schon. Ich möchte nicht, dass die beiden gehen, weil sie sich nicht willkommen fühlen. Und wer sagt uns, dass Alex sicher ist, wenn Gerda sich stellt? Die Gardaí sollen jetzt mal fertig ermitteln."

Nuala drückte Alex die Schulter. „Die haben dich echt lieb, Alex, alle miteinander. Dürfte ich vielleicht noch um eine Tasse Kaffee bitten, bevor ich wieder aufbreche? Ich habe noch einiges zu recherchieren und ich möchte hier auch nicht länger stören."

Für die Dauer des Kaffees wurde das Thema gewechselt. Als Nuala sich dann verabschiedete, zog Alex sich zurück. Georges Bedenken konnte sie verstehen, aber sie war froh, dass ihre Mutter zu ihr hielt.

Alex betrat das abgedunkelte Zimmer und schloss leise die Tür. Die Vorhänge waren zugezogen, das würden sie auch bleiben. Gerda lag in ihr Laken gewickelt. Ihr Mund war leicht geöffnet, sie atmete schwer. Gerne hätte Alex sich zu ihr gelegt, aber sie wollte sie nicht wecken. Stattdessen setzte sie sich neben sie auf den Boden, legte ihren Kopf auf das Bett und sah sie minutenlang einfach nur an.

Gerdas Atmung veränderte sich plötzlich. Sie öffnete die Augen, und als sich ihre Blicke trafen, formte sich ein

Lächeln auf ihrem Gesicht. Noch bevor Alex etwas sagen konnte, streckte Gerda ihre Arme aus und zog sie zu sich ins Bett. „Ich dachte schon, du kommst gar nicht mehr."

19

Es war fast dreiundzwanzig Uhr, als Moira Declans Büro betrat. Er blickte ihr müde entgegen. Sie setzte sich an den Besprechungstisch, nahm die Mappe mit ihren Unterlagen aus ihrer Tasche und wartete darauf, dass er sich zu ihr setzte. Declan stand auf, ging in die Küche, kam ein paar Minuten später mit zwei dampfenden Tassen Kaffee zurück und setzte sich ihr gegenüber. „Ich höre."

„Jonathan Rhodes war ein verurteilter Vergewaltiger", begann sie. „Er hat sich als BigJonBoy mit insgesamt siebzehn Chat-Partnerinnen außerhalb des Internets für sexuelle Stelldicheins getroffen. Drei von ihnen sind ermordet aufgefunden worden – alle in Dublin. Von den restlichen vierzehn gehen sechs nicht mehr online." Sie schob Declan eine auf zwei Seiten ausgedruckte Excel-Datei zu. „Diese Nickname-Liste konnten wir mit Hilfe der Chat-Community im Chat & Play erstellen. Vereinzelt stehen Vornamen dabei, vereinzelt auch Daten. Die kennzeichnen das letzte Mal, dass die Nicks auf Faraway.com gesehen wurden – jedenfalls von jenen im Chat & Play, mit denen wir sprechen konnten. Und eben diese sechs Vermissten hatten regelmäßig mit BigJonBoy gechattet und sich mit ihm auch zum Sex getroffen. Offline, also echter Sex. Einvernehmlich."

Declan stoppte sie. Er konnte nicht folgen, wollte wissen, woher sie von Stelldicheins wusste. Moira erzählte von den Lücken in den Chatlogs, dass Jonathan regelmäßig Logs löschte und dies in jedem der Fälle darauf hindeutete, dass persönliche Treffen vereinbart worden waren. Das Löschen hätte dazu dienen sollen, ihm nicht auf die Spur zu kommen.

„Das sind allerdings so weit nur Theorien, oder?"

„Nein, nicht mehr, Declan. Ryersons Leute haben das überprüft. Die Chats, die Jonathan auf seinem Account gelöscht hat, sind auf den Accounts der Opfer noch vorhanden."

„Und wo kommen diese Opfer auf einmal her? Vormittags hatten wir es mit zwei Toten zu tun, jetzt sind es schon fünf? Wann kam das NBCI ins Spiel? Wieso werde ich nicht informiert?"

„Ich habe einen Tipp bekommen", erklärte Moira. „Die Freundin einer der Ermordeten wusste, dass das Opfer sich mit jemandem aus dem Internet getroffen hatte. Die Kollegen haben das bis heute allerdings als Beziehungstat behandelt. Wir haben mit der Freundin gesprochen und Ryerson hat Zugriff auf den Chat-Account des Opfers erhalten. Was Rhodes auf seinem Account gelöscht hatte, war auf Susan Jacksons noch nachzulesen: Die Verabredung zu zwei Treffen. Das zweite hat sie nicht überlebt." Moira trank von ihrem Kaffee. „Nachdem ich von Susan Jackson erfahren hatte, habe ich online bezüglich der anderen Vermissten nachgebohrt. Ich habe schließlich einem Chatter meine Nummer gegeben, aber angerufen hat das NBCI. So habe ich erfahren, dass die gerade an zwei Morden arbeiten, die mit unserem zusammenhängen." Moira zeigte auf die Vermisstenliste, die vor Declan lag. „Kimberley Dorson, bzw. prettybratty_82, am 12. Oktober in einer billigen Dubliner Absteige erstochen aufgefunden. Mit Jonathan Rhodes war sie zu zwei Treffen verabredet. Beim zweiten Mal in der erwähnten Absteige, die sie nicht mehr lebend verlassen konnte. Rachel Jones, alias PussycatUK – sie starb ebenfalls am Tag des zweiten Treffens mit Jonathan Rhodes. Auch ein billiges Hotel in Dublin, wenngleich auf der anderen Seite der Stadt. Auch erstochen. Das war im August. Ryerson ist davon überzeugt, dass die drei Morde zusammenhängen, ist Rhodes doch der gemeinsame Nenner. Auf Jackson waren sie nur nicht gekommen, weil der Mord im Gegensatz zu den zwei anderen bei Jackson zu Hause passiert ist und gleich mal ein Tatverdächtiger zur Hand war.

BigJonBoy war nur einer von vielen Nicks, mit denen die Toten regelmäßig gechattet hatten, er war noch nicht aufgefallen. Vor allem deshalb, weil das NBCI mehrere Spuren zu verfolgen hatte und den Online-Aktivitäten der Opfer erst seit Kurzem Beachtung schenkt. Jones, zum Beispiel, hatte Verbindungen zum Rotlichtmilieu, und Dorson war Sozialarbeiterin, die lange Jahre in der Bewährungshilfe tätig war. Zuhälter, Freier, Knackis, da bot sich also einiges an. Wenn die Zeit, die die Opfer im Internet verbracht hatten, von Anfang an Priorität gehabt hätte, wäre das NBCI schnell auf Rhodes als Hauptverdächtigen gestoßen und er hätte verhaftet werden können. Das NBCI hat trotzdem irgendwann herausgefunden, dass ihre beiden Opfer sehr aktiv im Internet waren, denselben Chatroom bevorzugten, den gleichen Messenger verwendeten, sich zum Teil tatsächlich mit denselben Personen unterhielten. Als sie nicht weiterkamen, investierten sie endlich auch Zeit in diese Spur. Auch das NBCI musste sich durch sämtliche Chatlogs kämpfen. Damit fingen sie aber erst an, als keine der anderen Spuren irgendwohin führte. Und deshalb sind sie damit auch noch nicht fertig. Selbst wenn ich online nicht herumgeschnüffelt hätte, hätten sie sich in wenigen Tagen mit uns in Verbindung gesetzt. Dann nämlich, wenn sie die Verbindung zu BigJonBoy entdeckt und über seine IP-Adresse seine Identität herausgefunden hätten.“ Moira blickte Declan tief ausatmend an. „Ich habe dem NBCI unsere Chatlog-Berichte gegeben. Die sind bereits dabei, die Identitäten der restlichen vierzehn Frauen herauszufinden, mit denen Rhodes sich zum Sex verabredet hatte. Hoffentlich leben die noch. Ryerson und sein Team durchforsten sämtliche Vermisstenanzeigen und ungeklärte Todesfälle; die kümmern sich diesbezüglich jetzt um alles."

Declan schüttelte ungläubig den Kopf. Dann stand er auf und marschierte gedankenverloren durch sein Büro. „Unser erster Toter schläft also mit einigen seiner Chatpartnerinnen und mindestens drei davon bringt er um? Und es ist durchaus möglich, dass es noch mehr Opfer gibt? Jonathan Rhodes soll ein Serienkiller gewesen sein?"

„So stellt sich die Sache im Augenblick tatsächlich dar, ja."

Er blieb am gegenüberliegenden Tischende vor ihr stehen und stützte seine Hände auf der Sessellehne ab. „Dann habe ich aber Fragen an dich, Moira. Erstens: Wer hat Jonathan Rhodes umgebracht? Zweitens: Wer hat seine Frau umgebracht und warum? Drittens: Ging es nicht darum, das herauszufinden? Und was zum Teufel hat dich dazu veranlasst, auf diesen Internetkiller-Zug aufzuspringen? Zugegeben, es war offensichtlich eine gute Idee, aber wer hat dir diesen Tipp eigentlich gegeben?"

„Nuala Brent. Sie hat ein bisschen herumgeschnüffelt und mich dann auf Susan Jackson aufmerksam gemacht."

Er starrte sie ungläubig an. „Alex' Gast? Weiß ich schon alles, Moira?"

„Es hat sich herausgestellt, dass eines unserer beiden Opfer ein verurteilter Gewaltverbrecher war und auch ein mehrfacher Mörder gewesen sein könnte. Das bedeutet, dass wir uns den Fall noch mal näher ansehen müssen. Vielleicht hat Noppinger tatsächlich nichts damit zu tun."

„Für mich stützt das lediglich meine anfängliche Theorie, dass sie sich gegen ihn wehren musste." Declan wandte sich von ihr ab. „Moira, ich will ab sofort über alles aufgeklärt werden. Und zwar noch bevor du irgendwelche Entscheidungen triffst."

„Ich komme mit einem derartigen Erfolg aus Dublin zurück und du willst mich an die Leine legen?", schimpfte sie erbost.

„Ich habe den Eindruck, dass du etwas vor mir verheimlichst. Und den habe ich nicht erst seit heute, um ehrlich zu sein. Nehme ich meine Verantwortung als Superintendent nicht wahr? Mache ich Fehler, die du nicht machen würdest? Wieso glaube ich, dass du mir nicht alles sagst? Wieso sind wir in diesem Fall kein Team? Was stimmt hier nicht?"

Moira stand zornig auf und zog sich ihre Jacke an. „Wir sind nur nicht einer Meinung. Und wir können nicht mehr wie früher darüber diskutieren, weil ein Dienstgrad zwischen uns steht. Der verhindert die Ungezwungenheit, mit der wir sonst immer unsere Fälle lösen konnten."

„Das ist aber nicht meine Schuld!", schrie Declan sie an.

„Das weiß ich!", schrie Moira zurück. „Meine aber auch nicht!" Damit marschierte sie aus der Tür und warf sie lautstark hinter sich zu.

Im Bett hatte Declan mit Amanda bis fast zwei Uhr morgens versucht herauszufinden, was er mit Alexandra und Moira falsch machte. Das tote Ehepaar war bisher sein größter Fall als Superintendent, und Rhodes entpuppte sich als Vergewaltiger und Serienkiller. Er war ganz froh, dass das NBCI mit eingestiegen war. Es ging ihm nicht um Zuständigkeiten und Kompetenzen, lediglich um die Klärung eines immer verzwickter werdenden Falles. Das hatte Priorität, zumindest in Bezug auf das NBCI. Im Büro ging es aber sehr wohl um Kompetenzen. Moira schien seine nicht anzuerkennen, egal, wie oft sie auch das Gegenteil betonen mochte, und das machte ihm zu schaffen.

Weil es Moira war. Nicht nur, weil er den Posten hatte, der ihr zugestanden hätte, sondern auch, weil er jahrelang zu ihr aufgeblickt hatte. Sie war seine Lehrmeisterin gewesen, ein Vorbild, jemand, die auf ihn stolz sein sollte. Außerdem war sie eine Freundin und er hatte eigentlich gedacht, ihr vertrauen zu können. So sicher war er sich dessen mittlerweile aber nicht mehr und das war eine überraschende und schmerzvolle Erfahrung.

„Wenn du dich auch mal von mir abwenden solltest, sag mir vorher wenigstens, was dein Problem mit mir war, okay?" Declan kippte den Rest des Brandys hinunter und klopfte sich das Kissen zurecht.

Amanda kuschelte sich an ihn. „Ich werde dich weder wegen einer Frau verlassen noch wegen eines Serienkillers, keine Angst. Wenn ich dich je verlassen sollte, dann wohl nur, weil du mich nicht schlafen lässt."

„Entschuldige." Er legte seine Arme um sie.

„Du musst mit den beiden reden, Schatz."

„Das versuche ich doch! Aber zu Alexandra komme ich nicht mehr durch und Moira wird sich an mich als Chef gewöhnen müssen, das kann ich nicht ändern."

„Magst du meine Meinung hören?"

„Ich bin mir nicht sicher."

„Gewöhne dich daran, dass Alex offenbar auch Frauen mag und dass dich das nichts angeht, weil es mit dir nichts zu tun hat. Und gewöhne dich daran, dass Moira dir immer einiges voraus haben wird. Aber sie ist so fair, dich dafür nicht verantwortlich zu machen, dass man sie mal wieder übergangen hat. Ich wäre das nicht, um ehrlich zu sein. Ich würde um den Posten, der mir zusteht, kämpfen, aber Moira hat das wohl schon zu oft vergeblich versucht. Das Problem bist also du. Du musst lernen, mit Veränderungen umzugehen. Alex und Moira können das gut."

„Sehr hilfreich, Amanda!", entgegnete er schmollend.

„Ich weiß. Und jetzt mach endlich das Licht aus! Ich habe morgen ein Kind zu unterhalten, das schulfrei hat."

„Es fühlt sich nur alles so scheiße an", sagte Declan seufzend.

„Ich weiß, Baby", sagte Amanda müde. „Aber du bist ein guter Ehemann und Vater, daher wärst du auch ein guter Freund und Chef, wenn du dich etwas bemühen würdest."

„Du sei froh, dass ich nicht dein Chef bin!", sagte er, zog sie näher und begann langsam damit, an ihrem Hals zu knabbern.

„Ja, manchmal hättest du das ganz gerne, nicht wahr? Und wenn du so weitermachst, mein Lieber, dann gelingt dir das heute Nacht vermutlich sogar vorübergehend."

Als Declan am nächsten Morgen, Mittwoch, ins Büro kam, lag ein Bericht von Moira auf seinem Schreibtisch, der sämtliche Details ihrer Recherchen und den Stand der Ermittlungen des NBCI beinhaltete. So schnell hatte sie noch nie einen Bericht geschrieben. Es war genau genommen auch noch nie nötig gewesen. Keach und Cian schienen ebenfalls Kopien davon bekommen zu haben, denn die waren an diesem Morgen bereits auf dem Laufenden, als sie sich zur Frühstücksbesprechung zusammenfanden. Moira schien keinen Groll gegen ihn zu hegen, denn sie grüßten sich, als wäre nichts vorgefallen. Declan war erleichtert, aber auch verärgert, dass es für ihn so wichtig war, dass sie keinen Groll gegen ihn hegte.

Er erklärte schließlich, dass das Haus der Aldens in Killadoon nach wie vor observiert würde. Galway wäre derzeit vor Ort keine Hilfe, aber sie würden von Westport umgehend über Entwicklungen informiert werden. Moira erzählte den Kollegen schließlich persönlich, was es mit dem NBCI auf sich hatte. Und im Anschluss betraute Declan Keach mit Ermittlungen in einem Körperverletzungsdelikt, das sich an der Spanish Arch in Galway ereignet hatte, und Cian verabschiedete sich ohne nähere Erklärung nach Hause.

Im Laufe des Tages meldete sich Detective Ryerson. Einige der Frauen, mit denen Rhodes offline Sex gehabt hatte, hatte man ausforschen können. Tatsächlich konnten sie alle Rhodes anhand eines Fotos identifizieren. Das war ein weiterer Beweis dafür, dass Jonathan Rhodes BigJonBoy gewesen war, und vor allem, dass er öfter nach Dublin gefahren war, um mit Frauen aus dem Internet zu schlafen. Sie alle hatten allerdings nur einmal mit ihm Sex. Bei einigen hatte er ein zweites Mal angefragt, aber die hatten ihm einen Korb gegeben. Online hätte es mehr gekribbelt. Danach war deshalb auch das Chatten mit ihm für manche nicht mehr interessant. Allerdings gab es auch welche, die von sich aus an einem zweiten Treffen interessiert gewesen wären, was er aber nicht wollte. Die hatten den Eindruck, er hätte es nur darauf angelegt, sie herumzukriegen, und sich nur deshalb auf die wochenlangen Chats zuvor eingelassen. Kaum hatte er es geschafft, waren sie für ihn nicht mehr von Interesse.

Auch was die Vermissten betraf, gab es Neuigkeiten. Bitchywitch4u war nur deshalb vermisst, weil sie wegen Brandstiftung ins Gefängnis gekommen war und von dort aus nicht mehr chatten konnte. Es gab eine Vermisste, deren Identität man noch nicht feststellen konnte, aber von vieren wusste man mittlerweile, dass sie nach dem vermuteten gelöschten „Vereinbaren wir uns zum Sex“-Chat und den wohl tatsächlich stattgefundenen Treffen weiterhin mit Rhodes gechattet hatten, wenngleich auch nicht mehr öfter als ein-, zweimal. Danach brach Rhodes den Kontakt zu den Frauen ab. Er ignorierte ihre Offlines und wandte sich neuen Frauen zu.

Wie das NBCI betonte, war man der Garda Galway zu großem Dank verpflichtet. Man vereinbarte, einander über die Ermittlungen auf dem Laufenden zu halten.

„Wenn wir nur Noppinger schon hätten!“, sagte Declan gedankenverloren, als er mit Moira alleine an dem Besprechungstisch saß, an dem es am Abend zuvor zwischen ihnen eskaliert war.

„Sie ist unschuldig, Declan“, wiederholte Moira seufzend. „Und wir müssen Jonathan Rhodes jetzt in einem neuen Licht betrachten.“

„Seine Frau auch? Das ist die, die tot in Noppingers Kofferraum lag.“

„Darf ich dich was Persönliches fragen, Declan?“, begann Moira. „Würdest du Alexandra Conners deine Tochter anvertrauen? Glaubst du, sie würde beim Babysitten gut auf dein Kind aufpassen? Glaubst du, sie würde sich zurückhalten und nicht versuchen, deine Frau zu verführen, wenn sie Amanda attraktiv fände und sich die Gelegenheit böte?“

„Spinnst du jetzt?“

„Ich will nur wissen, ob du Conners vertraust.“

„Natürlich vertraue ich ihr!“

„Und vertraust du mir?“ Moira blickte ihn ernst an. Plötzlich hatte er ein ganz komisches Gefühl.

„Kommt darauf an, worauf du hinauswillst.“

„Wir halten Noppinger beide für unschuldig, Declan. Conners und ich.“ Sie blickte ihn lange an, sagte sicher eine ganze Minute lang kein Wort. Dann senkte sie den Blick. „Ich vertraue dir jetzt auch und du mir dann vermutlich nie wieder. Ich kann seit Tagen nicht gut schlafen. Ich halte es nicht aus, dass ich Geheimnisse vor dir habe. Ich schätze dich viel zu sehr, als dass ich das weiterhin vor mir rechtfertigen könnte.“ Jetzt blickte sie ihm in die Augen, und noch bevor sie es sagte, wusste er, dass er es nicht hören wollte. „Declan, ich war mit Noppinger in Kontakt. Nach ihrer Flucht. Ich habe Angst, dass wir aufhören zu ermitteln, wenn sie gefasst ist. Ich bin davon überzeugt, dass das ein großer Fehler wäre. Deshalb habe ich sie auch nicht verhaftet."

„Wie bitte?"

„Es tut mir leid. Es weiß sonst niemand davon. Ich musste nur …"

„Wie hast du sie gefunden? Wo hast du sie gefunden? Sie sind nach wie vor bei Alexandras Mutter, nicht wahr?"

„Ich weiß nicht, wo sie jetzt ist. Das ist die Wahrheit."

„Moira, hilf mir, sie herzubringen! Ich verspreche dir, wir hören noch nicht mit den Ermittlungen auf, aber hilf mir, sie herzubringen!"

„Declan, du und der Staatsanwalt habt den Fall für gelöst erklärt."

„Weil alles gegen sie spricht! Mich so zu hintergehen! Ausgerechnet du, Moira! Ich fasse es nicht!"

„Ich weiß, es tut mir auch so leid, Declan. Aber es stimmt nicht, dass alles gegen sie spricht. Conners spricht für sie. Ich spreche für sie. Und ich wette, deine Frau spricht auch für sie. Weil Conners für sie spricht und weil du ein Problem damit hast, dass Conners für sie spricht."

„Verdammt, Moira!", schimpfte Declan aufgewühlt.

„Wir müssen die Kerle finden, die Conners überfallen haben. Wir müssen mit Hilfe der Kollegen in Westport ordentliche Beschreibungen an die Medien geben. Das ist die einzige Möglichkeit weiterzukommen."

„Verdammt, Moira!", wiederholte Declan. „Wo ist sie?"

„Ich sagte schon, ich weiß es nicht. Ja, ich wusste es vorübergehend, aber jetzt weiß ich es ehrlich nicht."

Declan war erschüttert. Er war den Tränen nahe, wie er feststellte. Das machte ihn nur umso wütender. „Ich brauche einen Drink! Ich kann sonst nicht denken. Ich würde sonst nur anfangen herumzuschreien. Als dein Vorgesetzter erwarte ich von dir, dass du mir Gesellschaft leistest."

„Okay. Wenn du zahlst."

„Wie konntest du mich so hintergehen, Moira?“ Moira blickte ihn beschämt an. „Hinter meinem Rücken! Ich unternehme alles, um sie zu finden, ich verliere dabei meine beste Freundin, um die ich wirklich große Angst habe. Und du weißt währenddessen ganz genau, wo sie sich aufhält. Und ich bin jetzt vermutlich auch noch der böse Cop.“

„Also gut, ich zahle.“

„O ja, das wirst du! Und ich will einen Doppelten. Für den Anfang.“

„Kein Problem. Ich schulde dir wohl mehr als einen Doppelten.“

„Nein. Nein, dann sind wir quitt“, sagte Declan und blickte sie eindringlich an. „Ein für alle Mal. Dann ist alles vom Tisch und wir beide starten von vorne. Okay?“ Wieso war es jetzt so wichtig, dass sie ja sagte, wo sie ihn doch so hintergangen hatte?

Sie lächelte, hatte selbst Tränen in den Augen, streichelte ihm über den Rücken und schnappte sich ihre Jacke. „Du bist der Einzige, dem ich meinen Job gönne, weißt du? Und du machst ihn verdammt gut.“

„Wenn ich ihn so gut machen würde, müsstest du mich nicht hintergehen und ich müsste dich verhaften.“

„Wenn du das tätest, müsstest du dich alleine betrinken.“

„Weißt du eigentlich, wie viel Angst ich um Alexandra hatte? Und du machst deine Klappe nicht auf? Weißt du wirklich nicht, wo sie ist?“

„Nein, ich weiß wirklich nicht, wo Noppinger ist, Declan.“

* * *

Gerda hatte mit Alex das Zimmer erst am Mittwoch wieder verlassen. Pauline hatte zwischendurch angeklopft und Bescheid gesagt, dass sie sich in der Küche nur zu bedienen bräuchten, und Deborah hatte irgendwann im Vorraum ein paar Worte mit Alex gewechselt, als sie aus der Toilette kam. Im Großen und Ganzen hatte man ihren Wunsch nach Rückzug jedoch respektiert.

Sie genossen diese Stunden ausnahmsloser Zweisamkeit, in denen sie sich im kleinen Zimmer im Haus von Alex' Familie einsperrten und sich von nichts und niemandem ablenken ließen.

Alex in den Armen halten zu dürfen, ihren Körper an ihrem zu spüren, ihr liebevoller Blick waren Geschenke, die Gerda fast nicht wagte anzunehmen, als hätte sie kein Recht darauf, egal, wie perfekt es sich anfühlte. Oder weil es sich so perfekt anfühlte. Gerda hatte sich in diesen Stunden weiter von Carey entfernt, als sie jemals für möglich gehalten hätte, das hatte sie überrascht. Alex war aber nicht nur ein wichtiger Schritt in die richtige Richtung, jemand, für den es sich zu leben und zu kämpfen lohnte. Sie war auch eine Belastung. Von Alex zu nehmen, war ein Versprechen. Und das würde sie vielleicht nicht halten können.

Später hatten sie sich wieder unter Alex' Familie gemischt, ein bisschen gepokert, im Haushalt geholfen, sich von Pauline Geschichten erzählen lassen und es vermieden, über Morde und Polizei zu sprechen. George versuchte zwar immer wieder, das Gespräch darauf zu lenken, aber er wurde deutlich von seiner Frau zurechtgewiesen, noch bevor Alex das tun konnte. Aber er machte sich Sorgen, wusste Gerda. Und er war nicht bereit, über die Tatsache hinwegzusehen, dass die Situation für alle Beteiligten problematisch war; sie machten sich immerhin strafbar.

Am Donnerstagvormittag hatte Gerda sich mit Alex ins Wohnzimmer gesetzt und ferngesehen. Deborah war im Büro in Louisburgh, Sean war mit Pauline einkaufen,

George senior sah in seinem Zimmer fern und George junior telefonierte in der Küche mit einem Lieferanten.

Sie saßen aneinander gekuschelt auf der Couch und Alex schaute sie mit diesem entzückenden Blick an, der ihr jedes Mal einen zusätzlichen Herzschlag versetzte. Gerda hätte jetzt nichts lieber getan, als die Tür zugemacht, um da weiterzumachen, wo sie am Morgen aufgehört hatten.

„Sag mal etwas in deiner Sprache!“, sagte Alex und nahm ihre Hand.

„Was soll ich denn sagen?“, entgegnete Gerda auf Deutsch.

Alex lächelte. „Ich glaube, ich werde einen Kurs besuchen müssen.“

„Einen Deutschkurs? Wozu?“

„Um mich irgendwann mit dir in deiner Sprache unterhalten zu können. Würde dich das nicht freuen?“

„Natürlich. Das ist aber viel Aufwand, Deutsch ist nicht einfach.“

„Zu aufwendig für etwas, das bald zu Ende sein könnte, meinst du?“

„Das habe ich nicht gesagt. Sag du mal was auf Gälisch! Sprichst du eigentlich Gälisch?“

„Irisch. Wir sagen nicht Gälisch dazu, in Wales und Schottland sprechen sie auch Gälisch und das hört sich anders an. Mein Irisch ist leider nicht so gut, um ehrlich zu sein.“

„Lass trotzdem mal hören!“

Alex sagte etwas, das wie eine Fantasiesprache klang, die sich Kinder ausdenken, und lächelte sie dabei herzlich an.

„Das ist so un-englisch!“, kommentierte Gerda lachend.

„Es ist ja auch nicht Englisch, es ist Irisch.“

„Und was heißt es? Was hast du gesagt?“

„Irgendwann weißt du das. Hoffe ich.“

Gerda suchte in ihrem Blick nach der Antwort. Und fand sie.

Doch da stürmte George herein, mit einem Telefon in der Hand, über das er jetzt seine andere Hand legte. „Gerda, ins Zimmer! Der Garda steigt gerade aus seinem Fahrzeug. – Tommy, ich rufe zurück!"

Gerda und Alex sprangen gleichzeitig hoch. Gerda lief zurück in Alex' Zimmer und schloss eilig die Tür. Das Herz schlug ihr bis zum Hals. Sie war sich nicht sicher, ob das damit zusammenhing, dass Declan hier war, oder damit, was Alex möglicherweise gerade zu ihr gesagt hatte.

Declan stand in Uniform vor ihr und blickte sie nervös an. Er sah müde aus. „Darf ich kurz reinkommen?"

Alex trat einen Schritt zurück und führte ihn ins Wohnzimmer.

„Brauchst du mich?", wollte George von Alex wissen. Sie schüttelte den Kopf.

Declan setzte sich dahin, wo vor zwei Minuten Gerda gesessen hatte. Sie nahm mit Abstand neben ihm Platz.

„Wir haben keine Fotos von den Kerlen, die dich überfallen haben, aber du kannst zeichnen. Wir könnten deine Hilfe brauchen, Alexandra. Könntest du Skizzen von den beiden anfertigen?"

„Ich war ziemlich weggetreten."

„Du warst aber nicht alleine im Haus."

„Ich kann es mit Nualas Hilfe versuchen."

„Danke. Das wäre auch gut für Gerda, weißt du." Wohl fühlte er sich nicht, das war ihm anzusehen. „Hast du noch Schmerzen?"

„Ich werde es überleben."

Er blickte sie betreten an. „Ich bin froh, dass du bei deiner Familie bist. Das sind nette Leute." Sie erwiderte nichts. „Ich wünschte, ich hätte sie anders kennengelernt. Mir tut das alles sehr leid, Alexandra." Auch darauf sagte sie nichts. Er legte ihr einen Zettel mit der Faxnummer und der E-Mail-Adresse der Dienststelle in Westport auf den Tisch. „Sobald wir deine Zeichnungen haben, veröffentlichen wir sie."

„Okay", sagte Alex und stand auf, damit er wieder ging. „Ich sehe, was ich tun kann."

Declan verstand und erhob sich. „Danke." Er ging zur Tür, blickte sie gedankenvoll an. Dann drehte er sich um und ging zu seinem Wagen.

„Liebe Grüße an Mandy und Caitlin. Okay?", rief ihm Alex nach.

Mit einem Lächeln drehte er sich ihr wieder zu. „Das wird sie freuen. Die Kleine spricht im Moment nicht mit mir, weil sie glaubt, dass ich dich einsperren möchte."

„Aber das möchtest du nicht."

„Nein, das möchte ich nicht." Er sah sie traurig an, dann lächelte er wieder, nickte ihr wohlwollend zu und stieg in sein Auto.

Mit einem dicken Kloß im Hals blickte Alex ihm nach. Als sie die Tür hinter sich schloss, trat George auf sie zu. „Ich habe vor zwei Tagen Gerdas Foto in der Zeitung gesehen, Alex. Ich wollte euch damit nicht beunruhigen, aber es wird eng. Vor allem, wenn der jetzt ständig ungefragt hier aufkreuzt."

„Solange ihr uns nicht rausschmeißt, ist alles gut."

„Niemand wird euch rausschmeißen."

Alex ging zu Gerda ins Zimmer, schloss die Tür und erzählte ihr von Declans Besuch. „Kannst du dich an die Kerle erinnern?"

Gerda nickte gedankenvoll. „Allerdings."

„Hilfst du mir?"

Es dauerte bis in den Nachmittag. Nicht, weil es für Gerda so schwer gewesen wäre, die Männer zu beschreiben – sie machte das sehr detailliert –, sondern weil es für Alex selbst problematisch war, und das überraschte sie.

Sie schaffte es nur mit Schwierigkeiten mitzuarbeiten. Als holte sie sich die Männer in das Zimmer, wenn sie sich darauf einließe. Gerda merkte das, sprach sie darauf an und Alex brach in Tränen aus. Sie mussten Pause machen, weil sie sich nicht beruhigen konnte. Alex war erschüttert über sich selbst.

Als sie wieder weitermachen konnten, waren sie beide bemüht, den Gardaí schnellstens ein perfektes Ergebnis präsentieren zu können. Nur so konnten sie die Kerle kriegen, nur so waren sie vor ihnen sicher.

Nuala hatte sich gefreut, dass Moira angerufen hatte, um ihr mitzuteilen, wie wichtig ihre Recherchen gewesen waren. Sie könne ihre Nachforschungen nun aber einstellen, hatte sie gemeint, jetzt sei das NBCI dran.

Das waren großartige Neuigkeiten gewesen, aber sie bedeuteten auch, dass Nuala, bis auf die Kommunikation mit den beiden Untergetauchten, den Computer nicht mehr brauchen würde. Theoretisch könnte sie von nun an wie ursprünglich geplant offline bleiben. Sie machte sich dennoch sofort an die Arbeit, die sie sich vorgenommen hatte, als sie Alex und ihr B&B kennengelernt hatte: Alex bräuchte mehr Gäste, aber dafür unternahm sie nichts. Sie betrieb ihre Pension so, als wäre es lediglich ein Nebenerwerb. Weder war sie bei *Fáilte Ireland* gelistet noch bei irgendwelchen anderen Agenturen. Online war sie gar nicht buchbar. Das musste sich ändern. Wenn der Zeitpunkt gekommen war, würde sie ihr deshalb ihre Gedanken dazu in Form eines ordentlich ausgearbeiteten Konzeptes unterbreiten. Und dazu musste sie im Internet recherchieren, wusste Nuala. Da half alles nichts.

Zum vereinbarten Zeitpunkt traf sie sich dann mit Alex und Gerda in einem privaten Raum des Chat & Play. Als sie ihnen vom NBCI erzählte und dass Rhodes tatsächlich ein mehrfacher Killer gewesen sein dürfte, waren die beiden Mädels skeptisch. Dass dies der Durchbruch zu Gerdas Entlastung sein könnte, wollten sie noch nicht glauben. Dafür schickten sie ihr Skizzen der beiden Täter vom Überfall, die sie angefertigt und für sie abfotografiert hatten, und baten um ihre Mithilfe.

Nuala war überrascht, die Zeichnungen waren gut. Nur, dass der mit dem Hammer ein Bärtchen am Kinn hatte, das sie übersehen hatten. Und obwohl er noch jung wirkte, hatte er bereits leicht ergraute Schläfen. Während Alex die Änderungen vornahm, zählte Nuala auf, was ihr zusätzlich aufgefallen war. Zum Beispiel der schottische Akzent, den Gerda bestätigen konnte. Er war es gewesen, der am Weg nach Clifden mit ihr telefoniert hatte. Den anderen hatte Nuala kaum zu Gesicht bekommen. Gerda meinte, der, der sie gehalten hatte, war um etliches kleiner, auch kleiner als sie. Er schien Ire zu sein und hatte ein tätowiertes Ohr, was ihr in diesem Moment wieder einfiel.

Als sie Nuala dann die aktualisierten Skizzen zeigten, wusste sie, dass die nicht mehr lange frei herumlaufen würden.

20

Am Montag hatten sie Informationen zum Leichenfund in Noppingers Mietwagen an die Presse gegeben und in diesem Zusammenhang auch ein Foto von ihr. Die Bevölkerung wurde aufgefordert, sich bei Sichtung der Österreicherin umgehend an die Gardaí zu wenden. Nun hatte die Presse einen größeren Einblick in den Fall bekommen und Declan war an diesem Freitag außerordentlich zufrieden mit dem, was die Medien damit gemacht hatten.

Landesweit titelten die Zeitungen *Mordopfer ist Serienmörder!* Und *BigJonBoy suchte seine Opfer im Netz – mindestens drei Frauen brutal ermordet! Wie viele sind es wirklich?* Ein Aufruf an die vermissten Chatterinnen und alle, die mit Rhodes online zu tun hatten, wurde gestartet. Sie sollten sich melden, Anonymität werde zugesichert. Der Öffentlichkeit wurde mitgeteilt, dass County-übergreifend gearbeitet wurde, da es nicht nur um die drei Frauen in Dublin ging, die Opfer des Serienmörders geworden waren, sondern auch um den Mord am vermeintlichen Mörder selbst sowie an dessen Frau. In diesem Zusammenhang wurde auf die landesweite Fahndung nach der Touristin Gerda Noppinger hingewiesen, die dringend verdächtig war, das Ehepaar Rhodes getötet zu haben, und die sich auf der Flucht befand. Neben ihrem Foto wurden auch die Fotos der drei toten Dublinerinnen veröffentlicht. Auch die des Ehepaares Rhodes, mit Jonathans dementsprechend vergrößert, und die Skizzen der beiden Männer, die Alexandra überfallen hatten und die als Tatverdächtige in einem mit dem Fall zusammenhängenden Überfall gesucht wurden.

Die Geschichte war von heute auf morgen Thema Nummer eins im ganzen Land geworden. Es gingen etliche Hinweise ein, die sie jedoch in den ersten Stunden nicht weiterbrachten, sofern sie überhaupt bearbeitet werden konnten. Doch nachmittags, als die Bevölkerung auch die Berichterstattungen im Fernsehen gesehen hatte, gab es den ersten Erfolg. Einer der Männer, die Alexandra überfallen hatten, war wegen seiner auffälligen Tätowierung am linken Ohr von einem pensionierten Bäcker im County Westmeath erkannt und daraufhin von Gardaí festgenommen worden. Er wurde nach Westport gebracht, wo ihn Nadin Haas am Abend verhören wollte. Declan und Moira nahmen Nadins Angebot, beim Verhör dabei zu sein, gern an.

Der Führerschein identifizierte den Verdächtigen als Vincent Mulligan, sechsundzwanzig. Er hatte mehrere Vorstrafen wegen Einbruchs in den Countys Westmeath, Roscommon und Longford. Wegen Überfällen oder Körperverletzung war er bisher nicht aufgefallen. Er war der kleinere der beiden Männer. Der Bäcker hatte ihn in einem Pub in Athlone erkannt. Ob er in Begleitung oder alleine gewesen war, wusste der Mann nicht. Das konnten auch die eintreffenden Gardaí nicht feststellen, die dem Kerl hinterherjagen mussten, da er zu fliehen versucht hatte.

Nun saß Mulligan Nadin gegenüber. Declan hatte mit Moira hinter ihr an der Wand Platz genommen. Nadin begann die Befragung und sie mischten sich nicht ein. Doch Mulligan sprach kein Wort. Weder bestätigte er, dass er Vincent Mulligan hieß, noch, dass er in der Grace Park Road wohnte, wie im Februar des Vorjahres, als er mal wieder aus dem Gefängnis entlassen worden war. Er antwortete nicht, als Nadin ihn fragte, ob er alleine im Pub war, und er reagierte auch nicht, als sie ihm die beiden Skizzen vorlegte und wissen wollte, weshalb er ein B&B in Westport überfallen hatte. Er blickte nur auf seine im Schoß gefalteten Hände.

Als Nadin aufstand und zur Tür ging, hob er aber seinen Blick. Als sie Nuala Brent hereinführte, die sofort heftig nickte, wurde er blass.

„Ja, das ist einer! Keine Zweifel! Wo soll ich unterschreiben?“

„Sie erkennen Mr Mulligan vom Überfall wieder?“, fragte Nadin.

„Ja, das ist der, der Gerda gegen die Wand gedrückt hat. Geben Sie mir fünf Minuten mit ihm, dann müssen Sie ihn nicht mehr einsperren!“

„Danke, Ms Brent. – Mr Mulligan“, wandte Nadin sich dem Verdächtigen zu, „ich verhafte Sie wegen des Überfalls auf das B&B von Alexandra Conners. Am Montagvormittag werden Sie dem Bezirksrichter vorgeführt, bis dahin bleiben Sie unser Gast."

Mulligan wirkte überrumpelt. Vermutlich war er davon ausgegangen, bald auf Kaution freizukommen und untertauchen zu können. Eine Augenzeugin, die ihn mit den Morden am Ehepaar Rhodes in Verbindung brachte und damit auch mit den Serienmorden in Dublin, würde das aber verhindern, denn damit bestand Verdunkelungs- und Fluchtgefahr.

„Kann ich bitte einen Anwalt haben?", meldete er sich kleinlaut.

Nachdem Mulligan für das Wochenende in eine Zelle gesperrt worden war und Moira sich auf den Weg zurück nach Galway gemacht hatte, wo sie die Stellung halten sollte, fuhr Declan mit Nadin den weiten Weg nach Athlone zu Mulligans Wohnung. Die Kollegen in Westmeath hatten den Wohnungseigentümer herausgefunden, und der hatte bestätigt, dass sein Mieter Vincent Mulligan war.

Inspector Finley, der junge Kollege aus Athlone, erwartete sie vor dem Haus. Im Fenster war Licht. Als sie klopften, gab es zunächst keine Reaktion, dann hörten sie Schritte. Ein großer Mann um die sechzig öffnete. Er blickte sie nervös an. Seine Haltung war leicht gebeugt, das dünne, schlecht geschnittene Haar war weiß, die Augen blutunterlaufen.

Finley stellte sie vor, der Mann trat einen Schritt zurück und ließ sie eintreten. „Sind Sie alleine?", wollte der Kollege wissen.

Er nickte und Declan machte sich mit Nadin sofort daran, die kleine Wohnung diesbezüglich unter die Lupe zu nehmen. Neben dem Wohnzimmer, in dem sie standen, mit dem Gästebett und einem kleinen Sofa, auf dem mehrere Decken und Kissen lagen, gab es ein Schlafzimmer. In dem standen zwei Reisetaschen. Die Küche hatte einen winzigen Tisch mit mehreren benützten Tassen darauf und eine vollgeräumte Spüle. Im kleinen Badezimmer standen viele verschiedene Hygieneartikel herum. Zurzeit wohnten in dieser Wohnung mindestens zwei bis drei Personen, und sie war ein Saustall.

„Das ist die Wohnung von Vincent Mulligan, nicht wahr, Sir?“, fragte Finley. Der Mann nickte. „Und wer sind Sie?“

„Ich bin ein Freund. Worum geht es?“

„Mr Mulligan ist in Haft. Er wird verdächtigt, an einem Überfall beteiligt gewesen zu sein. Könnten Sie sich bitte ausweisen, Sir?“

Der Mann schlurfte langsam zu der Jacke an der Tür und nahm unter aufmerksamen Blicken einen Reisepass heraus, den er Finley überreichte.

„Donald Garth Ogden. Geboren im County Clare. Sie sind also Ire, Sir?“ Finley gab den Pass an Nadin weiter.

„Steht doch da, oder?“

„Sie haben einen schottischen Einschlag“, bemerkte Declan.

„Weil ich seit vielen Jahren in Schottland wohne.“

„Und was machen Sie wieder hier?“, fragte Finley.

„Meinen Freund besuchen, das ist kein Verbrechen.“

„Ganz alleine?“, fragte Nadin. Sie warf einen kurzen Blick in den Pass und gab ihn dann an Declan weiter.

„Ja, ich bin schon erwachsen. Ich bin nicht verhaftet, oder?“

„Nein, Sir, weshalb?“, entgegnete Nadin und fischte den Steckbrief des zweiten Täters aus ihrer Tasche, den des Schotten. „Aber kennen Sie vielleicht diesen Herrn?“ Ogden schüttelte den Kopf. „Ganz sicher?“

„Ich muss nichts sagen“, meinte er. „Und ich muss nicht mit Ihnen zusammenarbeiten. Und es ist spät.“

Nadin ging unverfroren in die kleine Küche und öffnete den Kühlschrank. „Wie viele Leute wohnen hier zurzeit, Mr Ogden?“

„Vincent und ich. Was tun Sie da?“

„Der Kühlschrank ist bis oben hin voll.“

„Na und?“

„Das Make-up im Badezimmer – gehört das Ihnen oder Mulligan? Und wem gehört der Koffer neben dem Kühlschrank und die beiden Reisetaschen im Schlafzimmer? Alles Ihnen? Ein Koffer und zwei Taschen? Wie lange wohnen Sie denn schon bei Ihrem Freund?“

„Ich mache hier nur Urlaub. Und jetzt können Sie wieder gehen. Sie sehen doch, dass ich nicht der Mann auf dem Steckbrief bin.“

Declan blätterte durch Ogdens Reisepass und entdeckte im hinteren Teil der Hülle zwei Fotos. Eines zeigte einen viel jüngeren Ogden mit einer alten, gebrechlich wirkenden Frau, die er liebevoll im Arm hielt. Auf der Rückseite stand mit rotem Kugelschreiber „Mama und ich, 04/79“. Auf dem anderen stand in blau „Mama, ich, Kathryn, 1987“. Als Declan es umdrehte, sah er Ogden neben derselben alten Frau stehen – und neben einer jüngeren, die er augenblicklich wiedererkannte.

„Wer ist das?“, wollte er von Ogden wissen.

„Das geht Sie nichts an.“

Declan nahm sein Handy zur Hand und fotografierte beide Bilder. Dann zeigte er Nadin das zweite Foto, und sie hob überrascht die Augenbrauen. „Woher kennen Sie Linda Rhodes, Mr Ogden?“

Moira stand vor Declans Infowand. Sie hatte auf seine Nachricht aus Athlone gewartet und danach eigentlich nach Hause gehen wollen. Siobhan schaute niesend zur Tür herein, knöpfte ihren Mantel zu und wollte wissen, ob es schon was Neues von Declan gab.

„Allerdings.“ Moira trat auf sie zu und hielt ihr wortlos das Handy mit den Fotos entgegen, die ihr Declan geschickt hatte.

„Eine junge Linda Rhodes?“ Siobhan blickte auf.

Moira berichtete in wenigen Worten, was ihr Declan gerade am Telefon über den Besuch in Westmeath erzählt hatte.

„Und wir wissen nicht, was der mit Linda Rhodes zu tun hat?“

„Sagte er nicht. Aber auf dem Foto stand nicht Linda, sondern Kathryn.“

„Die andere Frau vermutlich.“

„Nein, das ist Mama.“

Siobhan legte ihre Tasche ab und setzte sich an den kleinen Besprechungstisch.

Moira nahm neben ihr Platz. „Mulligan hat einen jungen schottischen Freund, mit dem er Conners' B&B überfällt und Noppinger dabei liebe Grüße von Linda Rhodes ausrichtet. Zu Hause beherbergt Mulligan einen alten Iren, der jetzt in Schottland wohnt. Und der hat nicht nur viel Gepäck dabei, sondern auch ein Foto von Linda Rhodes.“

„Die er aber Kathryn nennt.“

„So ist es. In der Familie Rhodes scheint Jonathan nicht der Einzige mit Geheimnissen gewesen zu sein.“

Siobhan zog sich ihren Mantel wieder aus und hängte ihn über die Lehne des Sessels daneben. „Irgendetwas stimmt hier nicht, Moira“, sagte sie nachdenklich, kramte in ihrer Handtasche nach einem Taschentuch und schnäuzte sich lautstark. Dann blickte sie ihr ernst in die Augen. „Kathryn. Lindas Mutter nannte mich so. Lange sei es her, dass ich sie besuchen gekommen sei, ob es mir – Kathryn – denn gut gehe, ob ich auch nicht mehr böse sei. Und als ich sie beim zweiten Treffen über den Tod ihrer Tochter informierte, sagte sie, es tue ihr um Kathryn leid. Ich korrigierte, sagte, dass Linda tot sei. Das ignorierte sie einfach.“ Siobhan lehnte sich nachdenklich zurück. „Die alte Dame mag dement sein, aber sie kennt eine Kathryn. Und sie verwechselte ihre Tochter Linda mit einer Kathryn. So wie wir auf dem Foto diese Kathryn mit Linda verwechseln. Entweder Linda ist Kathryn, Moira, oder aber es gibt eine Linda und eine Kathryn."

„Die Alte im Seniorenheim ist nicht zufällig die auf dem Foto hier?"

Siobhan schüttelte den Kopf. „Ich stelle mal ein paar Behauptungen in den Raum, die wir dann gerne auseinandernehmen können, okay?"

„Lassen Sie hören!", ermutigte Moira.

„Ich behaupte einfach mal, Kathryn ist Linda Rhodes' Schwester. Ich behaupte, die Leiche, die wir in Noppingers Wagen gefunden haben, ist Kathryn. Ich behaupte, Linda Rhodes ist noch am Leben. Und ich behaupte, Linda Rhodes ist Jonathans und Kathryns Mörderin."

„Und die drei Kerle sind ihre Komplizen."

„Genau."

„Und zumindest Noppinger, aber vielleicht auch Kathryn, haben einfach nur Pech gehabt und mussten für Lindas Pläne – was auch immer das für Pläne sein mögen – herhalten."

„Genau."

„Und Jonathan ist zufällig ein Serienmörder."

Siobhan seufzte. „So weit bin ich noch nicht. Lassen Sie uns das alles mal der Reihe nach auseinandernehmen."

„Warten Sie!" Moira stand auf und holte sich Linda Rhodes' Autopsie-Bericht, der auf Declans Schreibtisch lag. „Ich suche etwas", erklärte sie, ohne aufzusehen. Nach ein paar Minuten blickte sie mit heftig pochendem Herzen auf. „Und ich finde es nicht. Wer hätte das gedacht?"

„Was?"

„Linda Rhodes hatte sich in meiner Anwesenheit ihren rechten Mittelfinger eingeklemmt. So eine Verletzung ist wochenlang zu sehen. Sie wäre definitiv im Autopsie-Bericht angeführt, ist sie aber nicht. Die Tote hatte keinen gequetschten rechten Mittelfinger." Moira blätterte weiter. „Und dem hier sollten wir jetzt vielleicht Beachtung schenken: Auf der Kopfhaut der Toten befanden sich Spuren von Haarfärbemittel. Und im Haupthaar selbst, wie auch auf der Kleidung, fanden sich kurze, abgeschnittene Haare. Die Tote hatte sich unmittelbar vor ihrem Tod das Haar geschnitten und gefärbt. Oder jemand hat das für sie getan. Vielleicht, um nicht nur Gesicht und Statur betreffend, sondern auch, was den Haarschnitt betrifft, ihrer Schwester zu ähneln. Siobhan, ich glaube, an Ihren Behauptungen ist was dran. Linda Rhodes könnte noch am Leben sein. Und wenn dem so ist, dann ist sie gefährlich."

Siobhan nieste. „Wir sollten den Superintendent informieren."

Declan war unterwegs. Er hörte sich alles ruhig an, weigerte sich aber, den Behauptungen Glauben zu schenken oder selbst Behauptungen aufzustellen. Siobhan sollte am nächsten Tag sofort nach Clare aufbrechen und mit Linda Rhodes' Mutter sprechen, außerdem wollte er Geburtsurkunden sehen. Und Moira sollte Lindas Fingerabdrücke mit denen der Leiche vergleichen.

„Siobhan", sagte Moira dann. „ich glaube, das ist der Durchbruch."

* * *

Declan traf sich am Vormittag in Westport mit Haas, die verblüfft war, als er ihr von den Vermutungen seiner Kolleginnen berichtete. Dann erreichte ihn auch der Anruf von Moira, die triumphierend erzählte, dass die Fingerabdrücke der Leiche tatsächlich nicht mit jenen übereinstimmten, die man von Linda hatte. Und als wäre dies nicht Beweis genug, bestätigte auch der Gerichtsmediziner, dass die Leiche keinen gequetschten Finger hatte. Die Tote war also nicht Linda Rhodes.

„Für mich war der Fall bereits gelöst“, sagte Declan seufzend. „Sag, könnte ich mit Mulligan sprechen?“

Vincent Mulligan hatte das erste Gespräch mit seinem Anwalt gerade beendet, als Nadin Declan in das Zimmer führte, in dem sie schon am Abend zuvor mit ihm gesessen hatten. Sie stellte die Männer einander vor. Declan setzte sich zu ihnen an den Tisch und kam gleich zur Sache.

„Mr Mulligan, Sie werden sich vermutlich nicht gerne mit mir unterhalten wollen, daher habe ich eigentlich auch nur eine Frage an Sie: Wer hat denn Kathryn nun umgebracht? War es Linda Rhodes? War es Donald Ogden? War es Ihr Komplize vom Überfall? Oder waren Sie es?“

Mulligan blickte ihn überrascht an. Er hatte wohl nicht damit gerechnet, dass sie bereits wussten, dass es sich bei der Toten nicht um Linda handelte und dass man bereit war, ihn gegebenenfalls nicht nur für den Überfall, sondern auch für den Mord verantwortlich zu machen.

„Sie sind im Augenblick der einzige der Verdächtigen, den wir in Gewahrsam haben. Donald observieren wir, gegen den haben wir nichts in der Hand, und die beiden anderen schaffen es vielleicht, sich abzusetzen. Sie werden möglicherweise für alles herhalten müssen, Mr Mulligan.“

Der Kerl verstand, aber er sagte nichts. Er wich Declans Blick aus und konzentrierte sich wieder auf seine Hände. Declan wartete geduldig, aber weder Mulligan noch sein Anwalt, der sich erstaunlich desinteressiert zurückhielt, sagten etwas.

Da vibrierte Declans Handy. Keach hatte ihn telefonisch nicht erreicht, also schickte sie ihm eine SMS: *Mutter bestätigt: Linda und Kathryn sind Zwillinge.*

Als Declan lächelnd von seinem Handy hochsah, blickte Mulligan ihm mitten ins Gesicht. „Ich habe niemanden umgebracht!“, sagte er aufgebracht, so als hätte er Angst, die SMS hätte genau das unterstellen wollen.

„Wer war es dann?“

„Donald. Ich und Mack haben nur geholfen, die Frauen einzuschüchtern, mehr nicht. Ich habe auch niemandem wehgetan. Ich fand Macks Hammer-Aktion unnötig brutal, aber Linda wollte das so und es hat ja auch funktioniert. Für den Überfall und die Unterbringung in meiner Wohnung wurde ich gut bezahlt, aber mehr habe ich nicht gemacht. Definitiv hätte ich niemanden umgebracht."

„Wer ist Mack? Und wo ist er jetzt?", fragte Nadin.

„Mack ist ein Freund von mir. Donald ist sein Vater. Sie wollten vorübergehend bei mir schlafen, bis alles erledigt ist."

„Was hat denn noch erledigt zu werden?", wollte Declan wissen.

„Ich kenne Lindas Pläne nicht. Ich mag sie nicht und ich mag nicht, dass sie bei mir wohnt. Ich habe Angst vor der Frau. Aber ich kannte sie vorher nicht, und sie zahlt gut."

„Angst? Weil sie ihren Mann umgebracht hat?"

Mulligan schüttelte den Kopf. „Nein, das war ein Unfall. Und mehr sage ich jetzt nicht, das ist mir viel zu gefährlich."

„Was hat sie mit Donald, Mack und Ihnen überhaupt zu schaffen?"

„Na, sie ist Donalds Freundin. Sie will zu ihm nach Schottland, wenn sie hier fertig ist. Sie hat hier Hilfe gebraucht. Mack hat mich empfohlen."

„Linda Rhodes und Donald Ogden sind ein Paar?", fragte Nadin überrascht und Mulligan nickte.

„Was hält Linda denn auf?", wollte Declan wissen.

„Ich sagte doch schon, ich kenne ihre Pläne nicht."

„Wieso mussten Sie Noppinger nach Clifden locken?", fragte Declan. „Und wer wollte das von Ihnen? Linda oder Donald?"

Mulligan seufzte. „Die arbeiten im Team, aber Linda hat die Hosen an. Die Ausländerin sollte natürlich für den Mord an Kathryn herhalten. Die kann echt froh sein, dass sie selbst noch lebt, so wie Linda von ihr spricht. Ich hätte übrigens den Mord nicht verhindern können. Zu dem Zeitpunkt wusste ich gar nicht, dass jemand sterben sollte. Um diese Kathryn tut es mir leid. Dass Donald das fertigbringt, hätte ich nicht gedacht, ehrlich. Kathryn hatte ihm mal was bedeutet. Und jetzt sage ich wirklich nichts mehr, sonst bin ich auch noch dran. Gott, ich habe schon viel zu viel gesagt!"

* * *

Alex hatte Gallaghers E-Mail, die Nuala an sie weitergeleitet hatte, mit gemischten Gefühlen gelesen. Auch Gerda und die Aldens wussten nicht so recht, was sie davon halten sollten. Noch ein wenig durchhalten, hatte Gallagher gemeint. Das erste Mal überhaupt deuteten mehrere Hinweise in eine neue Richtung. Möglicherweise sei Gerda bald entlastet.

Noch wagten sie nicht, in Jubel auszubrechen, aber vielleicht war ja tatsächlich bald alles vorbei.

Alex genoss es an diesem Samstagnachmittag schließlich, mit George fernzusehen, während sich zwei Frauen in der Küche kennenlernten, die ihr viel bedeuteten und die sie selbst noch nicht gut kannte. Sean war mit Pauline und George senior unterwegs, es war ruhig im Haus. Bei der Werbeunterbrechung stand Alex auf und gesellte sich zu ihrer Mutter und Gerda in die Küche. Sie saßen beide am Tisch und schnitten Gemüse, während auf dem Herd etwas köchelte und darunter der Backofen aufheizte. Es war ein schöner Anblick. „Braucht ihr Hilfe?"

„Es ist viel einfacher, über dich zu sprechen, wenn du nicht anwesend bist, Alex", meinte ihre Mutter schmunzelnd, und Gerda blickte ihr grinsend entgegen.

„Dir ist bei einer Schulaufführung tatsächlich mal die Hose heruntergerutscht?", wollte sie wissen.

Alex sah seufzend zu ihrer Mutter, die entschuldigend die Hände hob. „Sie wollte wissen, ob ich je einen deiner Auftritte gesehen habe. Da habe ich ihr von deinem ersten erzählt."

„Ich war sieben", erklärte Alex. „Und ich war ein Leprechaun. Der Gummizug meiner Hose war gerissen. Alle haben gelacht."

„Und so hat es ganze sechs Jahre gedauert, bis sie sich wieder vor ein Publikum wagte", erklärte ihre Mutter. „Geburtstagsparty im Pub der Eltern eines Schulfreundes. Mit der Gitarre in der Hand fühlte sie sich sicher. Und mit dem Hocker, auf den sie sich gleich gesetzt hat."

Alex blickte überrascht zu ihr. „Wieso weißt du das?"

„Du wirst doch nicht geglaubt haben, dass wir Eltern euch unbeaufsichtigt eine Party feiern lassen! Aber, keine Sorge, Jessies Mutter und ich waren ganz hinten, niemand hat uns gesehen." Sie blickte zu Gerda. „*What Becomes of the Broken Hearted* haben sie gesungen. Drei Dreizehnjährige! So süß!" Jetzt schenkte sie Alex ein stolzes Lächeln. „Es hat mich nicht überrascht, dass du später damit Geld machen konntest, Alex. Ich würde dich gerne wieder mal auftreten sehen."

Die entspannte Stimmung war augenblicklich zu Ende, als es an der Tür läutete und George mitteilte, dass es sich um Declan handelte. Gerda lief ins Schlafzimmer. Alex öffnete ihm die Tür.

„Es hat sich was ergeben", sagte Declan, ohne sie zu begrüßen. „Darf ich reinkommen?"

Alex führte ihn ins Wohnzimmer. Er nickte ihrer Mutter und George zu. George machte den Fernseher aus, ihre Mutter drehte den Herd zurück. Dann lehnten sich die beiden an den Türrahmen zum Wohnzimmer. Alex deutete Declan, sich zu setzen, aber er blieb stehen.

„Ich weiß jetzt nicht, wie ich anfangen soll", sagte er nervös. „Meine Kollegin hat mich vor Kurzem gefragt, ob ich dir vertrauen würde. Ich habe ja gesagt. Du gehörst zu den wenigen Menschen, denen ich meine Liebsten anvertrauen würde. Ich bin hier, weil ich dich einerseits über etwas informieren möchte und weil ich dich andererseits dabei auch um dein Vertrauen bitten möchte."

„Worüber möchtest du mich informieren?"

„Hol bitte Gerda dazu, es betrifft vor allem sie!"

George seufzte laut und ihre Mutter schimpfte. „Wie oft wollen Sie es eigentlich noch von uns hören, dass sie nicht hier ist?"

Declan ignorierte sie. Sein Blick war auf Alex gerichtet. „Wenn du aus dem Fenster schaust, siehst du, dass die Streife, die abgestellt war, euch rund um die Uhr zu überwachen, weg ist."

Das war ihr noch nicht aufgefallen. War Gerda tatsächlich entlastet?

„Ich weiß, dass sie hier ist, Alexandra", fuhr Declan fort. „Trotz des Dufts aus der Küche rieche ich Gerdas Parfüm: L'Instant Magic. Amanda hatte das gleiche. Ich habe es bereits bei meinem letzten Besuch gerochen. Ich hätte Gerda da schon mitnehmen können, ich habe es nicht getan." Er blickte sie aufmerksam an. „Offiziell weiß niemand, wo Gerda sich aufhält. Inoffiziell, als dein Freund, ersuche ich dich aber, jetzt mit dem Versteckspiel aufzuhören und sie herzubitten; es wird keine Auswirkungen auf dich oder deine Familie haben. Vertrau mir, Alexandra, und hol sie bitte her!"

„Declan, ich ..."

„Mittlerweile ist einiges passiert und das würde ich euch beiden gerne erzählen. Ich verstehe, dass du dem Beamten nicht traust, aber obwohl ich meine Uniform anhabe, bin ich auch als Freund hier. Und ich muss wissen, ob du dem noch traust." Er blickte sie hoffnungsvoll an. „Ich mag nicht mehr das Gefühl haben, dich verloren zu haben, Alexandra, ich hasse das. Ich bitte dich, vertrau mir und hol jetzt Gerda dazu!"

„Ich muss aufs Klo", sagte Alex. „Rühr dich nicht vom Fleck!"

Sie klopfte leise an Gerdas Tür. Die öffnete und Alex erzählte ihr flüsternd, was Declan von ihr wollte.

Gerda wirkte nervös, aber nicht abgeneigt. „Und? Traust du ihm?"

„Wenn du mitkommst und er mich reinlegt, verliere ich euch beide."

„Aber würde er dich reinlegen?"

„Wenn er nicht Polizist wäre, noch dazu der, der hinter dir her ist, dann wäre er derjenige, bei dem wir uns verstecken würden, Gerda", gab Alex zu. „Wenn es in den letzten Jahren einen Vertrauten in meinem Leben gegeben hat, dann ist das Declan gewesen. Bis vor Kurzem jedenfalls. Wir verstecken uns nur hier, weil er ausgefallen ist. Er war es, der immer für mich da war, nicht meine Familie."

„Dann lass uns ihm vertrauen", sagte Gerda und ging voran.

Declan lächelte ihnen erleichtert entgegen. Er schüttelte Gerda die Hand, setzte sich und bat sie, sich neben ihn zu setzen. Alex nahm auf dem Fernsehsessel Platz, ihre Mutter und George blieben im Türrahmen stehen.

Und dann erzählte Declan, dass nun einer der beiden vom Überfall in Haft war, dass Linda Rhodes noch am Leben und die Tote ihre Schwester war. Dass Lindas Liebhaber die Schwester getötet hatte und jetzt ebenfalls inhaftiert worden war. Und dass sich Linda zusammen mit dessen Sohn, dem Hammertäter, auf der Flucht befand.

Jonathan Rhodes' Tod war wohl tatsächlich ein Unfall gewesen, meinte Declan, und dass Gerda damit nichts zu tun hatte, wurde immer wahrscheinlicher. Wieso sie dafür und für den Tod der Schwester Lindas herhalten musste, wusste man noch nicht. Die Schwester musste aber vermutlich sterben, damit Linda untertauchen konnte. Nur weshalb sie das musste, wenn der Tod ihres Mannes ein Unfall gewesen sein soll, war noch ein Rätsel.

Die Anklagen gegen Gerda würden voraussichtlich demnächst zurückgezogen werden, glaubte Declan. Allerdings müsse sie sich wohl wegen der Fahrerflucht verantworten. Und auch dafür, dass sie vor den Gardaí geflohen war und damit die Ermittlungen gefährdet hatte. Sie solle sich am Montag stellen, legte Declan ihr nahe. Der Haftrichter würde sie sicher auf Kaution freilassen. Ihre Vergehen könnten möglicherweise sogar finanziell geregelt werden. Eine Haftstrafe hätte sie, Declans Meinung nach, eher nicht mehr zu befürchten. Wie lange das alles allerdings noch dauerte, sei noch nicht abzusehen.

Alex hatte die ganze Zeit über den Atem angehalten. Mit Tränen in den Augen erwiderte Gerda ihren Blick. Sie wagte es wohl wieder, an ein Leben nach Irland zu glauben. Als Alex bewusst wurde, dass Gerdas absehbare Freiheit auch das Ende ihres eigenen Glücks bedeutete, schämte sie sich für das aufgekommene Gefühl der Enttäuschung.

Als Declan aufstand, lächelte er zufrieden. Alex mochte dieses Lächeln, sie hatte es vermisst. Ihre Mutter und George machten den Weg frei. Declan verabschiedete sich und Alex begleitete ihn zu seinem Wagen, der da stand, wo bis vor Kurzem der Streifenwagen geparkt hatte.

Declan blickte sie nachdenklich an. „Danke, Alexandra. Ich weiß, was du mir gerade anvertraut hast. Ich weiß, was sie dir bedeutet. Und darum entschuldige ich mich, dass ich dir … euch … das alles antun musste. Ich hielt sie wirklich für schuldig, weißt du. Und ich hatte Angst um dich."

„Ich weiß. Außerdem warst du eifersüchtig."

Er nickte. „Aber nur als Freund."

„Soll Gerda am Montag zu dir kommen oder nach Westport?"

„Zu Haas, bitte." Dann lächelte er breit. „Mein Gott, endlich ist es so weit, endlich bin ich wieder in Sicherheit. Caitlin hat mir letztens sogar Zuckerwürfel mit Pfeffer in meinen Tee getan. Aus deinem Agentinnenkoffer! Als ich sie darauf ansprach, meinte sie, solange ich dich und deine Freundin jage, könne ich nie sicher sein, was sie sich noch so einfallen ließe. Mein eigenes Kind! In meinem eigenen Haus!"

Caitlins Solidarität rührte Alex. Sie würde sich revanchieren müssen. Zärtlich strich sie Declan über den Arm. „Danke, Dec."

Er lächelte und tätschelte unbeholfen ihre Schulter. Er wollte sie umarmen, das war deutlich, aber er traute sich nicht. Dann wurde er ernst. „Darf ich dich was fragen, Alexandra? Stimmt das, was Marcus gesagt hat? Dass ihr heiraten wollt? Du und Gerda?"

Alex lachte. „Marcus ist uns nur auf die Nerven gegangen!" Sie umarmte ihn schließlich

Zurück im Haus fiel Gerda ihr weinend um den Hals.

* * *

Langsam verstand Gerda, dass der Albtraum wirklich zu Ende ging und sie bald wieder nach Hause durfte. Und tatsächlich dachte sie mit einem Lächeln und großen Erwartungen an Salzburg, nicht mehr mit Traurigkeit und Schwermut. Am Sonntag beschloss sie deshalb, sich bei ihrer Familie zu melden. Sie würden überrascht sein, meldete sie sich doch so selten. Es ging nur darum, das Gefühl zu bekommen, dass daheim alles normal war.

Aber das war es nicht. Die ganze Familie war seit Freitag darüber informiert, dass in Irland wegen zweifachen Mordes nach ihr gefahndet wurde. Sie hatten sie weder telefonisch noch über E-Mail erreichen können. Dementsprechend groß war ihre Sorge um sie, zumal auch noch von einem Serienkiller die Rede war. Gerda hatte nicht erwartet zu hören, was ihre Eltern ihr dann erzählten. Österreichische und deutsche Medien hatten eine skandalträchtige Berichterstattung gestartet. Ihr Name und Passfoto hatten sofort sämtliche Noppingers in Salzburg und Umgebung alarmiert. Ab diesem Zeitpunkt hatte sich die ganze Familie im Ausnahmezustand befunden. Noch am Freitagabend wurde das Haus der Schlosserfamilie am Wolfgangsee von Vater und Onkel zum Hauptstützpunkt umfunktioniert, an den Familie, Freunde, Presse und auch Polizei sich wendeten. Ein irisches Kamerateam belästigte seit Samstag die Leute im Ort, und ein deutscher Kabelsender hatte viel Geld geboten, wenn die Familie über Gerdas Kindheit erzählte und was sie wohl zur Mörderin gemacht haben könnte. Sogar die seriöse *Zeit im Bild* habe wegen eines Interviews angefragt, meinte ihre Mutter außer sich. Sie wollte wissen, wann mit ihrer Rückkehr zu rechnen sei, aber das konnte Gerda nicht beantworten, das hinge von den Gerichten ab, sagte sie. Ihr Vater war bereit, die Schlosserei zu verkaufen, um sich den besten Anwalt der Welt für sie leisten zu können. Gerda meinte, das sei nicht nötig. Sie wollte auch nicht, dass sie nach Irland kamen, wie ihre Mutter wiederholt vorschlug. Sie sei hier nicht alleine. Sie versprach, sie auf dem Laufenden zu halten.

Am Rückhalt ihrer Familie hatte Gerda nie gezweifelt. Sie hatte ihn nur sehr lange nicht mehr in Anspruch genommen.

Es war ein Tag zum Glücklichsein, entschied Gerda. Und deshalb ließ sie sich von ihrer Schwester Petra Careys Nummer geben – ihr Handy, auf dem sie gespeichert gewesen war, gab es ja nicht mehr. Kurz darauf telefonierte sie mit Daniel und Carey in Neuseeland. Gerda musste Daniels Stimme hören, damit auch wirklich alles perfekt war. Er erzählte ihr, was er vom Weihnachtsmann bekommen hatte und dass das Christkind auch da gewesen sei, obwohl es sich in Neuseeland wegen der Zeitumstellung selten blicken ließ. Und dass der neue Opa und die neue Oma mit ihm in den Zoo gegangen waren und Dad mit einer Grippe im Bett lag. Dad! Aber als Gerda Daniel nicht sagen konnte, wann er sie endlich wiedersehen könne, fing der Junge zu weinen an. Vielleicht sollte sie es in diesem Jahr wagen, ihn zu besuchen.

Am frühen Montagmorgen setzte Deborah Gerda bei der Polizei in Westport ab und fuhr dann mit Alex weiter zur Röntgenkontrolle nach Castlebar. Alex hatte zwar mit Gerda mitkommen wollen, aber sie bestand darauf, sich alleine zu stellen; Alex und ihre Familie sollten keine Schwierigkeiten bekommen.

Inspector Haas war überrascht, als sie ihr gegenüberstand, das war nicht zu übersehen. Sie war unterkühlt, aber freundlich. Gerda teilte ihr nicht mit, wo sie sich die letzten Tage aufgehalten hatte, wer ihr geholfen hatte oder dass Declan ihr nahegelegt hatte, sich hier und heute zu stellen, ansonsten aber machte sie ehrliche Aussagen.

Ein paar Stunden später wurde sie der Haftrichterin vorgeführt. Die Anklagen wegen Totschlags und Mordes waren tatsächlich fallengelassen worden. Allerdings habe sie sich wegen anderer Delikte zu verantworten, wurde ihr mitgeteilt. Zum Beispiel habe sie sich der Festnahme entzogen und die Justiz dadurch bei ihren Ermittlungen behindert. Möglicherweise würde diesbezüglich ein Strafverfahren wegen Strafvereitelung eingeleitet, am Donnerstag würde dies entschieden werden. In diesem Fall täte sie gut daran, sich rechtlich vertreten zu lassen. Außerdem würde wegen der Fahrerflucht in Galway wohl noch etwas auf sie zukommen. Sie sollte sich überlegen, sich mit dem Fahrer des anderen Wagens außergerichtlich zu einigen. Bis auf Weiteres wurde sie dann entlassen.

Spät nachmittags setzte man Gerda bei Alex' B&B ab. Neben Deborah war auch Moira Gallagher anwesend, die mit Alex und Nuala am Tisch in der Küche saß und hören wollte, was bei Gericht herausgekommen war. Nachdem Alex ihr bestätigt hatte, dass mit ihrer Hand so weit alles in Ordnung war, erzählte Gerda vom durchaus positiven Stand der Dinge. Gallagher reichte ihr die Visitenkarte einer befreundeten Anwältin.

„Wie lange dauert das alles noch?", wollte Gerda von ihr wissen.

Gallagher zuckte mit den Achseln. „Schwer zu sagen. Wenn Strafverfahren eröffnet werden, kann sich das schon noch hinziehen, ansonsten sind Sie wohl bald wieder zu Hause."

Gerda blickte zu Alex, die ihr aufmunternd zulächelte und dann aufstand, um zur Toilette zu gehen. Sie blickte ihr nachdenklich hinterher. Sie wirkte so ruhig. „Was ist jetzt eigentlich mit dieser Serienkiller-Geschichte?", wechselte sie das Thema.

„Wir haben diesbezüglich nur Indizien gegen Jonathan. Mal sehen, was das NBCI herausfindet, das ist deren Fall. Was uns vor allem beschäftigt, sind Linda und Mack Ogden. Ich würde es hassen, wenn Linda Rhodes es schaffte, einfach abzuhauen. Es kann nicht angehen, dass Sie sich zu verantworten haben, die aber ungeschoren davonkommt."

„Bald ist für dich ohnehin alles ausgestanden, Gerda", sagte Deborah nachdenklich. „In Österreich wird irgendwann alles weit weg sein."

Gerda begegnete Deborahs Blick. Sie wusste, worauf sie hinauswollte, aber sie entgegnete nichts darauf, zumal Alex wieder zurückkam.

„Weiß man, wieso sie ihre Schwester umgebracht hat?", fragte Nuala.

Alex strich Gerda zärtlich über die Schulter, als sie an ihr vorbei zum Kühlschrank ging und sich ein Bier herausnahm. Normalerweise würde sie fragen, wer noch etwas aus dem Kühlschrank wollte, aber sie schien in Gedanken vertieft, als wäre sie gar nicht anwesend.

„Ihr Partner Donald scheint die Schwester umgebracht zu haben", erklärte die Polizistin. „Wieso, wissen wir noch nicht. Wenn der Tod ihres Mannes tatsächlich nur ein Unfall war, ging es von Anfang an vielleicht darum, die Schwester zu beseitigen. Ms Noppinger diente nicht zur Ablenkung von Jonathans Tod, sondern von Kathryns, so wie es aussieht."

„Und warum?", wollte Deborah wissen.

Gallagher zuckte mit den Achseln. „Was wir bisher herausgefunden haben, ist, dass Kathryn offiziell nie existierte. Es wurde nur die Geburt einer Tochter gemeldet, von einer zweiten taucht nirgends etwas auf."

„Dann gibt es vielleicht doch nur eine."

„Nein, es handelt sich um zwei Personen, das bestätigen die unterschiedlichen Fingerabdrücke. Und die DNA zeigt, dass es sich dabei um Zwillingsschwestern handelt. Und die eine Schwester hat die andere Schwester umbringen lassen. Nur, weshalb, erfahren wir wohl erst, wenn wir Linda Rhodes dazu befragen können. Wenn Jonathan nicht umgebracht wurde, gäbe es dazu keinen Grund. Entweder Kathryn war von Anfang an dazu auserkoren zu sterben oder Kathryn musste sterben, weil Linda ein neues Leben anfangen wollte. Nur, weshalb? Was hindert sie daran, ohne Mord an ihrer Schwester einfach zu ihrem Geliebten nach Schottland zu ziehen? Zumal sie durch eine glückliche Fügung jetzt endlich für ihn frei ist?" Gallagher seufzte. „Ich mag keine offenen Fragen, darum werden wir die bald beantworten müssen."

Gallagher stand auf, um sich zu verabschieden, und Deborah tat es ihr gleich. Letztere umarmte Gerda herzlich und die Polizistin wünschte Gerda noch alles Gute, bevor sie zum Auto ging. Sie blickte beiden dankbar hinterher.

Neben all dem Pech hatte sie in Irland wirklich auch viel Glück gehabt. Als Gerda sich umdrehte, stand nur noch Nuala neben ihr. Alex ging die Treppe hoch.

„Glaubst du, sie möchte alleine sein?", fragte Gerda Nuala.

„Ich glaube nicht, dass sie alleine sein möchte. Was sie im Augenblick will, weiß ich aber nicht. Ich, jedenfalls, mag jetzt ein Bier."

Gerda setzte sich unsicher an den Tisch. Sie wollte bei Alex sein, aber wenn die sich zurückziehen wollte, musste sie das respektieren.

Nuala und sie hingen ihren Gedanken nach. Als aus Alex' Schlafzimmer *Nothing Else Matters* drang, stand Gerda entschlossen auf, entschuldigte sich bei Nuala und wünschte ihr einen schönen Abend.

Alex saß mit dem Rücken zu ihr gegen das Bett gelehnt am Boden. Sie blickte auf, als sie dann vor ihr stand und ernst auf sie hinabsah. Sie hatte die Finger der gesunden Hand auf den Saiten der Gitarre, die sie nicht spielen konnte, und die Gipshand lag lustlos unter dem Griff. Es war ein trostloser Anblick. Als hielte sie sich an etwas fest, das ihr Freude bereitete, aber nun nicht mehr sein sollte.

„Alles okay?", fragte Gerda. „Möchtest du alleine sein?" Alex schüttelte den Kopf. Gerda setzte sich ihr gegenüber. „Möchtest du reden?"

„Nein. Ich möchte noch nicht hören, was du mir bald sagen wirst."

Gerda sah die Tränen in ihren Augen. Sie nahm die Gitarre, legte sie hinter sich auf den Boden und schloss Alex in ihre Arme.

Sie hätten reden sollen, wusste Gerda, aber das wollten sie beide nicht.

21

Als wollte Gerda ihr noch alles geben, was sie für sie hatte, bevor es keine Gelegenheit mehr dazu gab. Als müsste sie sich noch mal deutlich für alles bedanken. Als müsste sie noch alles tun, was nur möglich war, damit sie sie nur ja nie vergaß. Als würde sie sie je vergessen können.

Als sie in der Nacht die Augen geöffnet hatte, Gerda an sich gekuschelt, ihr Kopf auf ihrer Brust, wurde Alex bewusst, dass dies ein Abschied gewesen war. Egal, was gerichtlich alles geregelt gehörte, bevor Gerda das Land verlassen konnte, und wie lange dies auch noch dauern würde, Gerda hatte sich in dieser Nacht von ihr verabschiedet, wusste Alex. Von jemandem, die ihr zwar mittlerweile etwas bedeutete, die sie aber trotzdem in absehbarer Zukunft zurücklassen würde. Vielleicht würden sie anfangs noch miteinander telefonieren, aber Gerda hatte zu Hause ihr eigenes Leben, und das galt es wiederherzustellen. Das würde all ihre Zeit und Kraft in Anspruch nehmen, da gäbe es definitiv keinen Platz mehr für sie. Gerda musste ihr das nicht sagen, Alex wusste es auch so. Und selbstverständlich respektierte sie das.

Sie beschloss, Gerda die letzten Tage so schön und angenehm wie möglich zu machen. Sie sollte Irland gut in Erinnerung behalten können und es sollte zumindest Freundschaft zurückbleiben. Alex beschloss auch, sich auf das Leben nach Gerda vorzubereiten. Selbst wenn das bedeutete, dass sie ebenfalls anfangen musste, sich zu verabschieden.

* * *

Am darauffolgenden Donnerstag ging Declan mit Keach in sein Büro. Sie trug die Kanne mit Tee, er die Tassen.

Cian war auch heute nicht da, aber Moira saß bereits am Besprechungstisch, vertieft in ihre Unterlagen.

„Noppinger steht heute vor dem Richter“, sagte sie, als sie sich zu ihr setzten. „Ihre Anwältin ist guter Dinge. Sie ist überzeugt, dass sie tatsächlich mit einem blauen Auge davonkommen wird.“

„In Galway wird es wegen der Fahrerflucht zu keinem Verfahren kommen, oder?“, fragte Keach.

Moira klappte ihre Mappe zu, streckte sich und gähnte. „Noppinger und der Geschädigte werden sich über den entstandenen Sachschaden außergerichtlich einigen. Das Gericht wird kein Strafverfahren gegen sie eröffnen. Janet, die Anwältin, meinte gestern, man wolle dem Fall nicht noch mehr öffentliche Aufmerksamkeit ermöglichen. Unter anderem deshalb ist sie auch guter Dinge, was die heutige Entscheidung betrifft. Die europäische Öffentlichkeit sehe Gerda inzwischen als Opfer und man wolle dem Ruf Irlands nicht unnötig Schaden zufügen. Touristen sollen sich hier sicher fühlen. Wenn sie sich schon vor Serienmördern fürchten wollten, dann wenigstens nicht auch noch vor der irischen Justiz.“

Declan nickte gedankenverloren, während er allen Tee einschenkte. „Sie wird bald nach Hause können. Ich bin froh, dass ich mich geirrt habe. Und ich bin froh, dass wir Mulligan und Ogden aus dem Verkehr ziehen konnten. Der Kollege aus Westmeath hat nach der Hausdurchsuchung von Mulligans Wohnung mittlerweile bestätigt, dass Linda Rhodes und Ogdens Sohn sich einige Zeit dort aufgehalten haben. Aber die beiden Männer reden nicht. Mulligan hat mittlerweile so viel Angst, dass er überhaupt nichts mehr sagt. Und Ogden ist ein noch viel härterer Brocken. Kathryn hat sich gewehrt, man fand DNA-Material vom Täter an der Leiche, das noch ausgewertet wird. Ogdens Hals, seine Brust und seine Arme weisen Kratzspuren auf, aber er macht den Mund nicht auf. Muss er auch nicht. Ich gehe davon aus, dass man ihm bald die DNA zuordnen kann, die man bei Kathryn entdeckt hat. Was haben Sie herausgefunden, Inspector Keach?"

„Ich habe lange mit der Mutter von Linda und Kathryn gesprochen", sagte Keach. „Aber ich habe nicht viel von Mrs Lancaster erfahren. Sie hat mir aber gesagt, wo sie damals gewohnt hat, als sie die beiden Mädchen zur Welt brachte. In einem kleinen Ort in Clare. Dorthin bin ich dann gefahren, es ist eine Autostunde vom Seniorenheim entfernt. In dem Haus wohnt jetzt eine junge Familie, die wusste von nichts. Aber ich habe im Ort herumgefragt, und schließlich erfuhr ich von einer alten Hebamme, die vor einigen Monaten gestorben ist und die sich bis zuletzt um ihre stark zurückgebliebene Tochter gekümmert hat: eine Kathryn."

„Ich glaube, ich kann nicht ganz folgen", gab Moira zu.

„Die alte Frau hieß Gladys Ogden und die hatte auch einen Sohn." Mit einem triumphierenden Grinsen blickte sie von Moira zu Declan. „Donald. Der Jahre später nach Schottland ausgewandert ist. Im Dorf wusste man damals zwar von Donalds geistig behinderter Schwester, aber man bekam sie nie zu Gesicht. Sie ging nicht zur Schule und man sah sie niemals außer Haus. Ich traf auf einen Jugendfreund von Donald, einen ehemaligen Gärtner. Der hat Kathryn einmal kurz gesehen, als er Donald für eine Pub-Tour abholte. Da sei er ziemlich überrascht gewesen, gestand er mir, denn Kathryn sah Donalds langjähriger Jugendfreundin Linda, mit der er eines Tages nach Schottland auszuwandern plante, sehr ähnlich. Der Gärtner sagte, Donald habe seine Mutter damals nicht verlassen wollen, deshalb sei diese Linda irgendwann ohne ihn nach Galway gezogen."

Declan hob kurz seine Hand. „Warten Sie mal, Inspector, ich kann auch nicht folgen: Lindas Schwester Kathryn ist bei Donald Ogden zu Hause aufgewachsen? Bei Lindas Liebhaber?"

Keach nickte. „Ich vermute, dass Donalds Mutter die Hebamme von Mrs Lancaster war. Was ich auch herausgefunden habe, ist, dass die Lancasters sehr gewalttätige Eltern waren. Linda kam regelmäßig mit eindeutigen Blessuren in die Schule. Unternommen hat nie jemand etwas, gewusst haben es alle. Wie auch niemand je etwas dagegen unternommen hat, dass ein behindertes Kind einfach weggesperrt wurde."

„Wenn Donalds Mutter vor einigen Monaten gestorben ist, wer hat sich dann bis zu Kathryns Tod um Kathryn gekümmert?", fragte Moira.

„Der Gärtner meinte, Gladys Ogden habe eine ausländische Pflegerin gehabt, die bei ihnen wohnte. Die dürfte sich bis zu Gladys' Tod um Gladys und Kathryn gekümmert haben. Vor Kurzem habe die aber im ganzen Ort herumerzählt, dass sie nach Dublin ziehen würde. Sie wirkte, als wäre sie plötzlich zu Geld gekommen. Kurz darauf wurde das Haus der Ogdens verkauft. Was mit der behinderten Tochter geschehen ist, weiß niemand. Es interessiert auch niemanden."

„Donald hat also die Pflegerin großzügig abgefunden und die vermeintliche Schwester, die gar keine Schwester ist und die seiner Jugendliebe so verdammt ähnlich sieht, zu sich genommen", überlegte Declan.

„Um als tote Linda herhalten zu können, der damit die Flucht mit ihm ermöglicht wurde", schloss Moira.

„Also ging es vielleicht doch nicht um Kathryn", sagte Declan. „Sie war nur Mittel zum Zweck. Es ging um Jonathan, er musste vielleicht beseitigt werden, weil er ein Serienmörder war. Also doch kein Unfall."

„Wie nobel von den beiden", sagte Keach zweifelnd.

„Vielleicht kam Jonathan dahinter, dass Linda ihn betrog?", mutmaßte Moira. „Dass sie vorhatte, die wiedergefundene Jugendliebe endlich nach Schottland zu begleiten."

„Vielleicht haben sie aber auch nie den Kontakt zueinander verloren", überlegte Keach. „Und vielleicht hatte Linda immer gewusst, dass ihre Schwester bei ihrem Jugendfreund untergebracht war."

Moira nickte. „Und irgendwann haben Donald und Linda ernst gemacht und sich gesagt, lass uns endlich unseren Traum von damals leben, lass uns von hier abhauen! Donalds Mutter, die ihm offenbar so viel bedeutet hatte, dass er immer noch Fotos von ihr bei sich trug, war endlich tot, sodass er nicht mehr an sie gebunden war, sich nicht mehr um sie kümmern musste, obwohl er das die letzten Jahre ohnehin nur finanziell gemacht hatte, sich endlich für Linda entscheiden durfte. Und Kathryn war der letzte Klotz am Bein."

„Jonathan und Kathryn mussten sterben, weil Linda und Donald frei sein wollten."

„Was bietet dieser Donald aber Linda, was Jonathan ihr nicht geboten hat?", wollte Declan wissen. „Ganz logisch scheint mir das nicht zu sein, die hatten doch alles!"

„Liebe? Treue?", sagte Keach. „Jonathan hat sie doch nach Strich und Faden betrogen, war nicht mehr an ihr interessiert, nur an den Dutzenden Frauen im Internet. Trifft sich sogar mit ihnen, schläft mit ihnen, bringt sie dann auch noch um. Vielleicht hat sie auch irgendwann herausgefunden, dass er ein Vergewaltiger ist. Wären Sie bei dem geblieben? Donald hingegen war treu. Ihretwegen hat er nie geheiratet. Dass er es ohne die Mutter nach Schottland geschafft hat, wundert mich, ehrlich gesagt. Aber jetzt war er frei. Und vielleicht lieben Donald und Linda sich ja immer noch."

Declan nickte. Sie kamen endlich voran. „Werden wir aber je erfahren, wieso Kathryn nicht bei ihrer Ursprungsfamilie bleiben durfte?"

Keach zuckte mit den Schultern. „Gute Frage. Ich habe allerdings eine Theorie: Die Lancasters waren arme Leute, und sie waren gewaltbereite Leute. Liebevolle Eltern sind die nie gewesen. Die Mädchen wurden mit Hilfe der Hebamme zu Hause geboren. Dass es zwei waren, war vermutlich eine Überraschung. Mrs Lancaster sprach von entsorgen, wollte wissen, ob Kathryn auch nicht mehr böse auf sie sei. Vielleicht sollte eines der Mädchen nach der Geburt getötet werden. Vielleicht wollte die Hebamme das verhindern und nahm Kathryn deshalb zu sich. Und vielleicht war sie deshalb nicht gesund, weil man bereits einen Mordversuch unternommen hatte. Das ließe sich unter Umständen noch herausfinden."

„Jede Menge vielleichts."

„Ich weiß, Sir, aber auf vieles werden wir vermutlich nie eine Antwort bekommen. Vieles wird unklar bleiben, vieles wird nie bestätigt werden."

„Und viel zu viele vieles."

* * *

An diesem Vormittag hätte die Stimmung eigentlich angespannt sein müssen, überlegte Nuala, aber das war nicht der Fall. Als die Anwältin Gerda und Alex zum Gerichtstermin abholte, hatte sie ihnen Mut gemacht und daraufhin hatten beide etwas an Nervosität verloren. Ein Hauch von Traurigkeit lag dennoch in der Luft.

Die Tage in Westport waren gezählt – für Gerda, aber auch für Nuala selbst. Es war an der Zeit, nach Hause zu fahren, um Geld zu verdienen. Aber wenn Alex das wollte, würde sie ihr als Marketingberaterin zur Verfügung stehen. Der Kontakt zwischen ihnen würde jedenfalls nicht abbrechen. Alex hatte gemeint, sie werde immer Platz für Nuala haben. Vielleicht wäre ein Kurzurlaub bei Gerda in Österreich ja auch möglich?

Nuala war im Chat & Play eingeloggt. Auch hier war die Stimmung gut. Mit Jenny, alias baldandbeautiful, hatte sie sich mittlerweile angefreundet. Wenn nicht gerade von Mord und Totschlag die Rede war, war Jenny, die gerade eine Chemotherapie hinter sich hatte, ziemlich umgänglich. Da sie auch in Dublin wohnte, war es durchaus möglich, sich mit ihr mal auf ein Bierchen zu treffen, hoffte Nuala. Auch Brenda war wieder online, wie so manch andere, die sie in den letzten Tagen kennengelernt hatte. Was die Fälle betraf, von denen derzeit in sämtlichen Medien die Rede war, war Nuala zu der Person mit dem besten Insiderwissen geworden. Sie gab ein bisschen damit an, dass sie Beteiligte persönlich kannte. Das machte sie auch für die Neuen interessant.

„Mittlerweile haben sich alle Vermissten gemeldet", berichtete sie. „Das NBCI geht davon aus, dass es keine weiteren Opfer gibt."

„Ich habe auch Neuigkeiten", schrieb Jenny. „Susans Mann Daryl kommt bald frei. Ich bin so froh, dass die Sache gut ausgegangen ist. Endlich haben er, Adam und die Kleine wieder eine Zukunft."

„Nur Susan nicht", sagte Claregal, eine der Neuen. „Übrigens, ich weiß jetzt, woher ich das Bild aus der Zeitung kenne; das von der Frau eures Serienkillers", sagte Claregal. „Ich bin mit ihr aufgewachsen."

Brenda lachte nur, Jenny tippte gar nichts. Nuala wartete auch ab. Es gab viel zu viele Leute, die in Chatrooms kamen, um sich aufzuspielen.

„Im Ernst", bekräftigte Claregal. „Damals hieß sie aber noch Lancaster. Darum hat es ein bisschen gedauert, bis ich dahinter gekommen bin."

„Du bist mit Linda Rhodes aufgewachsen?", fragte Nuala.

„Ja. In Clare. Wir waren aber nicht befreundet, sie hat mich viel zu sehr eingeschüchtert. Wir hatten alle Angst vor ihr. Sie hat uns verprügelt, wenn wir sie falsch angesehen haben. Sogar die Jungs! Als sie noch ein Kind war, ist sie selbst regelmäßig geschlagen worden. Vom Vater. Und die Mutter hat weggesehen. Als Teenager hat sie sich dann zur Wehr gesetzt – und damit unter anderem ihren Vater zum Krüppel gemacht."

„Weißt du etwas über ihre Schwester?", fragte Nuala.

„Schon", begann Claregal, „aber das ist eine lange und traurige Geschichte. Ich möchte sie nicht online erzählen, um ehrlich zu sein. Vermutlich würdet ihr mir ohnehin nicht glauben. Aber wer mal in der Nähe von Castlebar ist, kann gerne bei mir vorbeischauen. Bei einer Tasse Tee erzähle ich sie gerne. Aber schön ist die Geschichte nicht. Allerdings erklärt sie vielleicht, wieso Linda ihre Schwester umbringen ließ und wieso sie sich ausgerechnet in einen Serienmörder verliebt hat."

„Du bist in Castlebar? Ich bin in der Nachbarschaft, in Westport!"

„Na, so was! Ich habe mir eine Tasche in Westport bestellt, die ich mir heute abholen werde. Sollen wir uns treffen? Ich habe zwar einige Erledigungen zu machen, aber ich muss erst am späteren Nachmittag wieder zu Hause sein. Dann muss ich auf meine Enkel aufpassen, weil mein Sohn zu einem Vorstellungsgespräch muss und meine Schwiegertochter erst gegen sieben aus dem Laden kommt. Bis dahin hätte ich aber Zeit."

Nuala konnte es nicht fassen! Sie liebte das Internet! Die Mädels und Moira würden Augen machen, wenn sie ihnen die nächsten Neuigkeiten mitteilte. Mein Gott, sie sollte Privatdetektivin werden!

„Kennst du das *Mustang Sally's*?", schlug Nuala vor.

„Irishotty, ich bin noch nicht so lange trocken, wenn du verstehst. Könnte ich nicht auf einen Sprung bei dir vorbeikommen? Ich bringe auch Kekse mit."

Nuala lud Clare in einen privaten Chatroom ein, wo sie ihr Alex' Adresse mitteilte. Clare beschrieb sich als eine kleine, dickliche Frau mit halblangem schwarzen Haar und einer Brille. Ja, mit dem Schwarz hätte sie nachgeholfen, früher sei sie brünett gewesen. Jetzt sei sie eigentlich grau, aber ihr Mann fand, das Schwarz stünde ihr ausgezeichnet. Auf ihrem Profilfoto sei sie dreizehn Jahre jünger und zwei Stone leichter, aber sie wollte niemanden erschrecken.

Gott, das hier machte so viel Spaß! Es war nicht vorstellbar, dass ihr Leben in Kürze wieder normal und langweilig verlaufen sollte, sagte sich Nuala wehmütig. Wenn sie sich doch nur immer so lebendig fühlen könnte, wie sie es hier in Westport tat!

* * *

Als der Richter Gerda mit einem „Alles Gute" verabschiedete, klang es tatsächlich so, als wäre der Wahnsinn vorbei. Wie schon im Fall der Fahrerflucht würde auch kein Strafverfahren wegen Strafvereitelung oder anderer Delikte gegen sie eingeleitet werden; sie war eine freie Frau. Wenn sie sich heute in ein Flugzeug nach Hause setzte, würde niemand sie aufhalten, meinte ihre Anwältin. Wenn sie einen Tag später wieder zurückkommen wollte, dürfte sie das ebenfalls. Der Albtraum war tatsächlich vorüber.

Kaum hatten sie das Gebäude verlassen, entfernte Gerda sich ein paar Meter von den anderen und rief mit Alex' Handy zu Hause an, um ihrer Familie unter Tränen die wunderbaren Neuigkeiten mitzuteilen. Im Anschluss schickte sie Carey eine kurze SMS, weil sie darum gebeten hatte. Die antwortete mit einem Smiley und einem „Freue mich für dich".

Danach gesellte Gerda sich zu Alex, die mit Gallagher vor dem Gericht stand. Gallagher beglückwünschte sie herzlich.

„Ihnen kann ich gar nicht genug danken", sagte Gerda zu ihr.

„Es mag nicht immer so ausgesehen haben, aber eigentlich habe ich nur meinen Job gemacht. Ich bin froh, dass alles gut für Sie ausgegangen ist. Und für mich, wenn ich das sagen darf. Kommen Sie gut nach Hause!" Damit ließ sie die beiden zurück.

„Dürfte ich dich auf ein verspätetes Mittagessen einladen, bevor wir wieder nach Hause fahren?", fragte Gerda Alex. „Hast du Lust?"

Alex wirkte nicht so, als hätte sie Lust. Ihr Lächeln war aufgesetzt. Sie war so ruhig, so gedämpft. „Klar. Gehen wir was essen."

„Wir müssen nicht, wenn du nicht willst, Alex." Zweifellos war Alex der bevorstehende Abschied bewusst, aber es war ungewohnt, sie so verschlossen zu erleben. Die ganzen letzten Tage war sie schon so. Nach wie vor freundlich und liebevoll, und doch unnahbar. Sie hatten nicht mehr miteinander geschlafen, und über den Abschied gesprochen hatten sie auch nicht. Sie hatte es bewusst vermieden und Alex hatte es auch nicht zur Sprache gebracht. „Du freust dich doch mit mir?"

Alex blickte sie überrascht an. Dann seufzte sie und zog sie an sich. „Was denkst du denn? Entschuldige, bitte, Gerda. Versprich mir nur, mich nicht zu vergessen und gelegentlich anzurufen, dann ist alles gut." Damit überquerte sie die Straße. Gerda folgte ihr leicht betreten.

Alex hatte große Mühe, gleichmütig zu wirken. Sie hätte gerne gewusst, wie viel Zeit sie noch miteinander hatten und ob Gerda schon wusste, wann sie fliegen wollte, ihr Rückflug war ja längst verfallen. Aber sie fragte nicht. Es wäre auch schön gewesen zu erfahren, ob sie sich in Salzburg gleich einen Job suchen oder noch ein bisschen die Freiheit genießen wollte. Aber Alex fragte nicht. Sie fragte Gerda auch nicht, ob sie irgendwann wieder nach Irland kommen wollte und ob sie sie in Österreich besuchen dürfte, sollte sie zufällig mal in der Gegend sein. Alex hatte Angst vor den Antworten.

Über Wichtiges sprachen sie beim Essen also nicht.

Als Gerda am späten Nachmittag den Wagen vor Alex' Haus parkte, drehte sie sich Alex zu und blickte sie merkwürdig ernst an.

„Sag, erinnerst du dich noch, was du zu mir auf Gälisch gesagt hast?"

„Irisch", korrigierte Alex, nickte aber. Natürlich erinnerte sie sich. So etwas sagte sie nicht jeden Tag. Sie hatte es auch noch nie zuvor gesagt.

„Wenn du Deutsch sprechen würdest, würdest du es auch auf Deutsch sagen?", fragte Gerda doch tatsächlich.

„Vielleicht", entgegnete Alex aufrichtig.

„Und auf Englisch?"

Alex wich Gerdas eindringlichem Blick aus, zwang sich aber sofort, ihr wieder in die Augen zu sehen. „Wenn ich es in drei Sprachen sage, und du in keiner, dein Abschied würde dreimal so wehtun, Gerda."

„Wäre es nicht schlimmer, wenn ich es auch sagte?"

„Käme auf einen Versuch an."

Aber Gerda sah sie nur nachdenklich an. Es wirkte schon so, als wollte sie etwas sagen, aber sie tat es nicht. Offenbar hatten sie beide keine Worte, um das zu sagen, was wichtig war.

Alex entschied, nicht darauf zu warten. Sie warf Gerda ein wohlwollendes Lächeln zu, damit sie wusste, dass sie ihr das nicht übel nahm, und wollte aussteigen. Aber Gerda hielt sie zurück, beugte sich zu ihr und küsste sie zärtlich. Entweder hatte sie Angst vor den Worten oder sie wollte es in der Sprache sagen, die es auf den Punkt brachte. Alex löste sich von ihr und hastete aus dem Wagen. Sie sog kalte Luft in ihre Lungen und war froh über den kühlen Regen auf ihrem Gesicht, der ihr die Tränen wegspülte, als sie zum Haus lief.

An der Tür angekommen, drehte sich Alex zu Gerda um: „Willst du mir was sagen, Gerda? Mit Worten, meine ich?"

„Es regnet, Alex."

„Das willst du mir sagen?"

„Nein, ich will nur sagen, lass uns reingehen!"

„Ist das alles, was du sagen willst?"

Gerda blickte sie einen langen Moment ernst an. Dann meinte sie geheimnisvoll: „Eigentlich gibt es einiges, das ich dir sagen möchte und du zweifellos wissen solltest, Alex. Deine Haustür ist aber der falsche Ort dafür und das Timing wäre auch nicht richtig." Sie seufzte. „Entschuldige. Ich hätte vorhin einfach meinen Mund halten sollen."

„Wenn du das getan hättest, wäre es ein langweiliger Kuss geworden." Alex öffnete die Tür. „Und ich hätte außerdem auch nicht erfahren, dass du mich verstehen kannst, wenn ich dir etwas für mich sehr Wichtiges auf Irisch sage." Sie lächelte sie an. „Du weißt doch, was ich für dich empfinde, Gerda." Sie traten ein. „Aber vielleicht sollten wir es uns leichter machen. Lass uns einfach wieder so tun, als würdest du gar nicht demnächst nach Hause fliegen, als würden wir uns nicht bald nie mehr wiedersehen und vor allem, als wäre das alles gar nicht so schlimm!" Alex streifte ihre Schuhe von den Füßen, hängte die Jacke neben die Tür und ging geradewegs zur Toilette, ohne auf Gerdas Reaktion zu warten. „Oder aber wir gehen beide *all-in*, riskieren etwas, legen die Karten auf den Tisch und stellen uns der Sache wie Erwachsene. Dann würde ich allerdings auch von dir hören wollen, was du mir zu sagen hast." Alex machte die Tür hinter sich zu.

Gerda legte Mantel und Schuhe ab und ging die Treppe hinauf, um sich etwas Gemütlicheres anzuziehen. Nuala schien nicht zu Hause zu sein und Gerda fragte sich, ob das ein Fluch oder ein Segen war. Einerseits mussten sie und Alex endlich darüber sprechen, wie es mit ihnen weitergehen soll. Andererseits war das nicht so einfach.

Sie machte in Alex' Zimmer Licht und kniete sich neben ihren Koffer.

„Tee oder Kaffee?", hörte sie Alex von unten rufen.

„Whiskey!", rief Gerda hinunter und erschrak: In der Tür stand jemand!

„Wenn du ruhig bleibst, passiert deiner Freundin nichts", sagte Linda Rhodes und schloss langsam die Tür hinter sich.

War der Hammermann unten bei Alex? Gerda erhob sich langsam. „Okay, kein Problem. Was wollen Sie?"

Rhodes lachte auf. „Dich tot umfallen sehen, wenn du mich schon so fragst! Ich muss gestehen, zugetraut habe ich dir das nicht, aber du hast mir meine Zukunft gestohlen! Wegen dir sind mein Mann und meine Schwester tot. Wegen dir ist der einzige Mensch in Haft, dem ich je etwas bedeutet habe. Wegen dir ist alles aufgeflogen." Wütend funkelte sie Gerda an. „Nur tut man so etwas nicht ungestraft mit mir!"

Was bildete sie sich eigentlich ein? Am liebsten hätte Gerda die Ältere am Arm gepackt und den ganzen Weg zur Polizei geschleift. Wenn nur der Hammermann nicht gewesen wäre.

Allerdings wirkte unten alles ruhig. Wasser wurde aufgedreht, Schranktüren quietschten, Tassen wurden abgestellt, Besteck klirrte.

Entschlossen schob Gerda Rhodes einfach zur Seite, öffnete die Tür und rief: „Alex, bist du in Ordnung? Ist alles okay?"

„Frag mich das noch mal, wenn du wieder zu Hause bist!", entgegnete Alex nichtsahnend. „Und bring bitte das leere Glas mit runter!"

Gerda drehte sich Rhodes zu. „Wo ist er denn, Ihr Komplize?“ Sie wollte Alex auffordern, Declan anzurufen, aber plötzlich spürte sie eine Klinge an ihren Rippen.

Rhodes schloss die Tür wieder und drückte Gerda dagegen. Sie hatte ein Messer in ihrer kleinen Hand und das presste sie ihr erbarmungslos in die Seite. „Du hättest die Lösung sein sollen, nicht das Problem. Aber du hast dich nicht an die Regeln gehalten. Man hat mir nichts wegzunehmen und kaputtzumachen! Man hat mir nicht wehzutun! Aber du und diese Conners, ihr habt euch mir einfach in den Weg gestellt. Ungestraft kommt ihr mir deshalb nicht davon. Das haben schon andere versucht.“

„Ehrlich?“ Das machte Gerda wütend. „Soll ich jetzt vor Ihnen Angst haben? Wie können Sie es wagen? Nach allem, was Sie bereits angerichtet haben! Sie sind so unglaublich lächerlich, Mrs Rhodes! Das Spiel ist doch schon längst vorbei, wieso sehen Sie das nicht?“

Aber Rhodes lachte, als wüsste sie etwas, von dem Gerda keine Ahnung hatte. Und ihre Selbstsicherheit war nicht gespielt, wie Gerda plötzlich erkannte. Sie hatte das Messer nicht zum ersten Mal in der Hand!

„Wo ist Nuala?“, wollte Gerda ahnungsvoll wissen. Ihr wurde eiskalt.

„Traust du mir nun also doch was zu?“ Rhodes’ ruhige Stimme und ihr süffisantes Lächeln waren die Bestätigung. „Mein Mann hätte zwar seine Freude mit dir gehabt, auch wenn es dir vielleicht keinen Spaß gemacht hätte, aber umgebracht hätte er dich nicht“, sagte Rhodes und blickte ihr triumphierend in die Augen. „Du entgehst eurem Serienmörder trotzdem nicht“, sagte sie. Und die Zufriedenheit in ihrem Blick wich Stolz, als Gerda begriff, was sie da sagte, und sie schockiert ansah.

„Sie haben diese Frauen getötet? Sie? Alleine?“

Das schien Rhodes zu ärgern. „Du hast mich ja auch unterschätzt. Sie haben mich alle ahnungslos hineingelassen.

Und sie waren alle überrascht. Aber nicht lange. Verblutet sind sie schnell.“

Ohne nachzudenken, griff Gerda mit beiden Händen nach der Hand mit dem Messer und hatte keine Mühe, die Klinge von sich wegzudrehen und die viel kleinere Frau zu überwältigen. Es dauerte nur ein paar Sekunden und Rhodes lag hysterisch schreiend mit ausgerenkter Schulter und Gerdas Knie im Rücken auf dem Boden.

Alex kam die Treppe heraufgerannt und stürmte ins Zimmer. Entsetzt blickte sie von Gerda zu der am Boden liegenden Frau. Und dem Messer.

„Sie ist der Killer, Alex! Und ich weiß nicht, wo Nuala ist!“

Alex rannte ins Gästezimmer. Anfangs hörte Gerda nichts, aber nach ein paar Sekunden begann eine aufgebrachte Nuala zu schimpfen und Rhodes mit dem Vierteilen zu drohen.

Als die Polizei eintraf, war Nuala vom Klebeband befreit, mit dem sie an einen Sessel gebunden worden war, und Linda war damit verpackt worden. Als sie wieder alleine waren, machte Nuala sich auf die Suche nach Alkohol. Sie war nicht die Einzige, die am ganzen Leib zitterte, als Declan schließlich vorfuhr.

22

Drei Tage nach Rhodes' Verhaftung luden sie Alexandra, Gerda und Nuala Brent zu sich nach Hause ein. Es sei an der Zeit, dass Alexandra wieder offiziell zu seinem Privatleben gehörte, hatte Amanda gemeint. Ganz einfach war es für Declan nicht, Gerda ungezwungen gegenüberzutreten, aber sie war weder eine Verbrecherin, noch durfte man ihr vorwerfen, dass Alexandra sich in sie verliebt hatte. Mit dieser Einstellung schaffte Declan es, dass seine Tochter den lang ersehnten Agentinnenbericht mit ihrer unsichtbaren Tinte unterschrieb, der ihn als Staatsfeind Nummer Eins entlastete, und dass sie sich wieder an ihn kuschelte.

Nach der Verhaftung von Linda Rhodes und Mack Ogden – er war nicht weit gekommen, Rhodes hatte den Gardaí Tipps gegeben, wo er sich aufhalten könnte – mussten die drei Frauen für Aussagen zur Verfügung stehen. Unter anderem deshalb waren sowohl Gerda als auch Brent noch in Westport.

Caitlin hatte ihre besten Freundinnen Lena und Livia einladen dürfen, die nach dem Essen in Caitlins Zimmer gingen, um Tischfußball zu spielen. So war es möglich, über das zu reden, was junge Ohren nicht hören sollten.

„Ich habe wirklich gedacht, diese Claregal wisse etwas Wichtiges über Linda Rhodes", sagte Brent bedrückt. „Ich wäre nie auf die Idee gekommen, dass sie selbst Rhodes sein könnte. Dieser Kerl ist sofort auf mich losgestürmt! Ich glaube nicht, dass ich jemals zuvor so viel Angst gehabt habe. Glücklicherweise ist er weg, als ihm bewusst wurde, dass es nichts für ihn zu holen gab und Rhodes ihm nicht mehr viel zahlen wollte. Ich weiß ehrlich nicht, wie das sonst ausgegangen wäre. Und ich wäre schuld gewesen, wenn sie Gerda und Alex getötet hätten. Und wahrscheinlich wäre ich ebenfalls tot."

„Linda scheint es wichtig zu sein zu erzählen", begann Declan. „Der junge Ogden war ihr zwar ein Klotz am Bein, hatte aber gute Beziehungen; sie hatte ihn für Fortbewegung, Unterkunft und den Pass gebraucht, den er für sie fälschen lassen wollte. Und dafür, ihr dabei zu helfen, euch beide zu töten. Das wollte sie noch erledigen, erst dann wollte sie fliehen. Mit den Frauen in Dublin war sie alleine zurechtgekommen, für die hatte sie Zeit gehabt, und keine von ihnen wusste, mit wem sie es zu tun gehabt hatte. Aber hier lief Rhodes die Zeit davon. Und Gerda, um die es ihr vorrangig ging, war nie alleine. Mack spielte anfangs mit, weil er Angst vor Linda hatte, wie sie genüsslich betonte, und weil er im Gegensatz zu ihr kein Geld hatte und ihre finanzielle Unterstützung brauchte, um in Schottland ohne seinen Vater zurechtzukommen. Aber dann wurde es ihm doch zu heiß und Rhodes war gezwungen, ihr Vorhaben alleine durchzuziehen." Declan blickte in betretene Gesichter. „Mack Ogden war übrigens der anonyme Anrufer aus Connemara, der gesehen haben wollte, wie Gerda die Leiche in ihrem Kofferraum verstaute."

„Wieso lebt sie ein derart biederes Leben mit Jonathan Rhodes, der offensichtlich an ihr nicht interessiert ist?", wollte Nuala wissen. „Und sie an ihm doch auch nicht?"

„Nach den Morden an den Frauen hätte Jonathan für sein Fremdgehen die Verantwortung übernehmen sollen. Kaum war Donald wieder da, stand Jonathan schon auf Lindas Abschussliste. Ihren Plänen nach hätte er als Serienmörder herhalten sollen", erklärte Declan. „Linda sagt, er sei nichts weiter gewesen als ein rückgrat- und rücksichtsloser Eroberer, der immer lieber ein Weibchen zu Hause gehabt hätte, aber dann doch irgendwann erkannte, dass er eine starke Frau an seiner Seite brauchte, um seinen Alltag zu organisieren. Sie hatte sich auf ihn eingelassen, weil es sich angeboten hatte. Mit ihm gemeinsam schuf sie sich ein abgesichertes Leben. So angepasst, wie sie nun war, funktionierte sie nach außen. Und sie war nicht alleine. Nur darum ist es ihr gegangen. Jonathan konnte ihr das geben. Bis durch einen Zufall Donald wieder in ihr Leben tritt – der Mann, der es als Junge geschafft hatte, dass sie sich geliebt fühlte. Da wird Linda klar, dass sie Jonathan nicht mehr aushalten muss. Wohlgemerkt: Donald taucht erst nach den drei Dubliner Morden wieder auf, das ist noch gar nicht so lange her. Sofort beginnt Linda, sich auf ein neues Leben vorzubereiten. Mit dem Mann, der ihr ihre fürchterliche Jugend erträglich gemacht hatte, mit dem sie hätte alt werden können, wenn er damals nicht seine Mutter vorgezogen hätte. Natürlich ist auch Donald ein schwacher Mann, und Linda verachtet Schwäche. Aber mit Donald sieht sie eine Möglichkeit, von Jonathan loszukommen, ohne alleine leben zu müssen. Und sie würde jemanden an ihrer Seite haben, der jetzt, wo seine Mutter tot war, tatsächlich nur für sie da wäre. Keine Demütigungen mehr durch andere Frauen. Finanziell oder emotional war Linda nie abhängig von ihren Männern, aber sie konnte nicht alleine sein. Meiner Meinung nach war das Lindas größte Angst. Ich glaube, sie ist ihr Leben lang einsam gewesen. Das wäre sie wohl auch mit Donald geblieben."

„Mir bricht das Herz", meinte Brent verächtlich.

„Sie bringt Jonathan um, um mit Donald eine Zukunft in Schottland aufzubauen?", fragte Gerda und blickte Declan nachdenklich an.

Er schüttelte den Kopf. „Dazu kam es gar nicht. Denn plötzlich bist du aufgetaucht, Gerda. Durch einen schicksalhaften Zufall stirbt Jonathan auf einmal wie von selbst und du bist Lindas ultimative Lösung. Nur müssen auch die Gardaí davon überzeugt werden, und zwar so rasch wie möglich, sonst funktioniert die Lösung nicht."

„Was ihr fast gelang", konnte Alexandra es sich nicht verkneifen.

„Halt, stopp, Auszeit!" Amanda blickte ihn überfordert an. „Ich kann nicht mehr folgen. Stirbt wie von selbst? Wie geht das? Und wieso hat sie überhaupt diese Frauen in Dublin umgebracht? So wichtig schien ihr Mann ihr ja nicht gewesen zu sein, oder?"

„Ich komme jetzt auch nicht mehr mit", gestand Brent seufzend.

Sie vereinbarten, mit Tee, Kaffee und Kuchen ins gemütlichere Wohnzimmer zu ziehen. Declan nahm die Brandygläser mit.

Das Feuer knisterte entspannend, als Amanda es sich neben Alexandra und Gerda auf dem Sofa bequem machte, Brent sich in Declans Fernsehstuhl setzte und ihm dann nur der Hocker neben der Bar blieb, den er nicht mochte. Also setzte er sich neben das Feuer auf den Boden und lehnte sich an die Wand. Mit Genuss nahm er den ersten Schluck Brandy zu sich. „Linda Rhodes war ihr Leben lang alleine gelassen worden", begann er. „Ihre Eltern waren unfähig, ihr Liebe zu schenken. Von dem, was wir wissen, prügeln die ihre ganze Kindheit und frühe Jugend auf sie ein. Ihr wird mehr als einmal zu verstehen gegeben, dass sie das falsche Baby behalten hätten und dass sie jederzeit genauso entsorgt werden könnte wie die Schwester, die sie erst Jahre später das erste Mal sieht – als ihr erster Freund ihr doch tatsächlich gesteht, dass die ausgerechnet mit ihm aufgewachsen ist. Dieser Freund, Donald, ist der einzige Mensch, der sich für sie interessiert und den sie auch leiden kann. Und nicht mal der ist bereit, für sie seine Mutter aufzugeben. Linda genießt es, von sich zu erzählen, aber wenn es um ihre Kindheit und Jugend geht, hält sie sich zurück. Sie sagt, sie habe irgendwann beschlossen, nicht mehr andere über ihr Leben bestimmen zu lassen, und niemandem würde sie es mehr gestatten, ihr wehzutun. Und sollte es dennoch jemandem gelingen, ihr das wegzunehmen, was sie für ihr Leben brauchte, dann hätte diese Person eben die Konsequenzen zu tragen." Declan blickte in betretene Gesichter. „Jonathan Rhodes betrügt sie unaufhörlich. Und es ist ihm egal, was er ihr damit antut. Damit tut er ihr weh. Nicht, weil sie ihn geliebt hätte und er ihr wichtig gewesen wäre, sondern weil er ihr zeigte, dass sie ihm nicht wichtig war. Sie zählte nichts als Ehefrau, wie sie auch nichts als Tochter gezählt hatte, sie war nicht wichtig. Er riskierte außerdem, dass die nach außen hin perfekte Fassade ihrer Ehe Risse bekam. Nur kann sie nicht alleine sein und will nicht öffentlich machen, dass die Ehe keine perfekte ist, also kann sie nicht einfach so abhauen. Aber sie kann ihn auch nicht davon abhalten, sich mit anderen Frauen zu amüsieren; es war sein Lebensinhalt geworden. Und das wird zunehmend problematisch für Linda, denn hier pfuschte ganz klar jemand in ihr Leben; man tat ihr weh, respektierte sie nicht. Sie hatte sich geschworen, so etwas zu bestrafen. Sie brauchte Jonathan, also hatten die herzuhalten, mit deren Hilfe er ihr wehtun konnte: die, die sich von ihm flachlegen ließen. Das sind ihre Worte, nicht meine."

Declan war dabei gewesen, als das NBCI das erste Gespräch mit Linda Rhodes geführt hatte. Sie hatte fast gelöst gewirkt, froh, dass sie erzählen konnte. Sie genoss die Aufmerksamkeit, die man ihr entgegenbrachte: „Ich konnte nicht alle umbringen. Es waren zu viele, das wäre viel zu gefährlich gewesen", hatte sie kühl gemeint. „Also beschloss ich, jene zu töten, die sich auf mehr als einen Fick mit ihm einlassen würden. Er selbst will sie ja nur einmal haben; er möchte wissen, was er kriegen kann; er mag die Jagd, die Herausforderung. Er hatte mit Unzähligen online Sex, mehrmals, aber das fand ich nur lächerlich, das war es nicht, was mich störte. Doch mit siebzehn Frauen hatte er richtigen Sex. Die waren es, die mir gefährlich werden konnten. Die hatten die Möglichkeit, ihn mir wegzunehmen, mit ihnen hätte er sich auf mehr einlassen können, auf Längerfristiges, auf Regelmäßiges. Es mochte ihm nur um das Jagen und Erlegen gehen, aber manche Frauen können Männer an sich binden. Ich musste herausfinden, welche dieser Weiber einem zweiten Fick nicht abgeneigt waren. Die hätten vielleicht erreichen können, dass er mich für sie verlässt, also mussten sie weg."

Declan stand auf, ging in sein Arbeitszimmer und kam mit dem Laptop zurück. „Ich möchte euch am Beispiel Susan Jackson zeigen, wie Linda Rhodes vorgegangen ist, okay?" Sie nickten alle. „Also, Jonathan verabredet sich am 6.11. mit Susan zu einem Stelldichein. Echter Sex ohne Computer. Linda verfolgt seit Monaten ganz aufmerksam Jonathans Chats, dem es offenbar egal ist, ob sie etwas davon mitbekommt. Später löscht Linda das Chatlog vom 6.11., damit nichts auf Jonathan und damit auf sie zurückfallen kann. Zu diesem Zeitpunkt geht es ihr noch darum, ihren Ehemann zu behalten, es geht noch nicht darum, ihn zu einem Serienmörder zu machen. Am 9.11. fährt er zu Susan nach Dublin und die beiden schlafen miteinander. Uns fällt auf, dass sie am 13.11. vertrauter miteinander chatten, was für uns der erste Hinweis auf ein Treffen ist. Eine Woche darauf chatten sie dann ein allerletztes Mal miteinander. Wieder eine Woche darauf sorgt Linda dafür, dass ihr Mann nicht zu den üblichen Sonntagschats mit Susan an den Computer kann. Sie sagt, der Computer sei kaputt, Virusbefall, sie hat ihn zum Reparieren gebracht, irgend so was. Das hat sie auch bei den anderen beiden so gemacht, mit ähnlichen Ausreden, aber Jonathan scheint nie etwas zu ahnen; es scheint ihm übrigens auch nicht aufzufallen, dass einige seiner Sexpartnerinnen verschwinden. Dafür chattet nun Linda mit Susan über ihren eigenen Laptop – den wir übrigens bis heute nicht gefunden haben – mit seinem Nickname und verabredet sich zum zweiten Sex mit ihr. Dieses Log löscht Linda sofort, damit Jonathan nichts davon mitbekommt. Aber mit den Chatlogs der Ermordeten war das alles für uns nachzuvollziehen. Am 30.11. erwartet Susan Jonathan zum zweiten Schäferstündchen – aber es ist Linda, die auftaucht, und die bringt sie um. Jedenfalls möchte Jonathan ab dem

27. vielleicht Offlines an Susan schicken, um sich zu entschuldigen, dass er zum vereinbarten Zeitpunkt nicht anwesend sein konnte. Aber Linda hat den PC offiziell mit in die Arbeit genommen, um ihn von einem Kollegen reparieren zu lassen. Sie beschäftigt Jonathan jedes Mal mit Ausmalarbeiten und anderen länger dauernden Ablenkungen, damit er nicht in Internetcafés online gehen kann, und sich Susan dann fragen müsste, wer denn stattdessen mit ihr gechattet hatte. Smartphones oder Tablets hatten sie nicht, und dass seine Frau einen eigenen Laptop hatte, wusste Jonathan scheinbar nicht. So fallen zwischen 27. und 30.11. auch alle anderen Chats aus. Ich vermute allerdings, dass sie sich die Mühe hätte sparen können. Jonathan scheint ja nicht sehr verantwortungsbewusst mit seinen Flirts umgegangen zu sein, zumal er mit Susan sein Ziel ja bereits erreicht hatte. Er hätte sie ohnehin fallen gelassen, aber Linda wollte nichts riskieren." Declan atmete tief durch und blickte von Gerda und Alexandra zu seiner Frau und zu Brent. „Ihre Schwester Kathryn musste übrigens nicht nur sterben, damit Linda unerkannt nach Schottland hätte verschwinden können, sondern auch, weil Donald mit seiner Ziehschwester irgendwann ein Verhältnis angefangen hatte. Oder wie auch immer man es bezeichnen möchte, wenn man mit jemandem schläft, die von einem abhängig ist und die geistig nicht gesund ist und das vielleicht auch nicht verhindern kann oder weiß, dass sie Nein sagen darf."

„Jedenfalls nicht als Verhältnis", stellte Brent angewidert klar.

Declan nickte. „Aber Linda sah das anders. Ihre Schwester hatte mit dem Mann geschlafen, der immer schon ihr gehört hatte, also musste sie bestraft werden. Und Donald hatte zu beweisen, dass er sich nun tatsächlich für Linda entscheiden würde. Damals hatte er sich gegen sie und für seine Mutter entschieden. Jetzt hatte er erneut eine Entscheidung zu treffen. Er tötete Kathryn, ohne lange darüber nachzudenken, sagte Linda triumphierend. Kathryns Pflege hatte ihn ja auch viel Geld gekostet."

Nuala Brent beugte sich über den Tisch und schenkte sich einen Brandy ein. Niemand sagte etwas. Alexandra wirkte betreten, Gerda hatte Tränen in den Augen.

Declan blickte zu seiner Frau. Er hatte gedacht, Amanda würde dankbar dafür sein, eingeweiht zu werden, das hatte sie ja auch verlangt. Aber jetzt wirkte sie, als hätte sie am liebsten nichts davon gehört.

„Es war wirklich Jonathan, der mich hergelockt hat, nicht wahr?"

Declan nickte. „Du warst seine ultimative Herausforderung, wie Linda es nannte. Er musste unglaublich zufrieden mit sich gewesen sein, dass er es tatsächlich geschafft hatte, unerkannt zu bleiben, und dass er es schaffte, dich nach Irland zu bekommen. Du hast bis zum Schluss geglaubt, er sei eine Freundin. Es ist nicht nötig, sich weiterhin den Kopf darüber zu zerbrechen, was hätte sein können", schloss Declan. „Tatsache ist, dass er seinen Plan nicht durchführen konnte." Declan stand auf, machte die angelehnte Tür zu und setzte sich dann wieder auf den Boden. Er suchte auf seinem Laptop nach einer bestimmten Datei. „Ich dürfte das natürlich nicht, aber ihr müsst es ja niemandem sagen. Wir haben aufgenommen, was Linda uns vom Abend deiner Ankunft in ihrem Haus erzählt hat", sagte er an Gerda gewandt. „Möchtest du es hören?"

Nuala goss sich einen zweiten Brandy ein. Es dauerte ein paar Minuten, bis Declan die Datei fand, die er ihnen vorspielen wollte, dann erzeugte Linda Rhodes' Stimme bei Nuala eine Gänsehaut. Sie erzählte ruhig, als würde sie mit Freunden reden, nicht mit den Gardaí. Als wäre sie Zeugin, nicht Täterin. „Ich hatte diesem LadyGloomy-Account von ihm nie viel Beachtung geschenkt", begann

Linda. „Als LadyGloomy schien er nur seine feminine Seite auszuleben, was mich amüsiert hat. Im Pflegeheim bei meinen Eltern war mir zu Weihnachten aber bald langweilig. Ich besuche sie nur regelmäßig, weil es mir eine große Genugtuung bereitet zu sehen, wie meine Mutter langsam verkümmert und mein Vater noch ein bisschen langsamer stirbt. Und man soll sehen, dass ich mich um sie kümmere. Für meinen guten Ruf, wenn Sie so wollen, der war mir wichtig. Wenn ich den beiden zum Abschied eine Ohrfeige verabreiche anstatt eines liebevollen Kusses, sehen die Leute das natürlich nicht. Manchmal sind es zwei Ohrfeigen. Mein Vater stöhnt dann vorübergehend ein bisschen lauter und meine Mutter weint, hält aber den Mund. Wenn das Personal sie dann zufällig in Tränen aufgelöst dasitzen sieht, dann glauben alle, dass sie mal wieder die Soap im Fernsehen so mitnimmt. Jedenfalls war ich unruhig, als ich die Feiertage bei ihnen verbrachte. Jon hatte unter keinem seiner männlichen Nicks ein Treffen ausgemacht, so viel wusste ich, die hatte ich unter Kontrolle. Aber ich konnte mir nicht vorstellen, dass er diese Tage alleine untätig zu Hause verbringen würde. Irgendetwas stimmte da nicht. Also packte ich bei meinen Eltern meinen Laptop aus und nahm mir auch den harmlosesten seiner Nicks vor: LadyGloomy. Und ich stelle nicht nur fest, dass er seit Wochen die fürsorgliche, mütterliche Karen spielt, die mittlerweile noch dazu so aussieht wie ich, sondern dass er über Weihnachten doch tatsächlich eine junge Ausländerin zu uns nach Hause eingeladen hat. In mein Haus! Und diese Hure sagt auch noch zu! Als ich das herausfand, war der 23. Dezember. Am 24. wollte sie sich bereits mit Jon in meinem Haus treffen, um ihn in unserem Ehebett zu vögeln. Natürlich konnte ich das nicht zulassen. Hätten Sie das zugelassen? Ich wollte ihn also überraschen, ihn und sie vor vollendete Tatsachen stellen. Ich parkte hinterm Haus, weil ich immer da parke, um schneller in den Kreisverkehr zu kommen. Das Gute daran ist außerdem, dass das Auto nur von der Hauptstraße aus gesehen werden kann, nicht jedoch von irgendwelchen Nachbarn, was im Nachhinein gesehen natürlich manches für mich einfacher gemacht hat. Ich habe eine ziemlich schwachsinnige Nachbarin, die äußerst neugierig ist, glücklicherweise aber auch leicht manipulierbar. Ich wollte die beiden in flagranti erwischen, aber das Miststück war noch nicht da, er schon. Frisch rasiert und duftend wie eine Parfümerie. Schick sah er aus. Das letzte Mal, dass er sich so zurechtgemacht hatte, war zu unserer Hochzeit gewesen. Da war sein Flittchen vermutlich noch gar nicht auf der Welt. Meine Güte, hat der Augen gemacht, als ich ihm plötzlich gegenüberstand! Ich konfrontiere ihn sofort mit meinem Wissen, er ist überrascht und wie erwartet sofort gestresst. Denn jeden Augenblick kann seine Hure bei der Tür hereinkommen und all das bestätigen, was er gerade versucht abzustreiten. Ich sage zu ihm, lass uns doch gemeinsam auf das Weibsstück warten, und weiß sie eigentlich schon, wie du es gerne hast? Er wird von Minute zu Minute nervöser, streitet alles ab, weiß nicht mehr, was er tun oder sagen soll. Dann hören wir ihren Wagen in der Einfahrt und er verliert die Nerven. Ehefrau und Hure in einem Haus ist mehr, als er verkraften kann, also will er weglaufen, der Feigling. Ich bin mir sicher, er hätte die Hintertür genommen, wenn er noch Gelegenheit dazu gehabt hätte. Er hätte sich wohl nicht getraut, uns einander vorzustellen. Aber genau das hätte ich jetzt gerne gehabt, also halte ich ihn zurück, als er die Treppe hinuntereilen möchte. Er stößt mich von sich, so heftig, dass ich auf dem Teppich ausrutsche und zu Boden falle, ich greife nach seinem Hosenbein, und er schüttelt panisch meine Hand ab und tritt mir dabei mit voller Wucht gegen die Brust; die Prellung kann man immer noch sehen. Um fair zu sein: Ich glaube nicht, dass er mir wehtun wollte, er wollte nur so schnell wie möglich weg, er war in Panik. Ich schreie vor Schmerz auf, er zögert, dreht sich zu mir und ich stürze mich wütend auf ihn. Er kommt ebenfalls zu Fall, kracht mit dem Kopf auf die Kante des Kastens und ist auf der Stelle tot."

Declan blickte Gerda an. Sie nickte nur nachdenklich, sagte nichts. Alex wirkte betroffener.

Linda Rhodes erzählte weiter: „Ich hörte daraufhin die Österreicherin hereinkommen und versteckte mich im Bad. Als sie den Unfall in der Einfahrt verursachte, konnte ich ungesehen über die Hintertür zu meinem Auto und zurück in mein B&B. Dort angekommen, wartete ich darauf, von den Gardaí über Jons Ableben verständigt zu werden. Vergeblich. Offensichtlich meldete die nichts von ihrem Leichenfund, was mich etwas verwirrte, um ehrlich zu sein. Daraufhin sah ich mir ihr Profil näher an und las mir noch mal sämtliche Chats durch, die sie mit Jon geführt hat. Und wenn wirklich alles der Wahrheit entsprach, dann hatte sie einen kurzen Aufenthalt in einer psychiatrischen Klinik hinter sich. Das war ein Geschenk, das ich auspacken wollte. Ich wusste nicht, ob man Jons Tod als Unfall betrachten würde, und ich war immerhin eine betrogene Ehefrau, ich durfte nichts riskieren. Ich dachte mir, gib ihnen lieber gleich eine perfekte Täterin, jetzt hast du ja eine. Erst später wurde mir bewusst, wie perfekt sie für meine Zwecke tatsächlich war. Als ich am 26. zurückkam, um meinen Mann tot vorzufinden, überprüfte ich noch ein letztes Mal, ob ich auch tatsächlich alles Verfängliche in den Chatlogs und von der Festplatte gelöscht hatte. Danach loggte ich mich als LadyGloomy ein, damit ihr gleich auf die Spur der Österreicherin kommt. Und ihr habt brav mitgespielt." Declan klappte den Laptop zu. „Linda Rhodes wird nie mehr wieder frei sein."

23

Zu einem Gespräch über ihre Gefühle war es nicht mehr gekommen und Gerda war froh darüber. Sie und Alex taten weiterhin so, als wäre alles gesagt und als hätte auch alles seine Richtigkeit. Am Montag, einen Tag nach dem Besuch bei Declan, hatte Gerda Alex gefragt, ob es okay wäre, wenn sie die Maschine am kommenden Freitag nehmen würde. Alex meinte nur, wieso es denn nicht okay sein solle. Über jeden Tag, den sie bliebe, würde sie sich freuen, aber ihr sei klar, dass Gerda nicht ewig bleiben könne. Am Dienstag nach dem Frühstück fragte Alex dann unerwartet, ob sie ihr vielleicht noch die Klippen von Moher zeigen dürfte, bevor sie Irland verließe.

Eine entspannte Autofahrt bei schönem Wetter war das schließlich geworden. Es war windig und kühl, aber trocken und gelegentlich lockerte es auf und die Sonne kam hervor. Damals beim Ausflug nach Achill hatte sie sich das erste Mal nach langer Zeit wieder entspannen können, erinnerte sich Gerda. Und am selben Abend hatten sie und Alex sich das erste Mal geküsst. Sie hatte nicht geahnt, wie weit das mit ihr tatsächlich gehen würde. Sie hätte es wohl auch nicht verhindern können, obwohl sie es wahrlich versucht hatte.

Als sie schließlich zwischen den vielen Touristen auf den atemberaubenden Klippen standen und den wunderschönen Ausblick genossen, legte Alex ihren Arm um ihre Taille und lehnte sich an sie. „Du wirst das vermissen, weißt du. So einen Anblick. Österreich mag ja ganz schön sein, aber ihr habt kein Meer, ich muss dir das ganz deutlich sagen."

„Da hast du leider recht."

„Und mich wirst du auch vermissen." Gerda drehte sich ihr zu. Alex blickte zu ihr hoch. „Was wird zu Hause auf dich warten, Gerda? Was hast du vor, wenn du heimkommst?"

„Ich werde meine Finanzen regeln", sagte Gerda. „Ich besitze zwei Wohnungen. Eine habe ich geerbt, die ist vermietet. Und die, in der ich wohne, hatte ich für Carey, Daniel und mich gekauft. Ich kann da was zu Geld machen. Das sollte ich tun, ich werde es brauchen."

Alex nickte und legte ihren Kopf an Gerdas Schulter. „Dann kannst du dir in Ruhe einen ordentlichen Job suchen. Das ist vernünftig."

Einige Minuten blickten sie aneinander gelehnt auf das wilde Meer hinaus. Die Menschen um sie herum waren nicht von Bedeutung.

„Es tut mir alles sehr leid, Alex", sagte Gerda schließlich. „All das Drama der letzten Wochen hast du nicht verdient."

„Gerda, es ist alles gut. Ich bin so glücklich darüber, dass du in mein Leben getreten bist, dass es ehrlich egal ist, wie." Alex strich ihr mit der gesunden Hand die Haare aus dem Gesicht. „Du darfst mich nur nie vergessen. Und vielleicht darf ich dir ja mal unsere Schwäne zeigen. Oder du kommst einfach so hin und wieder mal zu Besuch." Sie blickte sie hoffnungsvoll an. „Nur bring dann bitte keine Freundin mit, wenn sich das irgendwie vermeiden lässt", ergänzte sie, und von einer Sekunde auf die andere kullerten ihr Tränen über die Wangen.

Für Alex war schon alles so klar, abgeschlossen, erledigt. Nur sie selbst lebte noch im Chaos. Das mit den Entscheidungen und Abschieden ging doch nicht so schnell. Noch vor drei Wochen war ihr Leben ein Scherbenhaufen.

Als Alex sich beruhigt hatte, lehnte Gerda sich ein bisschen zurück, um sie ansehen zu können. Alex blickte ihr traurig, aber lächelnd in die Augen, gegenseitig wischten sie sich die Wangen trocken. „Ich kann mich nicht einfach so für ein neues Leben entscheiden, ohne mich zuerst dem alten gestellt zu haben", sagte Gerda auf Deutsch.

Alex nickte wohlwollend, als hätte sie verstanden, und küsste sie.

* * *

Am Mittwoch hatten sich Moira und Declan mit Inspector Haas zu einem abschließenden Gespräch getroffen. Kurz vor der Heimfahrt nach Galway erfuhr Moira von Declan, dass Noppingers Retourflug für kommenden Freitag angesetzt war. Da sie nun schon mal in Westport waren, beschlossen sie, in Conners' B&B vorbeizuschauen, um sich von ihr zu verabschieden. Da erinnerte Moira sich an die Wette mit Declan, die sie ja gewonnen hatte, da Jonathan Rhodes durch einen Unfall ums Leben gekommen war. Declan schuldete ihr also einen Song, von dem Conners wusste, dass er ihn nicht singen konnte – und zwar in einem vollen Pub und an einem Samstagabend. Sie wäre mit einem halbvollen Pub an einem Mittwochabend einverstanden, schlug sie Declan vor.

Conners, Noppinger und Nuala ließen sich schließlich gerne zu einem Drink einladen. Declan klärte mit der jungen Inhaberin des *Sally's*, ob sie ihre Wette einlösen dürften. Moira nützte währenddessen die Gelegenheit herauszufinden, welchen Song Declan nicht singen konnte.

„Welcher Song wäre ihm denn am peinlichsten?"

„Er würde ihn nicht singen", antwortete Conners.

„Welchen würde er denn nicht singen?"

„*Total Eclipse of the Heart*, zum Beispiel", meinte sie. „Alles, was er singen müsste, ist ‚*turn around bright eyes*', aber er schafft es nicht, den richtigen Ton zu treffen. Die Leute bekamen jedes Mal Lachanfälle. Aber machen Sie sich keine Hoffnungen, Inspector! Er hat geschworen, diesen

Song nie wieder zu singen. Aber *Mustang Sally* singt er ganz gut."

Declan kam mit Cheryl zum Tisch, die sich augenblicklich an Conners wandte. „Wir haben uns darauf geeinigt, dass ihr beide mir fünf unbezahlte Abende schuldet, um Silvester wettzumachen", sagte sie.

„Das sehr erfolgreiche Bono-Silvester?", warf Nuala ein.

Die junge Frau ignorierte sie. Ihr Blick war auf Conners gerichtet. „Außerdem möchte meine Mutter, dass du auf ihrer Beerdigung *A Mother's Love's a Blessing* singst. Du alleine. Du wirst bis dahin noch nicht Gitarre spielen können, aber das ist nicht nötig, du singst ja gut. Und sobald du dann wieder fit bist, möchte ich, dass du einmal die Woche fix auftrittst. Nicht zu denselben Bedingungen, das kann ich mir nicht leisten, aber es würde sich vermutlich trotzdem für dich auszahlen. Declan hat gemeint, ihm wird das wöchentlich nicht möglich sein, du wirst das also solo machen müssen. Geht das für dich in Ordnung?" Conners wirkte ein bisschen überfahren. Cheryl verdrehte die Augen und seufzte ungeduldig. „Wo ist denn das Problem? Dafür, dass ihr mich zu Silvester habt sitzen lassen, sollte ich euch überhaupt nicht mehr reinlassen. Stattdessen biete ich euch aber einen tollen Deal an. Was gibt's da also lange zu überlegen? Ja oder nein, Alex?"

„Ja. Natürlich ja. Danke, Cheryl."

Sie murrte etwas und streckte ihr die Hand entgegen. Conners schüttelte sie. Der Deal war besiegelt.

„Wie geht es Sally?", wollte Conners von ihr wissen.

„Sie ist seit gestern wieder im Krankenhaus und mehr werde ich jetzt nicht dazu sagen." Sie wandte sich ab, dann fiel ihr etwas ein: „Wegen dieser Wette: Ihr habt einen Song, ich brauche heute einen ruhigen Abend. Ich habe Declan schon gesagt, dass er das Keyboard haben kann, das hinten im Veranstaltungsraum steht." Damit ging sie.

Conners blickte Declan fragend an, der sie aufklärte. Daraufhin drehte sie sich Moira zu. „Sie sind vielleicht ein Schlitzohr!"

Moira schmunzelte. „Machen Sie's?"

„Wenn Declan einverstanden ist, klar."

„Großartig!" Moira blickte zu Declan hoch und grinste ihn breit an. „*Total Eclipse of the Heart*, mein Freund. Und ich werde wohl die Einzige sein, die das genießen wird."

Declan ließ sich nichts anmerken, nickte nur und ging zur Bar, wo er einen Whiskey hinunterkippte. Damit war klar, wer sich bei der Rückfahrt nach Galway hinters Steuer zu setzen hatte. Sie schob Nuala ihr Bier zu.

Eine Viertelstunde später, als die Mikros angeschlossen und das Keyboard vor einem alten Schlagzeug aufgebaut war, erklärte Cheryl den Anwesenden, dass für einen einzigen Song eine Wette eingelöst würde, dass man die beiden aber in einigen Wochen wieder regelmäßig live erleben könnte. Dann setzte sie sich für alle überraschend ans Schlagzeug. Declan warf ein, dass er gezwungen sei und keine Wahl habe, als diesen Song zu singen und ihn hiermit auch seiner Kollegin, Inspector Moira Gallagher, zu widmen. Bevor er sich hinter das Keyboard setzte, sagte er etwas zu Conners, die daraufhin auflachte und amüsiert nickte.

Eine Minute später wusste Moira, weshalb er sie siegesbewusst angegrinst hatte. Es war Conners, die den Song eröffnete und Declan, der den eigentlich weiblichen Hauptpart übernahm. Nur, und das schien ihm nicht bewusst gewesen zu sein, konnte er auch diesen Teil nicht singen. Da nützte es auch nichts, dass es wunderschön klang, was er aus dem alten Keyboard holte. Moira blickte zu Nuala und Noppinger. Letztere hielt sich zurück, aber Nuala begann lauthals zu lachen. Bald hörte man auch aus dem gut gelaunten Publikum Gelächter und Buhrufe.

Noch bevor Moira bereuen konnte, wozu sie Declan gezwungen hatte, legte Cheryl mitten im Song ihre Schlägel nieder, die noch gar nicht zum Einsatz gekommen waren, und steckte Declans Mikro aus. Dann stellte sie ein Mikro vors Schlagzeug und setzte sich wieder dahinter. „Du verjagst mir nicht die wenigen Gäste, die ich noch habe, Declan!", schimpfte sie. „Jack, die nächste Runde geht aufs Haus! Alex, du singst den üblichen Part, ich unterstütze dich! Declan, konzentrier dich nur auf das, was du kannst, wage es also nicht, uns dazwischen zu singen!"

Das Publikum lachte. Declan wirkte etwas betreten. Als Cheryl mit einem perfekt gesungenen „*turn around*" begann und Conners, die vor ihr stand, unmittelbar danach einsetzte, war allen klar, dass die nächsten Minuten ein Genuss werden würden. Die Gäste hatten von einer Minute auf die andere ihre Unterhaltungen eingestellt, in den Bann gezogen von den beiden hübschen Frauen, die wunderbar gefühlvoll ein Duett sangen, das man so noch nie gehört hatte. Conners wandte sich mit ihrem Gesang immer wieder an Noppinger, die tapfer ihrem Blick begegnete, aber keine Regung zeigte.

„Musste es ein Herzschmerz-Lied sein?", flüsterte Nuala vorwurfsvoll.

Das Publikum klatschte noch, als Conners schon längst auf der Toilette verschwunden war und Cheryl wieder ein Guiness ausschenkte. Erst nachdem Declan das Keyboard verstaut hatte, kam auch Conners zurück an den Tisch. Sie hatte feuchte Augen. Noppinger wirkte kühl.

* * *

Am Abend vor Gerdas Heimreise hatte Alex sich in die Küche zurückgezogen, um sauber zu machen, während Gerda oben ihre Sachen zusammenpackte und mit ihrer Familie telefonierte. Nuala kam in die Küche, um ihr ein mehrseitiges Konzept vorzustellen, wie sie in Zukunft mehr aus ihrem B&B herausholen könnte. Alex lag im Moment nichts ferner, als sich damit auseinanderzusetzen, aber schließlich versprach sie Nuala, sich das Konzept zumindest durchzulesen.

Die Nacht hatten Alex und Gerda aneinander gekuschelt verbracht. Ohne Versprechungen, ohne Liebesbezeugungen, nicht ganz ohne Tränen. Der regelmäßige Blick auf die Uhr, der eiskalt den unaufhörlich näher rückenden Morgen bestätigte, hatte sich nicht vermeiden lassen.

Ja, sie würden sich wohl wiedersehen. Gerda würde zu Linda Rhodes' Prozess kommen müssen und sie würde die Schwäne sehen wollen. Vielleicht besuchte Alex sie auch mal in Österreich. Sie würden in Kontakt bleiben. Aber nach jedem Besuch würden sie sich wieder voneinander verabschieden, in ihr eigenes Leben zurückkehren und sich einsam nach diesem unbeschreiblichen Glücksgefühl zurücksehnen – oder irgendwann jemanden finden, die dem schließlich ein Ende setzte.

Alex öffnete ihrer Mutter kurz nach fünf die Tür. Als sie nach einem bescheidenen gemeinsamen Frühstück Gerdas und Nualas Gepäck in den grünen Ford luden, war es stockdunkel und eiskalt. Ihre Mutter würde Nuala das Fahrrad nachbringen, wenn sie demnächst mit George zur Geburtstagsfeier eines Freundes nach Kildare fahren würde. Vielleicht wollte Alex dann ja mitkommen, hatte Nuala gemeint, dann könnten sie zusammen ein Wochenende in Dublin verbringen.

Sowohl während des Frühstücks als auch während der dreistündigen Fahrt nach Dublin wurde nur oberflächlich Konversation betrieben. Die meiste Zeit über hatte Alex dabei Gerdas Hand gehalten. Kaum am Flughafen angekommen, wurde es ernst. Nachdem Gerda ihr Gepäck eingecheckt hatte, hatten sie noch Zeit für eine Tasse Tee und weitere unverfängliche Gespräche über das

Wetter, über Dublin und über das Fliegen. Schließlich kam der Moment, vor dem sie beide die größte Angst gehabt hatten. Gerda führte Alex in eine ruhige Ecke. Sie nahm ihre Hände, atmete tief durch und blickte sie zwar lächelnd, aber mit einem undefinierbaren Ausdruck an. Sie streckte eine Hand aus und streichelte Alex sanft über das Gesicht. „Danke, dass du mein Leben gerettet hast, Alex."

Alex erwiderte ihren Blick ernst. „Ich muss mir keine Sorgen um dich machen, nicht wahr?" Gerda schüttelte den Kopf. „Und ich werde dich auch wiedersehen, richtig?" Gerda nickte und küsste sie ein letztes Mal. Dann umarmten sie sich tränenlos, und ohne ein weiteres Wort kehrte ihr Gerda den Rücken. Von einer Minute auf die andere war sie weg.

Wenige Stunden später, Nuala war zu Hause abgeliefert worden und Alex war wieder in Westport, rief Gerda an. Sie sei gut angekommen, ihre Familie habe sie abgeholt. Sie würde die nächsten Tage schlecht erreichbar sein, würde sich aber bald wieder melden. Das Gespräch war kurz.

Alex hätte vorübergehend in Killadoon bleiben können. Ihre Mutter hatte auch angeboten, für ein paar Tage zu ihr zu ziehen, aber sie hatte abgelehnt. Es war Zeit, sich wieder an das Alleinsein zu gewöhnen.

Die nächsten Tage waren allerdings schwierig für Alex. Einen Großteil davon verbrachte sie damit, das Haus gründlich zu reinigen, nur um dann festzustellen, dass es danach nicht mehr so gemütlich war, alleine im Wohnzimmer vor dem lodernden Feuer zu sitzen.

Elf Tage nach Gerdas Abreise – Gerda hatte sich nicht mehr gemeldet – stand Alex an Sallys Grab und sang das Lied, das Sally sich von ihr gewünscht hatte. Halb Westport war gekommen, um sich zu verabschieden. Halb Westport weinte. Declan konnte aus beruflichen Gründen nicht dabei sein, was ihm unendlich leidgetan hatte. Das nächste *Mustang Sally* würde sein bestes werden und er würde es nur für sie singen, hatte er versprochen. Alex nahm das Geld nicht an, das Cheryl ihr für das Singen geben wollte, und sie blieb auch nicht länger als nötig beim anschließenden Leichenschmaus im Pub. Abschiede mussten entweder ignoriert werden, oder man stellte sich ihnen kurz und schmerzvoll, sagte sich Alex, aber sie zu zelebrieren kam nicht infrage.

Zu Hause angekommen, verzog Alex sich unter die Dusche, um sich dann mit einem Bier vor den Fernseher zu setzen und so zu tun, als wäre es ein gemütlicher Nachmittag ohne aufwühlende Emotionen. Kaum hatte sie die Dusche verlassen, läutete es aber an ihrer Haustür. Seit Gerdas Abschied hatte sie keine Gäste mehr gehabt. Als sie Cheryls Geld abgelehnt hatte, war ihr allerdings bewusst geworden, dass sie sich das nicht mehr leisten konnte. Und so öffnete sie frustriert und mit nassen Haaren die Tür.

Schüchtern lächelnd stand Gerda vor ihr. Das Haar ein bisschen kürzer, die Augen groß und strahlend, die Lippen in einem dezenten Rot, das sie noch nicht an ihr gesehen hatte. Auch die rote Jacke kannte sie nicht. Unglaublich hübsch sah sie aus. In der Einfahrt stand ein großes weißes Wohnmobil mit ausländischem Kennzeichen und dem Lenkrad auf der falschen Seite. Bunte Handabdrücke unterschiedlicher Größen waren über den Wagen verteilt, auf einem Fenster klebte ein Regenbogen.

Alex war sprachlos: „Was machst du hier, Gerda?“

„Eigentlich hatte ich mit einer Umarmung und einem erfreuten Lächeln gerechnet. Ich habe sogar gewagt, an einen Kuss zu glauben.“

„Du bist nach Hause geflogen, um dann den ganzen Weg mit dem Auto zurückzukommen? Mit einem Wohnmobil?“

„In den Audi ging nicht alles hinein und das Wohnmobil wollte ich nicht verkaufen. Darauf sind die Handabdrücke meines Sohnes. Ich …“

„Einen Audi hast du auch noch?“

Gerda blickte sie ungläubig und leicht amüsiert an. „Jetzt nicht mehr. Würdest du lieber über Autos mit mir reden, Alex?“ Sie schüttelte sofort den Kopf. „Ich habe mich nicht getraut, dich zu kontaktieren“, erklärte Gerda. „Ich musste von dir unbeeinflusst bleiben. Meine Entscheidung musste sich auch ohne deine Nähe richtig anfühlen.“ Jetzt lächelte sie breit. „Sie hat sich keine einzige Minute lang falsch angefühlt, Alex.“

„Ist das noch Englisch? Ich kann dir nämlich nicht folgen.“

„Wenn ich hier etwas gelernt habe, dann, dass ich Verantwortung übernehmen muss. Ich habe mich also von den wichtigsten Leuten verabschiedet, habe lange mit allen geredet, konnte auch ein bisschen was wiedergutmachen. Dann habe ich meine Finanzen geregelt und mich auf den Weg zurück gemacht. Ich wollte nicht von dir weg, aber wie du selbst sagtest, durfte ich zu Hause nicht alles unerledigt lassen. Verstehst du?“

„Ich bin mir nicht sicher.“

Gerdas Lächeln wurde herausfordernd. Sie legte ihren Kopf zur Seite, ihre Augen leuchteten. „Ich bin obdachlos, fern der Heimat und auf der Suche nach Wärme und Geborgenheit. Hättest du also ein Zimmer für mich, Alex?“

„Für wie lange?“

„Bis ich was Eigenes in deiner Nähe gefunden habe?“

„Du willst hierherziehen? Nach Irland? Nach Westport?“

„Ich will in deiner Nähe sein, viel mehr weiß ich im Augenblick auch nicht. Ich möchte mehr Zeit mit dir verbringen, ich möchte dich kennenlernen. Und ich will dich nicht als Chat-Freundin, du kannst ja nicht mal ordentlich tippen. Darf ich dich also bitte näher kennenlernen, Alexandra Conners? Ohne Verbrechen? Ohne Verrückte?" Ihr Blick war aufrichtig.

„Was Eigenes ist hier aber nicht billig", erwiderte Alex. Das Herz schlug ihr bis zum Hals. „Meine Zimmer sind das übrigens auch nicht mehr. Nuala hat mich davon überzeugt, dass ich teurer werden muss."

„Ich könnte es mir wohl vorübergehend leisten."

„Ich habe kein Zimmer für dich, Gerda", sagte Alex. Gerda sah sie überrascht an, nun eindeutig verunsichert. „Aber du kannst die linke Seite meines Bettes haben, wenn du damit zufrieden wärst."

Gerda lächelte erleichtert. „Für wie lange?", wollte sie nun wissen.

„Bis du wirklich nach etwas Eigenem suchen möchtest."

„Dann lässt du mich also rein?"

„*All-in?*"

„Wenn du mitgehst?"

Lachend zog Alex sie ins Haus. „Das werde ich riskieren."

Gerdas Blick wurde ernst und ihre dunklen Augen suchten einen Weg zu ihr, als sie etwas auf Deutsch sagte, das unglaublich zärtlich klang.

Alex verstand. Und sie würde alles setzen, was sie hatte.

Danksagung

Folgende Personen haben sich die Mühe gemacht, mir zu verschiedenen Versionen des vorliegenden Romans Feedback zu geben und auf Fehler und Schwächen aufmerksam zu machen: meine Mutter Helma Schausberger (Testleserin #1), Klaudia Novak, Nadin Albrecht, Marietta Sams, Bettina Hajredini, Maria Anlauf und Doris Gerstlohner. Alexandra Christina Nobis („Magiebegabt") hat Korrektur gelesen und Romana Kandioler (romelikan.at) hat das Erstlektorat durchgeführt. Durch die letzte Version hat mich mit viel Sensibilität und wichtigen Anregungen Jim Baker geführt. Ein großes Dankeschön für eure Zeit, eure Ehrlichkeit und eure Ideen. Das Buch, das ihr in den Händen haltet, habt ihr damit maßgeblich mitgestaltet.

Bei meinen Recherchen zur Vorgangsweise von Polizei und Staatsanwaltschaft hat mir nicht nur Ciarán Wrenn vom Press Office der Garda Síochána in Dublin geholfen, sondern auch zwei ehemalige Polizistinnen aus Deutschland bzw. den USA: Nadin Albrecht und Holly Ann Haas. Für kreative Freiheiten, die ich mir diesbezüglich herausgenommen habe, zeichne natürlich nur ich selbst verantwortlich. *Thanks a million for your very appreciated help and the professional insight.*

Und dann waren da noch die Irinnen und Iren, die mir mit viel Geduld vor Ort und online ihr wunderbares Land nähergebracht haben: Bridget & Joe Gibbons (broadlands.ie), Mary O'Toole (O'Toole Taxis, Westport), Helen Boland und Marianne ten Cate (birdwatchireland.ie), Fiona Mitchell, Gary Dixon, Laura, Lorcán und Concepta. *Go raibh maith agaibh for patiently answering all of my questions and for giving me new ideas. You made this book by an Austrian a little bit more Irish.*

Mit eurer Hilfe hat sich für mich ein Traum erfüllt.

MORD UND TOTSCHLAG AUF HOHEM NIVEAU

QUER CRIMINAL

Band I – Aus Rache
Kriminalroman
Jan Stressenreuter
12,90 €, 978-3-89656-165-7

Ein Köln-Thriller mit ungewöhnlichem Ermittlerduo. Prickelnd und spannend erzählt.

Band II – Tod durch Erinnern
Kriminalroman
Corinna Waffender
12,90 €, 978-3-89656-166-4

Hochspannung mit Tiefgang: literarisch, fesselnd, einfühlsam.

Band VI – Aus Angst
Kriminalroman
Jan Stressenreuter
12,90 €, 978-3-89656-174-9

Ein Fall zwischen Hoffnungslosigkeit und Jugendkriminalität, Kommissarin Plasberg ermittelt wieder.

Band XI – Sterben war gestern
Kriminalroman
Corinna Waffender
12,90 €, 978-3-89656-190-9

Inge Nowaks 3. Fall führt sie in eine psychosomatische Klinik an der Ostsee. Die Hauptkommissarin steht vor mysteriösen Verbrechen und vor abgründigen Seelenlandschaften.

Band XII – Aus Wut
Kriminalroman
Jan Stressenreuter
12,90 €, 978-3-89656-191-6

Leichen in der Domstadt, alle grausam zugerichtet; alle tragen einen Zettel auf der Stirn: „Niemand kann seiner Strafe entkommen“. Das spannungsgeladene Finale der Plasberg-Brinkhoff-Trilogie

Unsere quer criminal-Reihe finden Sie auch als eBook

Band XIII
Leichen-Puzzle
Kriminalroman
Markus Dullin
12,90 €
978-3-89656-196-1

Auf Berliner Spielplätzen werden Körperteile gefunden. Eine Nase, zwei Ohren und Augen. Jede Woche kommt ein anderes Teil hinzu. Als der Kopf eines Mannes auftaucht, bestätigt sich ein grausamer Verdacht.

Band XIV
Operation Fledermaus
Kriminalroman
Sebastian Benedict
12,90 €
978-3-89656-210-4

Wien, Herbst 1932. Es wird gestohlen, betrogen, geraubt, gemordet und erpresst, um zu überleben. Lehrlinge verschwinden. Die Polizei ist überfordert. Ein klarer Fall für den „Kaffeehaus-Detektiv" Ferdinand Nowak.

Band XV
Eine Bratsche geht flöten
Kriminalroman
Inge Lütt
12,90 €
978-3-89656-212-8

Kurz vor dem großen Abschlusskonzert wird ein Bratscher vor dem Bachdenkmal tot aufgefunden. Hauptkommissarin Karin Rogner hat ihre Zweifel – und bald mehr als genug Verdächtige.

Band XVI
Mord am Wannsee
Kriminalroman
Markus Dullin
12,90 €
978-3-89656-213-5

Als Hauptkommissarin Monika Seyfarth in der Villa der 67jährigen Christin Wohlfahrt am Berliner Wannsee eintrifft, scheint der Fall schnell gelöst, doch jede Familie hat Leichen im Keller.

Band XVII
Fatale Treue
Kriminalroman
Heny Ruttkay
12,90 €
978-3-89656-221-0

Eine Serie von Männermorden bringt nicht nur die Polizei in Bedrängnis,sondern auch die Therapeutin Sophie Lambert

Band XVIII
Angst ist stärker als der Tod
Kriminalroman
Felix Haß
12,90 €
978-3-89656-235-7

Ein Toter in einer schwulen Szenebar – leider ausgerechnet im Stammlokal von Kommissar Steffen Lenz. Schade, dass er am Tatabend selbst dort Gast war und den Toten kannte.

WWW.QUERVERLAG.DE/CRIMINAL

Band XIX
Trans*Later
Kriminalroman
Bennet Bialojahn
12,90 €
978-3-89656-249-4

Ausgerechnet am CSD-Wochenende wird ein Toter im Hinterhof des Kölner Szeneclubs Trans*Later aufgefunden. Kriminalhauptkommissarin Frieda Leippold ermittelt.

Band XX
Zehntausend Kilometer
Kriminalroman
Ria Klug
12,90 €
978-3-89656-250-0

Semret, eine Ärztin aus Eritrea, und Karla, eine Taxifahrerin in Berlin, geraten in die Fänge Organisierter Kriminalität.

Band XXI
Aus Hass
Kriminalroman
Jan Stressenreuter
14,90 €
978-3-89656-251-7

Plasberg und Brinkhoff sind zurück! Die Opfer werden nach den literarischen Vorlagen des exzentrischen Krimiautors Stephen Gatler ermordet. Die Tat eines Einzelnen, eine perverse Form der Ehrerbietung?

Band XXII
Sein letzter Schritt
Kriminalroman
Felix Haß
12,90 €
978-3-89656-255-5

Am Schwulenstrand des Berliner Wannsees wird ein menschliches Bein angeschwemmt. Der Fund stellt den Kommissar Steffen Lenz und sein Team vor ein Rätsel, das in ungeahnte Abgründe führt.

Band XXIII
Mord auf Irisch
Kriminalroman
Helmi Schausberger
14,90 €
978-3-89656-256-2

Gerda braucht dringend Abstand von ihrem Alltag, also beschließt sie, ihre einfühlsame, Chat-Freundin Karen in Irland zu besuchen. Doch unter der angegebenen Adresse findet sie nicht Karen, sondern eine männliche Leiche.

WWW.QUERVERLAG.DE/CRIMINAL